UNE VIE
L'humble vérité

어느 인생_초라한 진실

초판 1쇄 발행 | 2019년 10월 23일

지은이 기 드 모파상
옮긴이 백선희
발행인 이대식

편집 김화영 나은심 손성원 김자윤
마케팅 배성진 박상준 **관리** 홍필례
디자인 모리스

주소 서울시 종로구 평창길 329(우편번호 03003)
문의전화 02-394-1037(편집) 02-394-1047(마케팅)
팩스 02-394-1029
홈페이지 www.saeumbook.co.kr
전자우편 saeum98@hanmail.net
블로그 blog.naver.com/saeumpub
페이스북 facebook.com/saeumbooks
인스타그램 instagram.com/saeumbooks

발행처 (주)새움출판사
출판등록 1998년 8월 28일(제10-1633호)

© 백선희, 2019
ISBN 979-11-89271-91-6 03860

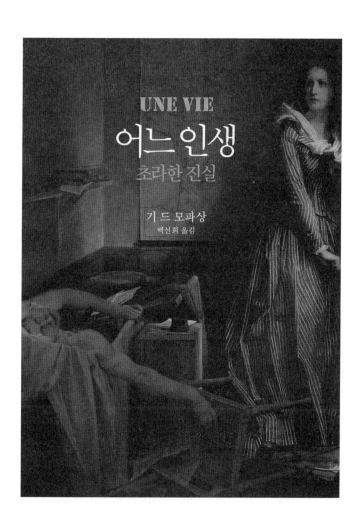

UNE VIE

어느 인생

초라한 진실

기 드 모파상

백선희 옮김

새움

다시 읽는 모파상

《르 피가로 리테레르》지가 프랑스 고전 작가들의 판매 부수를 집계한 적이 있다. 2004년 1월부터 2012년 1월까지 8년 동안 장르에 상관 없이 가장 많이 팔린 작가는 누구였을까? 많은 독자들이 프루스트, 뒤마, 생텍쥐페리를 예상했는데, 의외로 1위는 기 드 모파상이었다. 380만 부가량 판매된 모파상에 이어 몰리에르, 에밀 졸라, 알베르 카뮈, 빅토르 위고 순이었다. 그뿐 아니라 모파상, 졸라, 위고, 발자크 등의 고전 작가들은 50년째 여전히 가장 많이 읽히는 작가로 굳건히 자리 잡고 있다고 한다.

모파상의 첫 장편소설로 1883년에 발표되자마자 극찬을 받고 전 세계 독자들의 사랑을 받아 온 이 작품도 그런 불멸의 고전 작품 가운데 하나다. 저자가 이 작품에 붙인 제목은 'Une vie', 즉 '어느 인생' 혹은 '일생'을 의미한다. 그런데 우리나라에는 『여자의 일생』으로 번역되어 알려졌다. 어쩌다 이런 제목으로 굳었을까 궁금해서 자료를 뒤져 보니 우리나라에 처음 출간된 판본은 김

4

기진 번역의 『녀자의 한평생』(박문서관, 1926년. 서강대 로욜라도서관 소장.)인 것 같다. 김기진은 일본어판 『女の一生』(히로쓰 가즈오 역, 1916년.)을 중역한 것으로 추정되고, 영문학을 공부한 히로쓰 가즈오는 아마도 영문판을 중역하면서 당시의 영어 번역본 제목 'A woman's life'를 그대로 옮긴 듯하다. 김기진 번역본 이후로 검색되는 우리말 번역본 가운데 가장 오래된 것은 『여자의 일생』(박영준 번역, 문성당, 1954년.)인데, 이후 쏟아진 수많은 번역본이 모두 '여자의 일생'이라는 제목으로 출간되었다.

이 작품을 번역하면서 제목을 어떻게 옮길지가 큰 고민거리였다. 화석처럼 굳어 버린 제목 '여자의 일생'을 그대로 따르려니 여성의 일대기로 한정 짓는 단정적인 제목이 거슬리기도 했고, 사실주의나 자연주의 경향의 많은 소설이 구체적인 이름을 제목으로 삼고 있다는 점을 상기해 보면, 모파상이 제목에서 고유명사를 배제한 특별한 의미가 있으리라 여겨지기 때문이다. 귀스타브 플로베르의 『마담 보바리』와 에밀 졸라의 『테레즈 라캥』이 그렇고, 졸라의 『목로주점』의 처음 제목도 여주인공의 이름을 담은 '제르베즈 마카르의 소박한 삶'이었다. 그런데 모파상은 왜 이 소설의 제목을 그저 'Une vie'로 정했을까?

모파상의 이 작품은 플로베르의 『마담 보바리』와 자주 비교된다. 두 작품 모두 낭만적인 소설을 즐겨 읽으며 사랑을 꿈꾸다가 결혼하면서 불행해지는 동시대 여성의 삶을 그리고 있기 때문이다. 그런데 두 작품에 붙은 부제가 눈길을 끈다. 플로베르가 『마담 보바리』에 붙인 부제는 '지방 풍속도'이고, 모파상이 이 소설에 덧붙인 부제는 '초라한 진실'이다. 부제를 보면 플로베르는 특정한 시대(19세기)의 특정한 사회(시골 부르주아)를 해부하는 데 초점을 맞추었고, 모파상은 한 여성의 삶을 통해 인생 전반에 대한 그만의 통찰을, 삶의 '초라한 진실'을 보여 주려 한 것으로 읽힌다.

이야기의 흐름을 빠르게 좇아가며 이 소설을 읽으면 흘러간 시대 속 한 여성의 기구한 삶이 읽힌다. 그리고 다시 찬찬히, 조금 느리게 읽어 보면 저자가 세심히 반복하고 있는 이미지와 모티프들이 보이고, 사건들이 중첩되며 과거와 현재의 시간이 포개지는 것이 눈에 들어온다. 잠깐 반짝 햇살이 비칠 뿐, 전체적인 분위기는 음울한 회색 색조를 띠고, 유사한 장면, 행동, 표현 들이 반복되어 여주인공에게 엄청난 사건들이 일어나지만 결국 단조로운 일상에 매몰된 삶이라는 느낌을 준다. 주인공에게 닥친 개별적인 일들도 많은 이들이 이미 겪어 왔고, 앞으로도 겪을 것이라는 암시를 읽을 수 있다. 하여, 단조로운 일상이 주는 공허감이야말로 그 모든 엄청난 불행들을 뒤덮는 가장 큰 불행처럼 보인다. 그리고 저자는 이 일상의 공허가 여주인공만의 것이 아니라 모든 인간의 것으로 느껴지도록 그리고 있다.

그러니까 흔히들 말하듯이, 이 작품에서 19세기에 한 여성이 혹은 여성 전체가 산 불행한 삶을 읽을 수도 있겠으나, 저자의 시각은 그보다 더 본질적인 차원을 향하고 있는 것 같다. "이 소설을 그저 19세기 시골 여성의 지위에 관한 사회학적 자료처럼, 그 시절 여성의 조건에 대한 증언처럼 본다면 (…) 텍스트의 근본적 차원을 제대로 보지 못하는 결과가 될 것"이라고 말한 문학평론가 알랭 뷔진의 해설도 이 관점에 힘을 실어 준다. 이 소설이 특정 시대 여성의 사회적 조건이 아니라, 시대를 초월하는, 인간의 삶 자체를 통찰하는 작품이라는 얘기다.

한마디로, 이 작품을 통해 모파상이 말하려는 건, '보라, 이 여자의 일생을'이라기보다는, '보라, 이것이 인생이다'인 셈이다. 이런 시각에서 보면 저자가 왜 제목을 '어느 인생'으로 정했으며, 왜 이런 문장으로 소설을 끝맺었는지도 이해가 된다. "보시다시피 인생은 우리가 믿는 것처럼 결코 그리 좋지도 그리 나쁘지도 않답니다."

이 작품은 1883년에 처음 출간되고 톨스토이로부터 "『레미제라블』 이후 프랑스 문학의 최고 걸작"이라는 극찬을 받았다. 그 후로도 많은 이들이 모파상을 "시간에 구애받지 않는 언어"를 구사하는 작가라거나, "이미지의 생동감에 있어서 그를 따라갈 자가 없고", "본능적으로 삶의 세밀한 디테일을 발견해 내는 경이로운 예술가"라는 말로 극찬했다. 시간이 흘러도 모파상의 글이 늙지 않고 여전히 사랑받는 이유를 이런 찬사들이 설명해 준다.

2019년 10월
백선희

차
례

세상을 떠난 친구를 추모하고,
충실한 친구로서 경의를 표하며,

브랜 부인에게 바칩니다.

—

기 드 모파상

일러두기

1. 이 책은 1883년 발표된 기 드 모파상Guy de Maupassant의 『어느 인생 : 초라한 진실
   Une vie : L'humble vérité』을 우리말로 옮긴 것이다.

2. 본문 하단의 설명은 역자의 주이다.

1

잔느는 짐을 다 꾸리고 창가로 다가가 보았으나 비는 그치지 않고 있었다.

밤새 폭우가 유리창과 지붕을 두드렸다. 물을 잔뜩 머금고 낮게 내려앉은 하늘은 구멍이라도 난 듯 땅 위로 물을 게워 내고 흙을 설탕처럼 녹여 걸쭉하게 만들었다. 무거운 열기를 가득 품은 돌풍이 불고 있었다. 불어난 시냇물의 요란한 소리가 인적 없는 거리를 채웠고, 스펀지처럼 습기를 빨아들인 집집마다 지하실부터 다락까지 온 벽이 땀을 흘렸다.

어제 수녀원에서 나와 마침내 영영 자유로워져 오래전부터 꿈꿔 온 인생의 온갖 행복을 거머쥘 준비가 된 잔느는 날이 개지 않으면 아버지가 떠나기를 망설일까 걱정되어 아침부터 벌써 백 번쯤 지평선을 살폈다.

그러다 깜빡 잊고 여행 가방에 달력을 챙겨 넣지 않았다는 걸 깨달았다. 그녀는 벽에서 작은 달력을 떼어 냈다. 월별로 나뉘져 있고, 그림 한가운데 금색 숫자로 1819년의 월일이 적힌 빳빳한 종이 달력이었다. 그녀는 수녀원을 나온 날인 5월 2일까지 각 성인의 이름에 줄을 그어 앞쪽 네 달의 칸을 지웠다.

문 뒤에서 웬 목소리가 그녀를 불렀다. "자네트!"

잔느는 대답했다. "들어오세요, 아빠." 그러자 그녀의 아버지가 나타났다.

시몽자크 르 페르튀 데 보 남작은 깐깐하긴 해도 선량한 옛날 신사였다. 장 자크 루소의 열렬한 신봉자인 그는 자연과 들판, 숲과 짐승에 대해 연인 같은 애정을 품고 있었다.

태생이 귀족인 그는 본능적으로 숫자 93*을 증오했다. 그러나 타고난 기질이 철학자인 데다 교육으로 자유주의자가 된 터라 악의 없이 과장된 증오심을 드러내며 전제주의를 혐오했다.

그의 큰 강점이자 큰 약점은 선량함이었는데, 보듬고, 베풀고, 포옹하기 위해서라면 팔이 모자랄 정도의 선량함이요, 의지 신경이 마비된 것처럼 저항할 줄 모르는 창조주의 어수선한

---

* 프랑스 대혁명 이후 루이 16세가 처형되고 공포정치가 행해진 1793년을 가리킨다. 이 혁명기를 그린 빅토르 위고의 소설 『93』도 있다.

선량함이요, 기력 결핍처럼 거의 악덕 같은 선량함이었다.

이론가인 그는 딸을 행복하고, 착하고, 바르고 다정한 여자로 만들고 싶어 교육 계획을 고심해서 세웠다.

딸은 열두 살까지 집에서 지내다가 어머니가 울며 반대했지만 사크레쾨르 수녀원으로 보내졌다.

그는 딸이 그곳에 엄격히 유폐되어 인간사를 모른 채 세상과 담을 쌓고 지내게 했다. 딸이 열일곱 살이 되어 순결한 상태로 돌아오면 자신이 직접 딸을 합리적인 시詩로 흠뻑 적시듯 감싸주고 싶었다. 비옥한 대지 한가운데 들판을 거닐며 딸의 영혼이 열리고 동물들의 순박한 애정, 천진한 사랑, 삶의 평화로운 법칙을 보며 딸이 무지에서 서서히 깨어나기를 바랐다.

이제 딸은 무료한 낮에, 긴긴 밤에, 희망을 품어 보는 고독한 순간에 이미 상상해 본 온갖 기쁨과 매혹적인 우연을 한껏 누릴 태세로, 행복에 대한 갈망과 생기를 한껏 머금은 눈부신 모습으로 수녀원을 나온 길이었다.

그녀는 베로네세*가 그린 초상화 같았는데, 반짝이는 금발조차 그녀의 살결 위에선 빛바랜 듯 보였고, 햇살이 스칠 때 얼핏 드러나는 창백한 벨벳 같은 살갗은, 분홍빛이 설핏 감돌고

---

* 르네상스 시대의 이탈리아 화가 바올로 베로네세(1528-1588).

가벼운 솜털이 그늘을 드리운 귀족의 살갗이었다. 그녀의 눈은 파란 빛이었는데, 네덜란드제 도자기 인형의 눈처럼 불투명한 파란색이었다.

왼쪽 콧방울에 작은 점 하나가 있었고, 오른쪽 턱 위에도 하나가 있었으며, 그 점 위엔 피부색과 아주 비슷해 거의 구분이 되지 않는 곱슬곱슬한 잔털 몇 가닥이 나 있었다. 키는 늘씬하고, 가슴은 풍만했으며, 허리는 잘록했다. 낭랑한 목소리는 가끔 너무 날카로워 보이기도 했다. 그러나 꾸밈없는 웃음은 주위에 기쁨을 퍼뜨렸다. 종종 그녀는 머리카락을 매만지려는 듯 익숙한 동작으로 두 손을 관자놀이에 대곤 했다.

그녀는 아버지에게 달려가 껴안고 볼인사를 하며 말했다. "이제 떠나는 거죠?"

아버지는 미소를 짓고, 이미 백발이 된 꽤 긴 머리카락을 흔들더니, 손으로 창 쪽을 가리키며 말했다.

"이런 날씨에 어떻게 여행하겠다는 거냐?"

그러나 그녀는 어리광을 부리며 다정하게 애원했다. "오! 아빠, 떠나요. 제발 부탁이에요. 오후가 되면 날씨가 갤 거예요."

"하지만 네 엄마는 절대 동의하지 않을 거야."

"아녜요. 약속해요. 엄마는 제가 책임질게요."

"네가 엄마의 동의만 얻어낸다면 나야 좋지."

그녀는 남작 부인의 방을 향해 서둘러 달려갔다. 점점 더 애 태우며 떠날 이날만 기다려 왔기 때문이다.

사크레쾨르 수녀원에 들어온 뒤로 그녀는 루앙을 떠나지 못 했는데, 아버지가 정해 둔 나이가 되기 전에는 어떤 오락도 허 락되지 않았던 것이다. 단 두 번 사람들을 따라 파리로 가서 보 름 동안 지낸 적이 있었지만, 그곳도 도시였으니 그녀는 시골만 꿈꿔 왔다.

이제 그녀는 이포르 부근 절벽 위에 자리한 가문의 오래된 성城인 푀플 영지에서 여름을 보낼 것이다. 그래서 바닷가에서 자유로운 삶을 사는 무한한 기쁨을 기대하고 있었다. 게다가 그 저택을 물려받아 결혼하면 그곳에서 내내 살기로 되어 있었 다.

전날 저녁부터 그칠 줄 모르고 쏟아지는 비는 그녀의 삶에 닥친 첫 번째 큰 슬픔이었다.

그러나 3분 뒤, 그녀는 어머니의 방에서 뛰어나오며 집이 떠 나갈 듯이 외쳤다. "아빠, 아빠! 엄마가 좋대요. 말을 매라고 하 세요."

폭우는 잦아들 기미가 보이지 않았다. 사륜마차가 문 앞으 로 다가왔을 때는 빗줄기가 더 거세진 것 같았다.

잔느가 막 마차에 오르려는데 남작 부인이 한쪽은 남편, 다른 쪽은 남자처럼 건장하고 힘센 하녀에게 부축 받으며 계단을 내려왔다. 하녀는 코Caux 지방 출신의 노르망디 여자였는데, 기껏해야 열여덟 살일 텐데 스무 살은 되어 보였다. 이 집안에서는 이 하녀를 둘째딸처럼 생각했는데, 잔느와 젖을 같이 먹고 자란 사이였기 때문이다. 하녀의 이름은 로잘리였다.

하녀의 주된 역할은, 심장비대증으로 몇 년 전부터 몸이 비대해져 끊임없이 괴로워하는 여주인의 걸음을 이끄는 것이었다.

남작 부인은 몹시 숨을 헐떡이며 낡은 저택의 층계까지 왔고, 물이 홍건한 안뜰을 바라보며 중얼거렸다. "정말이지 이건 분별없는 짓이야."

그녀의 남편이 여전히 미소를 띤 채 대답했다. "아델라이드 부인, 당신이 원한 거잖소."

아내의 이름이 거창하게도 아델라이드*여서 그는 살짝 장난기 실린 존경의 말투로 아내 이름에 항상 '부인'을 붙였다.

그녀가 다시 걸음을 옮겨 힘겹게 마차에 오르자 마차의 용수철이 일제히 출렁거렸다. 남작은 아내 곁에 앉았고, 잔느와 로잘리는 맞은편의 역방향 좌석에 앉았다.

---

* 신성로마제국 대제인 오토 1세의 두 번째 부인이 아델라이드로 왕실 혈통을 떠올리게 하는 이름이다.

요리사 뤼디빈이 한 무더기 가져온 외투로 모두 무릎을 덮었고, 바구니 두 개는 발밑에 감췄다. 뤼디빈은 시몽 영감 옆자리에 타고는 커다란 담요를 뒤집어써서 머리까지 완전히 덮었다. 문지기와 그의 아내가 와서 마차 문을 닫으며 인사했다. 그들은 짐마차에 실어 보내야 할 여행 가방에 대해 마지막 지시를 들었다. 그리고 마차는 출발했다.

마부 시몽 영감은 쏟아지는 비를 맞으며 고개 숙인 채 등을 웅크려 삼중 깃이 달린 외투 속에 몸을 파묻었다. 비바람이 울부짖으며 차창을 때렸고, 도로에 물을 흥건히 쏟았다.

두 마리 말이 빠른 걸음으로 끄는 사륜마차는 강둑길을 급하게 내려가 줄지어 정박해 있는 선박들 옆을 달렸다. 배의 돛과 활대, 밧줄이 빗줄기가 쏟아지는 하늘에 헐벗은 나무처럼 을씨년스럽게 솟아 있었다. 이윽고 마차는 몽리부데 대로로 접어들었다.

곧 마차는 초원을 가로질렀다. 이따금 비에 젖은 버드나무가 시체처럼 가지를 늘어뜨린 채 물안개 너머로 근엄하게 모습을 드러냈다. 말편자는 첨벙거렸고, 마차의 네 바퀴는 진흙을 사방으로 튀겼다.

모두 말이 없었다. 땅처럼 마음도 젖은 것 같았다. 어머니는 몸을 젖혀 머리를 기대고 눈을 감았다. 남작은 침울한 눈길로 비에 젖은 단조로운 들판을 응시했다. 로잘리는 무릎에 짐을 얹은 채 평민 특유의 동물적 몽상에 잠겨 있었다. 그러나 그 푸근한 빗줄기 아래 잔느는 실내에 갇혀 있던 식물을 밖에 내놓은 것처럼 다시 생생해지는 느낌이었다. 농도 짙은 기쁨이 무성한 나뭇잎처럼 그녀의 마음에 슬픔이 깃들지 못하게 막아 주었다. 말은 하지 않았지만 그녀는 노래 부르고 싶었고, 손을 밖으로 뻗어 물을 받아 마시고 싶었으며, 말의 질주에 몸을 맡기고 황량한 풍경을 보며 그 홍수 속에서 안전하게 보호받는 느낌을 즐겼다.

줄기차게 쏟아지는 빗줄기 아래 두 짐승의 번들거리는 엉덩이가 끓는 물처럼 김을 내뿜었다.

남작 부인은 차츰 잠이 들었다. 여섯 가닥으로 곱슬곱슬 늘어뜨린 머리카락에 둘러싸인 얼굴이 점차 기울었고, 큰 목주름 세 겹이 얼굴을 힘없이 받치고 있었는데, 목주름의 마지막 물결은 드넓은 바다 같은 그녀의 가슴 속으로 사라지고 있었다. 숨 쉴 때마다 그녀의 머리가 들썩였다가 이내 떨어졌다. 두 뺨이 부풀어 올랐고, 살짝 벌어진 입술 사이로 요란하게 코 고는 소리가 새어 나왔다. 남편은 아내 쪽으로 몸을 숙이더니 육중한 배 위로 깍지 낀 아내의 두 손에 작은 가죽 지갑 하나를 살며시 올려놓았다.

이 접촉이 남작 부인을 깨웠다. 부인은 선잠을 깬 몽롱한 상태에서 젖은 눈길로 그 물건을 응시했다. 지갑이 떨어지면서 열렸다. 금화와 지폐가 마차 안에 흩어졌다. 부인은 완전히 깨어났다. 딸의 즐거움이 폭소로 터져 나왔다.

남작은 돈을 주워 아내의 무릎 위에 올려놓으며 말했다. "여보, 이것이 엘르토 농장을 팔고 남은 돈 전부요. 앞으로 우리가 자주 지내게 될 퇴플 성을 수리하려고 팔았어요."

그녀는 6천4백 프랑을 세더니 주머니에 가만히 집어넣었다.

그들의 부모가 물려준 서른하나 가운데 아홉 번째로 판 농장이었다. 그들은 아직도 지대地代 수입이 대략 2천 리브르 정도쯤 있어 잘만 관리하면 수익을 1년에 3천 프랑까지는 쉽게 올릴 수 있을 터였다.

그들은 검소하게 생활했기에 그 정도 수입이면 충분했을 것이다. 집안에 항상 뚫려 있는 밑 빠진 독인 선량함만 없었다면 말이다. 그 선량함은 태양이 늪의 물을 말리듯이 그들 수중의 돈을 말렸다. 돈은 흐르고, 새고, 사라졌다. 어떻게? 누구도 알지 못했다. 매번 그들 중 한 사람이 말했다. "어떻게 된 일인지 모르겠네. 오늘 크게 산 것도 없는데 100프랑이나 썼어."

이렇게 쉽게 베푸는 건 그들 삶에서 가장 큰 행복 가운데 하나였다. 이 점에 관해서는 감동적일 만큼 당당하게 모두 의견이 일치했다.

잔느가 물었다. "이제 제 성은 아름답겠네요?"

남작이 쾌활하게 대답했다. "가서 보렴."

거센 폭우가 차츰 잦아들더니 아주 고운 먼지처럼 가는 안개비가 흩날렸다. 구름 천장이 걷히고 환해지는 듯했다. 그러더니 갑자기, 보이지 않는 구멍으로 한 줄기 긴 햇살이 비스듬히 초원을 내리비쳤다.

구름이 갈라지더니 파란 하늘이 나타났다. 찢긴 틈새가 이내 장막이 찢기듯 벌어졌고, 선명하고 깊은 쪽빛의 순수하고 화창한 하늘이 세상 위로 펼쳐졌다.

대지가 내쉬는 행복한 한숨 같은, 신선하고 감미로운 바람이 지나갔다. 마차가 공원이나 숲을 따라갈 때는 깃털을 말리고 있는 새의 활기찬 노랫소리가 들렸다.

저녁이 내렸다. 이제 마차 안 모두가 잠들었다. 잔느만 예외였다. 그들은 두 차례 주막에 들러 말을 쉬게 하고 물과 귀리도 먹였다.

해는 이미 저물었다. 멀리서 종소리가 들렸다. 작은 마을에는 등불이 켜졌다. 하늘에도 총총한 별들이 빛났다. 불 밝힌 집들이 드문드문 한 점 불처럼 어둠을 가르며 모습을 드러냈다. 그러다 갑자기, 언덕 너머, 전나무 가지 사이로, 커다랗고 붉은

24

달이 졸음에 겨운 듯 솟아올랐다.

날씨가 아주 포근해 창문은 내린 채 두었다. 꿈꾸느라 지치고, 행복한 환상에 배불리 취한 잔느도 이젠 쉬고 있었다. 같은 자세로 너무 오래 앉아 있느라 몸이 저려서 이따금 눈을 다시 뜨곤 했다. 그럴 때 밖을 내다보면 불 밝혀진 밤 풍경 속에 농장의 나무들이 지나가거나 여기저기 들판에 누운 소들이 고개를 드는 게 보였다. 그러다 그녀는 자세를 바꾸고 꾸다 만 꿈을 다시 붙들려고 애썼다. 그러나 계속 구르는 마차 바퀴 소리가 귀를 채우고 생각마저 혹사해 몸도 정신도 지친 느낌이 들자 다시 눈을 감았다.

그런데 마차가 멈춰 섰다. 남자들과 여자들이 손에 등불을 들고 마차 문 앞에 서 있었다. 도착한 것이다. 화들짝 잠에서 깬 잔느는 얼른 뛰어내렸다. 아버지와 로잘리는 농부 한 사람이 비춰 주는 불빛에 따라 완전히 기진맥진한 남작 부인을 거의 들다시피 했다. 남작 부인은 비탄의 신음 소리를 내며 다 죽어가는 작은 목소리로 끊임없이 되풀이했다. "아! 세상에! 가련해라!" 그녀는 아무것도 마시지도 먹지도 않고 눕더니 이내 잠들었다.

잔느와 남작은 마주 앉아 저녁식사를 했다.

두 사람은 서로를 바라보며 미소 짓고, 식탁 너머로 손을 맞잡았다. 두 사람 모두 어린아이처럼 기쁨에 들떠서 수리된 저택을 둘러보러 나섰다.

그곳은 농장이면서 성城으로 높고 넓은 노르망디식 주거지인데, 지을 때 흰색이었던 돌은 회색으로 변했고, 한 종족이 살아도 될 만큼 넓었다.

거대한 현관이 집을 둘로 나누며 이쪽과 저쪽을 갈랐고, 큰 문 두 개가 양쪽으로 열렸다. 계단 두 개가 입구에 걸쳐 있는 것처럼 보였는데, 두 계단은 현관 중앙을 비워 두고 2층에서 다리처럼 만났다.

1층 오른쪽으로는 엄청나게 넓은 거실로 들어서게 되는데, 새들이 노니는 나뭇잎이 그려진 장식 융단이 걸려 있었다. 촘촘하게 짠 융단의 무늬는 라퐁텐*의 『우화』를 그린 것이었다. 잔느는 아주 어려서 좋아했던, 여우와 황새 이야기가 그려진 의자를 다시 보고는 펄쩍 뛰며 좋아했다.

거실 옆에는 고서가 가득한 서재와 사용하지 않는 방이 두 개 있었다. 왼쪽에는 목재 내장재를 새로 설치한 식당과 세탁실, 찬방과 부엌, 욕조가 딸린 작은 내실이 있었다.

복도가 2층 전체를 세로로 가로지르고 있었다. 방 열 개에

---

* 프랑스의 17세기 시인이자 우화 작가인 장 드 라퐁텐(1621-1695). 그의 우화집 12권은 동물에 빗대어 보편적인 인간 전형을 그린 우화 문학의 걸작으로 평가받는다.

딸린 열 개의 문이 복도를 따라 줄지어 있었다. 오른쪽 끝에 잔느의 방이 있었다. 두 사람은 그리로 들어갔다. 남작은 쓰지 않고 광에 넣어 두었던 가구와 벽걸이 천만으로 그 방을 새롭게 단장하게 했다.

아주 오래된 플랑드르산産 장식 융단들이 기이한 인물들로 그곳을 채우고 있었다.

잔느는 자기 침대를 보고서 기쁨의 탄성을 질렀다. 참나무로 깎은, 새까맣고 반짝이는 큰 새 네 마리가 침대 네 귀퉁이를 떠받들고 있어 침상을 지키는 수호자들 같았다. 양 측면엔 꽃과 과일이 두 줄로 넓게 조각되어 있었다. 주름까지 섬세하게 조각된 네 개의 기둥은 코린트식 기둥머리로 마무리되어 있었고, 큐피드와 장미꽃이 동글동글하게 새겨진 코니스를 떠받치고 있었다.

침대는 기념비처럼 우뚝 선 채, 세월에 짙게 변색된 목재가 풍기는 근엄함에도 매우 우아한 모습을 간직하고 있었다.

침대 덮개와 닫집을 장식한 천이 두 개의 창공처럼 반짝였다. 둘 다 짙은 파란색 옛날 비단으로 만들어졌는데, 금사로 수놓은 큰 백합이 군데군데 별처럼 빛났다.

잔느는 침대에 한참 감탄한 뒤, 등불을 들어 장식 융단을 살펴보며 무늬의 주제를 이해해 보려 했다.

초록, 빨강, 노랑으로 기이하게 차려입은 젊은 영주와 젊은 귀부인이 하얀 열매가 익어 가는 푸른 나무 아래에서 얘기를 나누고 있었다. 큰 흰색 토끼 한 마리가 회색 풀을 뜯어 먹고 있었다.

인물들 바로 위쪽, 상투적인 원경으로 뾰족한 지붕을 얹은 둥글둥글한 집 다섯 채가 보였다. 더 위쪽, 거의 하늘 높이에 새빨간 풍차가 하나 보였다.

꽃을 그린 큰 꽃가지 무늬가 그 모든 것 속 여기저기 떠돌고 있었다.

다른 장식 융단 두 개도 첫 번째 것을 많이 닮았다. 플랑드르 사람처럼 옷을 입은 작은 남자 넷이 집에서 나오면서 두 팔을 하늘을 쳐들고 몹시 놀라고 화났다는 표시를 하고 있는 것만 달랐다.

그런데 마지막 장식 융단은 비극을 묘사하고 있었다. 여전히 풀을 뜯고 있는 토끼 옆에 누운 청년은 죽은 것처럼 보였다. 젊은 귀부인이 그 청년을 보고 칼로 자기 가슴을 찔렀고, 나무의 열매들은 시커멓게 변해 있었다.

잔느가 이해하길 포기하려던 참에 한쪽 구석에 아주 작은 벌레 한 마리가 눈에 띄었는데, 토끼가 살아 있었다면 풀인 줄 알고 먹어 버렸을 만큼 작았다. 그런데 그것은 사자였다.

그제야 그녀는 그것이 피라모스와 티스베의 불행*을 그린 그림임을 알아보았다. 그림이 단순해서 절로 웃음이 났지만, 그 사랑 이야기에 둘러싸여 지낼 일이 행복하게 느껴졌다. 그 그림은 그녀의 상념에 소중한 희망을 불러일으킬 테고, 매일 밤 그녀의 꿈길에 이 전설적인 고대의 사랑을 드리울 것이다.

나머지 가구는 매우 잡다한 양식을 모아 둔 것이었다. 여러 세대가 집 안에 남겨 놓아서 오래된 집을 온갖 잡동사니가 뒤죽박죽 섞인 박물관처럼 만들어 버리는 그런 가구들이었다. 번쩍이는 동판을 갑옷처럼 두른, 루이 14세풍의 위풍당당한 서랍장 옆에는 꽃다발 장식 비단을 걸친 루이 15세풍 안락의자 두 개가 놓여 있었다. 장미나무로 만든 책상 하나가 벽난로를 마주 보고 있었고, 벽난로 위엔 유리구로 덮인 제정 시대의 추시계가 걸려 있었다.

추시계는 황금색 꽃들이 핀 정원 위로 대리석 기둥 네 개가 청동 벌통을 떠받친 형태였다. 벌통의 긴 틈에서 나온 가느다란 시계추가 흔들리면 칠보 날개를 단 작은 꿀벌이 꽃밭 위를 쉬지 않고 날았다.

채색 도자기로 된 시계판은 벌통 옆에 끼워져 있었다.

---

* 오비디우스의 『변신 이야기』에 등장하는 비극.

시계가 11시를 알리기 시작했다. 남작은 딸을 포옹하고는 자기 방으로 갔다.

그러자 잔느는 마지못해 잠자리에 들었다.

그녀는 마지막으로 자기 방을 둘러본 다음 촛불을 껐다. 침대는 머리 쪽만 벽에 붙어 있었는데, 왼쪽에 창문이 하나 있고, 그곳으로 달빛이 흘러 들어와 바닥에 빛 웅덩이를 쏟아 놓았다.

벽에 반사된 달빛이 희끄무레한 빛으로 피라모스와 티스베의 변함없는 사랑을 살포시 어루만지고 있었다.

발 쪽에 있는 다른 창으로는 감미로운 달빛에 고스란히 잠긴 큰 나무가 보였다. 그녀는 옆으로 돌아누워 눈을 감았고, 얼마 후 다시 눈을 떴다.

마차 달리는 소리가 계속 머릿속에서 울려 아직도 마차의 요동에 흔들리는 느낌이었다. 그녀는 가만히 있으면 결국 잠이 들겠지 생각하고 처음엔 꼼짝하지 않았다. 그러나 마음의 조바심은 곧 온몸으로 번졌다.

다리에 경련이 일고, 점점 열이 났다. 그녀는 일어나서 맨팔과 맨발에 긴 잠옷만 걸쳐 유령 같은 모습으로 바닥에 쏟아진 빛 연못을 건너가 창문을 열고 바라보았다.

밤이 참으로 밝아서 대낮처럼 환히 보였다. 그녀는 자신이 어린 시절에 좋아했던 고장 구석구석을 알아보았다.

맞은편에는 달빛 아래 버터처럼 노란 잔디밭이 넓게 펼쳐져 있었다. 큰 나무 두 그루가 성 앞 양쪽 끝에 우뚝 서 있었는데, 북쪽엔 플라타너스, 남쪽엔 보리수였다.

드넓은 풀밭 끝에 자리한 작은 숲 동산이 이 영지의 경계를 표시했고, 늘 고삐 풀린 듯 휘몰아치는 해풍에 시달려 뒤틀리고, 잘리고, 갉아 먹히고, 지붕처럼 비스듬히 깎인 느릅나무 고목 다섯 줄이 먼바다에서 불어오는 태풍으로부터 영지를 보호하고 있었다.

공원 같은 이 뜰의 오른쪽과 왼쪽 끝에 노르망디에서는 푀플*이라고 부르는 포플러가 심어진 긴 대로 두 개가 있어 주인의 거주지와 인접한 두 농가를 갈라놓았는데, 농가 하나엔 쿠이아르 가족이, 다른 하나엔 마르탱 가족이 살고 있었다.

이 푀플 나무 때문에 성에도 같은 이름이 붙었다. 영지 너머엔 경작되지 않은 드넓은 들판이 펼쳐졌다. 가시양골담초가 자라는 그곳엔 바람이 밤낮으로 휘파람 소리를 내며 불었다. 얼마 더 가면 언덕은 급격히 꺾여, 백 미터나 되는 깎아지른 듯한 새하얀 절벽이 파도에 발을 담그고 있었다.

* '민중, 서민' 등의 뜻.

잔느는 저 멀리 물결 일렁이는 긴 해수면을 바라보았다. 바다는 별빛 아래 잠든 것처럼 보였다.

태양 없는 정적 속에 대지의 온갖 향기가 널리 퍼졌다. 아래층 창문 주위로 기어오른 재스민이 연신 발산하는 짙은 숨결이 막 돋아나는 나뭇잎의 좀더 가벼운 향내와 뒤섞였다. 느린 돌풍이 지나면서 해조류의 끈끈한 땀내와 짠내가 물씬 풍기는 대기를 실어 왔다.

잔느는 숨 쉬는 행복에 빠져들었다. 전원에서 맛보는 휴식은 시원한 목욕처럼 그녀의 마음을 가라앉혀 주었다.

저녁이 되면 깨어나 밤의 고요 속에 비밀스러운 존재를 감추는 온갖 짐승들이 조용한 소란으로 어슴푸레한 어둠을 채우고 있었다. 큰 새들이 울음소리도 내지 않고 얼룩처럼, 그림자처럼 허공을 날아갔다. 눈에 보이지 않는 곤충들의 붕붕거림이 귓전을 스쳤다. 소리 없는 뜀박질이 인적 없는 길의 이슬 맺힌 혹은 모래 덮인 풀숲을 가로질렀다.

두꺼비 몇 마리만이 달을 향해 짧고 단조로운 울음을 구슬프게 내뱉었다.

잔느는 이 달 밝은 밤처럼 자신의 마음이 속삭임으로 가득 채워져 넓어지는 것 같았고, 밤짐승들의 떨림이 그녀를 에워쌌듯이 떠도는 온갖 욕망이 별안간 마음에 우글거리는 듯했다.

어떤 친화감이 그녀를 이 살아 있는 시詩와 이어주고 있었다. 밤의 말랑한 흰 빛 가운데 초인적인 전율이 질주하고, 붙들 수 없는 희망이, 행복의 숨결 같은 무엇이 펄떡이는 게 느껴졌다.

그러자 그녀는 사랑을 꿈꿨다.

사랑! 벌써 2년 전부터 사랑이 다가오고 있다는 불안감이 점점 더 커져 가며 그녀의 마음을 채우고 있었다. 이제 자유롭게 사랑할 수 있게 되었으니 만나기만 하면 된다. 그를!

어떤 사람일까? 그를 정확히 알지도 못했고, 그에 대해 생각해 보지도 않았다. 어쨌든 '그'가 '그 사람'이 될 것이다. 그뿐이다.

그녀가 아는 건 자신이 온 마음을 다해 그를 사랑할 것이며, 그도 있는 힘껏 그녀를 아껴 주리라는 것뿐이다. 두 사람은 오늘 밤 같은 밤에 별에서 쏟아지는 빛의 재를 맞으며 함께 거닐 것이다. 손을 맞잡고, 몸을 기댄 채, 서로의 심장이 펄떡이는 소리를 듣고, 어깨의 체온을 느끼며, 달콤한 여름밤의 소박함에 둘의 사랑을 섞으며 걸을 테고. 그렇게 오직 사랑의 힘으로 서로의 비밀스러운 생각까지 쉽게 꿰뚫어 볼 정도로 하나가 될 것이다.

그 사랑은 말로 형용할 수 없는 애정의 평온 가운데 무한히 지속될 것이다.

문득 그녀는 그 사람이 그 자리에, 그녀에게 몸을 기대고 있는 것처럼 느껴졌다. 별안간 관능의 전율이 물결처럼 머리끝에서 발끝까지 훑고 지났다. 그녀는 마치 자기 꿈을 끌어안으려는 듯 무의식적으로 두 팔로 자기 가슴을 끌어안았다. 미지의 그를 향해 내민 입술 위에 봄의 숨결이 사랑의 입맞춤이라도 포갠 건지 무언가 스치자 그녀는 거의 실신할 뻔했다.

갑자기 저 아래, 성 뒤쪽 길에서 어둠 속을 걷는 발소리가 들렸다. 놀란 마음에 충동적으로 불가능을, 신의 뜻을 품은 우연을, 신성한 예감을, 운명의 소설 같은 조합을 믿고 싶어져 그녀는 생각했다. '혹시 그 사람이 아닐까?' 그녀는 걸어오는 사람의 박자 맞춘 발걸음 소리에 불안스레 귀를 기울였고, 그 사람이 문 앞에서 걸음을 멈추고 묵어가게 해달라고 청하리라 확신했다.

발소리가 지나가자 그녀는 실망한 듯 슬퍼졌다. 그러나 자신이 희망으로 들떴음을 깨닫고 자신의 어이없는 행동에 웃었다.

그녀는 마음이 조금 가라앉자 한결 분별 있는 몽상의 흐름에 정신을 내맡기고 미래를 예측하며 자기 삶을 쌓아 보려고 애썼다.

그녀는 그와 함께 이곳에서, 바다를 굽어보는 이 조용한 성에서 살아갈 것이다. 아마도 아이를 둘쯤, 그 사람을 위한 아들과 자신을 위한 딸을 둘 것이다. 아이들이 플라타너스와 보리수 사이 풀밭에서 뛰어노는 동안 아버지와 어머니가 홀린 눈으로 아이들을 좇으며 아이들 머리 너머로 열정 가득한 눈길을 주고받을 모습이 눈앞에 그려졌다.

그녀는 그렇게 꿈을 꾸며 오래, 오래 머물렀고, 그러는 사이 달은 하늘을 가로지르는 여행을 마치고 바닷속으로 사라지려 하고 있었다.

공기가 한결 서늘해졌다. 동쪽으로는 수평선이 희끄무레해졌다. 오른쪽 농가에서 수탉 한 마리가 울자 왼쪽 농가에서 여러 마리가 화답했다. 닭들의 목쉰 울음소리는 닭장 너머 아주 멀리서 오는 것처럼 들렸다. 어느새 하얘진 하늘의 거대한 궁륭에서 별들이 사라져가고 있었다.

어디선가 작은 새소리가 깨어났다. 처음엔 수줍던 재잘거림이 나뭇잎 사이에서 새어 나오더니 소리는 점점 대담해졌고, 유쾌한 울림이 되어 이 가지 저 가지, 이 나무 저 나무로 옮겨다녔다.

잔느는 문득 주변이 환해진 걸 느꼈다. 두 손으로 감싸고 있던 머리를 들자 밝아 오는 새벽빛에 눈이 부셔 이내 눈을 감았다.

포플러나무 가로수길 뒤로 반쯤 가려진 채 붉게 물든 구름산이 잠에서 깨어난 대지 위로 핏빛을 던지고 있었다.

그러더니 서서히, 새빨간 구름을 가르고 불타는 듯한 거대한 태양이 나무며 벌판, 대양과 수평선에 불구멍을 숭숭 내며 모습을 드러냈다.

잔느는 행복에 겨워 미칠 것만 같았다. 만물의 광휘 앞에서 광적인 기쁨과 무한한 감동이 마음을 적셔 기절할 것만 같았다. 그것은 그녀의 태양이었고, 그녀의 여명이었다. 그녀 삶의 시작이었다! 그녀 희망의 돋음이었다! 그녀는 태양을 끌어안고 싶어 눈부신 천공을 향해 두 팔을 뻗었다. 이 빛의 발현처럼 신성한 무언가를 말하고 싶고, 외치고 싶었다. 그러나 무력한 열광에 휩싸여 마비된 채 그대로 머물렀다. 그 순간, 그녀는 두 손을 이마로 가져가다가 자기 눈에 눈물이 가득 고여 있는 걸 느꼈다. 그리고 그녀는 달콤하게 울었다.

그녀가 다시 고개를 들었을 때 동틀 무렵의 장엄한 경관은 이미 사라지고 없었다. 잔느는 마음이 차분해지면서 조금 피곤하고 춥다는 느낌이 들었다. 그래서 창문도 닫지 않은 채 침대로 가서 누웠고, 몇 분 더 몽상에 잠겼다가 잠이 들었는데, 어찌나 깊이 잤는지 8시에 부르는 소리도 전혀 듣지 못하고 아버지가 그녀의 방으로 들어왔을 때에야 잠에서 깼다.

아버지는 딸에게 성이, '그녀의' 성이 아름답게 단장된 모습을 보여 주고 싶어 했다.

내륙 쪽으로 향한 건물 정면은 사과나무를 심은 드넓은 뜰이 있어 길과 떨어져 있었다. 농로라고 불리는 그 길은 농민들의 농가 사이를 지나 반 리외* 정도 더 가서 르아브르와 페캉을 잇는 큰 도로와 만났다.

곧은 산책로 하나가 나무 울타리에서 현관 층계까지 이어졌다. 바다 자갈로 쌓고, 초가지붕을 인 작은 부속 건물들이 두 농가의 도랑을 따라 뜰 양쪽으로 늘어서 있었다.

지붕도 새로 얹었고, 목공 세공도 모두 복원했고, 담장도 수리했고, 방들마다 벽지도 새로 발랐고, 성 내부 전체를 다시 칠했다. 빛바랜 낡은 저택은 꼭 얼룩 같은 은백색 새 덧문들을 달았고, 회색 정면에는 새로 바른 회벽토가 눈에 띄었다.

잔느의 방 창문 중 하나가 나 있는 다른 쪽으로는 바람에 갉아 먹힌 느릅나무 벽과 동산 너머로 멀리 바다가 보였다.

잔느와 남작은 팔짱을 끼고 한구석도 빼놓지 않고 샅샅이 둘러보았다. 그러고 나서 공원이라 불리는 곳을 둘러싼 포플러 가로수길을 천천히 거닐었다. 나무 밑에는 풀이 자라 초록 융단을 펼치고 있었다. 길 끝에 자리한 동산은 나뭇잎 벽 사이로

---

* 프랑스의 옛 거리 단위로, 1리외는 약 4km이다.

작은 오솔길들이 꼬불꼬불 나 있어 매혹적이었다. 산토끼 한 마리가 불쑥 튀어나와 처녀를 겁먹게 하더니 비탈길을 달려 내려가 절벽 쪽 골풀 속으로 달아났다.

점심식사 후, 여전히 탈진 상태인 아델라이드 부인이 쉬겠다고 하자 남작은 이포르까지 내려가 보자고 제안했다.

두 사람은 길을 나섰고, 먼저 퐈플 성이 속한 에투방 마을을 가로질렀다. 농부 세 사람이 오래전부터 알고 지낸 듯 그들에게 인사를 건넸다.

그들은 숲으로 들어섰는데, 비탈진 숲길은 구불구불 계곡을 돌아 바다까지 이어졌다.

곧 이포르 마을이 나타났다. 문간에 앉아 헌 옷을 깁고 있던 여자들이 지나가는 그들을 바라보았다. 경사진 길 한가운데로 시냇물이 흘렀고, 집집마다 문 앞에 쌓아 둔 쓰레기 더미에서는 강한 짠내가 풍겼다. 작은 은화처럼 반짝이는 비늘이 드문드문 붙어 있는 거무스름한 그물이 문간마다 걸쳐져 마르고 있었고, 오두막에서는 단칸방에서 우글거리는 대가족의 냄새가 났다.

비둘기 몇 마리가 시냇가를 거닐며 먹이를 찾고 있었다.

잔느는 그 모든 것이 연극 무대처럼 신기하고 새로워 유심히 바라보았다.

그러다 담장 하나를 돌아서자 불쑥, 바다가 보였다. 불투명하고 잔잔한 푸른 바다가 까마득히 펼쳐져 있었다.

두 사람은 해변을 마주하고 멈춰 서서 바라보았다. 새 날개처럼 하얀 돛단배 몇 척이 먼바다로 나가고 있었다. 왼쪽처럼 오른쪽에도 거대한 절벽이 서 있었다. 한쪽은 곶처럼 보이는 것이 눈길을 가로막았고, 다른 쪽은 해안선이 눈에 보이지 않을 때까지 무한히 길게 이어졌다.

가까이 시야가 트인 곳에는 항구와 집들이 보였다. 바다에 거품 머리를 얹는 작은 파도가 자갈밭을 구르며 경쾌한 소리를 냈다.

동글동글한 자갈 비탈 위로 올라온 마을의 작은 배들이 모로 누워 타르 바른 볼록한 뺨을 햇볕에 내민 채 쉬고 있었다. 어부 몇 사람이 저녁 조수에 맞춰 배를 띄울 준비를 하고 있었다.

뱃사람 하나가 다가와 생선을 내밀었고, 잔느는 푀플 성으로 직접 가져가려고 넙치 한 마리를 샀다.

그러자 남자는 뱃놀이를 하겠냐고 제안했고, 자기 이름을 거듭 말해 기억에 남기려 했다. "라스티크. 조제팽 라스티크입니다."

남작은 그의 이름을 잊지 않겠다고 약속했다.

두 사람은 다시 성으로 향했다.

큰 생선을 들고 가는 것이 힘에 부쳐 잔느는 아버지의 지팡이를 생선 아가미에 꿰었고, 둘이서 지팡이 양쪽 끝을 들었다. 그렇게 그들은 얼굴 가득 바람을 맞으면서 반짝이는 눈으로 아이들처럼 재잘거리며 흥겹게 언덕을 다시 올랐다. 그러는 동안 점점 팔에 힘이 빠져 넙치의 기름진 꼬리가 풀밭에 끌렸다.

2

잔느에겐 매혹적이고 자유로운 삶이 시작되었다. 그녀는 책을 읽고, 몽상에 잠기고, 혼자 주변을 떠돌아다녔다. 몽상에 정신을 판 채 느린 걸음으로 길을 따라 배회했다. 혹은 꼬불꼬불한 작은 골짜기를 깡충깡충 뛰어 내려갔다. 양쪽 산등성이엔 가시양골담초 꽃이 수북이 피어 금빛 제의祭衣처럼 뒤덮고 있었다. 열기에 달뜬 달콤하고 짙은 꽃향기가 향기로운 와인처럼 그녀를 취기에 빠뜨렸다. 멀리 해변에서 들려오는 철썩이는 파도 소리에 그녀의 마음도 물결처럼 출렁였다.

간혹 나른해지면 그녀는 언덕의 무성한 풀밭에 누웠다. 때로는 골짜기를 돌아서다가 갑자기 만난 움푹 팬 깔때기 모양의 틈새로 수평선에 돛단배 한 척 떠 있는 햇빛 찬란한 푸른 바다가 보였고, 그녀는 행복이 머리 위로 신비스럽게 다가오는 양

걷잡을 수 없는 기쁨에 사로잡혔다.

이 싱그러운 고장의 감미로움 속에, 완만한 지평선의 고요 속에 잠겨 있으면 고독에 대한 사랑이 엄습해 왔다. 그럴 때면 그녀는 언덕 꼭대기에 오래도록 앉아 머물렀는데, 어린 야생 토끼들이 그녀 발밑을 깡충깡충 지나다녔다.

그녀는 자주 절벽으로 달려가 경쾌한 바닷바람을 맞으며 물속 고기처럼 혹은 하늘을 나는 제비처럼 지칠 줄 모르고 쏘다녔고, 그윽한 쾌락에 전율했다.

그녀는 땅에 씨앗을 심듯이 가는 곳마다 추억을, 죽어도 뿌리만은 버티는 추억을 뿌리고 다녔다. 그렇게 골짜기 굽이마다 자신의 마음을 조금씩 뿌리는 것 같았다.

그리고 해수욕에 열중했다. 위험을 의식하지 않고 힘차고 대담하게 까마득히 멀리까지 헤엄쳤다. 그녀는 차갑고 투명하고 푸른 물속에서 물결에 흔들리며 실려 가는 것이 기분 좋았다. 해변에서 멀어지면 누워서 가슴 위로 팔짱을 끼고, 제비나 물새 같은 흰 형체가 빠르게 지나가는 하늘의 깊은 쪽빛을 물끄러미 응시했다. 들리는 소리라곤 자갈에 부딪치는 파도의 아련한 속삭임과 물결에 휩쓸리는 흙이 내는, 거의 알아채기 힘든, 흐릿하고 어렴풋한 웅성거림뿐이었다. 얼마 후 잔느는 다시 몸을 일으켜 두 손으로 물살을 가르며 날카로운 기쁨의 탄성을 내질렀다.

이따금, 그녀가 너무 멀리까지 나아가면 배 한 척이 그녀를 찾으러 왔다.

그녀는 허기져서 얼굴은 창백했지만 가볍고 날렵한 모습으로, 두 눈 가득 행복을, 입가엔 미소를 머금고 성으로 돌아왔다.

한편 남작은 큰 농사 계획을 구상하고 있었다. 그는 이런저런 걸 시도해 발전을 꾀하고, 새로운 농기구들도 실험해 보고, 낯선 종자들을 도입해 보고 싶었다. 그래서 하루의 일부는 농부들과 대화를 나누며 보냈는데, 농부들은 그의 시도를 믿지 못하고 고개를 저을 뿐이었다.

그는 종종 이포르의 선원들과 함께 바다에도 나갔다. 주변의 동굴과 샘, 봉우리 들을 둘러보고, 소박한 뱃사람처럼 고기도 잡고 싶어 했다.

바람 부는 날, 돛에 바람을 잔뜩 품은 배가 파도를 타고 달릴 때, 뱃전마다 바다 밑까지 드리운 긴 낚싯줄을 고등어떼가 쫓아올 때, 그는 물고기가 잡혀 발버둥 치면 이내 진동이 느껴질 가느다란 낚싯줄을 흥분해서 떨리는 손으로 붙들고 있었다.

그는 전날 쳐둔 그물을 걷기 위해 달밤에 바다로 나섰다. 그렇게 돛대가 삐걱대는 소리를 듣는 것도, 쌩쌩 부는 차가운 밤바람을 마시는 것도 좋아했다. 오래도록 항해하고 나서 바위

꼭대기나 종탑 지붕, 페캉의 등대를 기준 삼아 부표를 찾으면 떠오르는 태양의 첫 햇살 아래 꼼짝 않고 서서, 배 갑판 위에 잡혀 올라온 부채꼴 모양 가오리의 끈끈한 등과 넙치의 기름진 배가 햇빛에 반짝이는 걸 보며 그 순간을 만끽했다.

식사 때마다 남작은 들떠서 자신이 한 나들이 얘기를 했다. 그러면 아내도 포플러 가로수길을, 햇볕이 잘 들지 않는 다른 쪽 길을 피해 오른쪽 길인 쿠이아르 농가 옆길을 몇 번이나 걸었는지 얘기했다.

"몸을 움직"이라는 의사의 권고가 있었기에 그녀는 기를 쓰고 걸었다. 밤의 냉기가 사라지기만 하면 외투와 숄 두 개를 걸치고, 머리엔 검은 머리쓰개를 쓴 다음 다시 붉은 털모자를 덮고서 로잘리의 팔에 기댄 채 내려갔다.

그녀가 조금 더 무거운 왼쪽 발을 끌며 걷다 보니 갈 때 고랑이 하나, 돌아올 때 또 하나가 패어, 풀은 죽고 먼지에 뒤덮인 고랑 두 개가 길을 따라 남았다. 그녀는 성의 모퉁이에서부터 숲 초입의 관목이 보일 때까지 직선으로 끝나지 않을 여행을 한없이 다시 시작했다. 그리고 길 양쪽 끝에 벤치를 하나씩 갖다 두게 했다. 그녀는 5분마다 멈춰 서서 자신을 부축해 주는 인내심 많은 가련한 하녀에게 말했다. "애야, 좀 피곤하니 앉자꾸나."

매번 멈춰 설 때마다 그녀는 때로는 머리를 덮었던 털모자를, 때로는 숄 하나를, 혹은 다른 숄을, 그리고 머리쓰개를, 그러다 외투까지 벗어 벤치에 남겨 두었다. 길 양쪽 끝에 남은 그 모든 건 두 무더기의 큰 옷 보따리가 되어, 그들이 점심식사를 하려고 성으로 돌아올 때면 로잘리가 부인을 부축하지 않은 다른 팔로 들고 와야 했다.

오후에도 남작 부인은 조금 더 나른한 걸음걸이로 다시 산책을 시작했는데, 휴식이 길어져서 이따금 바깥으로 내온 긴 의자에 누워 한 시간씩 졸기도 했다.

그녀는 이걸 "나의 운동"이라고 불렀다. "나의 비대증"이라고 말할 때처럼.

그녀가 10년 전에 숨이 답답해서 진찰받았을 때 의사는 심장비대증을 말했다. 그때부터 의미를 잘 알지도 못하는 그 단어가 그녀의 머릿속에 자리 잡았다. 그녀는 남작에게, 잔느에게, 로잘리에게 고집스레 자기 심장을 만져 보게 했지만, 누구도 가슴살 아래 파묻힌 그녀의 심장을 느끼지 못했다. 그런데 그녀는 다른 병이 드러날까 두려워 새로운 의사한테 진찰받기를 한사코 거부했다. 그러곤 말끝마다 "나의" 비대증이라고 말해서 이 질환은 그녀에게만 특별한 것처럼, 다른 사람들에겐 아무 권리가 없고 오직 그녀에게만 속한 유일무이한 무엇처럼 보였다.

마치 "드레스, 모자, 우산" 따위를 말할 때처럼 남작은 "내 아내의 비대증"이라 했고, 잔느는 "엄마의 비대증"이라고 말했다.

남작 부인은 젊은 시절에 아주 예뻤고 갈대보다 가녀렸다. 제정시대의 수많은 장교들의 품에 안겨 왈츠를 추고 나서 그녀는 『코린』*을 읽고 울었다. 그 후로 이 소설은 그녀에게 각인되어 남았다.

그녀의 몸이 불어날수록 그녀의 영혼은 한층 더 시적인 격정으로 날아올랐다. 비만이 그녀를 의자에 못 박자 그녀의 상념은 자신이 여주인공이라고 믿는 달콤한 모험 속을 유랑했다. 그녀에겐 특히 좋아하는 모험들이 있어 늘 자기 꿈속으로 불러들였는데, 마치 태엽을 감으면 끝없이 같은 곡조를 반복하는 뮤직 박스 같았다. 포로가 된 여주인공이나 제비가 등장하는 슬픈 로맨스는 어김없이 그녀의 눈시울을 적셨다. 그녀는 베랑제**의 일부 외설적인 노래까지 좋아했는데, 그것이 그리움을 표현하기 때문이었다.

종종 그녀는 몽상에 잠겨 몇 시간씩 꼼짝 않고 머물렀다.

---

* 스타엘 부인(Madame de Staël, 1766-1817)의 소설 『코린 또는 이탈리아(Corinne ou l'Italie)』를 가리키는데, 이탈리아 여성 시인 코린과 영국 귀족 오스월드 넬빌 경의 사랑 이야기를 그린 작품이다.
** 피에르 장 드 베랑제(Pierre-Jean de Béranger, 1780-1857). 프랑스 작사가, 작곡가, 시인.

푀플 성에 사는 걸 무척이나 좋아했는데, 성이 그녀 영혼의 소설들에 배경을 제공하고, 주변의 숲과 황량한 광야가, 그리고 바다가 가깝다는 점이 그녀가 몇 달 전부터 읽고 있는 월터 스콧*의 책들을 떠올리기 때문이었다.

비 내리는 날이면 그녀는 자기 방에 틀어박혀 자신의 "유물"이라고 부르는 것을 뒤적였다. 모두 오래된 편지들이었다. 그녀의 아버지와 어머니의 편지, 약혼했을 때 남작이 보낸 편지와 그 밖의 편지였다.

그녀는 그것들을 구리로 된 스핑크스가 네 모서리에 달린 마호가니 책상 속에 넣어 두었다. 그러곤 특유의 목소리로 이렇게 말했다. "얘야, 로잘리, '추억' 서랍 좀 가져다주렴."

어린 하녀가 가구를 열고 서랍을 꺼내어 여주인 옆에 놓인 의자 위에 내려놓으면 여주인은 편지를 하나씩 천천히 읽었고, 이따금 눈물을 흘렸다.

가끔은 잔느가 로잘리를 대신해 어머니를 산책시켰는데, 그럴 때면 어머니는 딸에게 어린 시절의 추억을 얘기했다. 잔느는 그 오래전의 이야기에서 자신의 모습을 발견하고 두 사람의 생각과 욕구가 유사함에 놀라곤 했다. 사람은 누구나 수많은 감

---

* 월터 스콧(Walter Scott, 1771-1832). 19세기 초 영국의 소설가, 시인, 역사가.

동을 느끼며 자신이 다른 누구보다 먼저 전율했다고 상상하는데, 사실 똑같은 감동이 이미 최초 피조물들의 심장을 고동치게 했으며, 최후의 남녀들의 심장을 뛰게 할 것이다.

그들의 느린 걸음은 이야기의 느린 속도를 따랐는데, 이야기는 간간이 숨이 막혀 몇 초간 중단되곤 했다. 그럴 때면 잔느의 생각은 시작된 모험을 뛰어넘어 기쁨 가득한 미래를 향해 날아올랐고, 희망 속으로 달려 나갔다.

오후에 두 사람이 구석 벤치에 앉아 쉬고 있을 때 갑자기 길 끝에서 뚱뚱한 신부가 그들을 향해 다가오는 것이 보였다.

그는 멀리서 미소를 지으며 인사했고, 세 발짝 정도 거리에 이르자 다시 인사하며 외쳤다. "아, 남작 부인, 안녕하시지요?" 마을의 주임신부였다.

철학자들의 세기에 태어나 그다지 신앙심 없는 아버지 밑에서 혁명의 시기를 보낸 어머니는 여성 특유의 종교적 본능 때문에 사제들을 좋아하긴 했지만 거의 성당에 나가지 않았다.

주임사제인 피코 신부를 까맣게 잊고 있었던 그녀는 그를 보고서 얼굴을 붉혔다. 그리고 자신의 행보를 알리지 않은 점을 사과했다. 그러나 사람 좋아 보이는 사제는 조금도 언짢아 보이지 않았다. 그는 잔느를 보고 혈색이 좋다고 칭찬하고는 자리에 앉아 무릎 위에 삼각모를 내려놓고 이마의 땀을 닦았다.

그는 아주 뚱뚱하고, 얼굴이 아주 붉었으며, 땀을 비 오듯 흘렸다. 그래서 수시로 호주머니에서 땀에 젖은 커다란 체크무늬 손수건을 꺼내 얼굴과 이마를 닦았다. 그러나 축축한 손수건을 옷 속에 집어넣기 무섭게 새로운 땀방울이 송글송글 맺혔고, 불룩한 복부의 법의 위로 떨어진 땀은 길에 날아다니는 먼지와 만나 작고 둥근 얼룩을 만들었다.

그는 진짜 시골 사제답게 유쾌하고, 너그럽고, 수다스러우며 선량한 사람이었다. 그는 이런저런 이야기를 했고, 고장 사람들에 대해 말했으며, 교구의 두 여신도가 아직 미사에 오지 않았다는 사실을 알아차리지 못한 척했다. 남작 부인은 자신의 미심적은 신앙을 무기력 탓이라 여겼고, 잔느는 지긋지긋하도록 종교의식을 받은 수녀원에서 해방된 것이 너무 행복해서 미사에 가지 않았던 것이다.

남작이 나타났다. 그는 범신론적 종교관을 가져서 교리에는 무관심했다. 그래도 오래전부터 알고 지낸 사제에게 친절히 대했고, 저녁식사를 하고 가라고 그를 붙들었다.

사제는 더없이 평범한 사람이 어쩌다가 사람들에게 어떤 권력을 행사하도록 부름받고 사람들의 마음을 다룰 때 저도 모르게 부리게 되는 무의식적인 요령 덕에 사람들의 호감을 살 줄 알았다.

남작 부인은 아마도 천성이 비슷한 사람들을 근접시키는 친화력에 끌려서인지 그를 극진히 대했다. 뚱뚱한 남자의 가쁜 호흡과 시뻘건 얼굴이 그녀의 숨 가쁜 비만증과 잘 통했는지 모른다.

후식 시간 무렵 그는 유쾌한 식사 끝에 생겨나는 친밀하고 거침없는 태도로 얼근히 취한 사제의 입담을 과시했다.

갑자기 무슨 행복한 생각이 머리에 떠올랐는지 그가 외쳤다. "새로 온 교구 신자분이 있는데 여러분께 소개해 드려야겠어요. 라마르 자작입니다!"

그 지역 모든 가문을 속속들이 알고 있던 남작 부인이 물었다. "외르주州의 드 라마르 가문 말입니까?"

사제가 고개를 끄덕이며 말했다. "네, 부인, 작년에 돌아가신 장 드 라마르 자작의 자제입니다." 그러자 무엇보다 귀족을 좋아하는 아델라이드 부인은 온갖 질문을 던져 그 청년이 가문의 성城을 팔아 아버지의 빚을 청산했고, 에투방 마을에 소유하고 있는 농가 세 채 중 하나에 작은 임시 거처를 마련했다는 사실을 알아냈다. 그 재산을 전부 합쳐 봤자 겨우 연간 5~6천 리브르쯤 되었다. 하지만 자작은 알뜰하고 현명해서 2~3년 동안 그 조촐한 거처에서 소박하게 살며 돈을 모아 사교계에서 좋은 평판을 쌓아서 빚지지 않고 농가를 저당 잡히지도 않고 좋은 조건으로 결혼할 계획이었다.

사제가 덧붙였다. "아주 호감 가는 총각입니다. 건실하고 온화한 청년입니다. 그런데 이 고장에서는 별로 재미가 없는 모양이에요."

남작이 말했다. "신부님, 그 청년을 우리 집으로 데리고 오세요. 이따금 기분 전환이 될 겁니다." 그리고 그들은 다른 얘기를 나누었다.

커피를 마시고 거실로 옮겨 갔을 때, 식사 후에 운동을 하는 습관이 있는 사제는 정원을 한 바퀴 돌아봐도 되겠는지 물었다. 남작이 그와 함께했다. 두 사람은 성의 하얀 정면을 따라 느리게 걸어갔다가 갔던 길을 되돌아왔다. 한쪽은 깡마르고, 다른 한쪽은 퉁퉁하며, 버섯을 머리에 얹은 듯한 그림자 둘이, 달을 향해 걷는지 혹은 달을 등지고 걷는지에 따라 그들을 앞서거나 뒤따랐다. 사제는 주머니에서 담배를 꺼내 씹었다. 그는 촌부의 거침없는 말투로 담배의 유용성을 설명했다. "이게 트림을 하도록 도와주죠. 제가 소화를 좀 잘 못해서 말입니다."

그러다 갑자기 밝은 달이 떠 있는 하늘을 바라보며 그가 말했다. "이 풍경은 질리는 법이 없어요."

그러더니 집으로 들어가 여자들에게 작별 인사를 했다.

3

    다음 일요일, 남작 부인과 잔느는 신부에 대한 공경을 표해
야 할 것 같은 미묘한 감정에 이끌려 미사에 갔다.

    두 여자는 미사가 끝난 뒤 신부를 목요일 오찬에 초대하려
고 기다렸다. 신부는 키 크고 우아한 청년과 친근하게 팔짱을
끼고 제의실에서 나왔다. 그는 두 여자를 보자 뜻밖의 기쁨을
드러내며 외쳤다. "마침 잘 만났습니다! 남작 부인과 잔느 아가
씨, 두 분의 이웃이신 라마르 자작님을 소개해 드리겠습니다."

    자작은 고개 숙여 인사하며 두 분을 오래전부터 뵙고 싶었
다고 말하더니 경험 많은 신사처럼 편안하게 이야기를 시작했
다. 그는 여자들이 꿈꾸고 모든 남자들이 불쾌해할 그런 행복
한 얼굴의 소유자였다. 곱슬곱슬한 검은 머리가 가무잡잡하고
매끈한 이마에 그늘을 드리우고 있었다. 인공적으로 보일 만큼

반듯한 눈썹 때문에 검은 눈매는 더 깊고 부드러워 보였고, 흰 눈동자에는 살짝 푸른빛이 감도는 듯했다.

숱 많고 긴 속눈썹은 그의 눈길에 열정적인 호소력을 입혔는데, 살롱에서는 오만한 미인의 마음을 뒤흔들어 놓고, 바구니를 들고 거리로 나선 하녀조차 뒤돌아보게 만들 호소력이었다.

번민하는 듯한 그 눈의 매력은 생각의 깊이를 믿게 만들고, 사소한 말조차 중요하게 느껴지게 했다.

곱고 윤기 나는 무성한 수염은 조금 지나치게 억센 턱뼈를 가려 주었다.

그들은 의례적인 인사말을 주고받은 뒤 헤어졌다.

라마르 씨가 이틀 뒤에 첫 방문을 했다.

거실 창문 맞은편에 있는 큰 플라타너스 아래, 그날 아침에 가져다 놓은 투박한 벤치에 그들이 막 앉으려는데 그가 도착했다. 남작은 보리수 아래에도 벤치를 하나 더 가져다 놓아 짝을 맞추고 싶어 했다. 대칭을 싫어하는 남작 부인은 원치 않았다. 의견을 묻자 자작은 남작 부인의 의견에 동조했다.

얼마 후 자작은 이 고장 얘기를 하며 이곳이 "그림처럼" 아름답다고 강조했고, 혼자 산책을 하면서 눈부시게 아름다운 "장소"들을 많이 발견했다고 말했다. 종종 그의 눈길은 우연인 듯 잔느의 눈길과 마주쳤다. 그녀는 돌연히 마주쳤다가 재빨리 피하는 그 눈길에서 묘한 감동을 느꼈는데, 다정한 찬미와 막 생겨난 호감이 드러나는 눈길이었다.

지난해에 사망한 아버지 드 라마르 씨는 마침 남작 부인의 부친인 데 퀴르토 씨의 친구와 아는 사이였다. 이 친분이 드러나자 혼인관계며 이런저런 날짜들, 꼬리를 무는 인척관계에 관한 대화가 이어졌다. 남작 부인은 기억력을 총동원해 족보의 복잡한 미로에서 길을 잃지 않고 여러 가문의 선조와 후손의 관계를 복원해 냈다.

"자작님, 소누아 드 바르플뢰르 가문에 대해 들어 보셨습니까? 그 집안 장남인 공트랑은 쿠르실, 다시 말해 쿠르실-쿠르빌 가문의 따님과 결혼했고, 차남은 제 사촌 중 한 사람인 드라 로슈-오베르 양과 결혼했는데, 이 집안은 드 크리장주 집안과 사돈지간이지요. 그런데 드 크리장주 씨는 제 부친과 절친한 사이였으니 자작님의 부친도 아셨을 겁니다."

"네, 부인. 드 크리장주 씨라면 이민을 떠나셨고, 아드님이 파산한 분 말씀이시지요?"

"맞습니다. 그분이 제 숙모님께 청혼을 했었죠. 숙모님의 남편이신 에레트리 백작께서 돌아가신 뒤로 말이지요. 그러나 숙모님은 그분이 코담배를 피우기 때문에 결혼을 원치 않으셨어요. 그건 그렇고, 빌루아즈 집안이 어떻게 되었는지 아세요?

1813년쯤에 역경을 겪고 투렌을 떠나서 오베르뉴 지방에 정착했는데, 그 후로는 소식을 듣지 못했어요."

"남작 부인, 노후작께서는 낙마로 돌아가셨고, 남은 따님 중 한 분은 영국인과 결혼했고, 다른 한 분은 바솔인가 하는 웬 부유한 상인의 유혹에 넘어가 결혼했다고 알고 있습니다."

연세 많은 친척들의 대화에서 어린 시절부터 듣고 기억하게 된 이름들이 등장했다. 이 대등한 가문끼리의 결혼은 그들의 머릿속에서 대단히 공적인 사건들처럼 중요한 자리를 차지했다. 그들은 한 번도 보지 못한 사람들에 대해 마치 잘 아는 사람들인 것처럼 얘기했다. 다른 고장에 사는 그 사람들은 이들에 대해 똑같은 식으로 얘기할 터였다. 그렇게 그들은 단지 같은 계급에 속한다는 사실만으로, 동등한 혈통이라는 사실만으로 멀리서 서로를 친근하게, 거의 친구처럼, 거의 우군처럼 느꼈다.

천성이 꽤나 비사교적인 데다 자신이 속한 세계 사람들의 신념이며 편견과는 잘 맞지 않는 교육을 받은 남작은 인근의 귀족 가문들을 거의 알지 못했다. 그래서 그들에 대해 자작에게 물었다.

라마르 씨가 대답했다. "오, 인근에는 귀족이 많지 않습니다." 마치 언덕에 토끼가 많지 않다고 말하는 듯한 말투였다. 그러더니 자세한 이야기를 늘어놓았다. 꽤 가까운 반경에는 세 가문뿐이었다. 노르망디 귀족계급의 수장 격인 드 쿠틀리에 후작. 혈통 좋은 사람들이지만 상당히 고립된 생활을 하는 드 브리즈빌 자작 부부. 그리고 드 푸르빌 백작은 아내를 죽도록 괴롭히는 무시무시한 사람으로 소문이 났는데, 연못 위에 세워진 브릴레트 성에서 사냥꾼으로 살아간다는 것이다.

몇몇 벼락부자가 여기저기 영지를 사들였고 저들끼리 어울리고 있는데, 자작은 그들에 대해서는 전혀 알지 못했다.

그가 작별 인사를 했다. 그의 마지막 눈길은 잔느를 향했는데, 특별히 더 다정하고 부드러운 작별 인사를 건네는 듯했다.

남작 부인은 그를 매력적이며 무엇보다 반듯한 사람이라고 생각했다. 남작이 대답했다. "그래요, 아주 예의 바른 청년임이 틀림없어요."

그들은 다음 주 저녁식사에 그를 초대했다. 그 후로 그는 자주 찾아왔다.

그는 대개 오후 4시쯤에 와서 남작 부인과 "그녀의 산책로"에서 합류해 "그녀의 운동"을 돕기 위해 팔을 내주었다. 잔느가 외출하지 않았을 때는 그녀가 다른 편에서 남작 부인을 부축하고 셋이서 곧은 길 이쪽 끝에서 다른 쪽 끝까지 천천히 오가곤했다. 그는 잔느에게 거의 말을 걸지 않았다. 그러나 검은 벨벳 같은 그의 눈은 파란 마노 같은 잔느의 눈과 종종 마주쳤다.

여러 차례 그들은 남작과 함께 이포르로 내려갔다.

어느 날 저녁, 그들이 해변에 있을 때 라스티크 영감이 다가와 파이프를 문 채―아마 그의 코가 사라지는 것보다 파이프가 사라지는 편이 더 놀라울 것이다― 말했다. "남작님, 이런 바람이라면 내일 에트르타까지 갔다가 돌아오는 것도 어렵지 않을 겁니다."

잔느가 두 손을 맞잡고 말했다. "오! 아빠, 그러시지 않겠어요?" 남작이 라마르 씨를 돌아보았다.

"자작님 생각은 어때요? 그곳에 가서 점심식사나 합시다."

그렇게 나들이 계획이 즉석에서 결정되었다.

새벽부터 잔느는 일어나 있었다. 그리고 옷 입는 것이 느린 아버지를 기다렸다. 이윽고 두 사람은 이슬 내린 길을 걷기 시작했다. 먼저 들판을 지나고, 새 노랫소리로 진동하는 숲을 지났다. 자작과 라스티크 영감은 권양기 위에 앉아 있었다.

다른 두 선원이 출발을 도왔다. 사내들은 어깨를 선체에 대고 있는 힘껏 밀었다. 배는 자갈밭 위를 힘겹게 나아갔다. 라스티크가 용골 밑으로 기름칠한 나무 롤러를 밀어 넣었고, 다시 제자리를 잡더니 "영차!" 소리로 느릿느릿 박자를 맞춰 모두의 힘을 조율했다.

그러나 비탈에 이르자 배는 별안간 천이 찢어지는 듯한 요란한 소리를 내며 동글동글한 자갈 위를 빠르게 내려갔다. 배는 잔잔한 파도의 거품이 이는 지점에 딱 멈춰 섰고, 모두가 의자에 자리를 잡고 앉았다. 육지에 남은 두 뱃사람이 배를 바다에 띄웠다.

먼바다에서 끊임없이 불어오는 산들바람이 수면을 스치며 잔물결을 일으켰다. 올라간 돛이 부풀자 배는 거의 흔들림 없이 평온하게 나아갔다.

배는 해안에서 멀어졌다. 수평선 쪽은 하늘이 내려앉아 바다와 하나가 되었다. 육지 쪽은 깎아지른 듯한 높은 절벽이 제 발밑에 큰 그늘을 드리웠고, 비탈진 풀밭이 햇살을 가득 받으며 절벽 간간이 박혀 있었다. 그 아래 뒤쪽에서 거무스레한 돛단배 몇 척이 페캉의 하얀 방파제를 빠져나오고 있었고, 앞쪽에는 동글동글하고 구멍 뚫린 기묘한 형태의 바위가 긴 코를 물속에 집어넣은 거대한 코끼리 형상을 하고 있었다. 그것이 에트르타의 작은 문이었다.

잔느는 한 손으로 뱃전을 잡고 파도의 흔들림에 살짝 얼이 빠진 채 먼 곳을 바라보았다. 그녀가 보기에 피조물 가운데 정말 아름다운 건 세 가지였다. 빛, 공간, 그리고 물.

아무도 말하는 사람이 없었다. 키와 돛줄을 잡은 라스티크 영감은 의자 밑에 감춰 둔 술병을 꺼내 이따금 병째 마셨다. 그리고 도무지 꺼질 일이 없을 것 같은 파이프를 연신 피워댔다. 파이프에서는 언제나 푸르스름한 연기 한 줄기가 가늘게 나왔고, 그의 입가에서도 똑같은 한 줄기가 새어 나왔다. 그런데 그가 칠흑보다 더 검은 그 흙가마에 다시 불을 붙이는 것도, 담배를 채우는 것도 결코 볼 수 없었다. 이따금 그는 한 손으로 파이프를 쥐고 입에서 빼냈고, 연기가 나오는 바로 그쪽으로 거무튀튀한 침을 길게 바다에 내뱉곤 했다.

앞쪽에 앉은 남작은 선원을 대신해 돛을 지켜보았다. 잔느와 자작은 나란히 앉았는데, 두 사람 모두 살짝 들떠 있었다. 마치 친화력이 그들에게 귀띔이라도 하는 듯, 알 수 없는 어떤 힘이 그들에게 동시에 눈을 들어 올리게 해 눈길이 마주치곤 했다. 남자가 추하지 않고 여자가 예쁠 때 청춘들 사이에 금세 생겨나는 미묘하고 모호한 애정이 두 사람 사이에 이미 감돌고 있었다. 그들은 서로의 곁에서 행복했다. 아마 그들이 서로를 생각했기 때문일 것이다.

태양은 아래에 펼쳐진 드넓은 바다를 더 위쪽에서 응시하려는 듯 높이 떠올랐다. 그러나 바다는 교태라도 부리듯 가벼운 안개로 몸을 감싸 태양빛에 장막을 쳤다. 아주 낮게 드리운 투명한 황금빛 안개는 아무것도 가리지 않으면서 먼 경치를 한결

부드럽게 만들어 주었다. 태양이 불길을 내리쏟아 그 반짝이는 안개구름을 녹였다. 태양의 힘이 최고조에 달하자 안개가 걷히며 사라졌다. 그러자 얼음처럼 매끈한 바다가 빛을 받아 반짝이기 시작했다.

잔느는 몹시 감동해서 속삭였다. "정말 아름다워요!" 자작이 대답했다. "오! 네, 아름다워요!" 이 아침의 청명한 빛이 그들 마음속에 메아리처럼 울렸다.

그러다 갑자기, 바다 위를 걷는 절벽의 두 다리처럼 보이는 에트르타의 거대한 아케이드가 나타났다. 배가 드나드는 아치로 쓰일 만큼 높았다. 뾰족한 흰 바위 하나가 첫 번째 아케이드 앞에 우뚝 솟아 있었다.

배가 해변에 접근했다. 남작이 가장 먼저 내려서 밧줄을 잡아당겨 배를 해안에 고정하는 동안 자작은 잔느가 발을 적시지 않고 땅에 내릴 수 있도록 안아 내렸다. 그리고 두 사람은 잠깐의 포옹에 들뜬 채 딱딱한 자갈길을 나란히 걸어 올랐다. 불쑥 라스티크 영감이 남작에게 하는 말이 들렸다. "하여튼 두 사람이 아주 예쁜 한 쌍이 될 거라는 게 제 생각입니다."

해변 근처에 자리한 작은 주막에서 먹는 점심식사는 유쾌했다. 태양은 사람들의 목소리와 생각을 마비시켜 과묵하게 만들었는데, 식탁은 그들을 방학 맞은 초등학생들처럼 수다스럽게 만들었다.

아주 단순한 것들도 그들에게 한없는 유쾌함을 안겼다.

라스티크 영감은 식탁에 앉으면서 아직 연기가 피어오르는 파이프를 베레모 속에 세심히 감추었다. 그걸 보고 모두가 웃었다. 빨간 코에 끌려서인지 파리 한 마리가 여러 차례 영감의 코에 앉으려 했다. 그가 파리를 잡기에는 너무 느린 동작으로 쫓자 파리는 이미 많은 동료들이 얼룩투성이로 만든 모슬린 커튼으로 옮겨 가 앉았고, 그러고도 뱃사람의 붉은 코를 탐욕스레 노리는 듯 보이더니 이내 다시 날아서 코에 앉았다.

파리가 오갈 때마다 웃음 폭탄이 터졌고, 그 간지럼이 성가셔서 노인은 중얼거렸다. "요놈 지독히도 끈질기네." 잔느와 자작은 큰 소리를 내지 않으려고 수건으로 입을 막고 고꾸라지며 눈물을 흘릴 정도로 웃었다.

커피를 마시고 나서 잔느가 말했다. "산책이나 할까요?" 자작이 일어섰다. 그러나 남작은 자갈밭에서 햇볕이나 쬐겠다며 말했다. "둘이서 다녀와. 한 시간 후에 여기서 만나기로 하지."

그들은 곧장 나아가 그 고장의 오두막 몇 채를 지났다. 큰 농가 같은 작은 성을 지나자 그들 앞에 계곡이 길게 펼쳐졌다.

바다의 일렁임은 평소의 균형을 흩뜨려 그들을 나른하게 만들었고, 소금기 머금은 공기는 허기지게 했으며, 점심식사는 약

61

간 몽롱한 상태에 빠뜨렸고, 즐거움은 들뜨게 했다. 이제 두 사람은 들판을 미친 듯이 달리고 싶은, 조금 무분별한 욕구를 느꼈다. 생동감 넘치는 새로운 감정에 들뜬 잔느의 귀에서는 웅웅거리는 소리가 났다.

타는 듯한 햇살이 그들 머리 위로 쏟아졌다. 길 양편으로 익은 곡식이 더위에 늘어져 고개를 숙이고 있었다. 풀잎만큼 많은 메뚜기떼가 밀밭과 호밀밭, 바다 골풀 사이에서 가녀리지만 시끄러운 울음을 울어 댔다.

찌는 듯 무더운 하늘 아래 다른 어떤 소리도 들리지 않았는데, 눈부시게 푸른 하늘은 노란 빛이 감돌면서 숯불에 너무 가까이 댄 금속처럼 순식간에 붉게 변할 것 같았다.

조금 더 멀리 오른편에 작은 숲이 보이자 두 사람은 그리로 향했다.

두 비탈 사이에 낀 좁은 오솔길 하나가 햇빛도 뚫고 들어오지 못할 만큼 울창하게 자란 큰 나무들 아래로 뻗어 있었다. 그 길로 들어서자 곰팡내 나는 서늘한 습기가 덮쳐 왔다. 살갗에 소름을 돋게 하고 폐부까지 파고드는 습기였다. 빛도 들지 않고 통풍이 되지 않아 풀은 없었다. 이끼가 땅을 뒤덮고 있었다.

그들은 나아갔다. "아, 저기, 좀 앉을 수 있겠네요." 그녀가 말했다. 고목 두 그루가 죽어 있었는데, 초목 사이에 뚫린 틈으로 소나기처럼 쏟아지는 빛줄기가 땅을 덮혀 잔디와 민들레, 칡의 싹을 틔웠고, 안개처럼 가녀린 흰 꽃과 실타래 같은 디기탈리스 꽃을 피워 놓았다. 나비, 꿀벌, 땅딸한 말벌, 깡마른 파리처럼 보이는 큰 모기, 오만 가지 곤충, 분홍색에 반점이 있는 무당벌레, 푸르스름한 딱정벌레, 뿔 딸린 검은 벌레 들이 잎이 무성한 나뭇가지가 드리운 차디찬 그늘 한가운데 패인 따뜻하고 환한 웅덩이 속에 우글거렸다.

그들은 머리는 그늘에, 발은 햇볕에 두고 앉았다. 그리고 햇살이 등장시킨 작고 우글거리는 그 모든 생명체를 바라보았다. 잔느가 감동해서 거듭 말했다. "정말 좋아요! 시골은 정말 좋아요! 파리나 나비가 되어 꽃 속에 숨고 싶은 순간들이 있어요."

그들은 비밀 이야기를 털어놓을 때처럼 한결 낮고 내밀한 말투로 자기 자신에 대해, 습관에 대해, 취향에 대해 얘기했다. 그는 이미 사교계에 혐오감을 느꼈고, 경박한 사교 생활에 질렸다고 생각했다. 언제나 똑같은 생활이었고, 진실하고 진지한 것은 전혀 만날 수가 없었다.

사교계! 그녀는 사교계를 알고 싶었지만 전원생활만 못하리라고 지레 확신했다.

두 사람은 마음이 가까워질수록 "므시외, 마드무아젤"이라는 호칭을 붙여 더 정중하게 불렀고, 또한 더 자주 미소 짓고 더 자주 눈길이 마주쳤다. 그들 사이에 새로운 호감이, 훨씬 광범위한 애정이, 그들이 한 번도 생각해 보지 못한 온갖 것에 대한 관심이 생겨나는 것 같았다.

그들은 돌아왔다. 그런데 남작은 절벽 꼭대기에 걸린 동굴인 샹브르-오-드무아젤까지 걸어서 떠나고 없었다. 그들은 주막에서 남작을 기다렸다.

남작은 해안가를 오래도록 거닌 뒤 저녁 5시쯤에야 다시 나타났다.

모두 다시 배에 올랐다. 배는 순풍을 타고 흔들림 없이, 나아간다는 느낌조차 없이 조용히 나아갔다. 느리고 포근한 산들바람이 때때로 불어와 돛을 잠시 부풀렸다가 힘없이 늘어뜨리곤 했다. 불투명한 파도는 죽은 듯 고요했다. 열기를 몽땅 쏟아낸 태양이 제 궤도를 따라가며 서서히 수면으로 다가갔다.

바다가 모두를 마비시켜 다시 침묵에 빠뜨렸다.

마침내 잔느가 말했다. "여행을 하고 싶어요!"

자작이 말을 받았다. "네, 그렇지만 혼자 여행하는 건 슬픈 일이에요. 인상을 서로 나눌 수 있게 적어도 두 사람은 되어야죠."

그녀가 곰곰이 생각하더니 말했다. "그렇군요… 그렇지만 저는 혼자서 거니는 걸 좋아해… 혼자서 꿈꾸면 정말 좋아요……."

그가 오래도록 그녀를 바라보더니 말했다. "둘이서도 꿈꿀 수 있지요."

그녀가 눈을 내리깔았다. 암시였을까? 어쩌면 그럴지도. 그녀는 조금 더 먼 곳을 발견하려는 듯 수평선을 응시했다. 그러다 느린 목소리로 말했다. "이탈리아에 가고 싶어요… 그리스에도… 아, 그래요, 그리스… 그리고 코르시카에도 가고 싶어요! 무척 야생적이고 무척 아름답겠지요!"

그는 산장과 호수가 있는 스위스를 선호했다.

그녀가 말했다. "아뇨, 저는 코르시카처럼 아주 새로운 나라나 그리스처럼 기억을 가득 품은 아주 오래된 나라가 좋아요. 우리가 어린 시절부터 역사를 배워 아는 그 나라들의 흔적을 다시 찾아보고, 엄청난 사건들이 일어난 장소를 보면 정말 즐거울 거예요."

자작이 그리 열광하지 않는 표정으로 말했다. "저는 영국이 많이 끌립니다. 배울 게 대단히 많은 나라죠."

이렇게 그들은 극지부터 적도까지 각 나라의 매력에 대해 얘기하고, 중국인이며 라플란드인 같은 몇몇 민족들의 믿기 힘든 관습과 상상의 풍경들에 열광하며 세계를 일주했다. 그러나 세상에서 가장 아름다운 나라는 여름에는 시원하고 겨울에는 온화한 온대성 기후에다 풍요로운 전원, 푸른 숲, 고요한 강이 있고, 아테네의 위대한 세기 이후로 다른 어디에도 존재한 적 없는 예술 숭배 미풍을 갖춘 프랑스라는 결론에 이르렀다.

그러곤 다시 침묵했다.

더 낮아진 태양은 마치 피 흘리는 것처럼 보였다. 넓은 띠처럼 펼쳐진 빛의 꼬리가, 눈부신 길이 태양 끝에서 배의 항적까지 물 위를 달리고 있었다.

바람의 마지막 숨결도 잦아들었다. 물결의 모든 주름이 매끈히 펴졌다. 미동조차 없는 돛은 빨갛게 물들어 있었다. 무한한 고요가 공간을 마비시켜 그 원소들의 만남 주위로 정적을 낳는 것처럼 보였다. 그러는 동안 괴기스러운 약혼녀 같은 바다는 하늘 밑에서 반짝이는 제 배를 동그랗게 내민 채 자기를 향해 내려오는 불의 연인을 기다렸다. 태우려는 욕망 때문인지 붉게 물든 태양이 추락을 서둘렀다. 그가 그녀와 한 몸이 되었다. 그러더니 점차 그녀가 그를 집어삼켰다.

그러자 수평선에서 서늘한 기운이 달려왔다. 마치 집어삼켜진 태양이 세상을 향해 안도의 탄식이라도 내뱉은 것처럼 전율이 물의 가슴을 흔들어 주름지게 했다.

석양은 짧았다. 별이 총총한 밤이 펼쳐졌다. 라스티크 영감이 노를 잡았다. 바다가 야광을 발하는 게 보였다. 잔느와 자작은 나란히 앉아 배가 지나가며 남기는 그 일렁이는 빛을 바라보았다. 두 사람은 이제 거의 아무 생각 없이 달콤한 행복감에 젖은 채 저녁을 들이마시듯 음미하며 막연히 응시했다. 잔느는 한 손을 의자에 얹고 있었는데, 자작의 손가락 하나가 우연인 듯 그녀의 살갗에 닿았다. 그녀는 그 가벼운 접촉에 놀라고 행복하고 당황했지만, 꼼짝하지 않았다.

그날 저녁, 방으로 돌아온 그녀는 묘하게 마음이 뒤숭숭하고 감동해 무엇을 봐도 울고 싶어졌다. 추시계를 보며 작은 꿀벌이 심장처럼, 다정한 연인의 심장처럼 고동친다고 생각했다. 그리고 그 시계가 자신의 온 삶을 지켜볼 증인이 되리라고, 그 규칙적이고 생생한 똑딱 소리로 자신의 모든 기쁨과 슬픔을 함께하리라고 생각했다. 그녀는 그 황금빛 꿀벌을 멈춰 세우고 날개에 입 맞췄다. 무엇에라도 입을 맞추고픈 심정이었다. 서랍 깊숙이 오래된 옛날 인형 하나를 감춰 둔 게 기억났다. 그녀는 그것을 찾아내고는 좋아하는 친구를 되찾은 듯 기뻐했다. 그것을 가슴에 끌어안고 인형의 빨간 뺨과 곱슬곱슬한 머리카락에 뜨거운 입맞춤을 퍼부었다.

그렇게 인형을 품에 안은 채 그녀는 몽상에 잠겼다.

온갖 은밀한 목소리들이 약속해 주던 남편, 지극히 선하신

신께서 이렇게 그녀가 가는 길에 던져 주신 남편이 바로 '그이'일까? 그녀를 위해 창조된 존재, 그녀가 삶을 바쳐 헌신할 존재가 바로 그일까? 그들 두 사람은 애정으로 결합되어 끌어안고 분리할 수 없게 하나가 되어 '사랑'을 낳도록 운명 지어진 존재일까?

그녀는 스스로 열정이라고 믿는, 온 존재의 격렬한 동요, 광적인 황홀감, 내면 깊은 동요는 아직 느끼지 못했다. 그럼에도 자신이 그를 사랑하기 시작한 것만 같았다. 그를 생각하면 이따금 아득해지는 느낌이 들었고, 끊임없이 그를 생각했기 때문이다. 그가 곁에 있으면 심장이 두근거렸다. 그와 눈길이 마주치면 얼굴이 빨개졌다가 창백해졌고, 그의 목소리를 들으면 전율이 일었다.

그녀는 이날 밤 거의 잠을 이루지 못했다.

날이 갈수록 당혹스러운 사랑의 욕망이 점점 더 엄습해 왔다. 그녀는 끊임없이 자신에게 물었고, 데이지꽃과 구름에도 물었으며, 허공에 동전을 던져 묻기도 했다.

그러던 어느 날 저녁, 그녀의 아버지가 말했다. "내일 아침에는 예쁘게 꾸미거라." 그녀가 물었다. "왜요, 아빠?" 그가 다시 말했다. "비밀이야."

다음 날, 환하게 화장하고 산뜻한 모습으로 아래로 내려간 그녀는 거실 탁자에 사탕 상자가 잔뜩 놓인 걸 보았다. 의자 위에는 커다란 꽃다발이 놓여 있었다.

마차 한 대가 마당에 들어섰다. 마차엔 이렇게 쓰여 있었다. '페캉의 제과점, 르라. 혼례 음식'. 뤼디빈이 조수의 도움을 받아 마차 뒤쪽 문을 열고 맛있는 냄새가 풍기는 커다란 음식 바구니들을 내렸다.

라마르 자작이 나타났다. 그의 바지는 반짝이는 멋진 부츠 속에 고정되어 팽팽했다. 장화 때문에 그의 작은 발이 드러났다. 허리가 잘록한 긴 프록코트는 패인 가슴 부분의 레이스 장식을 더 두드러지게 했다. 여러 번 돌려 맨 고급스러운 넥타이가 근엄해 보이는 그의 가무잡잡하고 아름다운 얼굴을 꼿꼿이 치켜들게 했다. 그는 평소와 달라 보였다. 치장 때문에 잘 알던 얼굴이 갑자기 낯설어 보이는 것이었다. 잔느는 어리둥절한 얼굴로 마치 한 번도 본 적 없는 사람을 보듯 그를 바라보았다. 그는 머리부터 발끝까지 대영주 같고, 최고의 신사처럼 보였다.

그가 미소를 지으며 고개를 숙였다. "자, 부인, 준비가 되셨나요?"

그녀가 더듬더듬 말했다. "네? 대체 무슨 일이죠?"

"곧 알게 될 거다." 남작이 대답했다.

말을 맨 마차가 다가왔고, 아델라이드 부인이 로잘리의 부축을 받으며 한껏 치장한 모습으로 방에서 내려왔다. 로잘리가 라마르 씨의 우아한 모습에 몹시 감동한 것처럼 보이자 남작이 속삭였다. "자작, 우리 집 하녀가 당신이 마음에 드나 봅니다." 자작은 귀까지 빨개지더니 못 들은 척하고 큰 꽃다발을 들어 잔느에게 내밀었다. 그녀는 한층 더 놀란 얼굴로 꽃다발을 받았다. 네 사람 모두 마차에 탔다. 남작 부인에게 기운을 북돋아 줄 차가운 수프를 가져온 요리사 뤼디빈이 말했다. "마님, 정말 결혼식 같아요."

이포르에 들어서자 그들은 마차에서 내렸다. 마을을 가로질러 나아가자 뱃사람들이 새 옷의 접힌 주름도 미처 펴지 못한 차림으로 집에서 나와 인사를 건네며 남작과 악수를 나누었고, 예배 행렬 뒤를 따르듯 그들의 뒤를 따라나섰다.

자작은 잔느에게 팔을 내주고 그녀와 함께 행렬의 앞에 서서 걸었다.

성당 앞에 이르자 행렬은 멈춰 섰다. 성가대 아이 하나가 커다란 은 십자가를 똑바로 들고 나타났고, 빨갛고 하얀 옷을 입은 다른 아이가 성수채가 담긴 성수반을 들고 그 뒤를 따랐다.

이어서 절름발이를 포함한 늙은 성가대원 세 사람이 지나갔고, 뱀처럼 똬리를 튼 관악기를 맨 연주자가, 그리고 볼록한 배 위로 황금빛 스톨을 십자 모양으로 걸친 신부가 지나갔다. 그는 미소 띤 채 고개를 끄덕여 인사했다. 그러더니 눈을 반쯤 감고 기도문을 외느라 입술을 달싹이며, 삼각모를 코까지 눌러 쓰고, 중백의를 걸친 참모들을 따라 바다를 향해 걸어갔다.

해변에는 사람들이 꽃으로 장식된 새 배 한 척을 둘러싸고 무리 지어 기다리고 있었다. 돛대와 돛, 밧줄에는 긴 리본이 잔뜩 달려 바람에 나부끼고 있었고, 배 뒤쪽에는 황금색 글씨로 새겨진 배의 이름 '잔느'가 보였다.

남작의 돈으로 만들어진 그 배의 주인인 라스티크 영감이 행렬 앞으로 나섰다. 모두가 똑같은 동작으로 일제히 모자를 벗었다. 어깨에서 크게 주름져 늘어지는 검은 외투를 걸치고 두건을 쓴 여신도들이 십자가를 보고는 동그랗게 둘러싸고 무릎을 꿇었다.

신부는 성가대 아이 두 명을 거느리고 배의 한쪽 끝으로 다가왔다. 그러는 동안 다른 쪽 끝에서는 하얀 옷차림에 수염이 덥수룩하고 꾀죄죄해 보이는 늙은 성가대원 세 명이 진지한 표정으로 성가집을 바라보며 음정도 잘 맞지 않는 성가를 맑은 아침이 떠나가라 고래고래 불렀다.

그들이 숨을 돌릴 때마다 관악기 혼자 울음을 이어갔다. 연주자가 바람을 가득 넣어 두 뺨을 부풀리자 그의 작은 회색 눈 두 개가 사라졌다. 악기를 부느라 잔뜩 부풀린 이마의 살갗도,

목의 살갗도 몸과 분리된 것처럼 보였다.

잔잔하고 투명한 바다도 배의 세례식에 참여한 듯했다. 배는 노가 자갈에 닿는 미세한 소리를 내며 손가락 높이만 한 작은 파문만 일으키며 나아갔다. 날개를 활짝 편 커다란 흰 갈매기떼가 파란 하늘에 곡선을 그리며 날아올라 멀어졌다가 다시 돌아와 무릎 꿇고 앉아 있는 사람들 위를 선회했는데, 마치 사람들이 거기서 무얼 하나 보려는 것 같았다.

5분 후 '아멘' 소리를 크게 외친 뒤 성가가 멈췄다. 그러자 신부는 끈적한 목소리로 마지막 유성어미 말고는 알아들을 수 없는 라틴어 몇 마디를 웅얼거렸다.

이어서 그는 성수를 뿌리며 배를 한 바퀴 돌았고, 손을 맞잡고 꼼짝 않는 대부와 대모 맞은편 뱃전에 서서 기도를 읊조리기 시작했다.

청년은 잘생긴 남자의 근엄한 얼굴을 고수하고 있었지만, 처녀는 갑자기 감정이 벅차올라 숨 막혀 쓰러질 지경이 되었고, 이를 딱딱 부딪칠 정도로 떨기 시작했다. 마치 환각이라도 보는 건지, 얼마 전부터 머리를 떠나지 않던 꿈이 갑자기 현실처럼 보였기 때문이다. 사람들이 결혼을 운운했고, 신부는 축복을 내렸으며, 법의를 입은 사람들이 기도문을 읊조리고 있었다. 지금 저들이 결혼시키는 사람이 그녀가 아니던가?

그녀의 손가락이 떨렸던가? 마음속의 강박적인 생각이 혈관을 타고 옆사람의 마음까지 전달되진 않았을까? 그가 알아차리지 않았을까? 짐작했을까? 그도 그녀처럼 사랑의 취기에 사로잡혔을까? 아니면 그저 경험을 통해 어떤 여자도 그에게 저항할 수 없다는 걸 알았을까? 문득 그가 그녀의 손을 누르는 게 느껴졌다. 처음엔 지그시, 그러다 점점 손이 으스러질 정도로 세게 눌렀다. 그러곤 얼굴색조차 달라지지 않고, 아무도 알아차리지 못하게 그는 말했다. 그렇다, 분명히, 아주 명확히 말했다. "오, 잔느, 당신만 좋다면, 이것이 우리의 약혼식이 될 겁니다."

그녀는 아주 느리게 고개를 숙였다. 아마도 "네"를 뜻하는 동작이었을 것이다. 신부가 뿌리고 있는 성수 몇 방울이 두 사람의 손가락에 튀었다.

끝났다. 여자들이 다시 일어섰다. 돌아가는 길은 꼭 피난길 같았다. 성가대 아이의 손에 들린 십자가는 위엄을 잃었다. 십자가는 오른쪽, 왼쪽으로 흔들리며, 때론 넘어져 코라도 깰 것처럼 아슬아슬하게 앞으로 기울어진 채 황급히 달아났다. 기도를 끝낸 신부도 뒤에서 바쁘게 내달렸다. 성가대원들과 관악기 연주자는 서둘러 옷을 벗으려고 골목으로 벌써 사라지고 없었고, 뱃사람들도 무리 지어 걸음을 재촉했다. 똑같은 생각이 음식 냄새처럼 머릿속을 채워 사람들의 걸음을 재촉했고, 입에 침이 고이게 했으며, 뱃속 깊이까지 내려가 창자에서 꼬르륵 소리가 나게 했다.

퀴플에서는 맛난 점심식사가 그들을 기다리고 있었다.

큰 식탁이 사과나무 아래 안뜰에 차려져 있었다. 뱃사람과 농민 60명이 자리를 잡고 앉았다. 가운데 앉은 남작 부인의 양 옆에는 사제 둘이, 즉 이포르의 신부와 퀴플의 신부가 자리했다. 맞은편에 앉은 남작은 면장과 면장 부인을 양옆에 끼고 앉았다. 이미 늙고 깡마른 촌부인 면장 부인은 사방에 대고 인사를 했다. 면장 부인은 좁은 얼굴에 커다란 노르망디 모자를 꼭 끼게 쓴 데다 늘 동그랗게 뜨는 눈이 놀란 듯 보여서 정말이지 흰 볏을 얹은 닭을 닮았다. 게다가 먹는 것도 마치 코로 접시를 쪼듯이 조금씩 빠르게 먹었다.

잔느는 대부 옆에 앉아서 행복 속을 떠다니고 있었다. 그녀는 아무것도 보지 못했고, 아무것도 알지 못했으며, 기쁨에 젖어 몽롱한 채 입을 다물고 있었다.

그녀가 그에게 물었다. "그런데 당신 이름이 뭐지요?"

그가 말했다. "쥘리앵요. 모르셨어요?"

그녀는 대답하지 않고 생각했다. '이 이름을 얼마나 자주 부르게 될까!'

식사가 끝나자 안뜰은 뱃사람들에게 내주고 모두 성의 다른 쪽으로 갔다. 남작 부인은 남작에게 기댄 채 두 사제와 함께 운동을 시작했다. 잔느와 쥘리앵은 숲까지 가서 덤불이 우거진 작은 오솔길로 들어섰다. 갑자기 그가 그녀의 손을 덥석 잡고 말했다. "제 아내가 되어 주시렵니까?"

그녀는 또다시 고개를 숙였다. 그가 더듬거리며 "제발 대답해 주세요!"라고 말하자, 그녀는 그를 향해 아주 천천히 눈을 들었고, 그는 그 눈길에서 대답을 읽었다.

4

어느 날 아침, 남작이 잔느가 일어나기도 전에 그녀의 침실로 들어서더니 침대 발치에 앉으며 말했다. "라마르 자작이 너와 결혼하게 해달라고 청해 왔어."

그녀는 시트 아래로 얼굴을 숨기고 싶었다.

아버지가 다시 말했다. "곧 대답하겠다고 미뤄 뒀다." 그녀는 마음이 들뜨고 목이 메어 숨을 헐떡였다. 잠시 후 남작이 미소를 지으며 덧붙였다. "무엇 하나도 너한테 얘기하지 않고는 결정하고 싶지 않았어. 네 엄마와 나는 이 결혼에 반대하지 않지만, 그렇다고 네게 억지로 강요하는 것도 원치 않는다. 네가 그 사람보다 훨씬 부자지만 인생의 행복이 걸린 일에 돈을 생각해선 안 되지. 그 사람에겐 부모가 없어. 네가 그 사람과 결혼하면 우리 가문에 아들 하나가 들어오는 셈이 되겠지. 다른 사람과 결혼하면 우리 딸인 네가 다른 낯선 사람들의 집으로 가는 게 될 테고. 그 청년이 우리는 마음에 든다. 네 마음에도 드니?"

잔느는 머리카락까지 새빨개져서 말을 더듬었다. "저도 좋아요, 아빠."

그러자 아버지는 딸의 눈을 깊이 들여다보며 여전히 웃음 지은 채 중얼거렸다. "어느 정도 짐작은 했어요, 마드무아젤."

그녀는 저녁까지 무엇을 하는지도 알지 못한 채 취한 듯 지냈다. 아무 생각 없이 엉뚱한 물건을 쥐기도 하고, 걷지도 않았는데 지친 것처럼 다리에 힘이 하나도 없었다.

6시쯤, 그녀가 플라타너스 아래 어머니와 함께 앉아 있을 때 자작이 나타났다.

잔느의 심장은 미친 듯이 팔딱이기 시작했다. 청년은 동요한 기색 없이 다가왔다. 아주 가까이 오더니 그는 남작 부인의 손가락을 쥐고 입을 맞췄고, 이윽고 처녀의 떨리는 손을 쥐더니 온 입술로 길고 다정한 입맞춤을 손등에 내려놓았다.

눈부신 약혼 시절이 시작되었다. 두 사람은 거실 한구석에서, 혹은 동산 깊숙이 들어가 비탈에 앉아 황야를 바라보며 단둘이 이야기를 나누었다. 이따금은 어머니의 산책로를 거닐었는데, 그가 미래를 얘기하면 그녀는 눈을 내리깔고 남작 부인의 발길이 남긴 흔적을 바라보았다.

일단 결정이 내려지자, 모두 서둘러 결말을 짓고 싶어 했다. 결혼식은 6주 후인 8월 15일로 정해졌다. 신혼부부는 결혼식 후 바로 신혼여행을 떠나기로 결정되었다. 가보고 싶은 나라가 어디냐고 묻자 잔느는 코르시카로 마음을 정했다. 그곳이라면 이탈리아의 도시들보다는 훨씬 오붓한 시간을 보낼 수 있을 것 같았다.

두 사람은 결합을 위해 정해진 순간을 기다렸다. 지나치게 초조해하지 않고, 달콤한 애정에 휩싸인 채, 사소한 어루만짐, 손가락에 지그시 힘주어 잡는 손길, 참으로 오래도록 이어져 두 영혼이 한데 섞일 것만 같은 열정적인 눈길의 감미로운 매혹을 음미하며, 그리고 결정적인 포옹에 대한 막연한 욕망에 은근히 시달리며 기다렸다.

결혼식에는 베르사유 수녀원에서 기숙 생활을 하고 있는 남작 부인의 여동생, 리종 이모 말고는 아무도 초대하지 않기로 결정했다.

아버지가 돌아가신 후 남작 부인은 여동생을 곁에 두고 싶었다. 그러나 노처녀는 자신이 쓸모없고 성가셔서 모두에게 방해가 된다는 생각에 사로잡혀 쓸쓸하고 외로운 사람들에게 거처를 빌려주는 수녀원으로 은둔했다.

그녀는 이따금 와서 한두 달쯤 가족과 함께 지냈다.

작은 체구에 거의 말이 없는 그녀는 언제나 남의 눈길을 피해서 식사 시간에만 나타났다가 곧장 방으로 다시 올라가 내내 틀어박혀 지냈다.

리종 이모는 선한 인상이지만 마흔두 살밖에 되지 않았는데 늙어 보였으며, 눈이 순하고 슬퍼 보였다. 그녀는 집안에서 어떤 일로도 인정받은 적이 없었다. 아주 어렸을 때조차 예쁘지도 않고 소란스럽지도 않아서 그녀를 안아 주는 사람이 거의 없었다. 그래서 그저 구석에 조용히 얌전하게 머물렀다. 그 후로도 그녀는 늘 희생하며 살았다. 처녀가 되었어도 아무도 그녀에게 마음 쓰지 않았다.

그녀는 마치 그림자나 친숙한 사물처럼, 우리가 매일 보는데 익숙해져서 신경 쓰지 않는, 살아 있는 가구 같은 존재였다.

그녀의 언니도 친정에서 들인 습관 때문에 그녀를 없는 존재처럼, 완전히 무의미한 존재처럼 여겼다. 사람들은 스스럼없이 친근한 태도로 그녀를 대했지만, 그 태도엔 멸시 어린 선의가 감춰져 있었다. 그녀의 이름은 리즈였지만, 그녀 스스로도 상큼하고 젊은 그 이름을 거북해하는 것 같았다. 사람들은 그녀가 결혼하지 않는 걸 보고서, 아마 앞으로도 결혼하지 않으리라는 걸 알고서 리즈라는 이름을 친근하게 리종으로 바꿔 불렀다. 잔느가 태어난 뒤로 그녀는 '리종 이모'가 되었다. 언니와 형부에게조차 지독히 수줍음을 타는, 말쑥하지만 하찮은 친척이었다. 언니와 형부는 그녀를 좋아했지만, 그것은 무심한 애정, 무의식적인 연민, 혹은 천성적인 호의에서 비롯한 모호한 애정이었다.

이따금 남작 부인은 젊은 시절의 옛날 얘기를 하면서 날짜를 특정하기 위해 이렇게 말하곤 했다. "리종이 경솔한 짓을 한 시절이었지."

그러곤 더 이상 그 일에 대한 얘기는 없었다. 그래서 그 '경솔한 짓'은 안개에 휩싸인 채 남았다.

어느 날 저녁, 스무 살이었던 리즈가 물에 뛰어들었는데, 그 이유는 알 수 없었다. 그녀의 삶에서, 그녀의 태도에서 그 무엇도 그런 광기를 예감하게 하는 건 없었다. 그녀는 반쯤 죽은 상태로 건져졌다. 그녀의 부모는 그 행동의 불가사의한 원인을 찾는 게 아니라 성이 나서 두 팔을 치켜들고 얼마 전에 말 '코코'가 구덩이에 빠지면서 발이 부러져 도살할 수밖에 없었던 사건에 대해 말하듯이 그저 "경솔한 짓"이라고만 말했다.

그때부터 앞으로 리종이라 불리게 될 리즈는 정신이 대단히 허약한 사람으로 간주되었다. 그녀가 가까운 친지들에게 불러일으킨 가벼운 멸시는 그녀 주변의 모든 사람들의 마음에도 서서히 스며들었다. 어린 잔느 역시 어린아이의 본능적인 예지력으로 리종 이모에게 전혀 관심을 두지 않았고, 그녀의 침대에 올라가 뽀뽀를 하지도 않았으며, 그녀의 방에 들어가지도 않았다. 그녀의 방에 필요한 시중을 드는 하녀 로잘리만이 그녀가 어디에 있는지 아는 것 같았다.

리종 이모가 점심식사를 하려고 식당에 들어서면 '어린 잔느'는 버릇처럼 그녀에게 다가가 이마를 내밀 뿐이었다.

누군가 그녀에게 할 말이 있으면 하인을 보내 그녀를 데려오게 했다. 그녀가 없어도 아무도 그녀에게 관심을 두지 않았고, 그녀 생각도 하지 않았으며, 걱정하거나 물어볼 생각조차 하지 않았을 것이다. "어라, 오늘 아침에 리종을 못 봤네."

그녀는 자리를 조금도 차지하지 않았다. 가족에게조차, 마치 탐험되지 않은 땅처럼, 낯선 사람으로 남는 그런 존재였고, 그녀가 죽는다 해도 집안에 구멍이나 빈자리가 생기지 않을 그런 존재, 삶 속에도, 습관 속에도, 곁에 사는 사람들의 사랑 속에도 들어갈 줄 모르는 그런 존재 중 한 사람이었다.

누군가 "리종 이모"라고 말해도 이 두 마디 말은 누구의 마음에도 아무 애정을 불러일으키지 않았다. 마치 "커피포트나 설탕 그릇"이라고 말하는 것이나 마찬가지였다.

그녀는 언제나 말없이 종종걸음으로 걸었고, 소리를 내는 법이 없었으며, 무엇에 부딪치지도 않았고, 어떤 소리도 내지 않는 속성을 사물들에게까지 전파하는 듯 보였다. 그녀의 손은 마치 솜으로 만들어진 것처럼 보였는데, 그만큼 만지는 것을 가볍고 조심스럽게 다루었던 것이다.

리종 이모는 7월 중순쯤에 조카의 결혼에 대한 생각으로 한껏 들떠서 도착했다. 선물을 잔뜩 가져왔지만, 그녀가 가져온 선물은 거의 사람들의 눈에 띄지 않았다.

그녀가 온 다음 날부터 사람들은 그녀가 있다는 사실을 인식하지 못했다.

그러나 그녀 내면에서는 특별한 감동이 술렁이고 있어 그녀의 눈은 약혼자들에게서 한시도 떨어지지 않았다. 그녀는 아무도 찾아오지 않는 방에서 재봉사처럼 일하며 유별나게 열성을 쏟아 혼수 준비에 몰두했다.

그녀는 연신 남작 부인에게 자신이 손수 가장자리를 감친 손수건이며 숫자를 수놓은 냅킨을 보여 주며 물었다. "이렇게 하면 괜찮을까, 아델라이드?" 그러면 남작 부인은 건성으로 쳐다보고 대답했다. "너무 애쓰지 마, 가엾은 리종."

그달 말의 어느 저녁, 무더운 하루가 지나고 달이 떠올랐다. 사람들의 마음을 뒤숭숭하게 흔들어 감동시키고 들뜨게 해서 영혼의 은밀한 시적 정취를 한껏 일깨울 것 같은, 그런 밝고 포근한 밤이었다. 들판의 감미로운 바람이 조용한 거실로 불어왔다. 남작 부인과 남작은 등갓이 탁자 위에 그리는 둥근 불빛 아래에서 열의 없이 카드놀이를 했다. 리종 이모는 두 사람 사이에 앉아 뜨개질을 했다. 그리고 두 청춘은 열린 창가에 팔꿈치를 괴고 앉아 달빛 쏟아지는 정원을 바라보았다.

보리수와 플라타너스가 그림자를 드리운 넓은 잔디밭은 희끄무레하게 빛을 발하며 캄캄한 숲까지 이어졌다.

그 밤의 감미로운 매혹에, 나무와 덤불숲이 발산하는 어슴푸레한 빛에 저항할 수 없이 이끌린 잔느가 부모 쪽을 돌아보며 말했다. "아빠, 저기 성 앞 풀밭을 한 바퀴 돌고 올게요." 남작은 하던 놀이를 멈추지 않고 말했다. "그러렴." 그러곤 하던 놀이를 계속했다.

두 사람은 밖으로 나가 작은 숲까지 이어지는 흰 풀밭 위를 천천히 걷기 시작했다.

시간이 꽤 흘렀는데도 그들은 돌아올 생각을 하지 않았다.

피곤해진 남작 부인은 침실로 올라가고 싶어 했다. "저 애들을 불러와야겠어요." 그녀가 말했다.

남작은 두 그림자가 천천히 거닐고 있는 달빛 환한 정원을 눈으로 훑고는 말했다.

"그냥 둡시다. 바깥 날씨가 이렇게 좋으니! 리종이 둘을 기다려 주겠지? 그렇지, 리종?"

노처녀는 불안한 눈길을 들더니 수줍은 목소리로 대답했다. "그럼요, 제가 기다릴게요."

남작은 남작 부인을 일으켜 세웠고, 낮의 더위에 지친 얼굴로 말했다. "나도 자야겠어." 그러곤 아내와 함께 자리를 떴다.

그러자 리종 이모도 일어나서 뜨개질하던 털실과 큰 바늘을 안락의자 팔걸이에 내려놓고 창가로 가서 팔꿈치를 기댄 채 매혹적인 밤을 응시했다.

두 연인은 잔디밭을 가로질러 숲에서 층계까지 끝없이 거닐었다. 둘은 손가락 깍지를 낀 채 아무 말도 하지 않는데, 마치 자기 자신에서 벗어나 대지에서 발산되는, 눈에 보이지 않는 시정詩情에 녹아든 것 같았다.

잔느가 문득 창틀 속에서 등불에 비친 노처녀의 형체를 알아보고 말했다.

"어머나, 리종 이모가 우리를 보고 있네요."

자작은 고개를 들었고, 아무 생각 없이 무심한 목소리로 말했다.

"그렇군요, 리종 이모가 우리를 보고 있군요."

그러곤 두 사람은 계속 꿈을 꾸며 천천히 걸었고, 사랑을 이어갔다.

그러나 이슬이 풀밭을 덮어 살짝 한기가 느껴졌다.

"이제 들어가요." 그녀가 말했다.

그들은 돌아왔다.

두 사람이 거실로 들어섰을 때 리종 이모는 다시 뜨개질을 하고 있었다. 그녀는 일감에 이마를 박고 있었다. 몹시 지쳤는지 그녀의 야윈 손가락이 살짝 떨렸다.

잔느가 다가왔다.

"이모, 이제 우리 자러 가요."

노처녀가 눈길을 돌렸다. 울었는지 눈이 빨갰다. 연인은 별 주의를 기울이지 않았다. 그때 문득 청년이 잔느의 고운 신발이 온통 젖어 있는 걸 보고서 걱정하며 다정하게 물었다. "당신의 작고 예쁜 발이 춥지 않나요?"

별안간 이모의 손가락이 격렬하게 떨리더니 일감이 손에서 떨어졌다. 털실 뭉치가 마룻바닥 멀리까지 굴러갔다. 갑자기 그녀는 두 손으로 얼굴을 가리고 발작하듯 오열하기 시작했다.

두 약혼자는 어안이 벙벙해서 꼼짝 않고 그녀를 바라보았다. 잔느가 당황해서 황급히 무릎을 꿇고 앉아 이모의 두 팔을 얼굴에서 떼어 내며 거듭 물었다.

"리종 이모, 무슨 일이에요? 대체 무슨 일이에요?"

그러자 가련한 여인은 서러움에 몸을 들썩이며 눈물 젖은 목소리로 더듬더듬 말했다.

"그 사람이 너한테 물었지… 춥지 않냐고… 당신의 작고 예쁜 발이……. 나한테는 한 번도 그런 말을 한 사람이 없어… 한 번도… 단 한 번도……."

잔느는 놀랍기도 하고 측은한 마음이 들었지만 리종 이모에게 애정을 표현하는 연인을 떠올리니 웃음이 나오려 했다. 자작은 웃음을 감추려고 몸을 돌렸다.

이모는 벌떡 일어나더니 털실은 바닥에, 뜨개질감은 의자에 남겨 둔 채 등불도 들지 않고 어두운 계단으로 달아나 더듬어서 자기 방을 찾아갔다.

둘만 남게 된 청춘은 우습기도 하고 측은하기도 한 마음으로 서로를 바라보았다. 잔느가 중얼거렸다. "가련한 이모!……." 쥘리앵이 대꾸했다. "오늘 저녁에는 이모님이 조금 이상하시군요!"

두 사람은 헤어질 생각을 하지 못한 채 손을 맞잡고 느리게, 아주 느리게, 리종 이모가 떠난 빈 의자 앞에서 첫 입맞춤을 나눴다.

이튿날 두 사람은 노처녀의 눈물을 더는 생각하지 않았다.

결혼식을 앞둔 두 주 동안 잔느는 달콤한 감정에 지치기라도 한 듯 차분하고 조용하게 지냈다.

결정적인 날 오전에도 그녀는 깊이 생각해 볼 시간이 없었다. 마치 살과 피와 뼈가 살갗 아래에서 녹아 버리기라도 한 듯 온몸이 텅 빈 듯한 느낌만 들었다. 그리고 물건을 만질 때 자신의 손가락이 심하게 떨리는 걸 보았다.

예식이 진행되는 동안 그녀는 성가대 합창 때에야 비로소 제정신이 드는 것 같았다.

결혼이라니! 이렇게 그녀는 결혼한 것이다! 새벽부터 연이어 벌어진 일과 움직임과 사건이 그녀에게는 꿈처럼, 진짜 꿈처럼 여겨졌다. 우리 주변의 모든 것이 변한 것 같은 그런 순간이 있잖은가. 몸짓조차 새로운 의미를 띠고, 시간마저 평소의 제자리에 있는 것 같지 않아 보이는 순간 말이다.

그녀는 어안이 벙벙했고, 무엇보다 놀란 상태였다. 전날만 해도 그녀 삶에서 달라진 건 아무것도 없었다. 다만 그녀가 삶에 대해 품어 온 변함없는 희망이 훨씬 가까워져서 거의 손에 닿을 듯했을 뿐이다. 어제는 처녀로 잠들었는데, 이제 부인이 된 것이다.

그러니까 그녀는 꿈꿔 온 온갖 기쁨과 행복을 품은 미래를 가리고 있는 것 같던 울타리를 넘어선 것이다. 그녀 앞에 문 하나가 열린 것 같았다. 이제 기대하던 세계 속으로 들어서려는 참이었다.

예식이 끝나 가고 있었다. 일행이 들어선 성당은 거의 비어 있었다. 아무도 초대하지 않았기 때문이다. 얼마 후, 그들은 다시 나왔다.

그들이 성당 문 앞에 나섰을 때 요란한 굉음이 들려 신부는 놀라 펄쩍 뛰었고, 남작 부인은 비명을 내질렀다. 농부들이 쏜 축포 소리였다. 쾨플에 이를 때까지 총소리는 그치지 않았다.

가족, 성 주민들의 사제, 이포르의 사제, 신랑, 그리고 주변 부농들 가운데 선택받은 증인들을 위한 간식이 차려졌다.

그리고 모두가 만찬을 기다리며 정원을 한 바퀴 돌았다. 남작, 남작 부인, 리종 이모, 면장과 피코 신부는 남작 부인의 산책로를 걷기 시작했다. 그러는 동안 맞은편 가로수길에서는 다른 신부가 성큼성큼 걸으며 성무일과서를 읽었다.

성의 다른 편에서는 사과나무 아래에서 사과주를 마시는 농부들의 떠들썩한 소리가 들려왔다. 차려입은 마을 사람들이 마당을 가득 채우고 있었다. 소년소녀들이 쫓고 쫓기며 장난치고 있었다.

잔느와 쥘리앵은 작은 숲을 지나 비탈을 올랐고, 말없이 바다를 바라보았다. 8월 중순인데도 선선한 기운이 살짝 감돌았다. 북풍이 불었고, 새파란 하늘에 뜬 거대한 태양이 매섭게 번득였다.

두 청춘은 그늘을 찾아서 오른쪽으로 돌아 황야를 가로질 렀고, 이포르로 내려가는 나무 우거지고 구불구불한 골짜기로 향했다. 잡목림에 이르렀는데 바람이 한 점도 불지 않자 그들은 길을 벗어나 나무 밑으로 이어지는 좁은 오솔길로 접어들었다. 길이 좁아서 둘이 나란히 걷기가 힘들었다. 그때 그녀는 팔하나가 자기 허리를 살그머니 감싸는 걸 느꼈다.

심장이 빠르게 고동치고 숨이 가빠서 그녀는 아무 말도 하지 못했다. 낮은 나뭇가지가 그들의 머리카락에 스쳤다. 그들은 지나가기 위해 자주 몸을 숙였다. 잔느는 나뭇잎 하나를 땄다. 무당벌레 두 마리가 여린 조개처럼 잎사귀 뒤에 빨갛게 붙어 있었다.

그녀가 조금 마음이 놓인 듯 천진한 목소리로 말했다. "어, 부부인가 봐요."

쥘리앵이 입술을 그녀의 귀에 스치듯 대며 말했다. "오늘 밤, 당신은 내 아내가 될 거요."

시골에서 머무는 동안 많은 것을 배우긴 했지만 여전히 사랑의 시만 생각해 온 그녀는 화들짝 놀랐다. 그의 아내라니? 이미 그의 아내가 아니었던가?

그 순간 그가 그녀의 뺨과 솜털이 보송보송한 목에 짧은 키스를 퍼붓기 시작했다. 익숙하지 않은 남자의 키스에 붙들릴 때마다 그녀는 본능적으로 고개를 반대편으로 돌려 애무를 피했지만 그래도 황홀했다.

그런데 어느새 숲 기슭에 이르렀다. 그녀는 너무 멀리 온 걸 깨닫고 당황해서 걸음을 멈췄다. 사람들이 뭐라고 생각할까? 그녀가 말했다. "돌아가요."

그가 잔느의 허리를 감싸고 있던 팔을 풀었고, 두 사람은 몸을 돌리다가 얼굴을 마주 보게 되었는데, 너무 가까워서 서로의 숨결이 얼굴에 느껴질 정도였다. 둘은 서로를 바라보았다. 파고들 듯 날카롭고 집요한 눈길 속에 두 영혼은 하나가 되는 듯했다. 두 사람은 서로의 눈 속에서, 눈길 너머에서, 헤아릴 길 없는 미지의 존재 속에서 서로를 찾았고, 말없이 집요한 물음 속에서 서로를 탐색했다. 그들은 서로에게 어떤 존재가 될까? 그들이 함께 시작한 삶은 어떠할까? 결혼이라는, 파기할 수 없는 이 긴 대면에서 서로에게 어떤 기쁨, 어떤 행복, 혹은 어떤 환멸을 마련해 두고 있을까? 두 사람 모두 지금껏 서로를 보지 못한 것만 같았다.

갑자기 쥘리앵이 아내의 어깨에 두 손을 얹더니 그녀가 한 번도 받아 본 적 없는 깊은 키스를 입안 가득 안겼다. 키스는 그녀의 몸속 깊이 내려가 혈관과 골수까지 파고들었다. 그녀는 묘한 동요를 느끼고 쥘리앵을 품에서 필사적으로 밀어내다가 하마터면 뒤로 넘어질 뻔했다.

"가요. 우리 가요." 그녀가 더듬거리며 말했다.

그는 대답하지 않고 그녀의 손을 잡아 자기 손안에 거머쥐었다.

두 사람은 집까지 오면서 더는 한 마디도 주고받지 않았다. 남은 오후 시간은 길어 보였다.

어둠이 내릴 무렵, 모두 식탁에 앉았다.

만찬은 노르망디의 관습과 달리 간단하고 상당히 짧았다. 어떤 거북함이 손님들을 주눅 들게 했다. 두 사제, 면장과 초대받은 농부 네 사람만이 결혼식에 마땅히 따라오는 걸쭉한 입담을 조금 과시했다.

죽은 것 같던 웃음을 면장의 한마디가 다시 살려 냈다. 9시 무렵이었고, 커피를 마시려던 참이었다. 바깥에는 안마당의 사과나무 아래에서 야외 무도회가 시작되었다. 열린 창 너머로 축연이 생생히 보였다. 나뭇가지에 걸린 등불이 나뭇잎에 녹청색을 입히고 있었다. 바이올린 주자 두 명과 클라리넷 주자 한 명이 연단 삼아 커다란 부엌 식탁 위에 올라서서 연주하는 빈약한 반주에 맞춰 투박한 사내와 아낙 들이 야성적인 춤곡을 고래고래 노래하며 원을 그리고 껑충껑충 뛰었다. 농부들의 요란한 노랫소리가 종종 악기들의 노래를 완전히 뒤덮었다. 빈약한 음악은 고삐 풀린 목소리들에 찢겨 하늘에서 음표 조각들로 산산조각 나 누더기가 되어 떨어지는 듯했다.

타오르는 횃불에 둘러싸인 커다란 술통 두 개가 군중에게 마실 것을 제공하고 있었다. 두 하녀는 나무 함지에 담긴 잔과 그릇을 쉬지 않고 헹궈서 아직 물이 뚝뚝 떨어지는 채로 적포도주나 황금빛 사과주가 흐르는 수도꼭지 아래로 내미느라 분주했다. 목마른 춤꾼들, 조용한 노인들, 땀에 젖은 처녀들이 몰려와 팔을 뻗어 아무 그릇이나 들고는 고개를 뒤로 젖히고 자신들이 선호하는 술을 콸콸 들이켰다.

한 식탁 위에는 빵과 버터, 치즈와 소시지가 차려져 있었다. 저마다 이따금 한입씩 삼키곤 했는데, 불 밝혀진 나뭇잎 천장 아래에서 펼쳐지는 건강하고 격렬한 이 축제는 실내 손님들에게 춤추고 싶은 욕구를, 버터 바른 빵에 날양파를 곁들여 먹으면서 뚱뚱한 술통에 담긴 술을 마시고 싶은 욕구를 안겼다.

나이프로 장단을 맞추던 면장이 외쳤다. "빌어먹을! 좋군요. 꼭 가마체의 혼례* 같잖아요."

숨죽인 웃음의 전율이 퍼져 나갔다. 세속적 권위에 천성적

* 『돈키호테』 2부 20장에 묘사된 이야기로, 마리우스 프티파가 만든 발레극의 주제이기도 하며, 일상적인 표현으로는 진수성찬이 차려진 향연을 뜻한다.

으로 적대적인 피코 신부가 응수했다. "가나의 혼례*를 말씀하시는 것이겠지요." 상대는 훈계를 받아들이지 않았다. "아닙니다, 신부님. 저는 무슨 말인지 알고 하는 겁니다. 제가 가마체라고 하면 가마체인 겁니다."

모두가 일어나서 거실로 옮겨 갔다. 얼근히 취한 서민과 섞여 어울리기도 했다. 그 후 손님들은 물러갔다.

남작과 남작 부인은 나지막한 소리로 말다툼을 하는 것 같았다. 아델라이드 부인은 어느 때보다 더 숨을 헐떡이며 남편이 요구하는 걸 거절하는 듯했다. 마침내 그녀가 거의 큰 소리로 말했다. "안 돼요. 난 못 해요. 어떻게 해야 할지 모르겠어요."

그러자 아버지는 휙 아내 곁을 떠나 잔느에게 다가갔다. "얘야, 나랑 한 바퀴 돌겠니?" 그녀는 잔뜩 들떠서 대답했다. "그러세요, 아빠." 두 사람은 밖으로 나갔다.

문을 나서자마자 바다 쪽에서 불어오는 마른 바람이 그들을 맞았다. 어느새 가을 냄새가 묻어나는 차가운 여름 바람이었다.

하늘에는 구름이 별들을 가렸다 다시 드러냈다 하며 빠르게

---

* 「요한복음」 2장에서 예수가 물을 포도주로 바꾸는 기적을 보여 준 혼례.

지나가고 있었다.

남작이 딸의 팔을 감싸 안으며 손에 힘을 주었다. 두 사람은 몇 분 동안 걸었다. 그는 마음을 정하지 못하고 난감해하는 듯했다. 마침내 그가 결심했다.

"애야, 네 엄마가 해야 할 어려운 역할을 내가 해야겠구나. 네 엄마가 거부하니 내가 대신하는 수밖에 없어. 네가 살아가는 일을 얼마나 아는지 모르겠다. 아이들에게, 특히 딸애들에게는 조심스럽게 감추는 비밀들이 있단다. 딸애들은 우리가 딸의 행복을 책임질 남자의 품에 안겨 줄 때까지 정신이 순수하게, 한 점 오점이 없도록 순수하게 남아 있어야 하기 때문이지. 인생의 감미로운 비밀에 씌워진 베일을 걷는 건 그 남자의 몫이란다. 그런데 여자아이들이 어떤 의문도 품어 본 적이 없다면 꿈 뒤에 감춰진, 조금은 난폭한 현실 앞에서 종종 반항하곤 한단다. 영혼에 상처 입고, 몸까지 상처 입고서 법이, 인간의 법과 자연의 법이 절대적 권리로 허용하는 일을 남편에게 거부하곤 하지. 더 이상은 말해 줄 수가 없구나. 하지만 이것만은 잊지 말거라. 너는 온전히 네 남편의 소유라는 점 말이다."

그녀가 정확히 무얼 알았을까? 무얼 짐작했을까? 어떤 예감처럼 우울감이 고통스럽게 압박해 와 그녀는 숨이 막히고 몸이 떨려 왔다.

그들은 안으로 돌아왔다. 거실 문 앞에서 놀라운 광경이 그들의 걸음을 멈춰 세웠다. 아델라이드 부인이 쥘리앵의 품에 안겨 흐느끼고 있었던 것이다. 그녀의 눈물, 대장간의 풀무질로 밀어낸 듯 요란하게 쏟아지는 눈물은 코와 입과 눈에서 동시에 뿜어 나오는 것처럼 보였다. 청년은 당황해서 어쩔 줄 모른 채, 소중한 딸을, 사랑하는 예쁜 딸을 그에게 부탁하려고 그의 품에 쓰러져 우는 뚱뚱한 여인을 부축하고 있었다.

남작이 달려갔다. "오! 이러지 말아요. 제발, 마음 약해지지 말아요." 그러곤 아내를 부축하고 의자에 앉혔고, 그러는 동안 남작 부인은 자신의 얼굴을 닦았다. 남작이 잔느를 향해 돌아보며 말했다. "자, 얼른, 네 엄마한테 인사하고 가서 자거라."

그녀 역시 울음이 쏟아질 것 같아서 얼른 부모에게 인사를 하고 도망치듯 방으로 갔다.

리종 이모는 이미 자기 방으로 물러가고 없었다. 남작 부부와 쥘리앵만 남았다. 세 사람 모두 참으로 거북해서 아무 말도 하지 못했다. 두 남자는 예복 차림으로 서서 허공만 바라보았다. 아델라이드 부인은 목구멍에 아직 울음을 머금은 채 의자에 쓰러져 있었다. 거북함이 견디기 힘들 정도가 되자 남작은 신혼부부가 며칠 후 하게 될 여행에 대해 말하기 시작했다.

잔느는 자기 방에서 샘처럼 연신 눈물을 쏟는 로잘리의 시중을 받아 옷을 벗고 있었다. 로잘리는 손을 허둥대며 리본도 머리핀도 찾지 못하는 걸 보니 여주인보다 더 마음이 뒤숭숭한 것 같았다. 그러나 잔느에게 하녀의 눈물은 안중에도 없었다. 그녀는 다른 세상에 들어선 것만 같았다. 자신이 알던 모든 것, 자신이 사랑한 모든 것과 헤어져, 다른 땅으로 떠나온 것만 같았다. 자신의 삶과 생각 속 모든 것이 전복된 것 같았다. 심지어 이런 이상한 생각마저 들었다. '내가 남편을 사랑하는 걸까?' 문득 남편이 낯선 이방인처럼 느껴졌다. 석 달 전만 해도 그녀는 그가 존재하는지조차 알지 못했는데, 이제는 그의 아내가 되었다. 어떻게 된 걸까? 어째서 발밑에 팬 구멍 속에 떨어지듯 결혼 속으로 이렇게 빨리 떨어졌을까?

밤단장이 끝나자 그녀는 침대 속으로 미끄러져 들어갔다. 조금 차가운 시트 때문에 소름이 돋았고, 두 시간 전부터 마음을 짓누르고 있던, 춥고 고독하고 서글픈 느낌이 더 심해졌다.

로잘리는 여전히 흐느끼며 도망치듯 떠났다. 잔느는 기다렸다. 아버지가 모호한 말로 예고한, 알 수 없는 무엇을, 사랑의 큰 비밀을 밝혀 줄 수수께끼 같은 일을 심장이 오그라들 듯 불안한 마음으로 기다렸다.

계단을 올라오는 소리도 듣지 못했는데, 방문을 두드리는 가벼운 노크 소리가 세 번 들렸다. 그녀는 겁에 질려 소스라치게 놀라 대답하지 않았다. 다시 두드리는 소리가 나더니 자물쇠 돌아가는 소리가 들렸다. 그녀는 도둑이라도 들어온 것처럼 이불 아래로 머리를 감췄다. 마룻바닥을 조심스럽게 밟는 구두 소리가 났다. 갑자기 누군가 그녀의 침대를 건드렸다.

그녀는 기겁해서 펄쩍 뛰며 작게 비명을 질렀다. 머리를 내밀자 쥘리앵이 미소 지으며 그녀 앞에 서 있는 게 보였다. "오! 깜짝 놀랐잖아요!" 그녀가 말했다.

그가 응수했다. "나를 기다린 게 아니오?" 그녀는 대답하지 않았다. 그는 멋지게 차려입고 잘생긴 남자의 근엄한 표정을 짓고 있었다. 그녀는 저렇게 단정한 남자 앞에 그렇게 누워 있는 것이 끔찍이도 부끄럽게 느껴졌다.

그들은 무슨 말을 하고 무엇을 해야 할지 알지 못했고, 심지어 일생의 내밀한 행복이 달린 그 엄숙하고 결정적인 시간에 차마 서로를 바라보지도 못했다.

그는 이 싸움이 어떤 위험을 낳을지, 꿈을 먹고 자란 순결한 영혼의 무한한 섬세함과 미묘한 수줍음을 다치지 않게 하려면 얼마나 능란한 애정 표현과 유연한 자제력이 필요할지 막연히 직감했다.

그래서 조심스레 그녀의 손에 입 맞추고, 제단 앞에서 하듯이 침대 옆에 무릎을 꿇고 숨결만큼 가벼운 목소리로 속삭였다. "나를 사랑해 주겠소?" 그녀는 별안간 마음이 놓여 레이스 장식을 구름처럼 두른 머리를 베개 위에 올려놓고 미소 지었다. "벌써 사랑하는걸요."

그가 아내의 가늘고 섬세한 손가락을 자기 입에 갖다 댔고, 그 육신의 재갈 때문에 달라진 목소리로 말했다. "나를 사랑하는 걸 입증해 주겠어요?"

그녀는 아버지의 말을 떠올리고 다시 당황해 무슨 말을 하는지 잘 알지 못한 채 대답했다. "저는 당신의 것이에요."

그는 촉촉한 키스를 그녀의 손목에 쏟아붓고는 천천히 몸을 일으켜 얼굴 쪽으로 다가갔다. 그녀는 다시 얼굴을 숨기려 들었다.

갑자기, 그가 침대 너머로 한 팔을 뻗어 시트를 덮은 채 아내를 껴안고, 다른 팔은 베개 밑으로 넣어 그녀의 머리와 베개를 같이 들어 올렸다. 그리고 아주 나지막하게 물었다. "그러면 나를 위해 당신 곁에 자리를 조금만 내주겠어요?"

그녀는 겁이 났다. 본능적으로 겁을 먹고 더듬거리며 말했다. "오! 제발 아직요."

그는 실망하고 조금은 기분이 상한 듯 보였다. 여전히 애원하는 말투였지만 한결 거칠게 그가 말했다. "결국 할 일인데 왜 나중으로 미루려는 거요?"

그녀는 그런 말을 한 그가 원망스러웠다. 하지만 체념하고 고분고분해져서 다시 한번 반복했다. "저는 당신의 것이에요."

그러자 그가 재빨리 화장실로 사라졌다. 잔느는 옷이 구겨지는 소리, 주머니에서 동전이 짤랑거리는 소리, 신발이 연이어 던져지는 소리를 들으며 그의 행동 하나하나를 구분할 수 있었다.

불쑥 그가 팬티와 양말만 걸친 차림으로 방을 재빨리 가로지르더니 벽난로 위에 손목시계를 얹었다. 그러곤 달려서 돌아오더니 옆방에서 얼마간 더 움직였다. 그가 오는 게 느껴지자 잔느는 얼른 반대편으로 돌아눕고 눈을 감았다.

차가운 털투성이 다리 하나가 미끄러져 들어와 자기 다리에 닿자 그녀는 바닥으로 뛰어내릴 듯이 펄쩍 몸을 일으켰다. 그러곤 두 손에 얼굴을 묻고 겁에 질리고 당황해서 소리칠 태세를 하고 필사적으로 침대 끝에 웅크렸다.

곧 그는 돌아앉은 그녀를 품에 안았고, 그녀의 목에, 밤단장으로 펄럭이는 레이스에, 수놓인 잠옷의 목깃에 탐욕스레 입맞춤을 퍼부었다.

그녀는 두 팔꿈치로 가린 젖가슴을 더듬는 강한 손길을 느끼고는 극심한 불안에 사로잡혀 뻣뻣이 굳은 채 옴짝달싹하지 못했다. 난폭한 접촉에 당황해서 숨을 헐떡였다. 그녀는 무엇보다 달아나서 집 안 어딘가로 달려가 이 남자로부터 멀리 떨어져 숨고만 싶었다.

그는 더 이상 움직이지 않았다. 그녀는 등으로 그의 체온을 느끼고 있었다. 그러자 두려움이 가라앉고 문득 몸을 돌리기만 하면 그와 입 맞출 수 있겠다는 생각이 들었다.

결국 그가 더는 참지 못하겠는지 애처로운 목소리로 말했다. "그러니까 당신은 나의 아내가 되고 싶지 않은 거요?" 그녀가 얼굴을 가린 손 틈으로 중얼거렸다. "이미 당신의 아내가 아닌가요?" 그는 기분 나쁜 듯이 대답했다. "천만에요, 이봐요, 나를 놀리지 말아요."

그녀는 그의 목소리에 실린 불만스러운 어조에 매우 혼란스러웠다. 그래서 용서를 구하려고 돌연히 그를 향해 돌아누웠다.

그러자 그는 굶주린 사람처럼 성난 듯 두 팔로 그녀의 허리를 끌어안았다. 그러곤 재빨리 키스를, 깨무는 키스, 광적인 키스를 그녀의 온 얼굴과 젖가슴에 퍼붓고 애무로 그녀의 혼을 빼놓았다. 그녀는 두 팔을 벌린 채 더는 어찌할 바 모르고, 그가 무엇을 하는지도 몰라 생각이 혼란스러운 가운데, 아무것도 이해하지 못하고 그가 하는 대로 몸을 내맡긴 채 꼼짝하지 않았다. 그런데 갑자기 날카로운 고통이 그녀의 몸을 찢었다.

그녀는 그가 난폭하게 그녀를 소유하는 동안 그의 품속에서 몸을 비틀며 신음했다.

그 후론 무슨 일이 일어났던가? 그녀는 거의 기억하지 못했다. 정신이 혼미했기 때문이다. 다만 그가 그녀의 입술에 고마움의 키스 세례를 퍼붓는 것 같았다.

그 후 그가 그녀에게 무언가 말했고, 그녀는 뭔가 대답한 것 같았다. 그리고 그가 또 다른 시도를 하자 그녀는 질겁해서 밀어냈다. 발버둥을 치다가 이미 다리에서 느꼈던 그 무성한 털을 가슴에서 마주치고는 오싹해서 몸을 뒤로 뺐다.

그녀를 자극해 보려다 성공하지 못하고 지친 그는 누운 채 꼼짝하지 않았다.

그러자 그녀는 생각했다. 꿈꿔 온 도취와 너무도 달라 소중한 기대가 파괴되고 행복이 파열된 환멸 속에서 마음속 깊이 절망한 채 그녀는 속으로 말했다. '그가 아내가 되어 주겠냐고 물은 것이 바로 이것이었구나. 이것이었어!'

그녀는 벽을 수놓은 융단을, 자기 침실을 감싸고 있는 옛 사랑의 전설을 오래도록 망연히 바라보았다.

그런데 쥘리앵이 더는 말도 없고 움직이지도 않자 그녀는 천천히 그를 향해 눈길을 돌렸다가 잠들어 있는 그를 보았다. 그는 입을 반쯤 벌린 채 평온한 얼굴로 자고 있었다! 잠을 자고 있었다!

그녀는 믿을 수가 없었다. 그가 보인 난폭함보다 잠든 사실에 더 능욕당한 기분이었고, 하찮은 여자 취급을 받은 것 같아 화가 치밀었다. 이런 밤에 어떻게 잠을 잘 수가 있지? 그들 사이에 벌어진 일이 그에게는 전혀 놀라운 일이 아니었단 말인가? 오! 차라리 정신을 잃을 정도로 얻어맞고, 더 능욕당하고, 추악한 애무에 상처 입는 편이 나을 것 같았다.

그녀는 팔꿈치를 세워 얼굴을 괴고 그를 향해 몸을 기울인 채 그의 입술 사이로 새어 나오는 가벼운 숨소리에 귀를 기울였다. 숨소리는 이따금 코 고는 소리로 변했다.

날이 밝았다. 처음엔 바깥이 흐렸다가 얼마 후 환해지더니 분홍빛을 띠었고 이내 눈부시게 밝아 왔다. 쥘리앵이 눈을 뜨더니 하품을 하고 두 팔을 벌려 아내를 바라보았고, 미소 지으며 물었다. "당신, 잘 잤어?"

그녀는 그가 이제 말을 편하게 놓는 걸 듣고서 아연해서 대답했다. "그럼요. 당신은요?" 그가 말했다. "오, 나야 아주 잘 잤지." 그러더니 그녀를 향해 돌아보며 입 맞췄고, 조용히 얘기하기 시작했다. 그는 절약 문제를 포함해서 삶의 계획들을 펼쳐 보였다. 절약이라는 말이 여러 차례 등장해 잔느는 놀랐다. 그녀는 그가 하는 말의 의미를 제대로 파악하지 못한 채 들었고,

그를 바라보며 머리에 재빨리 스쳐 가는 온갖 것들을 생각했다.

8시를 알리는 종이 울렸다. "자, 이제 일어나야 해요. 침대에 늦도록 남아 있으면 웃음거리가 될 거요."라고 말하며 그가 먼저 내려갔다. 몸단장을 끝낸 그는 로잘리를 부르는 걸 허락하지 않고, 친절하게 아내의 몸단장을 세세히 도와주었다.

방을 나가려는 순간 그가 그녀를 멈춰 세웠다. "우리끼리는 이제 말을 편하게 놓을 수 있지만 당신 부모님 앞에서는 아직 그러지 않는 편이 좋겠어요. 신혼여행에서 돌아오면서 그러는 편이 자연스러울 거요."

그녀는 식사시간에야 나타났다. 아무 일도 일어나지 않은 것처럼 평소처럼 하루가 흘러갔다. 집 안에 남자 하나가 늘었을 뿐이었다.

5

나흘 후, 그들을 마르세유로 데려가기로 되어 있는 사륜마차
가 도착했다.

첫날밤의 불안 이후 잔느는 쥘리앵의 접촉에, 그의 키스와
다정한 애무에 이미 익숙해졌지만, 조금 더 내밀한 관계에 대
한 혐오감은 줄어들지 않았다.

그녀는 그가 잘생겼다고 생각했고, 그를 사랑했다. 그리고
다시금 행복하고 즐겁다고 느꼈다.

작별 인사는 짧고, 슬프지 않았다. 남작 부인만이 마음이 뒤
숭숭한 것 같았다. 마차가 떠나려는 순간, 부인은 납이 든 것처
럼 묵직한 주머니 하나를 딸의 손에 쥐어 주며 말했다. "네가
젊은 여자로서 필요한 데 쓰렴."

잔느는 그것을 주머니에 집어넣었고, 말들은 달리기 시작

했다.

저녁 무렵, 쥘리앵이 그녀에게 말했다. "당신 어머니가 그 주머니에 얼마를 주었어요?" 까맣게 잊고 있던 그녀는 주머니를 무릎 위에 쏟았다. 금화가 쏟아졌다. 2천 프랑이었다. 그녀는 손뼉을 치며 말했다. "맘껏 쓸 수 있겠어요." 그리고 돈을 다시 주머니에 담았다.

그들은 무더위 속에 일주일을 달린 뒤 마르세유에 도착했다.

이튿날, 아작시오를 거쳐 나폴리로 향하는 작은 여객선 '루이 왕'이 그들을 코르시카로 실어 날랐다.

코르시카! 잡목숲! 산적들! 산! 나폴레옹의 고향! 잔느는 현실에서 빠져나와 눈 뜬 채 꿈속으로 들어서는 것만 같았다.

두 사람은 나란히 뱃전에 기댄 채 프로방스의 해안 절벽이 달음박질치는 걸 바라보았다. 태양이 쏟아내는 뜨거운 빛에 굳어 버린 듯 꼼짝 않는 강렬한 쪽빛 바다가 거짓처럼 푸르른 무한한 하늘 아래 펼쳐졌다.

그녀가 말했다. "라스티크 영감의 배를 타고 나들이한 일 기억나요?"

그는 대답 대신 그녀의 귓속에 재빨리 키스를 날렸다.

증기선의 바퀴가 물을 휘저어 바다의 깊은 잠을 방해했다. 배 뒤로 거품 인 긴 궤적이, 휘저어진 물결이 샴페인처럼 거품을 내뿜는 길고 흰 띠가 일직선의 항적을 끝없이 그렸다.

갑자기, 앞쪽으로 몇 번만 헤엄치면 닿을 지점에서 커다란 물고기가, 아니 돌고래 한 마리가 물 밖으로 솟구치더니 다시 머리부터 입수하며 사라졌다. 잔느는 겁먹고 비명을 지르며 쥘리앵의 품에 안겼다. 그러곤 겁낸 것이 우스워 이내 웃음을 터뜨렸고, 돌고래가 다시 나타나지 않을까 불안스레 바라보았다. 몇 초 뒤 돌고래는 거대한 기계 장난감처럼 다시 솟아올랐다. 곧 떨어졌다가 다시 물 밖으로 나왔다. 돌고래는 두 마리, 세 마리, 여섯 마리로 늘더니 육중한 배 주위를 펄쩍펄쩍 뛰었는데, 철 지느러미를 단 나무 물고기 같기도 하고 괴물 같기도 한 형제를 호위하려는 듯했다. 돌고래들은 배 왼쪽으로 갔다가 오른쪽으로 돌아왔고, 때로는 함께, 때로는 한 마리씩 마치 놀이라도 하듯, 경주라도 하듯 곡선을 그리며 하늘로 높이 솟아올랐다가 줄줄이 다시 떨어졌다.

잔느는 그 거대하고 유연한 수영 선수들이 나타날 때마다 홀려서 전율하며 손뼉을 쳤다. 그녀의 마음도 어린아이처럼 미칠 듯 들떠서 돌고래와 함께 튀어 올랐다.

갑자기 돌고래들이 사라졌다. 아주 먼 바다 쪽에서 한 번 더 나타나더니 그 후론 보이지 않았다. 잔느는 돌고래들이 떠나자 조금 슬퍼졌다.

저녁이 되었다. 빛과 행복한 평화가 충만한, 고요하고 눈부신 저녁이었다. 공기나 물에서 떨림조차 느껴지지 않았다. 바다와 하늘의 가없는 평온이 어떤 떨림도 일지 않는 몽롱한 영혼들에게 전해졌다.

거대한 태양이 저 아래, 눈에 보이진 않지만 벌써 열기가 느껴지는 것 같은 뜨거운 땅 아프리카 쪽으로 서서히 가라앉고 있었다. 태양이 사라지자 산들바람은 아닌, 어떤 선선한 기운이 얼굴을 스쳤다.

그들은 여객선의 온갖 끔찍한 냄새를 풍기는 선실로 들어가고 싶지 않았다. 그래서 외투로 몸을 감싸고 갑판 위에 옆구리를 맞대고 나란히 누웠다. 쥘리앵은 이내 잠들었다. 그러나 잔느는 낯선 여행에 마음이 들떠 눈을 감지 못했다. 조타륜의 단조로운 소리가 자장가처럼 들렸다. 그녀는 머리 위 청명한 남쪽 하늘에서 젖은 듯 반짝이며 선명한 빛을 발하는 별들을 바라보았다.

그녀는 아침이 다 되어서야 깜빡 잠이 들었다. 소음과 사람들의 목소리가 잠을 깨웠다. 선원들이 노래하며 배를 청소하고 있었다. 그녀는 잠에 빠져 꼼짝 않는 남편을 흔들어 깨워 함께 일어났다.

그녀는 손가락 끝까지 스며드는 소금기 머금은 안개를 음미하며 들떴다. 사방이 바다였다. 그런데 뱃머리 쪽에서 이제 막 동이 터오고 있어 아직 어렴풋한 잿빛 무언가가, 마치 뾰족하고 갈기갈기 찢긴 듯 요상한 구름덩이 같은 무언가가 물결 위에 놓여 있는 것 같았다.

얼마 후 그것은 조금 더 명료해졌다. 환해진 하늘을 배경으로 형체가 드러났다. 뿔 달린 괴상한 산 능선이 솟아 있었다. 얇은 베일에 감싸인 듯한 코르시카였다.

그 너머에서 능선의 뾰족한 돌출부들을 검은 그림자로 드리우고 태양이 떠올랐다. 곧이어 모든 산봉우리가 환하게 밝혀졌으나 섬의 나머지 부분은 여전히 안개 속에 잠겨 있었다.

구릿빛 얼굴에 메마르고, 혹독한 짠 바람에 쪼그라들고 뻣뻣해진, 작달막한 노老선장이 갑판에 나타나더니 30년의 지휘로 목이 쉬고, 돌풍 속에서 질러 댄 고함에 닳아 버린 목소리로 잔느에게 말했다.

"냄새가 느껴지십니까?"

그녀는 야생적 향내를 풍기는 어떤 식물의 야릇하고 강한 냄새를 맡았다.

선장이 다시 말했다.

"코르시카가 이런 향기를 풍기는 겁니다. 예쁜 여자의 향기를 풍기죠. 저는 20년을 떠나 있어도 5해리 떨어진 먼바다에서도 이 향기를 알아볼 겁니다. 그렇습니다. 저 멀리 세인트헬레나섬에 계신 그분도 언제나 고향의 향기에 대해 말하고 있는 모양이더군요. 그분은 우리 집안 사람입니다."

그러더니 선장은 모자를 벗고 코르시카에 경례했고, 대양 너머 저 먼 곳에 갇혀 있는, 그의 가문 출신인 위대한 황제에게도 경례했다.

잔느는 너무 감동한 나머지 거의 울 뻔했다.

선장이 수평선을 향해 팔을 뻗으며 말했다. "저것이 상기네르입니다!"

곁에 서 있던 쥘리앵이 아내의 허리를 감싸 안았고, 그렇게 두 사람은 선장이 가리키는 지점을 보려고 먼 곳을 바라보았다.

마침내 그들은 피라미드 모양의 바위 몇 개를 보았는데, 곧 배는 그 바위를 돌아 넓고 고요한 만으로 들어갔다. 높은 봉우리들이 만을 둘러싸고 있었고, 산비탈 낮은 곳은 이끼로 덮여 있는 것처럼 보였다.

선장이 그 녹지를 가리키며 말했다. "저기가 잡목림입니다."

더 나아가자, 산들이 원을 그리며 배 뒤로 닫히는 것처럼 보였고, 배는 더없이 투명해서 때때로 바닥까지 보이는 푸른 호수에서 느릿느릿 헤엄쳤다.

그러다 불쑥, 만 안쪽 물결 너머 산 아래에 새하얀 도시가 보였다.

작은 이탈리아 배 몇 척이 항구에 정박해 있었다. 네댓 척의 보트가 승객을 실으려고 다가와 '루이 왕' 주위를 맴돌았다.

짐을 한데 모은 쥘리앵이 아내에게 나지막이 물었다. "짐꾼에게 20수만 줘도 되겠지?"

일주일 내내 그는 수시로 같은 질문을 했는데, 그럴 때마다 그녀는 곤혹스러웠다. 그녀는 살짝 짜증 섞어 대답했다. "충분하다는 확신이 안 설 때는 많이 주는 게 나아요."

그는 호텔 지배인과 보이, 마차꾼, 장사꾼 들과 끊임없이 다투었다. 그러다 억설로 값을 좀 깎고 나면 흡족해서 두 손을 비비며 잔느에게 말하곤 했다. "난 속는 거라면 질색이거든."

그녀는 계산서를 가져오는 것만 봐도 남편이 품목마다 따질 걸 지레 확신했기에 그 흥정이 창피해서 불안에 떨었고, 충분하지 않은 팁을 손에 쥐고서 남편을 쳐다보는 하인들의 경멸 어린 눈길 아래 머리카락까지 새빨개지는 느낌이었다.

이번에도 그는 그들을 육지에 내려 준 보트의 뱃사공과도 돈 때문에 시비가 붙었다.

그녀가 육지에 내려 처음 본 나무는 종려나무였다!

두 사람은 드넓은 광장 모퉁이에 자리한 비어 있는 큰 호텔로 들어가 점심식사를 주문했다.

후식을 마치고 잔느가 도심을 돌아보려고 일어섰을 때 쥘리 앵이 그녀의 팔을 붙들고 귓속말로 다정하게 속삭였다. "여기서 좀 누웠다 가요. 여보?"

그녀는 놀라서 잠시 굳었다. "누워요? 난 피곤하지 않은데요."

그가 그녀를 끌어안으며 말했다. "당신을 원한단 말이오. 알아듣겠소? 벌써 이틀째……."

그녀는 수치심에 얼굴이 새빨개져서 더듬거리며 말했다. "오! 지금요? 사람들이 뭐라 하겠어요! 대낮에 어떻게 방을 달라고 해요? 오! 쥘리앵, 제발 그러지 말아요."

그러나 그는 그녀의 말을 자르며 말했다. "호텔 사람들이 뭐라 하건 무슨 생각을 하건 난 상관 안 해요. 내가 그런 것 따위에 거북해하는지 보라구."

그는 벨을 눌렀다.

그녀는 남편의 지칠 줄 모르는 욕망 앞에서 온몸과 마음으로 거부감을 느끼고 눈을 내리깐 채 더는 아무 말도 하지 않았다. 그 욕망이 짐승 같고 상스럽고 추잡하게 여겨져 마지못해, 혐오감에 사로잡히고 모욕감을 느끼며 따랐다.

그녀의 성적 감각은 여전히 잠들어 있었는데, 남편은 이제 그녀가 자신과 똑같은 열정을 나누는 것처럼 취급했다.

호텔 보이가 오자 쥘리앵은 방으로 안내해 달라고 청했다. 눈까지 털이 북슬북슬한 코르시카 토박이인 그 남자는 말귀를 알아듣지 못하고 저녁에 방을 준비해 두겠다고 말했다.

쥘리앵이 참지 못하고 설명했다. "아니, 당장 준비하게. 우리는 여행으로 피곤해서 쉬고 싶단 말이네."

그러자 보이의 수염 속에 미소가 슬며시 피어올랐고, 잔느는 달아나고만 싶었다.

한 시간 뒤 그들이 다시 내려왔을 때 그녀는 사람들이 등 뒤에서 웃고 수군댈 것만 같아서 마주치는 사람들 앞을 차마 지나갈 용기가 나지 않았다. 그녀는 이런 걸 이해하지 못하고, 이런 예민한 부끄러움과 본능적인 섬세함을 알지 못하는 쥘리앵을 마음속으로 원망했다. 그녀와 그 사이를 가로막는 장막이, 장애물이 느껴졌다. 나란히 걷고 있는 두 사람이 결코 영혼까지, 생각의 깊이까지는 다가서지 못하리라는 걸, 때때로 포옹을 해도 하나가 되지는 못하리라는 걸, 각자의 정신적 존재는 평생 영원히 혼자로 남으리라는 걸 깨달았다.

그들은 푸른 만 깊숙이 숨은 그 작은 도시에서 3일을 머물렀는데, 산을 커튼처럼 두르고 있는 그곳까지 바람이 불어오지 않아서 가마처럼 뜨거웠다.

이후 여행을 위한 여정이 잡혔는데, 그들은 어떤 험난한 길을 만나도 뒤로 물러서지 않기 위해 말을 빌리기로 결정했다. 따라서 말랐지만 지칠 줄 모르는, 키가 작고 눈매가 매서운 코르시카 종마 두 마리를 골랐고, 아침 해 뜰 무렵에 일찍 길을 나섰다. 노새를 탄 안내인이 양식을 싣고 동행했는데, 그 야생의 고장에서는 묵을 곳이 어떨지 알 수 없기 때문이었다.

처음에 길은 만을 따라가다가 큰 산으로 이어지는, 그리 깊지 않은 계곡으로 접어들었다. 그들은 이따금 거의 말라 버린 시냇물을 건넜다. 개울 줄기가 돌멩이 틈새로 숨은 짐승처럼 수줍게 졸졸 흐르고 있었다.

황폐한 고장은 완전히 헐벗어 보였다. 타는 듯 더운 계절이라 노랗게 변한 키 큰 풀이 언덕 비탈을 덮고 있었다. 이따금 걷거나 조랑말을 타고 가거나 개처럼 통통한 당나귀에 걸터앉은 산골 주민을 만나곤 했다. 모두가 등에 총을 메고 있었는데, 녹슬고 낡았지만 그들 손에서는 무시무시한 무기였다.

섬을 온통 뒤덮은 향내 짙은 식물의 코를 찌르는 듯한 향기에 공기마저 짙어진 느낌이었다. 길은 꼬불꼬불 산길 중턱을 오르며 길게 이어졌다.

분홍빛이나 푸른빛이 감도는 화강암 봉우리는 광막한 풍광에 요정의 세계 같은 색을 입혔다. 조금 더 낮은 비탈에 펼쳐진 드넓은 밤나무 숲은 초록 덤불숲처럼 보였다. 그만큼 그곳 산의 기세가 엄청났다.

이따금 안내인은 가파른 봉우리를 향해 손을 뻗으며 이름 하나를 말했다. 잔느와 쥘리앵은 그곳을 바라보았지만 아무것도 보지 못하다가, 얼마 후에야 산꼭대기에서 떨어진 돌더미 같아 보이는 희끄무레한 무언가를 발견하곤 했다. 그것은 마을이었다. 진짜 새 둥지처럼 매달려 있고, 거대한 산에 묻혀 거의 눈에 보이지 않는 작은 화강암 촌락이었다.

느린 걸음으로 이어지는 그 긴 여행에 잔느는 짜증이 났다. "조금 달려 봐요." 그녀가 말했다. 그러곤 말을 빠르게 몰았다. 그런데 곁에서 남편이 달리는 소리가 들리지 않아 뒤를 돌아보고 그녀는 미친 듯이 웃기 시작했다. 남편은 얼굴이 하얗게 질린 채 말갈기를 붙잡고 기묘하게 팔딱거리며 달려오고 있었다. 멋진 기사처럼 잘생긴 얼굴 탓에 서툴고 겁먹은 그 모습이 더욱 우스워 보였다.

그들은 천천히 종종걸음으로 말을 몰았다. 이제 길은 외투처럼 언덕을 뒤덮고 끝없이 펼쳐지는 잡목림 사이로 이어졌다.

그것이 코르시카의 잡목림, 초록 떡갈나무, 노간주나무, 소귀나무, 유향나무, 갈매나무, 히드, 로리에탱, 도금양, 회양목이 이어져 있고, 돌돌 휘감아 올라가는 참으아리, 거대한 고사리, 인동덩굴, 시스트, 로즈마리, 라벤더, 나무딸기가 머리카락처럼 뒤얽힌 채 산등성이를 무성하게 뒤덮어 들어서기 힘들 만큼 울창한 잡목림이었다.

그들은 배가 고팠다. 그들 있는 곳까지 온 안내인이 그들을 예쁘장한 샘 근처로 데려갔다. 가파른 산악지대에서 흔히 보는 샘으로, 바위 틈 작은 구멍에서 솟아난 가늘고 차가운 물줄기가 밤나무 잎사귀 끝에서 흘렀는데, 어느 행인이 물줄기를 입 쪽으로 끌어오려고 놓아둔 잎이었다.

잔느는 너무 행복해서 터져 나오려는 기쁨의 탄성을 겨우 억눌렀다.

그들은 다시 출발해 사곤만灣을 돌아 내려가기 시작했다.

저녁 무렵엔 자기 나라에서 쫓겨난 도망자 무리가 세운 그리스 마을인 카르제즈를 지났다. 우아한 허리, 기다란 손, 매우 기품 있는 늘씬한 몸매의 키 크고 아름다운 여자들이 샘 근처에 모여 있었다. 쥘리앵이 그들에게 "안녕하세요" 하고 외치자 여자들은 버리고 떠나온 나라의 조화로운 언어로 노래하듯 대답했다.

피아나에 도착하자 옛날에 외딴 지역을 여행할 때 그랬듯이 하룻밤 재워 달라고 청해야 했다. 잔느는 쥘리앵이 두드린 문이 열리길 기다리면서 기쁨에 몸을 떨었다. 오! 이런 것이야말로 진짜 여행이잖나. 답사되지 않은 길에서 온갖 뜻하지 않은 일들을 만나는 것.

마침 문을 연 건 젊은 부부였다. 그들은 신이 보낸 손님을 맞이하는 족장처럼 두 사람을 맞아 주었고, 잔느와 쥘리앵은 벌레 먹은 낡은 집에서 옥수수 짚 매트를 깔고 잤는데, 들보를 갉아 먹는 긴 좀벌레가 파먹은 골조에서 나는 사각거리는 소리 때문에 마치 들보가 살아서 한숨을 쉬는 것 같았다.

그들은 해 뜰 무렵에 출발했고, 곧 웬 숲을 마주하고 멈춰 섰다. 자줏빛의 화강암 숲이었다. 뾰족한 봉우리와 기둥, 첨탑, 시간과 바람, 그리고 바다 안개가 만들어 낸 놀라운 형상들이었다.

높이가 3백 미터까지 달하는 가늘고 둥글며, 삐뚤삐뚤하고 휘어져 상상하기 어려울 만큼 환상적이고 기괴한 바위들은 나무, 식물, 짐승, 기념비, 인간, 승복 차림의 승려, 뿔 난 악마, 거대한 새, 온갖 괴물 등, 어떤 기상천외한 신의 의지가 돌로 만들어 버린 악몽의 동물원 같았다.

잔느는 심장이 조여 와 말문이 막혔다. 그 아름다운 사물들을 마주하니 사랑하고픈 욕망이 엄습해 와 쥘리앵의 손을 꼭 쥐었다.

그 혼돈의 풍경에서 벗어나자 그들 눈앞에는 붉은 화강암 암벽에 둘러싸인 새로운 만이 펼쳐졌다. 파란 바다에 진홍빛

바위가 비쳤다.

잔느가 더듬거리며 말했다. "오, 쥘리앵!" 그녀는 감탄해서 목이 멘 채 다른 말을 찾지 못했다. 두 줄기 눈물이 눈에서 흘렀다. 그가 어안이 벙벙한 표정으로 그녀를 바라보며 물었다. "당신, 왜 그래요?"

그녀는 뺨을 닦고 미소를 지어 보이며 살짝 떨리는 목소리로 말했다. "아무것도 아니에요. 들떴나 봐요… 모르겠어요. 감동받았어요. 너무 행복해서 사소한 일에도 마음이 흔들려요."

그는 그렇게 들뜨는 여자의 마음을 이해하지 못했다. 아무것도 아닌 일에 감동하고, 열광하면 마치 천재지변이라도 일어난 것처럼 충격 받고, 미세한 감정에도 마음이 발칵 뒤집히고, 미칠 듯 기뻐하거나 절망하는 예민한 존재의 동요를 이해하지 못했다.

그런 눈물이 그에겐 우스워 보여 그는 그저 험한 길에만 온통 신경을 쓰며 말했다. "당신 말이나 잘 감시하는 편이 좋겠어요."

그들은 거의 통행이 불가능한 길을 지나 만 깊숙이 내려갔고, 얼마 후 오른쪽으로 돌아 어두컴컴한 오타 계곡*으로 올라

---

* 오타 계곡은 코르시카섬 서쪽에 위치한 코르시카 지방 자연공원의 일부이다.

갔다.

그런데 오솔길은 험악해 보였다. 쥘리앵이 제안했다. "걸어서
가는 게 어떨까?" 그녀는 조금 전의 감동도 있고 해서, 그와 단
둘이 걷는다는 사실에 기뻐서 더 바랄 게 없었다.

안내인은 노새와 말 두 마리를 데리고 먼저 떠났고, 두 사람
은 걸었다.

산은 꼭대기부터 아래까지 쪼개져 속을 드러내고 있었다. 오
솔길은 그 틈새로 접어들어 경이로운 두 벽 사이로 이어졌다.
그 균열 속으로 급류가 흘렀다. 공기는 얼음장처럼 차갑고, 화
강암은 검어 보였으며, 저 높이 푸른 하늘에 보이는 모든 것이
마음을 흔들고 넋을 빼놓았다.

갑자기 무슨 소리가 들려 잔느는 소스라치게 놀랐다. 눈을
들어 보니 거대한 새 한 마리가 산 틈새에서 날아올랐다. 독수
리였다. 펼친 날개가 통로 양쪽 벽에 닿는가 싶더니 새는 창공
까지 날아올라 사라졌다.

조금 더 멀리 가자 산의 균열은 둘로 나뉘었다. 오솔길은 두
개의 협곡 사이로 가파르게 지그재그를 그리며 이어졌다. 몸도
가볍고 마음도 들뜬 잔느는 앞장서 가면서 발밑의 자갈을 굴러
떨어지게도 하고, 대담하게 몸을 숙여 깊은 구렁을 내려다보기
도 했다. 쥘리앵은 약간 숨을 헐떡이며 현기증이 날까 봐 땅만

바라보며 그녀를 따라갔다.

돌연 햇살이 쏟아졌다. 꼭 지옥에서 빠져나온 것만 같았다. 그들은 목이 말라서 돌 틈새로 보이는 물기를 따라가다가 아주 작은 샘에 이르렀는데, 염소지기들이 이용하려고 속을 비운 나무 관으로 끌어온 샘이었다. 주변 땅은 이끼 양탄자로 덮여 있었다. 잔느는 무릎을 꿇고 물을 마셨다. 쥘리앵도 똑같이 했다.

그녀가 시원한 물맛을 음미할 때 그가 그녀의 허리를 잡고 나무관 끝을 차지한 그녀의 자리를 빼앗으려 했다. 그녀는 버텼다. 두 사람의 입술이 다투며 마주치고 밀어냈다. 다투면서 두 사람은 차례차례 관 끄트머리를 차지하고는 물고 놓지 않았다. 관을 붙들었다 놓치기를 거듭하느라 차가운 물줄기가 끊어졌다 다시 이어지면서 두 사람의 얼굴과 목, 옷과 손에 물이 튀었다. 진주 같은 물방울이 머리카락에서 반짝였다. 흐르는 물속에서 여러 번 키스가 오갔다.

잔느에게 사랑의 영감이 불현듯 떠올랐다. 그녀는 입안 가득 맑은 물을 채워 두 뺨을 물주머니처럼 부풀렸고, 입으로 옮겨 그의 목을 축여 주고 싶은 마음을 쥘리앵에게 알렸다.

그가 고개를 뒤로 젖히고 두 팔 벌린 채 웃으며 목을 내밀었다. 그렇게 그는 살아 있는 육신의 샘물을 단숨에 마셨고, 물은 그의 내장으로 들어가 욕망에 불을 지폈다.

잔느는 전에 보이지 않던 애정을 드러내며 그에게 몸을 밀착했다. 심장이 두근거리고, 허리가 들어 올려졌다. 두 눈이 촉촉이 젖어 나른해지는 것 같았다. 그녀가 나지막이 속삭였다. "쥘리앵… 사랑해요!" 그러곤 그를 끌어당기며 몸을 뒤로 젖히고는 부끄러워 새빨개진 얼굴을 두 손으로 가렸다.

그가 그녀에게 달려들어 격정적으로 끌어안았다. 그녀는 들뜬 기다림 속에서 숨을 헐떡였다. 그러다 갑자기 비명을 질렀다. 자신이 불러일으킨 감각이 벼락처럼 덮쳐 왔던 것이다.

잔느가 지친 데다 심장이 너무 두근거려 두 사람이 산꼭대기에 이르기까지는 오랜 시간이 걸렸다. 그들은 저녁이 되어서야 에비자에 도착해 안내인의 친척인 파올리 팔라브레티의 집에 들어섰다.

파올리는 키가 크고 등이 구부정했으며, 폐병 환자처럼 기운 없어 보이는 사내였다. 그가 두 사람을 방으로 안내했는데, 석재가 날것 그대로 드러난 음침한 방이었지만 우아함 따윈 알지 못하는 그 고장에서는 예쁜 편이었다. 그는 프랑스어와 이탈리아어가 뒤섞인 특유의 코르시카 방언으로 그들을 맞이하는 기쁨을 표현했는데, 그때 쾌활한 목소리가 그의 말을 잘랐다. 갈색 머리에 크고 검은 눈, 햇볕에 그을린 피부, 잘록한 허리, 연신 웃느라 내내 치아를 드러낸 자그마한 여자가 달려오더니 잔느를 포옹했고, 쥘리앵의 손을 잡고 흔들며 거듭 말했다. "어서 오세요, 부인. 어서 오세요, 나리. 안녕하시죠?"

그녀는 손님의 모자와 숄을 벗기고, 그 모든 걸 한 팔로 정돈했다. 다른 한 팔엔 붕대가 감겨 있었기 때문이다. 그러더니 모두 밖으로 내보내며 자기 남편에게 말했다. "저녁식사 시간까지 손님들을 산책시켜 드리세요."

팔라브레티 씨는 즉각 그 말에 따라 두 젊은 사람을 양쪽에 끼고 마을을 구경시켜 주러 나섰다. 그는 걸음도 말도 느렸고, 자주 기침을 했는데, 기침을 할 때마다 거듭 말했다. "계곡의 찬 공기가 가슴에 들어가면 이래요."

그는 거대한 밤나무 밑으로 난 한적한 오솔길로 그들을 안내했다. 갑자기 그가 걸음을 멈추더니 단조로운 어조로 말했다. "바로 여기서 제 사촌 장 리날디가 마티외 로리에게 살해당했어요. 여기, 제가 바로 여기, 장 옆에 서 있었는데, 마티외가 열 발짝 떨어진 지점에 나타나더니 외쳤어요. '장, 알베르타체에게 다가가지 마, 장, 가지 말라고. 말 안 들으면 내가 너를 죽일 거야, 정말이야.'

저는 장의 팔을 잡고 말했어요. '장, 가지 마. 저놈은 정말 그럴 놈이야.'

두 놈이 모두 따라다니던 여자 폴리나 시나쿠피 때문이었죠.

그런데 장이 소리쳤죠. '마티외, 난 갈 거야. 네가 나를 막을
수는 없어.'

그러자 마티외가 총을 어깨에서 내리더니 내가 미처 내 총
을 장전하기도 전에 쏘아 버렸죠.

장은 고무줄 놀이하는 아이처럼 두 발로 펄쩍 튀어 오르더
니 내 위로 떨어졌어요. 그 바람에 내 총이 떨어져 저 아래 큰
밤나무까지 굴러갔다니까요.

장은 입을 크게 벌리긴 했지만 찍소리도 못하고 죽어 버렸어
요."

젊은 부부는 어안이 벙벙해서 그 범죄의 태연한 증인을 바
라보았다. 잔느가 물었다. "살인범은요?"

파올리 팔라브레티는 오래도록 기침을 하더니 말을 이었다.
"산으로 달아났어요. 이듬해 그놈을 죽인 건 제 동생입니다. 아
시겠지만 제 동생은 그 유명한 산적 필리피 팔라브레티니까요."

잔느가 화들짝 놀라며 물었다. "동생이 산적이라고요?"

태연한 코르시카인의 눈에 자부심의 기색이 번득였다.

"네, 부인. 유명한 놈이었죠. 경찰 여섯을 때려눕혔으니까요.
그놈은 경찰들이 니올로에서 포위했을 때 엿새 동안이나 싸우
다가 니콜라 모랄리와 함께 죽임당했는데, 그렇지 않아도 굶어

죽을 판이었지요."

그러더니 체념한 표정으로 덧붙였다. "이 사람들 모두가 그걸 바라죠." 마치 '발Val은 공기가 신선하죠', 같은 말이라도 하는 듯한 말투였다.

곧 그들은 저녁식사를 하러 집으로 돌아갔고, 작달막한 코르시카 여자는 마치 20년 전부터 알고 지내던 사이처럼 그들을 대했다.

하지만 한 가지 불안이 잔느의 머리에서 떠나지 않았다. 샘터 이끼 위에서 느꼈던 그 야릇하고 격렬한 감각의 동요를 쥘리앵의 품속에서 또다시 느끼게 될까?

방에 단둘만 남게 되자 그녀는 그와의 정사에서 다시 무감각해지는 건 아닐까 겁먹고 떨었다. 그러나 이내 안심했다. 그녀에겐 이날이 사랑의 첫날밤이었다.

이튿날, 떠날 시간이 되었는데 그녀는 그 보잘것없는 집을 떠날 결심을 하지 못했다. 그녀에겐 새로운 행복이 시작된 곳처럼 보였던 것이다.

그녀는 집주인의 작달막한 아내를 방으로 불러 선물을 하려는 건 아니라고 밝히고는, 파리로 돌아가자마자 기념품을 하나 보내 주겠다고 말했고, 거의 화를 내다시피 하며 받아 달라고 했다. 그녀는 기념품에 거의 미신 같은 생각을 품고 있었던 것

123

이다.

　젊은 코르시카 여자는 안 받겠다며 오랫동안 거절했다. 결국
엔 동의하더니 말했다. "그러시면 작은 권총이나 한 자루 보내
주세요. 아주 작은 걸로요."

　잔느는 눈을 휘둥그레 떴다. 상대는 달콤하고 내밀한 비밀이
라도 털어놓듯이 귀 가까이 대고 나지막이 덧붙였다. "시동생
을 죽이려고요." 그러곤 쓰지 못하고 있는 팔에 감긴 붕대를 재
빨리 풀어 젖히더니 여기저기 단검에 찔려 흉터가 생긴 희고
통통한 살을 보여 주었다. "내가 그놈만큼 힘이 세지 않았더라
면 아마 그놈이 날 죽였을 겁니다. 제 남편은 질투심도 없고 나
를 잘 알지요. 그리고 보시다시피 남편은 환자예요. 그래서 피
가 끓지 않아요. 게다가 저는 정숙한 여자랍니다, 부인. 그런데
시동생은 사람들이 해대는 소리를 다 믿어요. 그는 남편 대신
질투를 해요. 그래서 분명히 또 이런 짓을 할 겁니다. 그러니 저
한테 작은 권총이 하나 있으면 안심도 되고, 복수도 할 수 있
죠."

　잔느는 무기를 보내 주겠다고 약속하고, 새 친구를 다정하게
포옹하고는 길을 떠났다.

　이후의 여행은 그저 꿈만 같고, 끝없는 포옹과 애무에 취한
시간이었다. 그녀는 아무것도 보지 못했다. 풍경도 사람도 머

무는 장소도 보지 못했다. 그저 쥘리앵만 바라보았다.

바보 같은 사랑 행위의 매혹적이며 유치한 내밀함이 비로소 시작되었다. 두 사람은 입술이 즐겨 애무하는 몸의 굴곡과 구비와 주름마다 귀여운 애칭을 붙이고, 바보 같은 달콤한 말을 주고받았다.

잔느가 오른쪽으로 누워 잤기에 잠에서 깰 때 왼쪽 젖가슴이 드러나 있을 때가 많았다. 쥘리앵은 그걸 보고 "노숙하는 분"이라 불렀고, 다른 쪽 젖가슴은 "사랑에 빠진 분"이라 했다. 오른쪽 젖꼭지의 분홍빛 꽃이 키스에 더 민감하게 반응하는 듯했기 때문이다.

두 젖가슴 사이의 깊은 골은 "어머니의 산책로"가 되었다. 그가 끊임없이 그곳을 거닐었기 때문이다. 더 비밀스러운 다른 길은 오타 계곡을 기념해 "다마스쿠스로 가는 길"*이라 이름 붙였다.

바스티아에 도착하자 안내인에게 돈을 지불해야 했다. 쥘리앵이 주머니를 뒤졌다. 필요한 돈을 찾지 못하자 그는 잔느에게 말했다. "당신 어머니가 준 2천 프랑을 쓰지 않으니 내가 들고 다니게 줘요. 내 허리춤에 있는 게 더 안전하고, 잔돈 바꿀 일

---

* 사울의 극적인 개종이 이루어지고 바울로 거듭나게 되는 길. 「사도행전」 9장 3-9절 참조.

도 없을 테니까."

그녀는 돈주머니를 그에게 내밀었다.

그들은 리보르노에 이르렀고, 이어서 피렌체와 제노바, 니스까지 이어지는 해안 일대를 돌아보았다.

미스트랄*이 부는 어느 날 아침, 그들은 마르세유에 도착했다.

그들이 푀플을 떠난 지 두 달이 흘렀다. 10월 15일이었다.

먼 노르망디에서 불어오는 듯한 차가운 바람을 맞으면서 잔느는 쓸쓸해졌다. 얼마 전부터 쥘리앵은 변한 것 같았고, 지치고 무관심해 보였다. 그녀는 까닭 모르게 겁이 났다.

그녀는 이 멋진 태양의 고장을 떠날 결심을 하지 못하고 돌아갈 여행을 나흘 더 늦추었다. 이제 막 행복의 일주를 마친 것만 같았다.

마침내 그들은 떠났다.

파리에 들러 푀플에 정착하는 데 필요한 모든 걸 사야만 했다. 잔느는 어머니의 선물 덕에 진귀한 물건들을 살 생각에 기뻤다. 그런데 그녀가 가장 먼저 생각한 것은 에비자의 젊은 코르시카 여자에게 약속한 권총이었다.

* 프랑스 남부지방에 부는 거센 북풍.

126

파리에 도착한 다음 날, 그녀가 쥘리앵에게 말했다.

"여보, 물건 좀 사게 어머니가 주신 돈을 돌려주겠어요?"

"얼마 필요해요?"

그녀는 놀라서 더듬거리며 말했다.

"글쎄요… 당신 생각대로."

그가 다시 말했다. "백 프랑 줄 테니 낭비하지 마요."

그녀는 망연자실 당황해서 말을 잇지 못했다.

마침내 그녀가 머뭇거리며 말했다. "그런데… 당신에게 그 돈을 맡긴 건……."

그는 그녀가 말을 끝내게 내버려 두지 않았다.

"알아요. 이제 우리가 같은 주머니를 가졌는데, 그게 당신 호주머니에 있건 내 호주머니에 있건 상관없잖소. 내가 거절하지 않고 당신한테 백 프랑을 줬잖아요."

그녀는 더는 한마디도 덧붙이지 못하고 금화 다섯 닢을 받았다. 그러나 차마 더 달라 하지 못해서 권총밖에 사지 못했다.

일주일 후, 그들은 쾨플로 돌아가기 위해 길을 떠났다.

6

벽돌 기둥들로 된 흰 울타리 앞에서 가족과 하인들이 기다
리고 있었다. 역마차가 멈춰 섰고, 오랫동안 포옹이 이어졌다.
어머니는 울었다. 잔느도 뭉클해져 눈물을 닦았다. 아버지는
들떠서 이리저리 서성였다.

짐을 내리는 동안 거실 불 앞에서 여행 이야기가 펼쳐졌다.
잔느의 입에서 많은 말이 쏟아져 나왔다. 빨리 얘기하느라 빠
뜨린 몇 가지 세부 사실만 빼고 모든 걸 반시간 만에 이야기했
다.

그리고 잔느는 자기 짐을 풀러 갔다. 로잘리도 들뜬 마음으
로 그녀를 도왔다. 모든 짐을 풀고 속옷과 겉옷, 화장용품이 제
자리에 놓이자 하녀는 여주인 곁을 떠났다. 잔느는 조금 지쳐
서 자리에 앉았다.

그녀는 이제 뭘 할지 자문하며 머리로 생각할 거리와 손으로 할 일을 찾았다. 거실로 다시 내려가 졸고 있는 어머니 곁에 머물고 싶은 마음은 없었다. 산책을 할까 생각했다. 그러나 들판이 몹시도 음울해 보여 창밖을 내다보기만 해도 울적함이 마음을 짓눌렀다.

그녀는 이젠 아무 할 일이, 영원히 할 일이 없다는 걸 깨달았다. 수녀원에서 보낸 젊은 시절엔 미래에 대한 생각에 사로잡혀 몽상하느라 분주했다. 그 시절엔 연신 솟구치는 희망이 시간을 채워서 시간이 어떻게 흘러가는지 느끼지 못했다. 그 후 그녀의 환상이 꽃을 피웠던 엄격한 수녀원 담을 벗어나자마자 사랑에 대한 기대는 실현되었다. 꿈꾸던 남자를 만나 사랑하고, 갑작스러운 결단으로 성사된 혼례처럼 단 몇 주 만에 결혼까지 했다. 남자는 생각할 겨를도 주지 않고 그녀를 품에 안아 데려가 버렸다.

그런데 이제 신혼 초의 달콤한 현실은 무한한 희망에, 매혹적인 미지의 불안에 문을 닫는 일상으로 변해 가고 있었다. 그렇다. 이제 기대는 끝났다.

그러니 이젠 할 일이 없었다. 오늘도, 내일도, 영원히. 그녀는 어떤 환멸감을, 꿈의 소멸을 느끼고 이 모든 걸 막연히 감지했다.

그녀는 일어나서 차가운 창문에 이마를 댔다. 먹구름이 흘러가는 하늘을 얼마간 바라보다가 밖으로 나갈 마음을 먹었다.

저것이 5월과 똑같은 들판, 똑같은 풀, 똑같은 나무란 말인가? 햇빛에 반짝이던 나뭇잎들의 발랄함은 어디 있으며, 민들레가 만발하고, 개양귀비가 선혈을 흘리고, 데이지꽃이 찬란하게 빛나고, 눈에 보이지 않는 실 끝에 매달린 듯 환상적인 노란 나비들이 팔딱이던 초록 시詩는 어떻게 되었나? 생명력과 향기, 번식력 왕성한 원자들을 품은 대기의 취기는 이제 존재하지 않았다.

쉬지 않고 내리는 가을 소나기에 젖은 가로수길이 거의 헐벗고 떨고 있는 포플러나무들 아래 두터운 나뭇잎 양탄자를 덮고 길게 이어졌다. 가녀린 나뭇가지들이 바람에 떨며 금세라도 떨어져 허공에 흩어질 것 같은 잎사귀들을 흔들었다. 울고 싶도록 구슬프게 끊임없이 내리는 비처럼, 납작한 금화처럼 노랗게 변한 마지막 잎새들은 온종일 쉬지 않고 가지에서 떨어져 나와 펄럭이며 허공을 맴돌다가 땅으로 떨어졌다.

그녀는 동산까지 갔다. 그곳은 죽어가는 사람의 침실처럼 참담했다. 꼬불꼬불 정겨운 오솔길 가장자리에 세워져 길을 비밀스럽게 만들던 초록 담장의 나뭇잎도 이미 떨어졌다. 섬세한 나무 레이스처럼 뒤엉킨 소관목의 앙상한 가지들이 서로 부딪치고 있었다. 바람에 떨어져 군데군데 소복이 쌓인 마른 낙엽의 속삭임은 죽어가는 사람의 고통스러운 한숨처럼 들렸다.

작은 새들이 추운 듯 여린 울음을 울며 여기저기 팔딱팔딱 날아다니며 숨을 곳을 찾았다.

두터운 느릅나무 장벽이 바닷바람을 막고 보호해 주는 보리수와 플라타너스는 아직 여름옷을 입고 있었는데, 수액의 성질에 따라 첫 추위에 물들어 하나는 붉은색 벨벳을, 다른 하나는 오렌지색 실크 옷을 걸치고 있었다.

쟌느는 느린 걸음으로 쿠야르 농가를 따라 어머니의 산책로를 오갔다. 시작된 단조로운 생활의 긴 권태에 대한 예감처럼 뭔가가 그녀의 마음을 짓눌렀다.

얼마 후 그녀는 쥘리앵이 처음으로 그녀에게 사랑을 고백한 비탈에 앉았다. 그리고 마음까지 나른해져 몽상에 잠긴 채 거의 아무 생각 없이 머물렀고, 이날의 슬픔에서 벗어나기 위해 누워 잠들고 싶었다.

문득, 돌풍에 실려 하늘을 나는 갈매기 한 마리가 보였다. 코르시카의 어두컴컴한 오타 계곡에서 본 독수리가 떠올랐다. 이미 끝나 버린 멋진 일에 대한 기억이 주는 마음의 동요가 강렬히 일었다. 불쑥 야생의 향내를 풍기던 눈부신 섬이 햇살에 익어 가는 오렌지와 시트론, 분홍빛 봉우리가 우뚝 솟은 산, 쪽빛 만, 급류가 흐르는 협곡과 함께 눈앞에 떠올랐다.

쓸쓸하게 떨어지는 낙엽, 바람에 쓸려 가는 회색 구름, 자신을 둘러싼 축축하고 혹독한 풍경을 보자 더없이 짙은 슬픔이 엄습해 와 그녀는 울지 않기 위해 집으로 돌아갔다.

일상의 우수에 길이 들어 더는 그걸 느끼지 못하는 어머니는 벽난로 앞에서 몽롱하게 졸고 있었다. 아버지와 쥘리앵은 사업 얘기도 할 겸 산책을 나갔다. 밤이 내리자 넓은 거실에 침울한 어둠이 깔렸고, 벽난로 불빛이 번득이며 어둠을 밝혔다.

창을 통해 바깥을 보니, 아직 남은 빛이 진흙을 바른 듯 잿빛이 된 하늘과 연말의 추레한 풍경을 비추고 있었다.

곧 남작이 나타났고, 쥘리앵이 뒤를 따랐다. 어두컴컴한 거실로 들어서면서 남작이 외쳤다. "얼른, 불을 켜! 여긴 너무 울적해."

그러곤 벽난로 앞에 자리 잡고 앉았다. 불가에 놓인 그의 젖은 발에서 김이 올라오는 동안, 신발창의 진흙이 열기에 말라 떨어졌다. 그가 쾌활하게 두 손을 비비며 말했다. "곧 얼음이 얼 것 같아. 북쪽 하늘이 개었어. 오늘이 보름이야. 오늘 밤은 꽤나 추울 거야."

그러곤 딸을 향해 돌아보며 말했다. "애야, 고향집에 돌아와 늙은 부모 곁에 있으니 좋으냐?"

이 단순한 질문이 잔느의 마음을 뒤흔들었다. 그녀는 두 눈에 눈물이 그렁그렁 맺힌 채 아버지의 품에 달려들어 마치 용서라도 구하려는 듯 힘껏 끌어안았다. 쾌활해지려고 내심 노력했지만 정신을 잃을 정도로 슬펐기 때문이었다. 그녀는 부모를 다시 만날 때 얼마나 기쁠지 생각했었는데, 애정을 마비시키는 이런 냉담함에 그녀 스스로도 놀랐다. 사랑하는 사람들을 멀리서 아무리 생각해도 매일같이 보던 습관을 잃고 나면 다시 만나도 공동생활의 끈이 다시 이어지기까지는 애정의 정지를 느끼게 되는 것 같았다.

저녁식사는 길게 이어졌다. 말은 거의 없었다. 쥘리앵은 아내를 잊은 것 같아 보였다.

식사 후에 거실로 온 그녀는 완전히 잠든 어머니 앞에 앉아 난롯불을 쬐며 몽롱해졌다. 얘기를 나누는 두 남자의 목소리에 어느 순간 잠이 깨서 정신을 차리려는데, 문득 자신이 무엇으로도 중지시킬 수 없는 습관의 마비 상태에 빠져들고 있는 건 아닐까 싶었다.

낮 동안 힘없이 불그스름하던 난로의 불길이 활활 타오르며 탁탁 소리를 냈다. 불길은 안락의자의 빛바랜 장식천을 돌연 비춰 여우와 황새, 쓸쓸한 왜가리, 매미와 개미를 보여 주었다.

남작이 미소를 머금고 다가와 손가락을 활짝 펴서 활활 타오르는 불을 쬐며 말했다. "아! 오늘 저녁엔 잘도 타는구나. 밖에 얼음이 얼고 있어, 얼음이." 그러더니 그는 잔느의 어깨에 손을 얹으며 불길을 가리켰다. "애야, 보렴. 이것이 세상에서 가장 멋진 일이야. 난롯가, 가족들과 함께 둘러앉은 난롯가. 이보다 더 가치 있는 게 없지. 이제 자러 가자꾸나. 너희들은 많이 피곤할 텐데, 그렇지?"

방으로 올라온 잔느는 자신이 좋아한다고 믿었던 동일한 장소로 돌아온 두 번의 귀환이 어떻게 이렇게 다를 수 있을까 생각했다. 왜 이렇게 가슴 아픈 느낌일까? 이 집, 정겨운 이 고장, 지금까지 그녀의 마음을 전율하게 했던 모든 것이 이제는 왜 이토록 울적해 보일까?

문득 그녀의 눈길이 추시계에 걸렸다. 작은 꿀벌은 언제나 진홍빛 꽃밭 위를 왼쪽에서 오른쪽으로, 그리고 오른쪽에서 왼쪽으로 언제나 재빠르고 한결 같은 움직임으로 날았다. 그런데 갑자기 잔느는 시간을 노래하고 가슴처럼 고동치는 그 기계, 살아 있는 것처럼 보이는 그 작은 기계 앞에서 눈물이 맺힐 정도로 마음이 뭉클해졌다.

그녀가 아버지와 어머니를 끌어안을 때도 이렇게 가슴 뭉클한 적은 없었다. 사람의 마음엔 어떤 추론으로도 헤아릴 수 없는 신비가 있다.

그녀는 결혼하고 처음으로 혼자 침대에 들었다. 쥘리앵이 피곤하다며 다른 방을 썼던 것이다. 게다가 각자 자기 방을 갖기로 합의되어 있었다.

그녀는 혼자 자는 버릇을 잃고, 자기 몸에 닿는 몸을 더 이상 느끼지 못하는 것에 아연해하며, 지붕을 집요하게 때리는 사나운 북풍에 마음이 뒤숭숭해 오래도록 잠들지 못했다.

침대를 핏빛으로 물들이는 아침 햇살에 잔느는 잠이 깼다. 수평선이 불타는 것처럼 성에가 잔뜩 낀 유리창이 새빨갰다.

잔느는 헐렁한 실내복을 걸치고 창가로 달려가 창문을 열었다.

살을 에는 듯 차갑고 건강한 바람이 방으로 밀려들어 예리한 냉기로 살갗을 때리자 눈물이 흘렀다. 붉게 물든 하늘 한가운데 술주정꾼의 얼굴처럼 빨갛게 부어오른 커다란 태양이 나무 뒤로 나타났다. 흰 서리로 뒤덮인 땅은 굳고 메말라 농가 사람들이 걸을 때마다 사박사박 소리를 냈다. 아직 나뭇잎이 남아 있던 포플러나무들이 하룻밤 사이에 모두 잎을 떨궜다. 황야 너머로는 군데군데 흰 물결의 흔적이 박힌 거대한 푸른 수평선이 보였다.

플라타너스와 보리수도 돌풍을 맞고 빠르게 헐벗고 있었다.

얼음장 같은 바람이 지날 때마다 갑작스러운 서리에 떨어진 나뭇잎들이 바람에 흩어져 새처럼 날아올랐다. 잔느는 옷을 입고 밖으로 나섰고, 뭐라도 하려고 농부들을 보러 갔다.

마르탱 가족은 두 손 들어 반갑게 맞아 주었고, 안주인은 그녀의 뺨에 볼인사를 했다. 그리고 그녀에게 과일 씨로 담은 술을 한 잔 권했다. 그녀는 다른 농가에도 들렀다. 쿠이아르 가족도 두 손 들고 반겼다. 안주인은 그녀의 귀에 가볍게 입 맞추었다. 이번에도 카시스 술을 한 잔 마셔야 했다.

그러곤 점심식사를 하러 돌아왔다.

하루는 전날과 마찬가지로 흘러갔다. 습한 대신 추울 뿐이었다. 그주의 다른 날들도 이 이틀과 닮았고, 그달의 모든 주가 첫 번째 주를 닮았다.

그렇지만 먼 나라에 대한 그리움은 차츰 가라앉았다. 어떤 물이 사물에 석회질 피막을 남기듯이 습관은 그녀의 삶에 체념의 피막을 입혔다. 일상생활의 온갖 사소한 것들에 대한 관심이, 단순하고 시시한 규칙적인 일들에 대한 염려가 그녀 마음속에 다시 생겨났다. 명상에 젖은 우울감이, 산다는 것에 대한 막연한 환멸이 마음속에서 커져 갔다. 그녀에게 무엇이 필요했을까? 무얼 갈망하는 걸까? 그녀는 알지 못했다. 어떤 세속적인 욕구도 그녀를 사로잡지 못했다. 그녀는 어떤 쾌락에 대한 갈증도, 있을 법한 기쁨을 향한 어떤 충동도 느끼지 못했다. 대체 어떤 기쁨이 있을까? 세월에 빛바랜 거실의 낡은 안락의자들처럼 그녀의 눈에는 모든 것이 조금씩 퇴색하고 지워져 흐릿하고 점차 음울한 색조를 띠었다.

쥘리앵과의 관계는 완전히 달라졌다. 신혼여행에서 돌아온 뒤로 그는 전혀 다른 사람처럼 보였다. 마치 배역을 끝낸 배우가 평소의 얼굴로 돌아간 것 같았다. 그는 잔느에게 거의 관심을 기울이지 않았고, 심지어 그녀에게 말할 때조차 그랬다. 사랑의 흔적은 홀연히 사라졌다. 그가 그녀의 침실로 들어오는 밤은 드물었다.

그는 재산과 가사의 관리를 맡아 쥐고서 임대차 계약을 재검토하고 농부들을 들볶아 비용을 줄였고, 스스로 농민 귀족처럼 행세하고 다녀서 약혼자 시절의 반짝이던 외양과 우아함은 잃고 없었다.

이제 그는 총각 시절의 옷장에서 찾아낸, 구리 단추가 달린 낡은 벨벳 사냥복만 줄곧 입었으며, 얼룩투성이가 되어도 벗는 법이 없었다. 게다가 더 이상 누구의 마음에 들려고 애쓸 일 없는 사람처럼 태만하게 면도조차 하지 않아 깎지 않은 긴 턱수염 때문에 믿기 힘들 만큼 추해 보였다. 손도 더 이상 다듬지 않았고, 식사가 끝나면 코냑을 네다섯 잔씩 마셨다.

잔느가 그에게 애정 어린 질책을 하려고 들면 그는 아주 거칠게 응수했다. "날 좀 가만히 내버려 두지 못하겠어?" 그러면 더는 조언을 할 엄두를 내지 못했다.

그녀도 스스로 놀랄 만한 태도로 체념하고 그 변화를 받아들였다. 그는 그녀에게 낯선 사람이 되었다. 영혼도 마음도 그녀에게 닫혀 버린 낯선 사람이었다. 그녀는 그렇게 만나서 사랑하고 애정의 격정 속에 결혼한 그들이 어떻게 갑자기 함께 잠을 잔 적 없는 것처럼, 거의 모르는 사람처럼 되었을까 하고 종종 생각했다.

그리고 그녀는 남편에게 버림받고도 어떻게 훨씬 더 괴로워하지 않을까? 이런 게 인생일까? 그들이 착각한 걸까? 그녀에게 이제 미래는 없는 걸까?

쥘리앵이 여전히 멋지고 말끔하고, 우아하고 매력적이었다면 그녀는 더 괴로워했을까?

새해 첫날이 지나면 신혼부부만 남겨 두고 아버지와 어머니는 루앙의 집으로 가서 몇 달을 보내기로 되어 있었다. 젊은 부부는 일생을 보내게 될 이 장소에 완전히 정착하고 익숙해져서 정이 들도록 이번 겨울에는 푀플을 떠나지 않기로 했다. 게다가 쥘리앵이 아내를 소개할 이웃도 몇 집 있었다. 브리즈빌, 쿠틀리에, 푸르빌 집안이었다.

그런데 젊은 부부는 아직 방문을 시작할 수가 없었다. 마차의 문장을 바꿔 줄 화공을 여태 불러올 수 없었기 때문이다.

남작은 집안의 오래된 마차를 사위에게 물려주었다. 쥘리앵은 라마르 가문의 문장이 르 페르튀 데 보 가문의 문장과 나란히 새겨지기 전에는 결코 이웃 성들을 방문하지 않으려 했다.

그런데 그 고장에서 문장 장식의 전문 기술을 가진 유일한 사람은 볼벡에 사는 바타유라는 화가였는데, 그는 마차 문에 소중한 문장 장식을 그리느라 노르망디 지방의 모든 성에 차례로 불려 다녔다.

마침내, 12월의 어느 아침, 식사가 끝날 무렵, 웬 사람이 울타리를 열고 곧은길로 걸어오는 게 보였다. 등에 궤짝을 하나 지고 있었다. 그가 바타유였다.

그는 식당으로 안내되어 신사처럼 음식 대접을 받았다. 그의 전문성, 그 지방 모든 귀족과 맺고 있는 지속적인 관계, 문장紋章과 관용어와 상징에 대한 지식이 그를 일종의 '인간 문장'처럼 만들어 귀족들도 그와 악수를 나누었다.

그가 식사를 하는 동안 남작과 쥘리앵은 연필과 종이를 가져오게 해서 그들의 문장을 나란히 그렸다. 남작 부인은 이런 일만 만나면 신이 나서 자기 의견을 내놓았다. 잔느도 어떤 신기한 관심이 갑자기 내면에서 깨어난 듯 토론에 가담했다.

바타유는 식사를 하면서 자기 의견을 말했고, 이따금 연필을 들어 도안을 그리거나 예시를 들었으며, 그 고장 영주들의 모든 마차를 묘사했는데, 정신에도 목소리에도 말하자면 귀족의 후광을 담아 온 것처럼 보였다.

그는 머리가 짧고 희끗희끗하며 키가 작았는데, 물감 묻은 손은 기름 냄새를 풍겼다. 예전에 그가 풍기 문란한 사건을 일으킨 적 있다는 소문이 있었다. 하지만 모든 귀족 가문이 그를 존중해서 그 오점은 오래전에 지워졌다.

그가 커피를 다 마시자 그들은 그를 광으로 안내했고, 마차를 덮고 있던 방수 덮개를 벗겼다. 바타유는 마차를 찬찬히 살펴더니 자기 도안에 필요하다고 생각하는 크기에 대해 진중하게 말했다. 그러곤 다시 의견을 주고받은 뒤 일을 시작했다.

날씨가 추운데도 남작 부인은 그가 일하는 걸 바라보기 위해 의자를 가져오게 했다. 그리고 차가운 발을 덥히기 위해 발난로도 청했다. 그러곤 화공과 느긋이 이야기를 나누며 자신이 알지 못하는 혼인관계, 새로운 죽음과 탄생에 관해 물어서 그 정보로 머릿속에 간직하고 있던 계보를 보완했다.

쥘리앵은 의자에 걸터앉아 장모 곁에 머물렀다. 파이프를 피우고 땅에 침을 뱉어 가며 귀를 기울였고, 눈으로는 자신의 귀족 신분이 채색되는 과정을 지켜보았다.

어깨에 삽을 메고 밭으로 가던 시몽 영감도 멈춰 서서 작업을 지켜보았다. 바타유가 왔다는 소식이 두 농가에 퍼져 두 아낙도 곧 나타났다. 여자들은 남작 부인 양 옆에 서서 거듭 말했다. "솜씨가 없으면 저런 걸 저렇게 못 그리지."

마차 양쪽 문의 문장은 이튿날 9시쯤에야 끝날 수 있었다. 모두가 모여들었다. 결과를 제대로 평가하기 위해 마차를 밖으로 끌어냈다.

완벽했다. 사람들은 바타유에게 찬사를 쏟아냈고, 그는 등에 궤짝을 지고 다시 떠났다. 남작과 남작 부인, 잔느와 쥘리앵은 화공이 대단히 재능 있는 사람이어서 상황만 허락했다면 틀림없이 예술가가 되었을 거라는 점에 동의했다.

그런데 쥘리앵이 절약 조치에 따라 개혁을 단행하는 바람에 새로운 변화가 불가피했다.

늙은 마부는 정원사가 되었고, 마차는 자작이 직접 몰기로 하고, 사료값이 안 들도록 마차 끄는 말들을 팔아 버렸다.

그러고 나니 주인들이 마차에서 내릴 때 말을 붙들어 줄 사람이 필요해 마리우스라는 소치기 소년을 하인으로 들였다.

마지막으로 말을 마련하기 위해 그는 쿠야르와 마르탱 가족과 맺은 임대차 계약서에 특별조항 하나를 집어넣었다. 두 농부가 한 달에 하루씩 정해진 날짜에 말 한 마리씩 제공하는 대신 가금을 바치는 의무는 면제해 준다는 내용이었다.

따라서 쿠야르 집에서는 털이 노랗고 키가 큰 늙다리 말을, 마르탱 집에서는 털이 길고 키가 작은 흰 말을 데려왔고, 두 말은 나란히 마차에 매어졌다. 시몽 영감이 입던 옛날 제복에 파묻힌 마리우스가 성 현관 층계 앞까지 마차를 끌고 왔다.

말끔히 씻고 허리를 곧게 편 쥘리앵은 과거의 우아함을 조금 되찾았다. 그러나 긴 턱수염 탓에 아무래도 평범해 보였다.

그는 마차와 어린 하인을 살펴보더니 만족스럽게 생각했다. 그에겐 다시 그려 넣은 문장만이 중요했던 것이다.

남편의 부축을 받으며 방에서 내려온 남작 부인은 힘겹게 마차에 올라 쿠션에 등을 기대고 앉았다. 잔느도 나타났다. 그녀는 먼저 말의 조합을 보고 웃으며 흰 말이 노란 말의 손자 같다고 말했다. 그러다 마리우스를 보았다. 휘장 달린 모자가 그의 얼굴을 뒤덮은 채 겨우 코에 걸려 있고, 손은 소매 깊숙이 사라졌으며, 제복 옷자락이 두 다리를 치마처럼 휘감고 있고, 커다란 구두를 신은 발이 요상하게 삐죽 나와 있었다. 마리우스가 뭐라도 보려고 고개를 뒤로 젖히고, 한 발짝 내디디려고 강이라도 건너듯이 무릎을 들어 올리고, 헐렁한 옷에 파묻힌 채 명령에 복종하려고 맹인처럼 허둥거리는 꼴을 보고 잔느는 참을 수 없는 웃음을 터뜨렸고, 그 웃음은 도무지 그치지 않았다.

고개를 돌려 얼이 빠져 있는 소년을 본 남작도 전염되어 웃음을 터뜨렸고, 아내를 불러놓고는 말을 잇지 못했다. "저, 저기, 마, 마, 마리우스 좀 봐요! 저렇게 우스울 데가! 세상에, 정말 우스워."

남작 부인이 마차 문 밖으로 몸을 기울여 마리우스를 보고는 미칠 듯이 폭소를 터뜨리는 바람에 마차 전체가 울퉁불퉁한 길에서 덜컹거리듯이 용수철 위에서 들썩였다.

쥘리앵이 얼굴이 하얗게 질린 채 물었다. "뭐가 그렇게 웃긴 겁니까? 모두들 정신이 나간 것 같군요!"

잔느는 경련이라도 인 듯 환자처럼 진정하지 못하고 계단에 주저앉았다. 남작도 마찬가지였다. 마차 안에서 들려오는 발작성 기침소리며 연신 킥킥대는 소리를 보아하니 남작 부인도 숨막힐 듯 웃고 있었다. 갑자기 마리우스의 외투가 꿈틀거렸다. 아마 그도 알아차린 모양이었다. 모자 속에 숨은 채 맘껏 웃고 있었다.

그러자 화가 난 쥘리앵이 달려들었다. 그가 따귀를 날리자 소년의 머리에서 거대한 모자가 떨어져 나와 잔디 위로 날아갔다. 그는 장인을 향해 돌아보며 성이 나서 떨리는 목소리로 더듬거리며 말했다. "장인어른께서 웃을 일이 아닌 것 같은데요. 장인어른께서 재산을 낭비하고 가진 것을 탕진하지 않으셨다면 우리가 이런 형편은 아닐 겁니다. 당신께서 파산한다면 누구의 잘못이겠습니까?"

유쾌했던 분위기가 얼어붙고 웃음이 그쳤다. 누구도 말 한마디 내뱉지 않았다. 잔느는 곧 울음을 터뜨릴 것 같은 얼굴로 소리 없이 마차에 올라 어머니 옆자리에 앉았다. 놀라서 벙어리가 된 남작은 두 여자의 맞은편에 앉았다. 쥘리앵은 뺨이 부어오른 채 울먹이는 아이를 옆자리에 올리고 마부석에 앉았다.

가는 길은 음울하고 길어 보였다. 마차 안에서는 모두 침묵을 지켰다. 세 사람 모두 거북하고 울적해서 어떤 마음인지 털어놓길 원치 않았다. 괴로운 생각이 머리를 사로잡고 있어 다른 얘기를 꺼낼 수 없으리라는 걸 잘 느끼고 있었기에 고통스러운 화제를 꺼내느니 차라리 침울하게 입을 닫는 편을 택했던 것이다.

두 마리 말이 끄는 마차는 균형이 맞지 않은 속보로 농가의 마당을 따라갔다. 검은 암탉들이 놀라서 혼비백산 달아나 울타리로 기어들어 숨었고, 때로는 늑대개가 털을 곤두세우고 짖어대며 따라오다가 얼마 후 자기 집으로 돌아가면서 다시 뒤돌아보며 마차를 향해 짖곤 했다… 흙투성이 나막신을 신은 한 청년이 두 손을 주머니에 찔러 넣고 파란 작업복의 등을 바람에 잔뜩 부풀린 채 태평스럽게 성큼성큼 걷다가 마차가 지나가도록 한쪽 옆으로 물러서며 엉거주춤 모자를 벗자 납작하게 눌린 머리카락이 드러났다.

농가 사이로 들판이 다시 시작되었고, 멀리 듬성듬성 다른 농가들이 보였다.

마침내 그들은 큰 전나무길로 접어들었고, 그 길은 도로로 이어졌다. 진흙 속에 깊이 팬 바퀴 자국 때문에 마차가 기우뚱거릴 때마다 어머니는 비명을 질렀다. 가로수길 끝에 하얀 울타리 문이 닫혀 있었다. 마리우스가 달려가 울타리를 열었고, 그들은 드넓은 잔디를 우회해서 빙 돌아가는 길을 따라 높고 넓고 암울한 건물 앞에 도착했다. 덧문은 닫혀 있었다.

가운데 문이 갑자기 열렸다. 검은 줄무늬가 있는 붉은 조끼를 걸친 반신불수의 늙은 하인이 종종걸음으로 비스듬히 걸어 현관 계단을 내려왔다. 그는 손님들의 이름을 듣고는 넓은 거실로 안내했다. 하인은 늘 닫혀 있는 거실 덧창을 힘겹게 열었다. 가구는 덮개로 덮여 있었고, 추시계와 촛대는 흰 천에 싸여 있었다. 곰팡내 나는 공기, 축축하고 냉랭한 옛날 공기가 폐와 심장과 살갗으로 스산하게 스며드는 것 같았다.

모두 앉아서 기다렸다. 위층 복도에서 들려오는 발걸음이 이례적인 서두름을 일러주었다. 놀란 성주들은 서둘러 옷을 입었다. 긴 시간이 흘렀다. 벨이 여러 차례 울렸다. 다른 걸음이 계단을 내려오더니 다시 올라갔다.

살갗을 파고드는 냉기에 남작 부인은 연신 재채기를 했다. 쥘리앵은 이리저리 서성였다. 잔느는 울적하게 어머니 곁에 앉아 있었다. 남작은 벽난로 대리석에 등을 기댄 채 고개를 떨구고 있었다.

마침내, 높은 문 하나가 열리더니 브리즈빌 자작과 자작 부인이 나타났다. 두 사람 모두 체구가 작고 야위었으며, 폴짝폴짝 뛰는 듯 걸었고, 나이를 알기 어려웠으며, 지나치게 격식을 차려 부자연스러운 사람들이었다. 꽃무늬 실크 드레스 차림에 늙은 귀부인들이나 쓰는 리본 달린 작은 모자를 쓴 부인은 날카로운 목소리에 말이 빨랐다.

화려한 프록코트를 꼭 끼게 입은 남편은 무릎을 굽혀 인사했다. 그의 코, 눈, 뿌리가 드러난 치아, 밀랍을 바른 듯한 머리카락, 호화로운 옷은 정성 들여 가꾸는 물건들처럼 반짝였다.

환영 인사와 이웃 간의 격식 갖춘 말을 주고받고 나자 누구도 더 이상 할 말을 찾지 못했다. 그래서 까닭 없이 서로 치하의 말을 했다. 이런 훌륭한 관계가 계속 이어지기를 양쪽 모두 희망했다. 1년 내내 시골에서 지내려면 서로 만나는 것이 의지가 될 터였다.

거실의 차가운 공기가 뼛속까지 스며들어 목을 잠기게 했다.

남작 부인은 재채기도 완전히 그치지 않았는데 이젠 기침까지 했다. 그러자 남작이 그만 가겠다는 표시를 했다. 브리즈빌 부부가 붙들었다. "네? 벌써요? 조금 더 계시다 가세요." 쥘리앵이 방문이 너무 짧다고 신호를 보냈지만, 잔느는 이미 일어나 있었다.

그들은 마차를 대령하도록 하인을 부르려고 벨을 누르려 했다. 벨이 작동하지 않았다. 집주인은 재빨리 나가더니 돌아와서 말이 마구간에 매여 있다고 알렸다.

기다릴 수밖에 없었다. 저마다 할 말을 찾았다. 이번 겨울엔 비가 많이 온다고 말했다. 잔느는 자신도 모르게 불안에 몸서리치며 집주인 내외가 단둘이서 1년 내내 무엇을 하는지 물었다. 그러나 브리즈빌 부부는 그 질문에 의아해했다. 프랑스 전역에 흩어져 있는 귀족 친인척에게 편지를 많이 쓰고, 이런저런 사소한 소일거리로 시간을 보내며, 서로 낯선 사람을 대하듯 상대에게 격식을 차리며 하찮은 일들에 관해 위엄을 갖추고 얘기하느라 늘 분주했기 때문이다.

사람이 살지 않아 모두 덮개가 씌워진 드넓은 거실의 높고 시커먼 천장 아래 자리한 저렇게 작고 깨끗하고 단정한 남녀가 잔느에게는 귀족계급의 통조림처럼 보였다.

마침내 짝이 맞지 않은 조랑말 두 마리가 끄는 마차가 창문

147

앞을 지나갔다. 그런데 마리우스가 사라지고 없었다. 아마도 저녁까지 자유로울 줄 알고 들판을 돌아보러 나간 모양이었다.

화가 난 쥘리앵은 그 애를 걸려서 돌려보내 달라고 부탁했다. 그러곤 양편의 인사가 거듭 오간 다음, 그들은 푀플을 향해 떠났다.

마차 속에 자리 잡고 나자 잔느와 아버지는 쥘리앵의 난폭함이 낳은 무거운 압박감에도 불구하고 브리즈빌 부부의 몸짓과 억양을 흉내 내며 다시 웃음을 터뜨렸다. 남작은 남편을 흉내 냈고, 잔느는 여자를 따라 했다. 그러나 남작 부인은 귀족을 존중하는 마음에 조금 언짢아져서 말했다. "그렇게 놀리면 안 돼요. 훌륭한 가문에 속하는 아주 점잖은 사람들인데." 어머니의 기분을 거스르지 않으려고 입을 다물긴 했지만 그럼에도 이따금 아버지와 잔느는 서로를 바라보며 다시 웃음을 터뜨렸다. 남작은 격식을 갖춰 인사하고는 엄숙한 어조로 "부인, 푀플의 성은 매일 불어오는 거센 해풍 때문에 상당히 추우시겠어요?" 잔느는 오리가 머리를 물에 집어넣었다가 뺄 때처럼 머리를 푸드득 흔들며 애교 섞인 새침한 표정을 지어 보이고 말했다. "오! 이곳에서는 1년 내내 바쁘지요. 편지를 써야 할 친척들이 많답니다. 드 브리즈빌 씨는 모든 일을 제게 맡긴답니다. 그분은 펠 신부님과 함께 학문 연구에 몰두하시지요. 두 사람은 함께 노

148

르망디 종교사를 연구하신답니다."

이제는 남작 부인도 웃었고, 난감해하면서도 너그럽게 말했다. "우리 계급 사람들을 그렇게 조롱하는 건 좋지 않아요."

그런데 갑자기 마차가 멈춰 서더니 쥘리앵이 소리를 질러 뒤쪽에 있는 누군가를 불렀다. 잔느와 남작은 문 밖으로 몸을 내밀어 그들을 향해 굴러오는 듯한 기이한 존재를 보았다. 마리우스가 치맛자락처럼 펄럭거리는 제복이 다리에 걸리적거리고, 모자가 끊임없이 내려와 눈을 가려 앞도 보이지 않고, 소맷자락은 풍차 날개처럼 휙휙 돌아가는 꼴로 큰 웅덩이들을 첨벙거리며 정신없이 건너면서 도로의 돌멩이마다 걸려 비틀거리고 진흙을 잔뜩 뒤집어쓴 채 허둥지둥 전속력으로 마차를 따라오고 있었다.

그가 마차를 따라잡자 쥘리앵은 몸을 기울여 그의 목덜미를 잡아 곁에 앉히더니 고삐를 놓고 북이라도 두드리듯 소년의 모자에 주먹질을 해대는 바람에 모자가 그의 어깨까지 내려앉았다. 소년은 모자 속에서 비명을 질렀고, 달아나기 위해 자리에서 뛰어내리려 했다. 주인은 한 손으로 그를 잡은 채 다른 손으로 계속 때렸다.

기겁한 잔느가 더듬거리며 말했다. "아버지… 오! 아버지!"

화가 나서 몸을 일으킨 남작 부인이 남편의 팔을 붙들며 말했다. "자크, 좀 말리세요." 남작이 앞쪽 창을 거칠게 내리고는 사위의 팔을 붙잡고 떨리는 목소리로 외쳤다. "그 애를 이제 그만 좀 때리지 그러나?"

쥘리앵이 놀란 얼굴로 돌아보며 말했다. "이놈이 제복을 어떤 꼴로 만들어 놓았는지 안 보이세요?"

그러나 남작은 두 사람 사이로 고개를 내밀고 "그게 뭐 그리 대수라고 그렇게 난폭하게 군단 말인가." 쥘리앵이 다시 화를 내며 말했다. "제발 절 좀 가만히 내버려 두세요. 장인어른과는 상관없는 일이니까요!" 그러곤 다시 손을 쳐들었다. 그러나 그의 장인이 갑자기 거세게 그 손을 붙들고 힘껏 내리누르는 바람에 의자에 손이 부딪쳤다. 남작이 격렬하게 소리쳤다. "그만 두지 않으면 내가 내려가서 그만두게 하겠네!" 그러자 자작은 별안간 조용해졌고, 대답 없이 어깨만 으쓱하고는 말에 채찍질을 가해 질주했다.

얼굴이 하얗게 질린 두 여자는 옴짝달싹하지 못했다. 남작부인의 무거운 심장박동 소리만 들렸다.

저녁식사 시간에 쥘리앵은 마치 아무 일도 없었다는 듯이 평소보다 훨씬 사근사근하게 굴었다. 잔느와 아버지와 아델라이드 부인은 평온한 호의로 그 일을 금세 잊고, 다정하게 구는 그를 보고 마음이 누그러져서 병에서 회복된 환자처럼 행복감을 느끼며 쾌활한 태도를 보였다. 잔느가 다시 브리즈빌 사람들에 대해 말하자 남편도 농담을 했다. 그러나 그는 이내 덧붙였다. "그래도 품격 있는 사람들이오."

그들은 다른 방문은 하지 않았다. 마리우스 문제가 되살아날까 모두가 겁냈던 것이다. 이웃들에게 새해에 연하장만 보내고, 이듬해 봄이 되어 날이 따뜻해지면 보러 가기로 결정했다.

크리스마스가 되었다. 저녁만찬에는 신부와 면장 내외를 초대했다. 새해 첫날에도 다시 그들을 초대했다. 그것이 단조로운 일상을 깨는 유일한 기분 전환거리였다.

아버지와 어머니는 1월 9일에 푀플을 떠나기로 되어 있었다. 잔느는 그들을 붙들고 싶었지만 쥘리앵은 그럴 마음이 아니었다. 남작은 점점 더 냉랭해져 가는 사위의 태도를 보고 루앙에서 역마차를 불렀다.

출발 전날, 짐은 이미 꾸려 놓았기에 날이 춥긴 해도 청명해서 잔느와 아버지는 이포르까지 내려가 보기로 마음먹었다. 코르시카에서 돌아온 뒤로 한 번도 가보지 못했던 것이다.

두 사람은 잔느가 결혼식 날 영원히 반려자가 될 남자와 얼싸안고 거닐었던 숲을 가로질렀다. 그녀가 첫 포옹을 받고 처음으로 전율을 느끼고 몸을 떨었으며, 관능적 사랑을 예감했던 숲이다. 그 사랑을 그녀는 오타 계곡에서 남편과 함께 물을 마시며 키스를 나눈 샘터에서야 경험했다.

이제 숲에는 나뭇잎도 덩굴도 없었고, 들리는 건 나뭇가지 소리, 헐벗은 겨울 잡목림이 내는 메마른 소리뿐이었다.

두 사람은 작은 마을로 들어섰다. 텅 빈 조용한 거리는 바다와 해초와 생선 냄새를 품고 있었다. 거무죽죽한 큰 그물이 문 앞에 걸려 있거나 자갈 위에 널린 채 햇볕에 말려지고 있었다. 으르렁대며 언제나처럼 거품을 문 차가운 회색 바다는 절벽 아래로 푸르스름한 바위를 드러내며 페캉 쪽으로 물러가고 있었다. 해변을 따라 옆구리를 드러내고 누운 배들은 꼭 거대한 죽은 물고기처럼 보였다. 저녁이 되자 어부들이 무리 지어 해변으로 왔다. 목에는 털목도리를 두른 채 한 손에는 술병을, 다른 한 손에는 선박용 램프를 들고, 커다란 선원 장화를 신고서 무겁게 걸어왔다. 그들은 기울어진 배 주위를 오래도록 맴돌았다. 노르망디 사람답게 느릿느릿 그물과 부표, 커다란 빵과 버터 단지, 잔과 독한 증류주 술병을 배에 실었다. 그러곤 배를 일으켜 세워 물 쪽으로 밀었다. 배는 자갈밭 위에서 요란한 소리를 내며 나아가 거품을 가르며 파도에 올라탔고, 몇 순간 기우뚱거리더니 거무죽죽한 날개를 펼치고 돛 끝에 작은 불을 단 채 어둠 속으로 사라졌다.

얇은 옷 아래로 억센 골격이 드러나는 뱃사람의 아낙들은 마지막 어부가 떠날 때까지 남아 있다가 괄괄한 목소리로 어두운 거리의 무거운 잠을 깨우며 잠든 마을로 돌아갔다.

남작과 잔느는 평생 고기를 먹지 않는데도 참으로 가난해서 굶어 죽지 않으려고 매일 밤 죽음의 위험을 무릅쓰고 바다로 나가는 그 사내들이 어둠 속으로 멀어지는 모습을 우두커니 응시했다.

대양을 마주하고 남작은 벅찬 마음으로 중얼거렸다. "무섭고도 아름다워. 어둠이 내리는 저 바다, 숱한 목숨을 앗아 간 저 바다가 웅대하구나! 그렇지 않니, 자네트?"

그녀는 차가운 미소를 지으며 대답했다. "지중해만 못해요." 그러나 그녀의 아버지는 화를 내며 말했다. "지중해라니! 지중해는 기름이고, 설탕물이고, 양동이 속 시퍼런 세탁물일 뿐이야. 저 바다 좀 보렴. 거품 인 파고며 얼마나 무시무시한 바다인지! 저기로 떠난 뒤 다시는 보지 못하게 된 많은 사내들을 생각해 보렴!"

잔느는 한숨을 내쉬며 동의했다. "그래요, 그렇겠군요." 그러나 자신의 입술에서 나온 '지중해'라는 말에 다시 가슴이 저릿해졌다. 온 생각이 그녀의 꿈이 잠든 먼 고장으로 향했다.

아버지와 딸은 숲으로 돌아오지 않고 도로로 접어들어 느린 걸음으로 언덕을 올랐다. 두 사람은 임박한 이별 때문에 울적해져서 거의 말이 없었다.

농가들의 도랑을 따라가다 보면 간간이 짓이겨진 사과 냄새가, 이 계절이면 노르망디 시골마다 떠도는 신선한 사과주 향내가, 혹은 지독한 외양간 냄새가, 쇠똥 거름에서 풍기는 후끈한 악취가 얼굴을 후려쳤다. 불 켜진 작은 창문은 마당 안쪽에 인가가 있음을 일러주었다.

잔느는 마음이 푸근해져 눈에 보이지 않는 것들도 이해할 것만 같았다. 들판에 흩어진 작은 불빛들이 문득 모든 존재의 고립을, 모든 것이 반목시키고, 갈라놓고, 사랑하는 것으로부터 멀리 떼어 놓는 인간의 고립을 생생히 느끼게 해주었다.

그녀는 체념한 목소리로 말했다. "인생이 늘 유쾌하진 않네요."

남작이 한숨을 내쉬었다. "어쩌겠니, 애야. 우리가 어쩔 수 있겠어."

다음 날, 아버지와 어머니는 떠나고, 잔느와 쥘리앵만 남았다.

7

이 무렵 젊은 부부의 삶에 카드놀이가 끼어들었다. 매일, 식사 후에 쥘리앵은 파이프를 피우며 코냑을 예닐곱 잔씩 홀짝이며 목을 헹구고, 아내와 함께 카드놀이를 여러 차례 했다. 그러고 나면 그녀는 자기 방으로 올라가 창가에 자리 잡고 비가 창문을 두드리거나 바람이 창을 흔드는 동안 고집스레 속치마 장식에 수를 놓았다. 이따금 지치면 눈을 들어 저 멀리 흰 거품이 이는 어두운 바다를 응시했다. 망연한 눈길을 몇 분간 던지고 나서 다시 일감을 붙들었다.

쥘리앵이 권위에 대한 욕구와 절약에 대한 욕망을 채우기 위해 집안 관리를 도맡았기에 그녀는 달리 할 일도 없었다. 그는 극도로 인색하게 굴어서 팁을 주는 법이 없었고, 음식도 꼭 필요한 것으로 제한했다. 잔느는 푀플에 온 뒤로 매일 아침 빵집에 작은 노르망디식 갈레트*를 주문해 왔는데, 그는 이 지출마저 없애고 구운 빵만 먹게 했다.

그녀는 설명과 논쟁, 말다툼을 피하기 위해 아무 말도 하지 않았지만 남편이 인색함을 드러낼 때마다 바늘로 콕콕 찌르는 듯한 고통을 느꼈다. 돈을 대수롭지 않게 여기던 집안에서 자란 그녀에겐 그런 모습이 천박하고 추해 보였다. "돈이란 쓰라고 있는 거야." 어머니에게 얼마나 자주 들어온 말인가. 이제 쥘리앵은 거듭 이렇게 말했다. "도대체 당신은 돈을 함부로 갖다 버리는 버릇 좀 버리지 못하겠소?" 임금이나 계산서에서 몇 푼을 깎을 때마다 그는 미소 짓고 주머니 속에 동전을 집어넣으며 말했다. "작은 개울물이 모여 큰 강을 이루지."

그럼에도 잔느가 다시 꿈을 꾸는 날도 있었다. 그럴 때면 하던 일을 멈추고, 손을 늘어뜨린 채 몽롱한 눈길로 소녀 시절의 소설 중 하나를 다시 몽상하며 매혹적인 모험을 떠났다. 그러다 갑자기 시몽 영감에게 명령을 내리는 쥘리앵의 목소리가 몽상의 다독임에서 그녀를 끌어냈다. 그럴 때면 그녀는 "이 모든 게 이젠 끝났어."라고 혼잣말을 하며 끈기를 요하는 일감을 다시 쥐었고, 바늘을 놀리는 그녀의 손가락 위로 눈물 한 방울이

* 팬케이크 형태의 빵과자. 타르트와 비슷하다.

떨어졌다.

예전엔 아주 쾌활하고 언제나 노래를 흥얼거리던 로잘리도 변했다. 통통했던 뺨도 발그레한 윤기를 잃고 거의 푹 꺼져서 이따금은 마치 흙을 바른 것처럼 보였다.

잔느는 종종 물었다. "어디 아프니?" 어린 하녀는 언제나 이렇게 대답했다. "아니에요, 마님." 그러곤 뺨을 살짝 붉히며 얼른 달아나곤 했다.

로잘리는 예전처럼 뛰어다니지 않고 힘겹게 발을 끌고 다녔으며 이젠 애교도 보이지 않았다. 행상이 비단 리본이며 코르셋, 여러 가지 향수를 보여 주어도 아무것도 사지 않았다.

큰 저택은 텅 빈 울림 소리가 나는 듯했고, 정면엔 비가 길게 잿빛 얼룩을 남겨 음산해 보였다.

1월 말에 눈이 내렸다. 멀리 어두운 바다 위로 북쪽에서 몰려오는 큰 구름이 보이더니 하얀 눈송이가 떨어지기 시작했다. 하룻밤 새 들판이 온통 눈으로 뒤덮였고, 아침이 되자 나무들마다 얼음 거품을 둘렀다.

쥘리앵은 긴 장화를 신고 덥수룩한 모습으로 황야가 보이는 숲속 도랑 뒤에 매복한 채 철새를 노리며 시간을 보냈다. 이따금 총소리가 들판의 얼어붙은 정적을 깼다. 놀란 검은 까마귀 떼가 나무에서 날아올라 공중을 맴돌았다.

잔느는 지루함을 못 이기고 이따금 현관 층계를 내려갔다. 파리하고 음울하게 눈에 뒤덮인 들판의 잠든 정적 위로 아주 멀리서 생명의 소리가 울려왔다.

그러곤 이내, 먼 물결 소리와 얼어붙은 물 싸라기 같은 눈이 계속 떨어지며 내는 희미한 소리 외엔 아무것도 들리지 않았다.

폭신하고 가벼운 이끼 같은 눈이 무한히 떨어지면서 쌓인 눈더미가 점점 높아져 갔다.

생기 없는 어느 날 아침, 잔느는 자기 방에서 꼼짝 않고 난롯불에 발을 쬐고 있었고, 점점 더 변해 가던 로잘리는 느릿느릿 침대 정리를 하고 있었다. 갑자기 잔느 뒤에서 고통스러운 신음 소리가 들렸다. 그녀는 고개도 돌리지 않고 물었다. "무슨 일이야?"

하녀는 평소처럼 대답했다. "아무것도 아니에요, 마님." 그런데 숨넘어갈 듯 갈라진 목소리였다.

이미 다른 생각에 빠져 있던 잔느는 문득 하녀가 움직이는 소리가 들리지 않는다는 걸 알아차렸다. 그녀는 불렀다. "로잘리!" 아무 움직임도 없었다. 하녀가 소리 없이 나갔다 보다 생각하고 그녀는 더 크게 외쳤다. "로잘리!" 벨을 누르려고 팔을 뻗는데 바로 옆에서 깊은 신음 소리가 들려 잔느는 불안감에 몸을 떨며 벌떡 일어섰다.

얼굴이 하얗게 질리고 눈을 부릅뜬 하녀가 침대에 등을 기
댄 채 다리를 길게 뻗고 바닥에 주저앉아 있었다.

잔느가 달려갔다. "왜 그래? 무슨 일이야?"

상대는 아무 말도 못하고, 꼼짝하지도 못했다. 그저 끔찍한
고통에 찢기는 듯 숨을 헐떡이며 넋 나간 눈길로 여주인을 응
시했다. 그러다 갑자기 등을 바닥에 대고 온몸이 미끄러지면서
이를 악물고 고통의 비명을 참았다.

벌어진 두 다리 사이에 들러붙은 치마 아래에서 뭔가 꿈틀
거렸다. 그러더니 곧 기이한 소리가 났다. 찰랑거리는 물소리
같기도 하고, 졸린 목에서 새어 나오는 숨소리 같기도 했다. 별
안간 고양이 울음소리가 길게 났다. 고통스러워하는 가냘픈 탄
식, 삶 속으로 들어서는 어린아이의 첫 고통의 호소였다.

잔느는 불현듯 사태를 이해하고, 미친 사람처럼 계단으로 달
려가 외쳤다. "쥘리앵, 쥘리앵!"

그가 아래층에서 대답했다. "무슨 일이오?"

그녀는 말을 잇지 못했다. "그게… 로잘리가……."

쥘리앵이 달려 나오더니 계단을 둘씩 뛰어올라 불쑥 방으로
들어섰고, 하녀의 옷을 대번에 들추었다. 끈적끈적하고, 쪼글
쪼글하게 주름지고, 오그라든, 끔찍한 살덩이가 맨다리 사이에

서 울며 꿈틀대고 있었다.

그는 고약한 얼굴로 다시 일어서면서 넋 나간 아내를 밖으로 밀어냈다. "이건 당신과 상관없는 일이오. 나가 있어요. 뤼디빈과 시몽 영감을 보내요."

잔느는 부들부들 떨며 부엌으로 내려왔고, 다시 올라갈 엄두조차 못 내고 거실로 들어갔다. 부모가 떠난 뒤로 불을 피우지 않는 그곳에서 그녀는 불안하게 소식을 기다렸다.

곧 하인이 달려 나오는 게 보였다. 5분 뒤 하인은 그 고장의 산파인 과부 당튀와 함께 돌아왔다.

그러곤 부상자를 실어 나르는 것처럼 계단에서 부산하게 움직이는 소리가 들려왔다. 쥘리앵이 잔느에게 와서 방으로 올라가도 좋다고 말했다.

그녀는 끔찍한 사고를 목격한 것처럼 떨었다. 다시 불 앞에 앉으며 그녀가 물었다. "로잘리는 어때요?"

쥘리앵은 뭔가에 골몰한 채 안절부절못하고 방 안을 서성였다. 화가 치미는 모양이었다. 처음엔 아무 대답도 하지 않다가 몇 초 뒤 그가 멈춰 서서 말했다. "당신은 저 애를 어떻게 할 생각이오?"

그녀는 말뜻을 못 알아듣고 남편을 바라보았다. "네? 무슨 말이에요? 난 모르겠어요."

별안간 그가 화가 난 듯 외쳤다. "아무리 그래도 사생아를 집 안에 둘 수는 없지."

잔느는 몹시 난감했다. 긴 침묵이 흐른 뒤 그녀가 말했다. "유모에게 맡길 수 있지 않을까요?"

그가 아내의 말을 잘랐다. "돈은 누가 댈 건데? 당신이?"

그녀는 해결책을 찾느라 다시 오래도록 고심했다. 마침내 그녀가 말했다. "저 아이의 아버지가 책임지겠지요. 그 사람이 로잘리와 결혼하면 문제가 없잖아요." 쥘리앵이 참지 못하고 격분해서 말했다. "아버지라고! 아버지! 그 아버지가 누군지 당신이 알아요? 모르잖소? 그러면 어떡할 거요?"

잔느도 화가 나서 목소리를 높였다. "그렇지만 그 사람이 저 아이를 저렇게 내버려 두지는 않겠죠. 그렇다면 비겁한 작자죠! 우리가 이름을 물어서 아이의 아버지를 찾아낼 테니 그 사람은 해명해야 할 거예요."

쥘리앵이 감정을 가라앉히고 다시 서성이기 시작했다. "여보, 저 애는 사내의 이름을 말하지 않을 거요. 당신한테도 나한테도 털어놓지 않을 테지… 그리고 그 남자가 저 애를 원치 않으면 어떡하고? 사생아 딸린 미혼모를 우리 집에 둘 수는 없어요. 알아듣겠소?"

잔느는 고집스레 되풀이했다. "그렇다면 그 남자는 파렴치한 인간이죠. 우리가 알아야 해요. 그래서 우리가 그 사람과 상대해야죠."

쥘리앵은 얼굴이 시뻘개져서 다시 화를 냈다. "그렇지만… 그동안엔 어쩌고?"

그녀는 결정을 못하고 물었다. "당신 생각은 어때요?"

그가 이내 자기 생각을 말했다. "오, 나야 간단하지. 저 애에게 몇 푼 줘서 애새끼와 함께 내쫓는 거요."

잔느는 버럭 화를 내며 반대했다. "그건 절대 안 돼요. 저 아인 내 젖동생이에요. 우린 함께 자랐어요. 저 애가 잘못을 저질렀지만 할 수 없죠. 그것 때문에 저 애를 내쫓을 순 없어요. 필요하다면 내가 아이를 기르겠어요."

그러자 쥘리앵이 폭발하듯 소리쳤다. "우리 평판이며 이름이며 인간관계가 어떻게 되겠소! 우리가 악행을 감싸고, 화냥년을 재운다고 사방에서 떠들어 델 테고, 명망 있는 사람들은 우리 집에 발도 들여놓지 않으려 할 건데. 대체 당신은 무슨 생각을 하는 거요? 미쳤소!"

그녀는 침착함을 잃지 않았다. "절대로 로잘리를 내쫓지는 못해요. 당신이 그 애를 데리고 있지 않겠다면 어머니가 받아주실 테고, 결국 아이 아버지의 이름을 알아내고 말 거예요."

그러자 그는 격분해서 방을 나가며 문을 치고 소리쳤다. "도

무지 여자들의 생각은 어리석기 짝이 없어!"

잔느는 오후에 산모의 방으로 올라갔다. 산파 당튀가 돌보는 어린 하녀는 침대에 누워 눈만 뜬 채 꼼짝하지 않았고, 산파가 갓난애를 품에 안아 어르고 있었다.

여주인을 보자마자 로잘리는 얼굴을 시트 속에 묻고 절망에 사로잡혀 흐느끼기 시작했다. 잔느가 그녀를 안으려 했지만 한사코 얼굴을 가리고 버텼다. 그러자 산파가 끼어들어 얼굴을 내놓게 했다. 그녀는 시키는 대로 하면서 조금 누그러들긴 했어도 울음은 그치지 않았다.

미약한 불이 난로에서 타고 있었다. 방은 추웠다. 아이는 울고 있었다. 잔느는 다시 하녀를 울게 만들까 겁이 나서 아이에 대해서는 차마 말하지 못했다. 그저 하녀의 손을 잡고 기계적인 말투로 거듭 말했다. "괜찮을 거야. 괜찮을 거야." 가련한 하녀는 힐끗 산파 쪽을 바라보더니 아이의 울음소리에 소스라치게 놀랐다. 남아 있던 슬픔이 목을 죄며 이따금 경련하듯 오열로 터져 나왔다. 삼켜진 눈물이 목구멍 속에서 물소리를 냈다.

잔느는 다시 한번 하녀를 끌어안고 나지막이 귀에 대고 속삭였다. "우리가 돌봐 줄게." 그런데 다시 울음이 터져서 그녀는 서둘러 방을 빠져나왔다.

그녀는 매일 하녀 방으로 갔고, 매일 로잘리는 여주인을 보고 울음을 터뜨렸다.

아이는 이웃집 유모에게 맡겼다.

쥘리앵은 아내가 하녀를 내보내길 거절한 이후로 크게 화가 난 사람처럼 아내에게 거의 말을 하지 않았다. 어느 날, 그가 이 문제를 다시 꺼내자 잔느는 주머니에서 남작 부인의 편지를 꺼냈다. 로잘리를 푀플에 데리고 있지 않겠다면 당장 보내라는 내용이었다. 쥘리앵은 격분해서 외쳤다. "당신 어머니도 당신만큼이나 미쳤군." 그러나 더는 고집 부리지 않았다.

보름 후, 산모는 이미 일어나서 다시 일을 할 수 있게 되었다.

잔느는 어느 날 아침 하녀를 앉힌 다음, 두 손을 잡고 뚫어지게 바라보며 말했다.

"얘야, 모든 걸 말해 보렴."

로잘리는 떨기 시작하더니 더듬거리며 말했다.

"뭘 말이에요, 마님?"

"그 아이가 누구의 아이지?"

그러자 하녀는 지독한 절망에 사로잡혔다. 그러곤 얼굴을 가리기 위해 극구 손을 빼내려 애썼다.

그러나 잔느는 그녀를 억지로 끌어안고 위로했다. "닥친 불행인데 어쩌겠니, 안 그래? 네가 약했던 거지. 많은 사람들에게 닥치는 일이야. 아이 아버지가 너랑 결혼하면 사람들은 더 이상 그 일을 생각하지 않을 거야. 그리고 그 사람이 너랑 같이 있도록 우리가 일을 주면 되지."

로잘리는 학대라도 당하는 것처럼 신음을 뱉었고, 자꾸만 빠져나가 달아나려고 몸을 비틀었다.

잔느가 다시 말했다. "네가 부끄러워하는 건 이해하겠어. 하지만 보다시피 내가 화내지 않고 조용히 묻지 않니. 남자의 이름을 묻는 건 너를 위해서야. 네가 슬퍼하는 걸 보니 그 사람이 너를 버리려는 것 같아서 내가 그걸 막아 주고 싶어. 쥘리앵이 그 사람을 찾아낼 거야. 그 사람이 너랑 결혼하게 만들 거야. 우리가 너와 그 사람을 같이 데리고 있으면서 그 사람이 너를 행복하게 해주게 할 거라니까."

로잘리는 이번엔 아주 거세게 힘을 줘서 여주인의 손에서 제 손을 빼냈고, 미친 여자처럼 달아났다.

저녁식사를 하면서 잔느가 쥘리앵에게 말했다. "로잘리에게 유혹한 남자의 이름을 털어놓게 하려고 얘기해 보았는데 알아내지 못했어요. 그 야비한 남자가 로잘리와 결혼하도록 당신이 한번 애써 봐요."

그러나 쥘리앵은 버럭 화를 냈다. "아! 그 이야기라면 듣고 싶지 않소. 당신이 그 아이를 데리고 있고 싶어 했으니 그렇게 하건 말건, 그 문제로 날 귀찮게 굴진 말아요."

출산 사건 이후로 쥘리앵은 예전보다 더 쉽게 화를 내는 것 같았다. 마치 늘 화가 난 사람처럼 아내에게 말할 때는 소리치는 것이 습관이 되었다. 반면에 그녀는 목소리를 낮추고, 논쟁을 피하기 위해 부드럽고 타협적으로 변했다. 그리고 밤이면 자주 침대에서 울었다.

그녀의 남편은 늘 화가 나 있으면서도 신혼여행에서 돌아온 뒤로 잊고 지내던 정사 습관을 되찾아 사흘을 넘기지 않고 아내의 침실 방문을 넘었다.

로잘리도 곧 완전히 회복되어 덜 슬퍼 보였지만, 그래도 여전히 알 수 없는 두려움에 쫓기는 듯 겁에 질려 보였다.

잔느가 다시 물으려고 했지만, 로잘리는 두 번이나 더 달아났다.

갑자기 쥘리앵도 한결 상냥해 보였다. 그래서 잔느는 막연한 희망을 붙들고 활기를 되찾았다. 이따금 묘한 불안감이 엄습해 괴로웠지만 아무 말도 하지 않았다. 아직 해빙은 오지 않았지만, 벌써 5주째 낮에는 하늘이 파란 수정처럼 맑았고, 광활한 공간이 혹독한 추위에 얼어붙은 밤에는 서릿발 같은 별이 총총 박힌 하늘이 굳어 반들거리는 눈밭 위로 펼쳐졌다.

네모난 마당 안에 고립된 농가들은 서리를 뒤집어쓴 키 큰 나무 커튼 뒤에서 흰 잠옷을 입고 잠든 것처럼 보였다. 사람도 짐승도 밖으로 나오지 않았다. 초가집 굴뚝만이 차가운 대기 속으로 가느다란 연기를 곧게 내뿜어 꼭꼭 숨은 생명을 폭로했다.

벌판, 생울타리, 느릅나무 담장, 모든 것이 추위에 얼어 죽은 것처럼 보였다. 이따금 나무에서 우두둑 소리가 들렸다. 마치 껍질 속에서 나무의 사지가 부러지는 것 같았다. 이따금 굵은 나뭇가지 하나가 툭 떨어졌다. 무적의 서리가 수액을 얼어붙게 해 섬유질을 끊어 놓은 것이다.

잔느는 몸을 파고드는 막연한 고통을 혹독한 날씨 탓으로 돌리고, 불안한 마음으로 따뜻한 바람이 돌아오길 기다렸다.

때로 그녀는 음식만 보면 구역질이 나서 아무것도 먹지 못했다. 때로는 맥박이 미친 듯이 날뛰었다. 때로는 식사를 조금만 해도 체해서 속이 메슥거렸다. 곤두선 신경이 쉬지 않고 꿈틀거려 견디기 힘들 만큼 계속 들뜬 상태로 지내야 했다.

온도가 더 떨어진 어느 날 저녁, 쥘리앵은 식사를 마치자 몸을 부들부들 떨며(장작을 아끼느라 식당에 거의 불을 때지 않았던 것이다) 두 손을 문지르면서 중얼거렸다. "오늘 밤 둘이서 자는 게 좋겠지, 안 그래요, 여보?"

그가 예전처럼 어린아이 같은 웃음을 짓자 잔느는 그의 목을 끌어안았다. 그런데 하필 그날 저녁 그녀는 몸이 불편했고,

너무 아프고 이상할 만큼 신경이 곤두선 상태여서 그의 입술에 입 맞추며 혼자 자게 해달라고 나지막이 부탁했다. 그녀는 몇 마디로 자신의 상태를 말했다. "여보 부탁이에요. 몸이 정말 안 좋아요. 분명히 내일은 괜찮아질 거예요."

그는 고집 부리지 않았다. "당신 좋을 대로 해요. 아프면 몸을 보살펴야지."

그러곤 다른 얘기를 했다.

그녀는 일찍 잠자리에 들었다. 쥘리앵은 예외적으로 자기 방에 불을 피우게 했다.

"불이 잘 타고 있다"는 말을 듣자 그는 아내의 이마에 입 맞추고 떠났다.

집 안 전체가 냉기에 사로잡힌 것 같았다. 냉기가 스며든 벽이 몸서리라도 치듯 가벼운 소리를 냈다. 잔느는 침대 속에서 오들오들 떨었다.

그녀는 두 번이나 일어나서 난로에 장작을 넣고, 드레스며 치마며 낡은 옷가지를 가져와 이불 위에 쌓았다. 아무리 그래도 몸이 덥혀지지 않았다. 발이 곱았고, 장딴지며 허벅지까지 떨려서 끊임없이 엎치락뒤치락 뒤척이느라 신경이 곤두섰다.

곧 이마저 딱딱 부딪쳤고, 손이 떨려 왔다. 가슴이 조여 오고, 심장이 느리고 둔탁하게 고동치면서 이따금 멈출 것만 같왔다. 목구멍은 공기가 더 이상 들어가지 못하는 것처럼 헐떡였다.

냉기가 뼛속까지 파고들면서 무시무시한 불안감이 엄습해왔다. 한 번도 느껴본 적 없는 불안이어서 그녀는 그렇게 마지막 숨을 내쉬고 죽는구나 싶었다.

그녀는 생각했다. "이제 죽는구나… 난 죽어가고 있어……"

공포에 사로잡힌 그녀는 침대 밖으로 뛰쳐나와 로잘리를 불렀고, 기다리다가 다시 벨을 눌렀고, 얼어붙은 채 오들오들 떨며 다시 기다렸다.

하녀는 올 기미조차 보이지 않았다. 아마 무엇으로도 깨울 수 없는 깊은 잠에 빠진 모양이었다. 잔느는 정신없이 맨발로 계단으로 갔다.

그녀는 소리 없이 더듬어서 층계를 올라가 문을 찾아 열고 불렀다. "로잘리!" 계속 앞으로 나아가 침대에 부딪치자 손으로 더듬었고, 침대가 비어 있는 걸 깨달았다. 침대는 비어 있었고, 아무도 누운 적 없었던 것처럼 싸늘했다.

그녀는 놀라서 생각했다. "어떻게 된 거지? 이런 날씨에 밖에 돌아다니는 거야!"

그런데 별안간 심장이 격렬하게 요동치는 바람에 숨이 막혀서 그녀는 다리를 후들거리며 다시 내려와 쥘리앵을 깨우러

169

갔다.

곧 죽는다는 확신이 들었기에 의식을 잃기 전에 그를 보려는 마음으로 그녀는 세차게 방문을 열고 들어갔다.

꺼져 가는 난로 불빛에 비친 남편의 머리 옆 베개에 로잘리의 머리가 보였다.

잔느가 내지른 비명 소리에 두 사람 모두 벌떡 일어났다. 그녀는 그 발견에 아연실색해서 한순간 옴짝달싹하지 못했다. 잠시 후 그녀는 달려서 자기 방으로 돌아왔다. 당황한 쥘리앵이 "잔느!" 하고 불렀지만, 그를 보고, 그의 목소리를 듣고, 해명을 듣고, 거짓말을 듣고, 그의 눈길을 마주하려니 끔찍한 두려움이 그녀를 사로잡았다. 그녀는 다시 계단을 달려 내려갔다.

이제는 어둠 속을 마구 내달렸다. 계단에서 굴러떨어지고 팔다리가 돌에 부딪쳐 부러질 위험 따윈 아랑곳하지 않았다. 아무것도 알고 싶지 않고, 아무도 보고 싶지 않다는 절대적 욕구에 이끌려 그녀는 앞으로 내달렸다.

아래층까지 내려오자 그녀는 계단에 앉았다. 여전히 맨발에 잠옷 차림이었다. 그녀는 넋을 놓고 그 자리에 머물렀다.

쥘리앵은 침대에서 뛰어내려 황급히 옷을 입었다. 그녀는 그에게서 달아나기 위해 다시 일어섰다. 그가 어느새 계단을 내려오며 외쳤다. "잔느, 내 말 좀 들어 봐!"

아니다. 그녀는 듣고 싶지 않았고, 그의 손가락 끝 하나 몸에 닿게 하고 싶지도 않았다. 그녀는 살인자에게 쫓기기라도 하듯 달려서 식당으로 몸을 날렸다. 그리고 출구를, 숨을 곳을, 어두운 구석을, 그를 피할 방법을 찾았다. 식탁 밑에 웅크리고 숨었다. 그러나 그가 이미 문을 열었고, 등잔을 손에 들고 연신 불렀다. "잔느!" 그녀는 다시 토끼처럼 뛰쳐나가 부엌으로 달아났다. 쫓기는 짐승처럼 부엌을 두 번이나 돌았다. 그가 다시 따라오자 그녀는 정원 문을 벌컥 열고 들판으로 내달렸다.

이따금 무릎까지 푹푹 빠지며 맨발이 차가운 눈과 접촉하자 갑자기 그녀는 필사적인 힘이 솟구쳤다. 옷을 제대로 입지 않았지만 춥지 않았다. 정신의 혼란이 몸을 마비시켰는지 아무것도 느껴지지 않았다. 그래서 눈밭처럼 하얀 모습으로 달렸다.

그녀는 큰 가로수길을 따라가다가 숲을 가로질렀고, 도랑을 건너 황야로 갔다.

달은 보이지 않았다. 검은 하늘에 불씨를 뿌려 놓은 듯 별들만 반짝였다. 무한한 고요 속에 얼어붙은 듯 꼼짝 않는 들판이 희끄무레 빛났다.

잔느는 숨도 쉬지 않고 아무것도 알지 못한 채 아무 생각도 하지 않고 빨리 달렸다. 그러다 절벽 가장자리에 이르렀다. 그녀는 본능적으로 멈춰 섰고, 모든 생각과 의지를 비운 채 웅크리고 앉았다.

그녀 앞 어두컴컴한 절벽 아래에서 눈에 보이지 않고 말 없는 바다가 썰물에 드러난 해조류의 짠내를 풍기고 있었다.

그녀는 몸도 마음도 무기력한 상태로 오래도록 그곳에 머물렀다. 그러다 갑자기 몸이 떨리기 시작했는데, 바람에 흔들리는 돛처럼 미친 듯이 떨렸다. 그녀의 팔, 손, 다리는 보이지 않는 힘에 휘둘려 들썩였고, 빠르게 펄쩍 뛰며 요동쳤다. 그러다 갑자기 칼로 찌르는 듯 명료한 의식이 돌아왔다.

곧이어 그녀 눈앞에 지난날의 환영이 지나갔다. 라스티크 영감의 배를 타고 그와 함께한 나들이, 함께 나눈 이야기, 막 생겨나던 사랑, 배의 명명식. 더 멀리 그녀가 푀플에 도착해 꿈에 부풀었던 날 밤까지 거슬러 올라갔다. 그런데 이젠! 이젠! 오! 그녀의 삶은 부서졌고, 기쁨은 끝났으며, 기대는 불가능해졌다. 고통과 배신과 절망으로 가득한 끔찍한 미래가 눈앞에 보였다. 차라리 죽는 편이 나을 것이다. 그러면 모든 게 바로 끝날 테니.

멀리서 웬 목소리가 소리쳤다. "여기예요. 발자국이 있어요. 빨리, 빨리, 여기요!" 쥘리앵이 그녀를 찾고 있었다.

오! 그를 다시 보고 싶지 않았다. 그녀 앞 심연에서 작은 소리가 들려왔다. 바위에 부딪치는 파도 소리였다.

그녀는 이미 몸을 던질 각오를 하고 절망한 이들의 작별 인사를 삶에 고하고 몸을 일으켰고, 죽어가는 이들의 마지막 말, 전장에서 배가 갈라진 젊은 병사들이 던지는 마지막 말을 내뱉었다. "엄마!"

불현듯 어머니가 생각났다. 어머니가 우는 모습이 보였다. 물에 빠진 자신의 시신 앞에서 무릎 꿇고 앉은 아버지도 보였다. 그들의 절망에 찬 고통이 대번에 느껴졌다.

그러자 그녀는 눈밭에 힘없이 쓰러졌다. 쥘리앵과 시몽 영감이, 등불을 들고 뒤따라온 마리우스가 그녀의 팔을 붙들고 뒤로 잡아 끌었을 때 더는 도망치지 않았다. 그녀는 절벽 끄트머리에 서 있었다.

그녀가 더 이상 몸을 가눌 수 없었기에 그들은 하고 싶은 대로 했다. 그녀는 사람들이 자신을 데려다 침대에 눕히고 뜨거운 헝겊으로 몸을 문지르는 걸 느꼈다. 그 후론 모든 기억이 지워졌고, 모든 의식이 사라졌다.

그 후 악몽이—정말 악몽이었을까?— 찾아왔다. 그녀는 자기 방에 누워 있었다. 낮이었지만 일어설 수가 없었다. 왜지? 그녀는 아무것도 알지 못했다. 마룻바닥에서 작은 소리가 들렸다. 뭔가를 긁는 것 같기도 하고 스치는 것 같기도 한 소리가 나더니 생쥐 한 마리가, 작은 회색 생쥐 한 마리가 시트 위를 재빨리 지나갔다. 이내 또 한 마리가 그 뒤를 따랐고, 세 번째 생쥐가 빠른 종종걸음으로 가슴을 향해 다가왔다. 잔느는 겁나지 않았다. 그러나 짐승을 잡고 싶어서 손을 뻗었지만 잡지 못했다.

그러자 다른 생쥐들, 열 마리, 스무 마리, 수백 마리, 수천 마리가 사방에서 튀어나왔다. 그것들은 들보를 기어오르고, 양탄자 위를 잽싸게 달려가고, 침대를 완전히 뒤덮었다. 곧 녀석들은 이불 속으로 파고들었다. 잔느는 그것들이 살갗 위를 지나다니고, 다리를 간지럽히고, 몸을 타고 오르내리는 걸 느꼈다. 녀석들이 침대 발치에서 올라오더니 그녀의 목구멍 속으로 들어가려 했다. 그녀는 발버둥치고 손을 앞으로 뻗어 녀석들을 붙잡으려 했지만 번번이 빈손이었다. 그녀는 화가 나서 달아나고 싶었고, 소리를 쳤지만 꼼짝 못하게 누군가 자기를 붙들고 있는 것 같았다. 힘센 두 팔이 그녀를 얼싸안고 꼼짝 못하게 하는 것 같았는데, 아무도 보이지 않았다.

그녀는 시간 개념을 잃었다. 긴 시간이, 아주 긴 시간이 흐른 것 같았다.

그러다 기진맥진하고 상처투성이로 깨어났는데, 마음은 평온했다. 쇠약해진 느낌이었다. 눈을 떴는데, 자기 방에 어머니가 웬 낯선 뚱뚱한 남자와 함께 앉아 있는 걸 보고도 놀라지 않았다.

내가 몇 살이었지? 생각이 나지 않았고. 자신이 아주 어린 소녀가 된 것 같았다. 아무 기억도 나지 않았다.

뚱뚱한 남자가 말했다. "아, 의식이 돌아오는군요." 어머니가 울음을 터뜨렸다. 그러자 뚱뚱한 남자가 다시 말했다. "자자, 진정하세요. 남작 부인. 이제 제가 알아서 할 테니 아무 말도 하지 마세요. 아무것도. 잠을 자게 해야 해요."

그녀는 생각만 하려 들면 무거운 졸음이 덮쳐 와 그 후로도 아주 오랫동안 잠들어 지낸 것 같았다. 그리고 머릿속에 다시 떠오를 현실이 막연히 두려웠는지 무엇이건 기억해 내려 애쓰지 않았다.

그런데 한번은 잠에서 깼는데. 그녀 곁에 홀로 앉아 있는 쥘리앵이 보였다. 별안간 과거 삶을 가리고 있던 커튼이 걷힌 것처럼 모든 것이 떠올랐다.

그 순간 심장에 극심한 통증이 느껴졌고. 다시 달아나고 싶었다. 그녀는 시트를 내던지고 바닥에 뛰어내렸는데. 다리가 몸을 지탱하지 못해 넘어졌다.

쥘리앵이 그녀 쪽으로 달려왔다. 그녀는 그가 자기 몸에 손도 대지 못하도록 울부짖기 시작했다. 그리고 몸을 비틀고 굴렀다. 문이 열렸다. 리종 이모가 과부 당튀와 함께 달려왔고, 이어서 남작이 왔고, 마지막으로 어머니가 정신없이 숨을 헐떡이며 왔다.

사람들이 그녀를 다시 눕혔다. 눕자마자 그녀는 아무 말 하지 않고 찬찬히 생각해 보려고 눈을 감았다.

어머니와 이모가 열성을 다해 그녀를 보살피며 물었다. "얘야, 이제 우리 말이 들리니?"

그녀는 안 들리는 척 대답하지 않았다. 하루가 저물었다는 건 분명히 알았다. 밤이 왔다. 간병인이 그녀 곁에 자리 잡고 앉아 이따금 물을 마시게 했다.

그녀는 아무 말 않고 마셨지만 더는 잠들지 않았다. 그래서 생각나지 않는 것들을 떠올리려 애쓰며 힘겹게 추론했다. 마치 기억 속에 구멍이 난 것 같고, 사건이 전혀 기록되지 않은 것처럼 큰 자리가 하얗게 비어 있는 것 같았다.

긴 노력을 기울이자 차츰 모든 사실이 기억났다.

그녀는 집요하게 생각했다.

어머니, 리종 이모, 남작이 집에 와 있다. 그렇다면 자신이 심각하게 아팠던 모양이다. 그런데 쥘리앵은? 그가 무슨 말을 했을까? 부모님이 아셨을까? 그리고 로잘리는? 어디 있을까? 어떻게 해야 할까? 한 가지 생각이 번득 떠올랐다. 옛날처럼 아버지와 어머니와 함께 루앙으로 돌아가는 것이다. 그녀는 과부가 될 것이다. 그뿐이다.

그래서 그녀는 기다렸다. 주변에서 사람들이 하는 말을 들으며, 내색하지 않고 모든 걸 이해했고, 이성이 돌아온 것에 기뻐하며 꾀바르고 참을성 있게 기다렸다.

마침내, 남작 부인과 단둘이 있게 된 날 저녁. 그녀는 아주 나지막이 불렀다. "어머니!" 그녀는 변한 것 같은 자기 목소리에 스스로도 놀랐다. 남작 부인이 딸의 두 손을 잡고 말했다. "내 딸아, 사랑하는 잔느! 내 딸아, 나를 알아보겠니?"

"네, 어머니. 그런데 울지 마세요. 얘기할 게 많아요. 내가 왜 눈밭으로 달아났는지 쥘리앵이 말하던가요?"

"그럼, 네가 아주 위험한 열병에 걸렸잖니."

"그게 아니에요. 엄마. 고열은 나중에 난 거예요. 그 열이 나게 된 게 누구 때문이며, 왜 내가 달아났는지 말하지 않던가요?"

"안 했어."

"그건 제가 그 사람 침대에 로잘리가 있는 걸 보았기 때문이에요."

남작 부인은 딸이 여전히 헛소리를 하는 걸로 생각하고 쓰다듬으며 말했다. "얘야, 자거라. 진정하고, 잠을 좀 자거라."

그러나 잔느는 고집스레 거듭 말했다. "어머니, 이제 저는 완

177

전히 멀쩡해요. 지난 며칠 동안엔 제가 헛소리를 한 모양인데, 지금 말하는 건 헛소리가 아니에요. 어느 날 밤 몸이 아파서 쥘리앵을 찾으러 갔어요. 로잘리가 그 사람과 함께 누워 있었어요. 너무 괴로워서 정신없이 눈밭으로 달려갔고, 절벽에서 뛰어내리려 했지요."

그러나 남작 부인은 거듭 말했다. "그래, 얘야, 넌 많이 아팠어."

"엄마, 그게 아니에요. 로잘리가 쥘리앵의 침대에 있는 걸 보았다니까요. 저는 더는 그 사람과 있고 싶지 않아요. 저를 루앙으로 데려가 주세요. 옛날처럼."

남작 부인은 딸의 뜻을 무엇도 거스르지 말라고 조언한 의사의 말에 따라 대답했다. "그러자꾸나, 얘야."

그러나 환자는 조바심을 냈다. "엄마는 제 말을 안 믿는군요. 가서 아버지를 데려오세요. 아버지는 제 말을 이해하실 거예요."

어머니는 어렵게 일어나서 지팡이 두 개를 짚고 발을 끌며 나갔다. 얼마 후 남작의 부축을 받으며 돌아왔다.

두 사람이 침대 앞에 앉자, 잔느는 곧장 말을 시작했다. 그녀는 힘없는 목소리로, 천천히, 모든 걸 명료하게 말했다. 쥘리앵의 이상한 성격, 그의 난폭함, 인색함, 그리고 부정不貞까지.

잔느가 말을 끝내자 남작은 딸이 헛소리를 하는 게 아님을 분명히 알았지만, 어떻게 생각하고 어떻게 해결하고 무슨 대답을 해야 할지 알지 못했다.

그는 어릴 적 이야기를 들려주며 잠을 재울 때처럼 다정하게 딸의 손을 잡고 말했다. "얘야, 신중하게 행동해야 해. 성급하게 굴지 말자. 우리가 해결책을 찾을 때까지 네 남편을 견디도록 해보렴… 약속하지?" 그녀는 중얼거렸다. "그러고 싶지만, 몸이 나으면 여기 있진 않을 거예요."

그녀는 나지막이 덧붙였다. "지금 로잘리는 어디 있어요?"

남작이 말했다. "너는 그 애를 다시 보지 못할 거야." 그러나 그녀는 집요하게 물었다. "어디 있어요? 알고 싶어요." 그러자 아버지는 로잘리가 아직 집을 떠나진 않았지만 곧 떠나게 될 것이라고 말했다.

환자의 방에서 나가면서 아버지로서 마음에 상처 입고 격분한 남작은 쥘리앵을 찾아가서 불쑥 말했다. "이보게, 자네가 내 딸에게 한 처신에 대해 해명을 요구하러 왔네. 하녀와 함께 내 딸을 배신하다니. 이건 이중으로 비열한 짓이야."

그러나 쥘리앵은 무고한 척 격렬히 부인했고, 신을 증인으로 들먹이며 맹세했다. 더구나 무슨 증거가 있는가? 잔느가 미친 게 아닐까? 뇌에 열병을 앓지 않았나? 병이 시작될 때 한밤중

179

에 정신착란을 일으키고 눈밭으로 달아나지 않았나? 거의 알
몸으로 집 안을 뛰어다니며 발작을 일으키던 중에 남편의 침대
속에서 자기 하녀를 보았다고 주장하는 게 아닌가?

그러면서 그는 화를 냈다. 소송을 하겠다고 협박했다. 그리
고 노발대발했다. 그러자 남작은 당황해서 사과하며 용서를 구
했고, 쥘리앵에게 손을 내밀었으나 그는 악수를 거부했다.

남편의 대답을 전해 들은 잔느는 화내지 않고 대답했다. "아
빠, 그 사람이 거짓말을 하는 거예요. 그렇지만 결국 우리가 입
증하게 될 거예요."

이틀 동안 그녀는 말없이 명상하며 고심했다.

그러더니 세 번째 날 아침, 그녀는 로잘리를 만나고 싶다고
했다. 남작은 하녀를 올려 보내길 거부하고 하녀가 떠났다고
말했다. 잔느는 뜻을 굽히지 않고 거듭 말했다. "그러면 그 애
집으로 가서 데려오세요."

그녀가 이미 화가 나 있는데, 의사가 들어섰다. 그들은 의사
가 판단하도록 모든 걸 의사에게 얘기했다. 그런데 잔느가 갑자
기 울기 시작하더니 극도로 흥분해서 거의 외치다시피 말했다.
"로잘리를 만나겠어요. 그 애를 만나겠다고요!"

그러자 의사가 그녀의 손을 잡고 목소리를 낮춰 말했다. "진
정하세요, 부인. 흥분하시면 위험해질 수 있어요. 부인께선 지

금 임신 중이에요."

그녀는 한 대 얻어맞은 것처럼 충격을 받았고, 그 순간 몸 안에서 뭔가 꿈틀대는 것만 같았다. 곧 그녀는 입을 다물고 사람들이 하는 말조차 듣지 않고 골똘히 생각에 잠겼다. 자기 뱃속에 아이가 살고 있다는 그 새롭고 기이한 생각에 사로잡혀 밤에도 잠들지 못하고 깨어 있었다. 그 아이가 쥘리앵의 아들이라는 생각에 슬프고 괴로웠다. 그 아이가 아버지를 닮았을까봐 불안하고 겁이 났다. 날이 밝자 그녀는 남작을 불렀다. "아버지, 저는 결심했어요. 저는 모든 걸 알고 싶어요. 지금 당장요. 무슨 말인지 아시겠지요? 제가 지금 처한 상황에서 제 뜻을 거스르면 안 된다는 것 아시지요. 그러니 제 말 잘 들으세요. 가셔서 신부님을 불러오세요. 로잘리가 거짓말을 못하도록 신부님이 필요해요. 그런 다음 신부님이 오시면 로잘리를 올려 보내세요. 그리고 어머니와 함께 여기 계세요. 무엇보다 쥘리앵이 알아차리지 못하도록 조심하세요."

한 시간 뒤, 신부가 들어왔다. 신부는 한층 더 살이 쪄서 잔느의 어머니만큼이나 숨을 헐떡였다. 그는 어머니 옆 안락의자에 앉았다. 벌린 두 다리 사이로 배가 축 늘어졌다. 그는 체크무늬 손수건으로 버릇처럼 이마를 훔치며 농담을 시작했다. "남작 부인, 우리는 마를 일이 없을 것 같군요. 우리 두 사람은

181

잘 어울리는 한 쌍인 것 같습니다." 그러더니 환자의 침대 쪽을 돌아보며 말했다. "허, 허, 듣자 하니 우리가 곧 또 세례식을 하게 될 모양이지요? 하! 하! 이번에는 배船 세례식이 아니지요!" 그러곤 엄숙한 어조로 덧붙였다.

"조국을 지키는 수호자가 탄생할 겁니다." 잠시 생각하더니 "아니면 훌륭한 주부가 탄생하든지요." 그러면서 남작 부인에게 경의를 표하며 말했다. "부인처럼 말이지요."

그때 안쪽 문이 열렸다. 로잘리는 울먹이며 문틀에 매달린 채 들어오길 필사적으로 거부했고, 남작은 밀었다. 남작이 더는 참지 못하고 방 안으로 그녀를 힘껏 떠밀었다. 그러자 하녀는 두 손으로 얼굴을 감추고 흐느끼며 서 있었다.

로잘리를 보자마자 잔느는 벌떡 몸을 일으켰고, 시트보다 창백한 얼굴로 앉았다. 심장이 미친 듯이 고동쳐 살갗에 들러붙은 얇은 잠옷이 들썩였다. 그녀는 숨 막히는 듯 가쁘게 호흡하며 말을 내뱉지 못했다. 마침내 감정이 복받쳐 자꾸만 끊기는 목소리로 말했다. "내가… 내가… 네게… 물어볼… 필… 필요도 없겠구나. 너를… 보기만 해도… 내 앞에 선 네가 수치스러워하는 걸… 보기만 해도… 알겠구나."

숨이 막혀 잠시 뜸을 들인 뒤 그녀가 다시 말했다. "그렇지만 모든 걸 알고 싶어. 모든 걸… 전부. 고해가 될 수 있도록 신부님을 모셔 왔어. 알아듣겠지."

로잘리는 꼼짝 못한 채 오그라든 두 손 사이로 거의 비명을
내질렀다.

분노가 치밀어 오른 남작이 하녀의 두 팔을 붙잡고 난폭하
게 떼어 놓았고, 침대 옆에 무릎 꿇게 했다. "그러니 말해… 말
하라고."

그녀는 모자가 비뚤어지고 앞치마를 마룻바닥에 늘어뜨린
채 막달라 마리아의 자세로 바닥에 앉아 다시 자유로워진 두
손으로 얼굴을 가렸다.

그러자 신부가 그녀에게 말했다. "자, 네게 하는 말을 듣고 대
답하거라. 너한테 해를 끼치려는 게 아니야. 무슨 일이 일어났
는지를 알려는 거야."

잔느는 침대 너머로 몸을 숙이고 그녀를 바라보며 말했다.
"내가 들이닥쳤을 때 네가 쥘리앵의 침대 속에 있었던 게 사실
이지?"

로잘리는 두 손 너머로 신음하듯 내뱉었다. "네, 마님."

그러자 갑자기 남작 부인이 숨넘어갈 듯이 요란한 소리를 내
며 울기 시작했다. 경련을 동반한 남작 부인의 흐느낌이 로잘리
의 흐느낌과 뒤섞였다.

잔느는 하녀를 똑바로 쳐다보며 물었다.

"언제부터 계속된 거지?"

로잘리가 더듬거리며 말했다. "나리가 오신 날부터예요."

잔느는 알아듣지 못했다. "온 날이라니… 그렇다면 봄부터란 말이냐?"

"네, 마님."

"그 사람이 이 집에 들어온 날부터?"

잔느는 온갖 질문이 한꺼번에 떠올라 다급한 목소리로 물었다.

"어떻게 그런 일이 일어난 거지? 그 사람이 어떻게 네게 요구한 거야? 어떻게 너를 취했지? 그 사람이 네게 말을 한 거냐? 어느 순간에 넘어간 거야? 어떻게 그 사람에게 너를 허락했어?"

그러자 로잘리가 이번에는 말하고 대답할 필요를 느꼈는지 두 손을 얼굴에서 떼고 말했다.

"제가 어찌 알겠습니까? 나리께서 여기서 처음 저녁식사를 한 날에 제 방으로 왔어요. 다락에 숨어 계셨던 겁니다. 저는 난리가 날까 봐 감히 소리도 지르지 못했어요. 나리가 저랑 잤는데 그때까지도 저는 제가 무슨 짓을 하는지 알지 못했어요. 그분이 하고 싶은 것을 했지요. 저는 그분이 신사라고 생각해서 아무 말도 하지 않았어요!……."

그러자 잔느가 비명을 내질렀다.

"그러면… 네… 네 아이가… 그 사람의 아이냐?"

로잘리가 울음을 터뜨렸다.

"네, 마님."

두 사람 모두 입을 다물었다.

이제 들리는 소리라곤 로잘리와 남작 부인의 울음소리뿐이었다.

기진맥진한 잔느의 눈에서도 눈물이 흘러내렸다. 소리 없는 눈물이 뺨을 타고 흘렀다.

자기 하녀의 아이와 자기 아이의 아버지가 같다니! 화조차 나지 않았다. 음울하고, 느리고, 깊고, 무한한 절망이 온몸을 파고드는 느낌이 들었다.

마침내 그녀가 달라진 목소리로, 우는 여자의 젖은 목소리로 다시 말했다.

"우리가 여행에서… 다시 돌아온 뒤로는… 언제부터 다시 시작한 거지?"

어린 하녀는 바닥에 완전히 주저앉은 채 더듬거리며 말했다.
"첫… 첫날 저녁에 오셨어요."

하녀가 하는 말마다 잔느의 심장을 비틀었다. 그렇게 첫날 저녁에, 푀플에 돌아온 그날 저녁에 나를 떠나 이 아이에게 갔단 말이지. 그래서 그녀를 혼자 자게 내버려 두었던 것이다!

이제 그녀는 충분히 알았고, 더는 아무것도 알고 싶지 않았다. 그녀가 외쳤다. "가거라, 가!" 로잘리가 꼼짝도 않자, 기진맥진한 잔느가 아버지를 불렀다. "데려가세요. 보내세요." 그런데 그때까지 아무 말도 하지 않고 있던 신부는 짧은 설교를 할 순간이 왔다고 판단했다.

"네가 한 행동은 아주 나쁜 짓이야. 아주 나빠. 하느님께서 너를 당장 용서하시지는 않을 것이야. 네가 이제부터 올바르게 처신하지 않는다면 지옥이 너를 기다린다는 걸 생각해. 이제 네게는 아이가 있으니 올바른 삶을 살아야 한다. 남작 부인께서 아마도 네게 뭔가 해주실 거야. 그리고 우리가 네게 남편감을 구해 주마……."

신부는 오래도록 말하고 싶었을 테지만, 그때 남작이 다시 로잘리의 어깨를 붙들고 일으켜 세워 문까지 끌고 가 복도에 짐짝처럼 집어던졌다.

남작이 딸보다 더 창백한 얼굴로 돌아오자 신부가 다시 말을 이었다. "어쩌겠습니까? 이 고장의 하녀들이 모두 그런 걸요. 개탄스러운 일이지만 어쩔 수가 없어요. 본능의 나약함에 대해 조금 관대할 필요가 있습니다. 하녀들은 임신하지 않고는 결혼하는 법이 없어요, 부인." 그러더니 미소를 지으며 덧붙였다. "지역 풍습이랄까요." 그러다 다시 성난 어조로 말했다. "아이들까지 그런다니까요! 작년에 제가 묘지에서 어린 사내애와 여자애 둘이 있는 걸 보지 않았겠습니까! 부모들에게 알렸지요. 그랬더니 뭐라 대답한 줄 아십니까? '신부님, 어쩌겠습니까. 저런 더러운 짓은 우리가 가르친 게 아닙니다. 전들 어쩌겠습니까.' 이렇게 말하더군요. 댁의 하녀도 다른 사람들처럼 한 겁니다."

그러나 남작은 화가 나서 부들부들 떨며 신부의 말을 잘랐다. "그 애요? 그 앤 아무래도 좋아요. 나를 화나게 하는 건 쥘리앵이에요. 그놈이 한 짓은 파렴치한 짓이에요. 저는 딸을 데리고 가겠습니다."

그는 여전히 격분해서 방 안을 오가며 말했다. "내 딸을 그렇게 속이다니 파렴치해요, 파렴치해! 저놈은 비열하고 천박하고 역겨운 인간이에요. 그자에게 이 말을 하고 따귀를 때리고 지팡이로 쳐 죽이고 말겠어요!"

그러나 울고 있는 남작 부인 곁에서 천천히 코담배를 흡입하고 있던 신부는 진정시키는 자신의 임무를 완수할 궁리를 하며 다시 말했다. "남작님, 우리끼리 하는 얘기지만 그자도 다른 사람들처럼 한 겁니다. 정조를 지키는 남편을 남작님은 얼마나 많이 알고 계십니까?" 그러더니 장난기 어린 순박한 표정으로 덧붙였다. "보십시오, 남작님께서도 짓궂은 짓 하신 적 있으시죠. 가슴에 손을 얹고 말씀해보세요. 사실 아닙니까?" 남작은 머쓱해서 신부 앞에 멈춰 섰다. 신부가 말을 이었다. "보세요, 남작님도 다른 사람들처럼 한 겁니다. 남작님께서도 저 애처럼 어린 하녀를 한 번도 건드린 적 없는지 누가 알겠습니까? 다시 말씀 드리지만 모두가 그러고 있지요. 그렇다고 남작님의 부인께서 남들보다 덜 행복하지도 않았고, 덜 사랑받은 것도 아니지 않습니까?"

남작은 당황해서 더는 움직이지 않았다.

사실이었다. 그도 그랬다. 그것도 자주 그랬고, 그럴 기회가 있을 때마다 기회를 놓치지 않았다. 게다가 부부가 사는 지붕 아래서도 그랬다. 예쁘기만 하면 아내의 하녀들 앞에서도 망설인 적이 없었다. 그렇다고 그가 비열한 인간이었던가? 자신의 행실은 범죄라고 한 번도 생각조차 해본 적 없으면서 왜 쥘리앵의 행실에 대해서는 그렇게 엄격하게 판단했을까?

여전히 흐느낌으로 숨을 헐떡이던 남작 부인은 남편의 탈선을 떠올리자 입가에 희미한 미소가 피어올랐다. 그녀는 연애 사건을 삶의 일부라고 여기며, 감상적이고 쉽게 감동하고 너그러운 그런 부류의 여자였기 때문이다.

잔느는 기진맥진해서 팔을 늘어뜨리고 누운 채 눈을 멍하니 뜨고 앞만 바라보며 고통스럽게 생각했다. 로잘리가 한 말이

다시 떠올라 영혼을 할퀴고 송곳처럼 심장에 박혔다. '저는 그분이 신사라고 생각해서 아무 말도 하지 않았어요.'

그녀 역시 그를 신사라고 생각했었다. 바로 그래서 자기 몸을 내주며 일생을 걸었고, 다른 모든 희망을, 어렴풋이 예감한 모든 계획을, 미지의 미래를 포기했다. 그녀도 로잘리처럼 그를 신사라고 생각했기 때문에 디디고 올라설 발판도 없는 심연 같은 이 결혼 속에, 이 비참함, 이 슬픔, 이 절망 속에 떨어진 것이다!

문이 벌컥 열렸다. 쥘리앵이 성난 얼굴로 나타났다. 그는 계단에서 울먹이는 로잘리를 보았고, 뭔가 일이 꾸며지고 있다는 사실을 알아차렸으며, 하녀가 틀림없이 말했을 거라고 이제 막 깨달은 것이다. 그는 신부를 보고는 그 자리에 못 박힌 듯 섰다.

그가 떨리지만 침착한 목소리로 물었다. "뭡니까? 무슨 일이에요?" 조금 전에 그토록 격렬히 분개하던 남작은 신부의 논박을 들은 데다 사위까지 그의 예를 거론할까 봐 겁이 나서 아무 말도 하지 못했다. 어머니는 더 크게 흐느꼈다. 그러나 잔느는 두 손을 짚고 몸을 일으켰고, 숨을 헐떡이며 자신을 그토록 잔인하게 괴롭힌 남자를 바라보았다. 그녀가 더듬거리며 말했다. "이제 우리가 모르는 사실은 없어요. 당신이… 이… 집에 들어온 뒤로… 저지른 모든 파렴치한 짓을 다 알아요……. 그리고 저 하녀의 아이도 당신 아이라는 것… 내 아이처럼… 두 아이가 형제가 될 거라는 사실까지……." 그런 생각을 하자 극심한 고통이 몰려와 그녀는 시트 위로 무너졌고, 미친 듯이 울었다.

그는 무슨 말을 하고 무슨 행동을 해야 할지 알지 못하고 입만 벌린 채 서 있었다. 신부가 다시 끼어들었다.

"자, 자, 너무 그렇게 슬퍼하지 마세요, 젊은 마님. 이성적으로 생각해 보십시다."

신부는 일어나서 침대로 다가가 절망한 여자의 이마 위에 따뜻한 손을 얹었다. 그 단순한 접촉이 묘하게 잔느의 마음을 누그러뜨렸다. 그녀는 나른한 느낌이 들었다. 마치 죄를 사하는 몸짓과 위로를 주는 어루만짐에 길든 그 투박하고 억센 손이 그 접촉으로 불가사의한 안도감이라도 전해 준 것 같았다.

신부가 선 채 다시 말했다. "부인, 항상 용서해야 합니다. 부인께 큰 불행이 닥쳤습니다. 하지만 하느님께서는 긍휼히 여겨 큰 행복으로 보상해 주셨습니다. 부인께서는 곧 어머니가 되실 테니까요. 그 아이가 부인의 위로가 되어 줄 겁니다. 아이의 이름으로 부인께 간청하니 쥘리앵 씨의 실수를 용서해 주시기 바랍니다. 이 아이는 두 사람 사이를 다시 이어줄 새 끈이 되고, 앞으로의 지조에 보증이 되어 줄 겁니다. 뱃속에 결실을 품게 한 사람과 마음까지 멀어질 수 있겠습니까?"

그녀는 아무 대답도 하지 않았다. 기진맥진하고 힘들고 지쳐서 화내고 원망할 기운조차 없었다. 신경이 늘어지다 못해 서서히 끊어져 이젠 겨우 살아 있는 것만 같았다.

원한 같은 건 품을 줄 모르는 데다 정신적으로 긴 노력을 기울이는 것이 불가능한 남작 부인이 중얼거렸다. "자, 잔느."

그러자 신부가 쥘리앵의 손을 잡고 침대 곁으로 끌어 아내의 손에 쥐어 주었다. 그러곤 궁극적으로 두 사람을 결합시키려는 듯 손 위를 가볍게 두드렸다. 그는 직업적인 설교의 어조를 벗고 흡족한 표정으로 말했다. "자, 됐어요. 제 말 믿으세요. 이러는 편이 좋습니다."

한순간 합쳐졌던 두 손이 이내 떨어졌다. 쥘리앵은 감히 잔느에게는 하지 못하고 장모의 이마에 입을 맞추었고, 몸을 돌려 남작의 팔을 잡았다. 남작은 내심 일이 그렇게 해결된 것에 기뻐하며 가만히 있었다. 두 사람은 시가를 피우러 밖으로 함께 나갔다.

지친 환자는 잠이 들었고, 그동안 신부와 남작 부인은 목소리를 낮추어 조용히 이야기를 나눴다.

사제는 자기 생각을 펼치고 설명하며 얘기했고, 남작 부인은 계속 고개를 끄덕이며 동의했다. 그가 마지막으로 결론처럼 말했다. "그러면 됐습니다. 부인께서는 그 아이에게 바르빌 농장

191

을 주시고, 저는 정직하고 건실한 청년을 찾아보겠습니다. 오! 2만 프랑 재산이라면 지원자가 많을 겁니다. 고르기 어려울 정도일 겁니다."

이제 남작 부인은 흡족한 미소를 지었다. 뺨에는 두 줄기 자국이 남았지만 눈물은 이미 말랐다.

그녀는 힘주어 말했다. "알았습니다. 바르빌이면 적어도 2만 프랑은 되죠. 그렇지만 그 재산을 아이의 몫으로 해둘 겁니다. 아이의 부모는 일평생 그 혜택을 누릴 테고요."

신부는 일어나서 남작 부인의 손을 잡고 말했다. "남작 부인, 가만히 계세요. 일어나지 마세요. 한 걸음 내딛기가 얼마나 힘든지 제가 잘 압니다."

그는 나가다가 환자를 보러 온 리종 이모를 만났다. 그녀는 아무것도 알아차리지 못했다. 누구도 그녀에게 말해 주지 않늘 그렇듯이 그녀는 아무것도 알지 못했다.

8

로잘리는 집을 떠났고, 잔느는 고통스러운 임신 기간을 채워 가고 있었다. 극심한 슬픔에 짓눌려서인지 그녀는 어머니가 된 다는 사실에서 아무런 기쁨도 느끼지 못했다. 끝없는 불행에 대한 두려움에 여전히 사로잡힌 채 별 호기심 없이 아이를 기 다렸다.

봄이 슬그머니 찾아왔다. 헐벗은 나무는 아직 차가운 바람 아래 몸을 떨었지만, 가을 낙엽이 썩고 있는 도랑의 축축한 풀 밭에서 노란 앵초가 고개를 들기 시작했다. 온 들판, 농가 마 당, 흠뻑 젖은 밭에서 발효 냄새 같은 축축한 향기가 올라왔다. 여린 초록 싹들이 무수히 거무스름한 흙에서 뾰족이 솟아나 햇볕에 반짝였다.

요새처럼 우람하고 뚱뚱한 여자가 로잘리를 대체해 남작 부인이 산책로를 따라 단조로운 산책을 할 때 부축했는데, 그 길에는 더 무거운 한쪽 발이 남긴 자국이 여전히 축축하고 질퍽하게 남아 있었다.

이제 몸이 무거워져서 항상 힘들어하는 잔느를 아버지가 팔을 내주어 부축했다. 곧 닥칠 출산에 마음이 불안하고 분주해진 리종 이모가 다른 쪽 팔을 부축했다. 한 번도 겪어 보지 못한 그 신비로운 일에 그녀는 온통 마음이 들떠 있었다.

그들은 모두 그렇게 거의 말없이 몇 시간씩 걸었고, 그러는 동안 쥘리앵은 갑자기 새로운 취미에 빠져서 말을 타고 인근을 돌아다녔다.

그들의 음울한 생활을 흔드는 사건은 더 이상 일어나지 않았다. 남작과 남작 부인, 자작은 푸르빌 가문을 한 번 방문했는데, 어떻게 알게 된 건지 설명은 없었지만 쥘리앵은 그 사람들을 이미 잘 아는 것 같았다. 잠자는 저택에 여전히 은둔해 지내는 브리즈빌 집안과도 한 번 더 의례적인 방문을 주고받았다.

어느 날 오후 4시쯤, 말을 탄 남녀가 성 앞쪽 뜰로 빠르게 들어섰다. 쥘리앵이 잔뜩 들떠서 잔느의 방으로 들어왔다. "얼른, 얼른, 내려와 봐요. 푸르빌 가문 사람들이 왔어요. 당신 몸 상태를 알고 그저 이웃으로 들른 거요. 가서 내가 외출했지만 금방 올 거라고 해요. 난 몸단장을 좀 할 테니."

놀란 잔느가 내려갔다. 고뇌에 찬 얼굴, 열광한 눈, 마치 한 번도 햇볕을 받아 본 적 없는 것처럼 윤기 없는 금발에 얼굴이 창백한 젊고 예쁜 여자가 침착하게 남편을 소개했다. 적갈색 콧수염이 무성하고, 도깨비처럼 키가 큰 남자였다. 여자가 덧붙였다. "라마르 씨는 여러 차례 만날 기회가 있었어요. 그분에게 들어서 부인께서 얼마나 힘드실지 알고 있습니다. 더 늦기 전에 이웃으로 격식 차리지 않고 부인을 만나 뵈러 왔습니다. 게다가 보시다시피 저희는 말을 타고 왔어요. 더구나 예전에 남작님 내외분께서 저희를 찾아 주셔서 기뻤습니다."

여자는 대단히 편안하고 친근하면서도 품위 있게 말했다. 잔느는 매료되어 이내 그녀를 좋아하게 되었다. '친구가 생겼어.' 하고 생각했다.

반면에 푸르빌 백작은 거실에 들어온 곰처럼 보였다. 그는 자리에 앉아 모자를 옆 의자에 놓고는, 자기 손을 어떻게 해야 할지 몰라 머뭇거리며 무릎 위에 놓았다가 의자 팔걸이에 얹더니 결국엔 기도라도 하는 것처럼 깍지를 끼었다.

쥘리앵이 불쑥 들어왔다. 잔느는 놀라서 그를 알아보지 못했다. 그는 그새 면도를 했다. 약혼 시절처럼 잘생기고, 우아하고, 매력적이었다. 쥘리앵은 자신이 나타나자 잠에서 깨어난 것처럼 보이는 백작의 털북숭이 손을 잡고 악수했고, 백작 부인의 손에 입 맞추었다. 백작 부인의 상아빛 같던 뺨이 발그스름해졌고, 속눈썹이 파르르 떨렸다.

그가 말을 했다. 예전처럼 사랑스러운 모습이었다. 사랑을 비추는 거울 같던 커다란 눈은 다시 부드러워졌고, 조금 전까지만 해도 윤기 없이 뻣뻣하던 머리카락은 갑자기 빗질과 향유 덕에 부드럽게 반짝이며 물결처럼 출렁였다.

푸르빌 부부가 다시 떠날 때 백작 부인이 쥘리앵을 향해 돌아보며 말했다. "자작님, 목요일에 승마 산책이라도 하시렵니까?"

그가 고개를 숙이며 "물론이죠, 부인." 하고 중얼거리는 동안 백작 부인은 잔느의 손을 잡고 애정 어린 미소와 함께 마음을 파고드는 다정한 목소리로 말했다. "오! 부인께서 몸이 회복되시고 나면 셋이서 말을 타고 인근을 달려 보기로 해요. 즐거울 거예요. 같이하실 거지요?"

능숙한 몸짓으로 그녀는 승마복 자락을 걷어 올리고 새처럼 가볍게 안장에 올랐다. 한편 그녀의 남편은 어색하게 인사를 하고 커다란 노르망디 말에 올라탔는데, 꼭 켄타우로스처럼 말 위에 등을 곧추세우고 앉았다.

그들이 울타리를 돌아 사라지자 쥘리앵이 매료된 듯 외쳤다. "정말 매력적인 사람들이오! 사귀어 두면 우리에게 유익한 인연이 될 거요."

잔느 역시 까닭 없이 기분이 좋아져서 대답했다. "백작 부인은 매혹적이에요. 저분을 좋아하게 될 것 같아요. 그런데 남편은 야수처럼 보여요. 그런데 어디서 저분들을 알게 되었어요?"

그는 유쾌하게 두 손을 부비며 말했다. "우연히 브리즈빌 집안에서 만났소. 남편이 조금 투박해 보이긴 하지. 광적인 사냥꾼이지만 진짜 귀족이오."

저녁식사가 거의 즐겁다시피 해서, 마치 숨어 있던 행복이 집 안으로 들어온 것만 같았다.

7월 말까지는 아무런 새로운 일도 일어나지 않았다.

어느 화요일 저녁, 그들이 플라타너스 아래에서 작은 잔 두 개와 독주 한 병이 얹힌 나무 탁자에 앉아 있을 때, 잔느가 별안간 비명을 질렀고, 얼굴이 하얗게 질리더니, 두 손을 배로 가져갔다. 찌르는 듯한 갑작스러운 통증이 온몸을 훑고 금세 사라졌다.

그러나 10분 뒤, 다시 통증이 찾아왔는데 이번에는 덜 날카롭지만 훨씬 길었다. 그녀는 아버지와 남편에게 거의 들리다시피 해서 겨우 집으로 돌아왔다. 플라타너스 나무에서 방까지의 짧은 거리가 그녀에겐 한없이 멀어 보였다. 그녀는 저도 모르게 앓는 소리를 냈고, 배에서 전해지는 참기 어려운 묵직한 통증에 짓눌려 앉혀 달라고, 걸음을 멈춰 달라고 요구했다.

아직 산달은 아니었다. 출산은 9월로 예정되어 있었다. 그러나 조산을 염려해서 마차가 준비되었고, 시몽 노인이 의사를 데리러 달려갔다.

자정 무렵에 도착한 의사는 한눈에 조산 징후를 알아보았다.

침대에 눕자 고통은 조금 가라앉았지만, 끔찍한 불안감이 잔느의 목을 죄었다. 온몸에서 기력이 빠져나가는 듯한 절망감, 어떤 예감, 죽음의 불가사의한 접촉 같은 불안이었다. 죽음이 너무도 가까이 다가와 죽음의 숨결이 우리의 심장을 얼어붙게 만드는 그런 순간이 있는 것이다.

방에는 사람이 가득 차 있었다. 어머니는 의자에 주저앉아 숨을 헐떡이고 있었다. 남작은 두 손을 덜덜 떨며 사방으로 뛰어다녔고, 물건을 가져오거나 의사에게 상태를 묻는 등 정신이 나간 사람처럼 보였다. 쥘리앵은 이리저리 서성였다. 얼굴은 다급해 보였지만 마음은 평온했다. 산파 당튀는 상황에 걸맞은 얼굴로 침대 발치에 서 있었다. 어떤 일에도 놀라지 않는 경험 많은 여자의 얼굴이었다. 간병인이자 산파요, 죽은 이들의 곁을 밤새 지키는 일도 하는 그녀는 태어나는 생명을 맞이하며 그들의 첫 울음소리를 받아 주고, 새 살갗을 첫 물로 씻겨 주고, 첫

배내옷으로 감싸 주고, 떠나는 이들의 마지막 말, 마지막 헐떡임, 마지막 전율을 한결같이 평온한 태도로 들어주고, 그들의 마지막 몸단장을 해주고, 낡은 몸을 식초로 닦아 주며, 마지막 시트로 감싸 주는 이였다. 탄생과 죽음의 모든 사건사고를 마주하고도 그녀는 흔들림 없이 무심한 태도를 보였다.

요리사 뤼디빈과 리종 이모는 문에 기댄 채 조심스레 숨어 있었다.

환자는 이따금 미약한 신음 소리를 냈다.

두 시간 동안은 출산이 오래 지체될 것처럼 생각되었다. 그런데 동틀 무렵 다시 격렬한 통증이 시작되더니 거의 견딜 수 없을 지경이 되었다.

잔느는 악문 이 사이로, 저도 모르게 비명을 내뱉으며 끊임없이 로잘리를 생각했다. 로잘리는 전혀 아픈 기색을 보이지 않았고, 거의 신음 소리조차 내지 않았으며, 사생아인 그 아이는 고통도 고문도 없이 세상에 나왔다.

그녀는 혼란스럽고 참담한 마음으로 끊임없이 자신과 하녀를 비교했다. 그리고 예전에는 공정하다고 믿었던 신을 저주했다. 운명의 온당치 못한 편애에, 정직과 선善을 주장하는 사람들의 사악한 거짓말에 분개했다.

이따금 통증이 너무 격렬해지면 모든 생각이 사라졌다. 기운

199

과 생명과 지식이 오직 고통을 느끼는 데 쓰였다.

통증이 좀 가라앉는 순간이면 그녀는 쥘리앵에게서 눈을 떼지 못했다. 하녀가 바로 같은 침대 발치에서 다리 사이로 아이를, 이토록 잔인하게 자신의 내장을 찢고 있는 어린 존재의 형제가 되는 아이를 떨어뜨렸던 날을 떠올리자 다른 통증이, 영혼의 고통이 그녀를 짓눌렀다. 그녀는 쓰러진 하녀 앞에서 남편이 보인 행동을, 던진 눈길을, 했던 말을 그림자 한 점 없이 생생하게 떠올렸다. 이제 그녀는 마치 그의 생각이 그의 몸짓에 기록되기라도 한 것처럼, 그의 행동에서 하녀에게 보였던 것과 똑같은 권태를, 똑같은 무관심을 읽었다. 아버지가 된다는 사실이 성가신 이기적인 남자의 똑같은 무심함이었다.

무시무시한 경련이, 잔인한 경련이 엄습하자 그녀는 생각했다. '이제 죽는구나. 죽는 거야!' 그러자 성난 반항심이, 저주를 퍼붓고 싶은 욕구가, 그녀를 파멸에 빠뜨린 저 남자를 향한, 자신을 죽이고 있는 낯선 아이에 대한 성난 증오가 그녀의 영혼을 엄습했다.

그녀는 자기 몸에서 그 짐을 떨쳐 내려고 마지막 안간힘을 쏟았다. 갑자기 배 전체가 비워지는 것 같더니 통증이 가라앉았다.

산파와 의사가 그녀에게 몸을 기울이고 부산하게 움직였다.

그들이 무언가를 꺼냈다. 이미 들은 적 있는, 숨 막힌 듯한 소리가 들려 그녀는 소스라쳤다. 그러더니 고통에 찬 작은 울음소리가, 갓난아이의 미약한 울음소리가 그녀의 영혼을, 심장을, 지친 온몸을 파고들었다. 그녀는 무의식적으로 팔을 뻗으려 했다.

그녀 내면에서 새로운 행복을 향한 충동이 막 깨어났고, 기쁨이 온몸을 훑고 지났다. 순식간에 그녀는 해방되고, 진정되고, 행복했다. 그 어느 때보다 행복했다. 마음과 육신이 되살아났고, 그녀는 어머니가 된 느낌이 들었다!

그녀는 아이를 알고 싶었다! 너무 빨리 세상에 나와 아직 머리카락도 손톱도 없었지만, 그 애벌레같이 생긴 아이가 꿈틀대는 걸 보았을 때, 아이가 입을 벌리고 울음소리를 내뱉는 걸 보았을 때, 그 쪼글쪼글하고 인상 찌푸린 채 살아 움직이는 태아를 만져 보았을 때 주체할 수 없는 기쁨이 덮쳐 와 그녀는 자신이 구원받았고, 모든 절망에 대한 보호를 보장받았으며, 다른 일에 정신을 팔 수 없을 정도로 사랑할 대상이 생겼다는 사실을 깨달았다.

이제 그녀에겐 오직 한 가지 생각뿐이었다. 내 아이. 돌연 그녀는 사랑에 실망하고 희망에 배신당한 만큼 열성적이고 극성스러운 어머니가 되었다. 아기 요람은 항상 그녀의 침대 옆에 있어야 했다. 자리에서 일어날 수 있게 되자 그녀는 창을 등지고 아이 요람 곁에 앉아 요람을 흔들며 온종일 그 자리에 머물렀다.

그녀는 유모를 질투했다. 아이가 푸르스름한 혈관이 드러나는 큰 젖가슴을 향해 팔을 뻗고, 주름지고 거무스레한 젖꼭지를 탐욕스레 물면 그녀는 얼굴이 하얘져서 몸을 떨며 체격 좋고 천연덕스러운 시골 아낙을 노려보면서 자기 아들을 여자에게서 빼앗고 아이가 탐욕스레 빨고 있는 그 젖가슴을 때리고 손톱으로 할퀴고 싶은 욕구를 느꼈다.

그녀는 섬세하고 우아한 옷을 아이에게 입히기 위해 직접 수를 놓고 싶어 했다. 아이는 레이스 장식을 휘감고 예쁜 모자를 썼다. 이제 그녀는 아이 이야기만 했고, 대화를 끊고, 배내옷이나 턱받이, 멋들어지게 만든 리본에 대한 감탄을 늘어놓았으며, 주위에서 하는 얘기는 전혀 듣지 않고, 옷감 조각을 오래도록 뒤집어 보고 더 잘 보려고 들어 올리며 감탄했다. 그러다 종종 묻곤 했다. "이걸 입히면 예쁘겠죠?"

남작과 남작 부인은 그 광적인 애정에 미소를 지었지만, 쥘리앵은 악을 쓰고 울어 대는 그 전지전능한 폭군의 출현으로 생활 습관이 흐트러지고 자신의 지배적 영향력이 줄어들자 집안에서 자신의 자리를 침해하는 그 작은 존재를 무의식적으로 질투했고, 화를 못 이기고 끊임없이 말했다. "애새끼만 끼고 도는 게 지긋지긋해!"

잔느는 곧 그 사랑에 너무 집착한 나머지 요람 곁에 앉아 아이가 자는 걸 바라보며 며칠 밤을 지새웠다. 그렇게 그녀가 병적일 정도로 열심히 지켜보느라 기진맥진하고 쉬지도 않아서 쇠약해지고 말라 가고 기침까지 해대자 의사는 그녀를 아들과 떼어 놓으라는 처방을 내놓았다.

그녀는 화를 내고 울며 애원했다. 그러나 모두가 그녀의 간청을 못 들은 척했다. 아이는 매일 저녁 유모에게 맡겨졌다. 매일 밤 어머니는 일어나 맨발로 유모의 방으로 가서 열쇠 구멍에 귀를 대고 아이가 평온하게 자는지 깨지는 않는지, 필요한 건 없는지 귀 기울였다.

한번은 푸르빌 집에서 저녁을 먹고 늦게 귀가하던 쥘리앵에게 그 모습이 발각되었다. 그 후로 그녀는 자기 방에 열쇠로 감금되어 꼼짝없이 침대에서 자야 했다.

아이의 세례는 8월 말쯤에 있었다. 남작이 대부가 되고, 리종 이모가 대모가 되었다. 아이는 피에르-시몽-폴이라는 이름을 받았다. 평소에는 폴이라고 불렸다.

9월 초에 리종 이모가 소리도 없이 떠났다. 그녀의 부재는 그녀의 존재만큼이나 눈에 띄지 않았다.

어느 날 저녁, 저녁식사 후에 신부가 나타났다. 뭔가 비밀이 있는 듯 난감한 표정이었다. 그는 쓸데없는 말을 몇 마디 던지다가 남작 부인과 남작에게 잠깐 따로 좀 보자고 청했다.

세 사람은 활기차게 얘기를 나누며 느린 걸음으로 가로수길 끝까지 갔다. 잔느와 단둘이 남아 있던 쥘리앵이 그 비밀스러운 대화에 놀라고 불안해하며 화를 냈다.

신부가 떠날 때 그는 배웅하겠다며 신부와 함께 저녁기도 종소리가 울리는 성당 쪽으로 사라졌다.

거의 추울 정도로 선선한 날씨여서 모두 서둘러 거실로 들어갔다. 모두가 살짝 졸고 있을 때 쥘리앵이 시뻘겋게 성난 얼굴로 돌아왔다.

그는 잔느가 거기 있다는 사실을 생각지도 않고 문에서 장인 장모를 향해 소리쳤다. "두 분 미쳤어요? 빌어먹을! 그 계집애한테 2만 프랑을 내던지다니요!"

너무 놀라서 아무도 대답하지 못했다. 그가 분노로 씩씩대며 다시 말했다. "그 정도로 어리석으십니까. 우리에겐 한 푼도 남겨주지 않을 작정이시군요!"

그러자 냉정을 되찾은 남작이 그의 말을 틀어막으려 애썼다. "조용히 하게! 자네, 아내 앞에서 말하고 있다는 사실을 좀 알게나."

그러나 그는 격분해서 발을 동동 굴렀다. "상관없어요. 게다가 저 사람도 이게 어떤 상황인지 잘 알 겁니다. 이건 저 사람의 재산을 절도하는 일입니다."

잔느는 놀라서 영문을 모른 채 바라보았다. 그녀가 더듬거리며 말했다. "대체 무슨 일인데요?"

그러자 쥘리앵이 그녀를 향해 돌아보며, 기대했던 유산을 빼앗긴 동업자처럼 그녀를 증인으로 삼았다. 그는 대뜸 로잘리를 결혼시키려는 음모를, 적어도 2만 프랑은 족히 나가는 바르빌의 땅을 증여한 사실을 얘기했다. 그가 거듭 말했다. "당신 부모는 미쳤소. 완전히 미쳤소. 2만 프랑을! 2만 프랑이나! 정신이 나갔지! 2만 프랑을 사생아에게 주다니!"

잔느는 아무 감정도 분노도 없이 그 말을 들었고, 스스로도 자신의 침착함에 놀랐다. 이제 그녀는 자기 아이와 상관 없는 모든 일에 무관심했다.

남작은 아연실색해서 대답할 말을 찾지 못했다. 결국 발로 바닥을 차며 그가 소리쳤다. "자네 지금 무슨 말을 하는지 생각 좀 하게. 정말이지 눈 뜨고 볼 수가 없어. 그 미혼모에게 지참금을 주게 된 게 누구 잘못이지? 그 아이가 누구 아이지? 이제 그 애를 버리고 싶은 건가!"

쥘리앵은 남작의 맹렬한 기세에 놀라 뚫어져라 그를 응시했다. 그러더니 조금 가라앉은 어조로 말했다. "그렇지만 천5백 프랑만으로도 충분했어요. 하녀들은 모두 결혼하기 전에 애를 낳는다고요. 이 남자의 아이건 저 남자의 아이건 달라질 건 없어요. 2만 프랑의 값어치나 되는 농가를 주는 건 우리에게 줄 재산을 침해하는 것일 뿐 아니라 모든 사람에게 무슨 일이 일어났는지 떠들어 대는 셈이에요. 적어도 우리의 명성과 처지는 생각하셨어야죠."

그는 자기 추론의 논리와 자기 권리에 밝은 사람으로서 엄중한 목소리로 말했다. 남작은 예기치 못한 논거에 당황해서 입만 벌리고 서 있었다. 그러자 쥘리앵은 자신이 유리한 입장이라고 느끼고 결론을 내놓았다. "다행히 아직 아무것도 이뤄진 건 없어요. 그 계집애와 결혼할 남자애를 제가 알아요. 착한 사람이니 그 사람과 수습할 수 있을 겁니다. 제가 알아서 하겠습니다."

그러곤 논쟁이 계속되는 것이 두려웠는지 모두의 침묵을 승낙으로 여기고 기뻐하며 그길로 나갔다.

그가 사라지자 남작은 화가 나서 몸을 떨며 외쳤다. "오, 이건 너무 심하군. 정말 너무 심해!"

그러나 잔느는 눈을 들어 아버지의 질겁한 얼굴을 바라보며 갑자기 웃음을 터뜨렸다. 뭔가 웃긴 일을 보면 웃곤 하던, 예전의 맑은 웃음이었다.

그녀가 거듭 말했다. "아버지, 아버지, 저 사람이 2만 프랑을 어떻게 발음하는지 들으셨죠?"

그러자 눈물만큼이나 웃음에 대한 반응도 빠른 어머니도 사위의 성난 얼굴과 분노의 외침, 자신이 유혹한 여자애에게 자기 돈도 아닌 돈을 주지 않으려고 맹렬히 거부하는 태도를 떠올리고, 잔느의 유쾌한 기분에 덩달아 유쾌해져서 숨 가쁜 웃음을 웃느라 몸을 들썩였고, 눈에 눈물까지 고였다. 그러자 남작도 전염되어 웃음을 터뜨렸다. 세 사람 모두 흘러간 좋은 시절처럼 배가 아플 정도로 웃었다.

웃음이 조금 가라앉자 잔느가 놀란 얼굴로 말했다. "이상해요. 그런 말을 들어도 이젠 아무렇지도 않아요. 이제는 그 사람이 낯선 사람처럼 보여요. 제가 그 사람 아내라는 걸 믿지 못하겠어요. 보시다시피 그 사람의… 상스러운 태도를 보고 재밌어 하잖아요."

세 사람은 까닭 모르게 감동해서 미소를 머금고 서로를 끌어안았다.

이틀 뒤, 점심식사를 마치고 쥘리앵이 말을 타고 떠났을 때, 스물둘이나 스물다섯쯤 되어 보이는 키 큰 사내 하나가 빳빳하게 주름 잡히고, 소매가 불룩하고, 손목에 단추가 달린 파란색 새 작업복을 입고 울타리를 몰래 넘어섰다. 아침부터 그곳에 매복하고 있었는지 그는 쿠이아르 농가의 도랑을 따라오다가 성을 우회해서 평소처럼 플라타너스 아래 앉아 있는 남작과 두 여자에게 살금살금 다가왔다.

사내는 그들을 보자 모자를 벗었고, 어색한 얼굴로 인사를 하며 다가왔다.

서로의 말이 들릴 정도로 충분히 가까이 왔을 때 사내가 우물쭈물 말했다. "남작님과 마님, 그리고 함께 계신 마님, 소인 인사 드립니다." 아무 답변이 없자 그가 말했다. "제가 바로 데지레 르코크입니다."

이름을 들어도 생각나는 게 없자 남작이 물었다. "무슨 일인가?"

사내는 자기 입장을 설명할 필요에 직면하자 완전히 당황했다. 그는 눈을 내리깔고 손에 들고 있는 모자를 바라보거나 다시 눈을 들어 성의 지붕 꼭대기를 바라보며 우물우물 말했다. "그 일에 관해 신부님께서 제게 말씀하셨는데요……." 그러곤 너무 많은 말을 해서 자기 이익을 해칠까 두려운지 입을 다물었다.

남작은 알아듣지 못하고 다시 물었다. "무슨 일 말인가? 난 모르겠는데."

그러자 상대는 결심한 듯 목소리를 낮춰 말했다. "이 댁의 하녀… 로잘리 일 말입니다."

잔느는 문제를 알아차리고 자리에서 일어나 아이를 품에 안고 멀리 피해 주었다. 그러자 남작이 말했다. "가까이 오게." 그러곤 딸이 방금 비운 의자를 가리켰다.

농부는 즉각 앉으며 중얼거렸다. "정말 친절하십니다." 그러곤 더는 할 말이 없는 사람처럼 기다렸다. 침묵이 상당히 길어지자 그는 푸른 하늘을 향해 눈을 들며 마침내 결심한 듯 말했다. "이 계절치고는 날씨가 참 좋습니다. 벌써 씨를 뿌린 땅은 날씨 덕을 좀 보겠어요." 그러곤 다시 입을 다물었다.

남작은 참지 못하고 퉁명한 어조로 대뜸 공격하듯 물었다. "그러니까 로잘리와 결혼하려는 게 자넨가?"

노르망디 특유의 내숭이 습성이 된 남자는 즉각 당황하고 불안해졌다. 그는 의구심을 품고 조금 더 힘주어 응수했다. "경우에 따라 할 수도 있고 안 할 수도 있겠지요. 경우에 따라."

그러자 남작은 그 어정쩡한 말에 짜증을 냈다. "빌어먹을! 솔직히 대답하게나. 그 일 때문에 온 건가 아닌가? 그 애를 데려갈 건가 말 건가?"

남자는 당황해서 자기 발만 내려다보았다. "신부님이 말씀하신 대로라면 데려가고요. 쥘리앵 나리가 말씀하신 대로라면 안 데려갑니다요."

"쥘리앵 나리가 뭐라 했는데?"

"쥘리앵 나리께서는 제가 천5백 프랑을 받게 될 거라 하셨습니다. 신부님은 2만이라 하셨는데요. 2만이라면 좋지만, 천5백이라면 싫습니다요."

그때 안락의자에 파묻혀 있던 남작 부인이 시골 사람의 불안한 태도를 보고 몸을 들썩이며 웃기 시작했다. 농부는 그 웃음을 이해하지 못하고 힐끔힐끔 불만스러운 눈초리로 남작 부인을 바라보며 기다렸다.

남작은 그런 흥정을 듣고 있는 것이 거북해 잘라 말했다. "나는 신부님에게 자네가 사는 동안 바르빌 농장을 갖고 있다가 나중에 아이에게 물려주게 하라고 말씀드렸네. 농장은 2만 프랑쯤 되지. 나는 내가 한 말을 지키는 사람이야. 그러니 결혼을 할 건가 말 건가?"

남자는 공손하고 흡족한 표정으로 웃으며 별안간 수다스러워졌다. "오! 그렇다면 안 한다고 할 수 없습죠. 저를 가로막는 건 그 문제뿐이었으니까요. 신부님이 제게 말씀하셨을 때 저는 당장 그러고 싶었고, 게다가 남작님의 뜻을 들어드리는 것도 좋겠다 싶었지요. 남작님께서 제게 보답을 해주시리라고 생각했습죠. 사실 그렇잖습니까. 사람들끼리는 신세를 지면 나중에

210

다 만나게 되지요. 서로 보답도 하고요. 그런데 쥘리앵 나리께서 저를 찾아오셔서 천5백밖에 안 된다고 하셨지요. 그래서 저는 한번 알아봐야겠다 싶어서 온 겁니다. 말할 것도 없이 저는 믿고 있었습니다만 알아보고 싶었던 거지요. 셈을 제대로 해야 좋은 친구가 생기는 법이지요. 안 그렇습니까, 남작 나리……"

그의 말을 잘라야만 했다. 남작이 물었다.

"결혼은 언제 할 생각인가?"

그러자 남자는 갑자기 다시 수줍은 표정을 지으며 난감해했다. 머뭇거리며 결국 이렇게 말했다. "그전에 조그만 문서라도 만들어야 하지 않을까요?"

이번에는 남작이 버럭 화를 냈다. "빌어먹을! 자네는 혼인계약서를 갖게 될 텐데, 그게 최고의 문서 아닌가."

농부가 고집했다. "그전에 그래도 작은 쪼가리라도 만들었으면 싶습니다만. 그런다고 해가 될 건 없잖습니까."

남작이 벌떡 일어나며 결론을 지었다. "당장 할 건지 말 건지 대답하게. 자네가 안 하겠다면 말하게. 다른 사람도 있으니."

그러자 경쟁자에 대한 두려움이 교활한 노르망디 농부를 질겁하게 만들었다. 그는 즉각 결심하고, 암소를 사고 난 뒤에 하듯이 손을 내밀었다. "제 손을 치십시오, 남작님. 그러시면 된 겁니다. 이러고 약속을 어기면 등신이 되는 겁죠."

남작이 손을 치고 외쳤다. "뤼디뱅!" 요리사가 창문으로 고개를 내밀었다. "포도주 한 병 내오게." 그들은 계약이 성사된 걸 축하하기 위해 잔을 부딪쳤다. 그리고 남자는 한결 가벼워진 걸음으로 떠났다.

이 방문에 대해서는 쥘리앵에게 아무 말도 하지 않았다. 계약은 비밀리에 준비되었고, 혼인이 공시되고 나서 결혼식은 어느 월요일 아침에 이루어졌다.

한 이웃 여자가 재산의 확실한 수표인 양 아이를 데리고 신랑 신부를 뒤따라 성당으로 들어갔다. 그 고장의 누구도 놀라지 않았다. 그들은 데지레 르코크를 부러워했다. 복을 타고난 놈이지, 하고 사람들은 짓궂은 미소를 지으며 말했다. 분개하는 기색이라곤 없었다.

쥘리앵이 격분해서 야단법석을 떠는 바람에 장인 장모의 퐈플 체류가 단축되었다. 잔느는 부모가 다시 떠나는 걸 보면서 그리 깊이 슬퍼하지 않았다. 그녀에겐 폴이 마르지 않는 행복의 원천이 된 것이다.

9

잔느는 출산 후 몸이 완전히 회복되자 푸르빌 집안을 방문하고, 쿠틀리에 후작의 집에도 가기로 결정했다.

쥘리앵이 경매로 구입한 새 마차는 말 한 마리가 모는 무개 사륜마차였는데, 그 덕에 한 달에 두 번 외출할 수 있었다.

12월의 어느 맑은 날, 준비된 마차는 노르망디 들판을 가로지르며 두 시간을 달린 뒤 작은 계곡으로 달려 내려갔는데, 계곡 양쪽에는 나무가 무성했고, 아래는 경작지로 가꿔져 있었다.

얼마 후, 씨 뿌린 경작지는 초원으로 바뀌었고, 초원을 지나자 키 크고 메마른 갈대가 무성한 늪이 나왔는데, 노란 리본을 닮은 긴 갈대 잎들이 살랑거리는 소리를 냈다.

계곡이 급격히 꺾어 도는 굽이를 지나자 브리예트 성이 나무 무성한 경사면에 한쪽 등을 기댄 채 모습을 드러냈다. 다른 쪽

면은 큰 연못 속에 담장을 담그고 있었고, 그 연못이 끝나는 지점 맞은편에는 계곡의 반대편 경사면에 자리한 키 큰 전나무숲이 보였다.

고풍스러운 도개교를 건너 루이 13세풍의 웅장한 문을 지나야 안뜰이 나왔고, 안뜰 앞에는 같은 풍의 우아한 저택이 자리하고 있었는데, 벽돌집에 청석 돌판을 지붕으로 얹은 망루가 딸려 있었다.

쥘리앵은 그 건물을 세세히 알고 있는 사람처럼 부분 부분을 잔느에게 설명했다. 그는 안내하면서 건물의 아름다움에 감탄했다. "저 현관 좀 봐요! 정말 웅장한 저택이잖소! 다른 쪽 면은 연못 속에 잠겨 있어요. 호화로운 층계는 물까지 내려가고, 배 네 척이 계단 밑에 정박해 있는데, 두 척은 백작을 위한 것이고, 두 척은 백작 부인을 위한 것이라오. 저 아래 오른쪽, 포플러나무들이 늘어서 있는 저기가 연못 끝이고, 거기부터 강이 시작되어 페캉까지 흘러가지. 여긴 야생 물새들이 그득해요. 백작은 저기서 사냥하는 걸 좋아하오. 이런 게 진짜 영주의 저택이잖소."

현관문이 열렸고, 창백한 백작 부인이 나타나 옛날 성주 부인처럼 길게 끌리는 드레스 차림으로 미소 지으며 손님들을 맞이했다. 그야말로 이 동화 속 저택을 위해 태어난, 아름다운 호수의 여인 같았다.

거실창 여덟 개 가운데 넷은 연못과 맞은편 언덕 경사면에 자리한 거무스름한 소나무숲 쪽으로 나 있었다.

검푸른 빛을 띠는 녹음 때문에 연못은 깊고, 근엄하고, 음산해 보였다. 바람이 불 때면 나무숲이 내는 신음 소리가 늪의 목소리처럼 들렸다.

백작 부인은 어린 시절 친구라도 되는 듯이 잔느의 두 손을 잡고 자리에 앉힌 다음, 옆에 놓인 낮은 의자에 앉았다. 잊고 지내던 우아함이 5개월 전부터 되살아난 쥘리앵은 다정하고 친근한 태도로 이야기하고 미소 지었다.

백작 부인과 그는 함께한 기마 산책에 대해 말했다. 그녀는 그가 말에 오르는 방식을 살짝 비웃으며 그를 "비틀 기사"라고 불렀고, 그는 백작 부인을 "아마존 여왕"이라 부르며 웃었다. 창문 아래쪽에서 총소리가 울려 깜짝 놀란 잔느가 비명을 질렀다. 백작이 쇠오리 한 마리를 잡은 것이다.

백작의 아내가 곧장 백작을 불렀다. 노 젓는 소리, 배가 돌에 부딪치는 소리가 들리더니 장화 신은 거구의 백작이 물에 젖은 개 두 마리를 거느리고 나타났다. 그만큼이나 불그스름한 개들은 문 앞 양탄자 위에 엎드렸다.

백작은 자기 집에서는 한결 편안해 보였고, 손님들을 보고 기뻐했다. 그는 난로에 장작을 더 넣게 하고, 마데르 포도주와 비스킷을 가져오게 했다. 별안간 그가 외치듯 말했다. "우리와 함께 저녁식사를 하고 가세요. 그러시는 겁니다." 아이 생각에서 벗어나는 법이 없던 잔느는 거절했다. 백작이 거듭 권하는 데도 잔느가 고집스레 거절하자 쥘리앵이 돌연 조급한 태도를 보였다. 잔느는 싸우기 좋아하는 그의 고약한 기질을 깨울까 겁이 났다. 그래서 다음 날까지 폴을 보지 못한다는 생각에 괴로웠지만 제안을 받아들였다.

오후 시간은 즐거웠다. 그들은 먼저 샘물을 보러 갔다. 샘물은 이끼 낀 바위 밑, 끓는 물처럼 항상 보글거리는 작고 맑은 샘에서 솟아나고 있었다. 그 후엔 배를 타고 마른 갈대숲 사이로 난 길로 주변을 한 바퀴 둘러보았다. 백작은 바람에 코를 내밀고 냄새를 맡는 두 마리 개 사이에 앉아 노를 저었다. 그가 노를 움직일 때마다 큰 배가 들썩이며 앞으로 나아갔다. 잔느는 이따금 손을 차가운 물속에 담그고 손끝에서 심장으로 전해 오는 얼음 같은 냉기를 즐겼다. 쥘리앵과 숄을 휘감은 백작 부인은 배 뒤에 앉아 아무것도 바랄 게 없는 행복한 사람들의 영원한 미소를 짓고 있었다.

시든 골풀 사이를 지나는 북풍과 차갑고 긴 살랑거림과 함께 저녁이 찾아왔다. 해는 이미 전나무 뒤로 넘어간 뒤였다. 기이한 모양의 진홍빛 구름 조각이 군데군데 걸린 붉은 하늘은 바라보기만 해도 을씨년스러웠다.

그들은 큰 불길이 활활 타오르고 있는 넓은 거실로 돌아왔다. 문을 들어서자마자 즐겁고 따뜻한 기운이 전해져 유쾌해졌다. 기분이 좋아진 백작이 운동선수 같은 팔로 아내를 안고 아이처럼 들어 올리더니 양 볼에 진하게 입을 맞추었다. 선량한 남자의 기분 좋은 입맞춤이었다.

사람들이 콧수염만 보고 식인귀 같다고 말하는 그 선량한 거인을 잔느는 미소를 띠고 바라보았다. 그녀는 생각했다. '우리는 매일같이 모든 사람에 대해 얼마나 잘못 판단하고 있는지 몰라.' 그러곤 거의 무의식적으로 쥘리앵에게 눈길을 돌렸는데, 그가 문턱에 서서 얼굴이 새하얗게 질린 채 백작을 뚫어져라 쳐다보고 있는 것이 보였다. 불안해진 그녀가 남편에게 다가가 나지막이 물었다. "당신 아파요? 왜 그래요?" 그가 성난 어조로 대답했다. "아무것도 아니오. 날 내버려 둬요. 추위에 떨어서 그러니까."

식당으로 건너갈 때 백작이 개를 들여놓아도 되겠냐고 물었다. 개들은 즉각 주인의 오른쪽과 왼쪽에 앉았다. 개들은 고개를 치켜들고 꼬리를 흔들며 좋아서 몸을 떨었다.

저녁식사 후, 잔느와 쥘리앵이 떠나려 하자 푸르빌 씨가 횃불 켜고 낚시하는 걸 보여 주겠다며 다시 붙들었다.

그는 두 사람과 백작 부인을 연못으로 내려가는 계단에 자리 잡게 했다. 그리고 자신은 불 밝힌 횃불을 든 하인과 함께 투망을 들고 배에 올라탔다. 하늘에 금빛 별들이 총총히 박힌 청명하고 차가운 밤이었다.

횃불은 물 위에 기이한 모양의 움직이는 불꼬리를 남겼고, 갈대 위로 춤추는 빛을 던지며 전나무 장막을 비추었다. 그러다 갑자기 배가 돌자 거대한 환상적인 그림자 하나가, 사람의 그림자 하나가 불 밝혀진 숲 기슭에 우뚝 솟았다. 머리는 나무들 위로 올라가 하늘로 사라졌고, 발은 연못 속에 잠겨 있었다. 거인이 별을 따려는 듯 두 팔을 들어 올렸다. 거대한 팔이 하늘로 뻗더니 다시 떨어졌다. 곧 철썩거리는 물소리가 났다.

배가 다시 완곡하게 방향을 바꾸자 거대한 환영은 숲을 따라 달리는 것처럼 보였다. 배가 돌면서 빛이 숲을 비추었다. 그러곤 눈에 보이지 않는 수평선 속으로 사라지더니 불쑥 다시 나타났다. 기이한 움직임을 그리며 건물 정면에 비친 그림자는 덜 크지만 훨씬 선명했다.

백작의 굵은 목소리가 외쳤다. "질베르트, 여덟 마리나 잡았소!"

노가 물결을 쳤다. 거대한 그림자는 이제 담벼락 위에 꼼짝

없이 서 있었지만, 차츰 길이와 폭이 줄어들었다. 머리는 점점 밑으로 내려갔고, 몸은 말라가는 것처럼 보였다. 푸르빌 씨가 계단을 다시 올라오고 불을 든 하인이 뒤를 따를 때 그림자는 실제 크기만큼 줄어들었고, 그의 동작을 그대로 따라 했다.

그가 든 투망에는 큰 물고기 여덟 마리가 펄떡이고 있었다.

빌린 외투와 담요로 몸을 감싸고 집으로 돌아올 때 잔느가 거의 무의식적으로 말했다. "그 거인은 정말 좋은 분이에요!" 그 러자 마차를 몰고 있던 쥘리앵이 응수했다. "그렇지만 사람들 앞에서는 여전히 처신이 편치 않아요."

일주일 뒤 그들은 그 지방에서 가장 고귀한 귀족 가문으로 통하는 쿠틀리에 가문의 집으로 갔다. 그들의 레미닐 영지는 카니라는 큰 마을까지 닿아 있었다. 루이 14세 치하에 세워진 새 성은 담장으로 둘러싸인 근사한 정원 안에 숨어 있었다. 높은 곳에 올라가면 옛날 성의 폐허도 보였다. 제복을 입은 하인들이 방문객들을 위압적인 방으로 안내했다. 한가운데는 세브르산産 거대한 잔을 받친 기둥이 하나 있었고, 받침돌에는 왕의 친필 문서가 수정 판 속에 보존되어 있었는데, 군주의 이 선물을 레오폴드 에르베 조셉 제르메르 드 바른느빌 후작과 롤보스크 드 쿠틀리에 후작에게 하사한다는 문서였다.

잔느와 쥘리앵이 왕의 선물을 바라보고 있을 때 후작과 후작 부인이 들어왔다. 부인은 분을 발랐고, 행동은 다정했지만, 친절해 보이려는 욕구 때문에 태도가 부자연스러웠다. 남자는 머리 위에 백발이 꼿꼿이 선 뚱뚱한 인물로, 행동과 목소리와 태도에서 권위를 드러내는 거만함이 묻어났다.

그들은 예의범절을 고집하는 사람들이어서 생각도 감정도 말도 언제나 고고하게 죽마에 올라타고 있는 것처럼 보였다.

그들은 무심한 표정으로 미소 짓고 혼자 말했고, 대답을 기다리지 않았으며, 인근의 소귀족들을 예의 바르게 맞이해야 한다는 임무를, 그들의 출신이 강요하는 임무를 수행하는 것처럼 보였다.

잔느와 쥘리앵은 옴짝달싹 못 한 채 마음에 들려고 애썼다. 더 남아 있는 것도 거북했지만 능숙하게 자리에서 일어날 재간도 없었다. 그런데 후작 부인이 하직을 허락하는 친절한 여왕처럼 대화를 적절히 끊어 간단히, 자연스럽게 방문을 친히 끝냈다.

돌아오는 길에 쥘리앵이 말했다. "당신이 좋다면 방문은 이걸로 끝냅시다. 나는 푸르빌 가족이면 충분해요." 잔느도 같은 생각이었다.

한 해 밑바닥의 어두운 구멍 같은 검은 달 12월이 천천히 흘러갔다. 지난해처럼 유폐된 생활이 다시 시작되었다. 그렇지만 잔느는 늘 폴에 몰두하느라 조금도 지루한 줄 몰랐다. 쥘리앵은 불안하고 불만스러운 눈길로 아이를 흘겨보았다.

잔느는 폴을 품에 안고 자식들을 향한 여자들 특유의 광적인 애정을 쏟으며 쓰다듬고, 아버지에게 아이를 보여 주며 종종 말했다. "안아 봐요. 당신은 아이를 사랑하지 않나 봐요." 그는 싫은 표정을 짓고 주먹 쥔 채 꼬물거리는 작은 손에 닿지 않으려는 듯 온몸을 동그랗게 휘고 입술 끝으로 아이의 매끈한 이마를 살짝 스쳤다. 그러곤 불쑥 가버렸다. 마치 혐오감에 쫓기는 것 같았다.

면장과 의사와 신부가 이따금 저녁식사를 하러 왔다. 점점 더 가깝게 지내는 푸르빌 부부도 때때로 찾아왔다.

백작은 폴을 아주 좋아하는 것 같았다. 그는 방문 내내, 혹은 심지어 오후 내내 아이를 자기 무릎에 올리고 있었다. 그 거인의 큰 손으로 섬세하게 아이를 다루었고, 수염 끄트머리로 아이의 코끝을 간지럽혔으며, 어머니들처럼 열정적인 충동에 사로잡혀 아이를 끌어안고 입 맞췄다. 그는 결혼생활에서 아이가 생기지 않는다는 사실에 늘 괴로워했다.

3월은 맑고, 건조하고, 대부분 따뜻했다. 백작 부인 질베르트가 네 사람이 함께 기마 산책을 하자며 다시 제안해 왔다. 잔느는 긴 저녁, 긴 밤, 단조롭고 한결같은 긴 하루에 지쳐서 그 계획에 흔쾌히 동의했다. 한 주 내내 그녀는 승마복을 만들며 즐거워했다.

그들은 승마 산책을 시작했다. 둘씩 짝지어 갔다. 백작 부인과 쥘리앵이 앞서고, 백작과 잔느가 백 보쯤 뒤에서 따랐다. 백작과 잔느는 친구처럼 조용히 얘기를 나눴다. 올곧은 영혼과 순박한 마음이 만나면서 두 사람은 친구가 되었던 것이다. 앞의 두 사람은 대개 나지막이 말하다가 이따금 폭소를 터뜨렸고, 말로 표현하지 못하는 무언가를 눈으로 말하려는 듯 불현듯 서로를 바라보았다. 그러다가 갑자기 달아나고 싶은, 멀리, 아주 멀리 가고 싶은 욕구에 이끌리는지 질주하기도 했다.

질베르트는 신경이 예민해진 것처럼 보였다. 때때로 그녀의 날카로운 목소리가 바람에 실려 뒤처진 두 사람의 귀에 들려왔다. 그러면 백작은 웃으며 잔느에게 말했다. "제 아내는 늘 기분이 좋은 건 아닙니다."

어느 날 저녁, 돌아오는 길에 백작 부인이 말에 박차를 가했다가 거칠게 고삐를 쥐어 말을 자극하는 바람에 쥘리앵이 말하는 소리가 여러 차례 들렸다. "조심하세요. 조심해요. 그러다 말에 끌려가겠어요." 부인이 응수했다. "그래도 할 수 없죠. 당신이 상관할 바 아니에요." 참으로 분명하고 냉혹한 어조여서 그 말은 마치 공중에 매달린 것처럼 들판으로 울려 퍼졌다.

말이 뒷발로 일어서더니 뒷발질을 하고 거품을 내뿜었다. 불안해진 백작이 갑자기 폐부에서 우렁찬 소리를 내질렀다. "질베르트, 조심해요!" 그러자 무엇으로도 진정시킬 수 없는 신경질이 치민 백작 부인이 도전하듯 채찍으로 짐승의 두 귀 사이를 거세게 후려쳤다. 말은 성이 나서 몸을 일으키고 앞발로 허공을 차더니 다시 발을 내리고는 미친 듯이 달려 나가 들판으로 전력 질주했다.

말은 먼저 초원을 가로지르고 경작지로 달려갔고, 축축하고 기름진 흙을 먼지처럼 일으키며 질주했는데, 어찌나 빨리 달아나던지 말과 사람이 구별되지 않았다.

쥘리앵은 아연실색한 채 그 자리에서 절망적으로 불러 댔다. "부인, 부인!"

그러나 백작은 뭔가 툴툴거리는가 싶더니 육중한 말의 목덜미 위로 몸을 숙이고 온 체중을 실어 말을 앞으로 몰았다. 그는 목소리로, 몸짓으로, 그리고 박차로 말을 자극하고 겁을 주어 무서운 속도로 달리게 했다. 마치 거구의 기수가 육중한 짐승을 두 허벅지 사이에 끼고 날 듯이 달려가는 것처럼 보였다. 두 사람은 상상하기 힘든 속도로 곧장 질주했다. 잔느는 아주 멀리에서 남편과 아내의 두 실루엣이 달아나고 또 달아나서 작아지고 지워지고 사라지는 모습을 보았다. 두 마리 새가 서로

쫓고 쫓기다가 지평선으로 사라지는 것 같았다.

그때 쥘리앵이 성난 표정으로 중얼거리며 천천히 다가왔다.
"오늘은 꼭 미친 여자 같군."

두 사람은 이제는 구불거리는 들판으로 사라진 두 친구의
뒤를 따라갔다.

15분쯤 더 가자, 돌아오는 두 사람이 보였다. 그들은 곧 둘과
합류했다.

빨갛게 상기되고 땀에 젖은 백작은 흡족한 표정으로 웃으며
힘센 손아귀로 아내의 예민한 말을 붙들고 있었다. 백작 부인
은 창백한 얼굴을 고통스럽게 찡그리고 있었다. 그녀는 금세 기
절할 것처럼 한 팔로 남편의 어깨를 잡고 지탱하고 있었다.

잔느는 이날 백작이 미친 듯이 아내를 사랑한다는 사실을
알았다.

백작 부인은 다음 한 달 동안엔 그 어느 때보다 유쾌해 보였
다. 푀플에도 더 자주 찾아왔고, 끊임없이 웃었으며, 불쑥불쑥
애정을 표출하며 잔느를 끌어안곤 했다. 알 수 없는 어떤 희열
이 그녀의 삶에 찾아온 것 같았다. 그녀의 남편도 행복한 눈길
을 아내에게서 떼지 못했고, 애정을 한껏 드러내며 틈만 나면
그녀의 손이나 옷자락을 만지려 했다.

어느 날 저녁, 그가 잔느에게 말했다. "요즘 저희는 행복하게

지낸답니다. 질베르트가 이렇게 상냥했던 적이 없어요. 이젠 언짢아할 때도 없고, 화를 내지도 않아요. 아내가 저를 사랑하는 게 느껴져요. 지금까지는 확신을 갖지 못했었죠."

쥘리앵도 변한 것 같았다. 한결 쾌활하고 조급해하지도 않았다. 양쪽 집안의 우정이 각 가정에 평화와 기쁨을 가져온 것 같았다.

봄이 유난히 빨리 찾아와서 날이 따뜻했다.

온화한 아침부터 고요하고 포근한 저녁까지 태양이 온 대지를 비춰 싹을 틔웠다. 온갖 싹이 동시에 갑자기 힘차게 움텄고, 수액이 억누를 길 없이 분출해서 자연이 이 특혜 받은 시기에 종종 보여 주는 재생의 뜨거운 열정으로 마치 세상이 다시 젊어지는 것 같았다.

잔느도 이 생명의 술렁임에 막연히 동요되었다. 풀숲에서 작은 꽃 한 송이를 보면 갑작스레 나른해졌고, 달콤한 우수에 빠져 몽상하며 무기력하게 몇 시간을 보내기도 했다.

사랑이 처음 시작되던 때의 감동 어린 추억도 떠올랐다. 쥘리앵에 대한 새삼스러운 애정이 다시 찾아와서가 아니었다. 그 애정은 끝났다. 영원히 끝났다. 그런데 봄바람이 스치고, 봄 향기가 스며들자 그녀의 온몸이 마치 보이지 않는 어떤 다정한 부름을 받은 듯 술렁였다.

그녀는 홀로 햇살을 만끽하는 게 좋았고, 막연하고 평온한 감각과 즐거움이 몸을 훑고 지나도 아무 상념이 일지 않는 것이 좋았다.

어느 날 아침, 그녀가 그렇게 졸고 있는데 어떤 환영이 머리를 스쳤다. 에트르타 근처 작은 숲속, 어두컴컴한 나뭇잎 사이로 햇살이 스며들던 그 틈새를 힐끗 비추는 환영이었다. 그곳에서 그녀는 그 시절 사랑했던 청년 곁에서 자신의 몸이 전율하는 걸 처음 느꼈었다. 거기서 청년은 처음으로 자기 마음의 수줍은 욕망을 우물쭈물 얘기했다. 거기서 그녀는 꿈꿔 온 눈부신 미래를 불현듯 접했다고 믿었었다.

그녀는 그 숲을 다시 보고 싶었다. 그 장소로 돌아가면 자기 삶의 흐름에 무언가 변화가 일어나기라도 할 것처럼 감상적이고 미신적인 순례를 해보고 싶었다.

쥘리앵은 새벽부터 어디론가 가고 없었다. 따라서 그녀는 요사이 이따금 타는 마르탱 집안의 작은 백마에 안장을 올렸다. 그리고 떠났다.

풀 한 포기, 나뭇잎 하나 흔들리지 않는 그런 고요한 날이었다. 바람이 죽어 버리기라도 한 것처럼 시간이 끝날 때까지 모든 것이 미동조차 없을 것만 같았다. 곤충마저 사라진 것 같았다.

태양으로부터 당당하고 뜨거운 고요가 황금 분무처럼 서서히 내려왔다. 잔느는 조랑말의 걸음에 흔들리며 기분 좋게 나아갔다. 이따금 눈을 들어 하얀 조각구름을 바라보았다. 목화솜 같은 수증기 뭉치가 잊힌 듯 저 높이 파란 하늘 한가운데 홀로 떠 있었다.

그녀는 사람들이 에트르타의 문이라고 부르는 절벽의 큰 아치들 사이로 보이는 바다까지 이어지는 계곡으로 내려갔다. 그리고 천천히 숲으로 접어들었다. 아직 가냘픈 나무 사이로 빛이 비 내리듯 쏟아졌다. 그녀는 좁은 오솔길을 헤매고 다니며 그 장소를 찾았으나 발견하지 못했다.

문득, 긴 오솔길을 가로지르는데 길 끝에 안장을 얹은 말 두 마리가 나무에 묶여 있는 것이 보였다. 그녀는 그 말들을 바로 알아보았다. 질베르트와 쥘리앵의 말이었다. 외로움이 막 무겁게 짓눌러 오기 시작하던 참이라 그녀는 그 뜻밖의 만남이 기뻤다. 그래서 말을 빠르게 몰았다.

긴 체류에 익숙한 듯 참을성 있게 기다리고 있는 두 마리 짐승 곁에 이르렀을 때 그녀는 이름을 불렀다. 아무도 대답하지 않았다.

여성용 장갑 한 짝과 채찍 두 개가 짓이겨진 잔디 위에 나뒹굴고 있었다. 그러니까 두 사람은 말을 놔두고 멀리 떨어져 앉아 있는 모양이었다.

그녀는 그들이 대체 여기서 무엇을 할까 알 수 없어 의아해하며 15분, 20분쯤 기다렸다. 그녀가 말에서 내려 나무둥치에 기대고 앉아 더 이상 움직이지 않자 작은 새 두 마리가 그녀를 보지 못하고 가까이 풀밭에 앉았다. 그중 한 마리가 날개를 펼쳐 흔들어 파닥거리며 다른 새 주위를 맴돌더니 머리를 숙여 인사하고 짹짹거렸다. 그러더니 갑자기 짝짓기를 했다.

잔느는 그런 일을 모르는 사람처럼 화들짝 놀랐다. 그러곤 생각했다. "맞아. 봄이지." 그때 한 가지 생각이, 의심이 떠올랐다. 그녀는 다시 장갑과 채찍과 버려진 말 두 마리를 보았다. 그러곤 불쑥 달아나고 싶은 욕구를 누를 길 없어 다시 말에 올라탔다.

이제 그녀는 말을 달려 푀플로 향했다. 머릿속으론 여러 사실을 연결하고 상황을 조합하며 추론했다. 어떻게 더 일찍 알아차리지 못했을까? 어떻게 아무것도 보지 못했을까? 쥘리앵의 잦은 부재, 다시 시작된 우아한 몸단장, 차분해진 기분을 어째서 이해하지 못했을까? 게다가 질베르트의 느닷없는 신경질, 과장된 아양, 그리고 얼마 전부터 그녀가 빠져 있던 무아지경 상태도 떠올랐다. 백작은 아내의 그런 모습에 행복해했다.

그녀는 다시 말을 평보로 몰았다. 심각하게 생각을 해야겠는데, 빨리 달리니 생각이 흐트러졌기 때문이다.

처음의 흥분 상태가 가라앉자 그녀의 마음은 다시 거의 평정을 되찾았다. 질투심도 증오심도 없이 경멸감만 들었다. 그녀는 쥘리앵을 거의 생각하지 않았다. 그에 대해서는 더 이상 놀랄 일이 없었다. 친구인 줄 알았던 백작 부인의 이중적 배신에는 화가 났다. 모든 사람이 신의 없고, 거짓말쟁이요, 위선적이란 말인가. 눈물이 흘렀다. 인간은 죽은 이들 때문에도 울지만 때론 착각 때문에도 그만큼 슬프게 운다.

그러나 그녀는 아무것도 모른 척하기로, 통상적인 애정에는 마음을 닫기로, 오직 폴과 부모님만을 사랑하기로 결심했다. 그리고 무심한 얼굴로 타인들을 견디기로 결심했다.

집에 돌아오자마자 그녀는 아들에게 달려가 아들을 안고 자기 방으로 가서 광적으로 끌어안고 한 시간 동안 쉬지 않고 입맞추었다.

쥘리앵은 저녁식사 때 돌아왔다. 그는 매혹적이고 미소 띤 얼굴로 다정한 관심을 한껏 드러내며 물었다. "장인과 장모님은 올해 안 오시는 거요?"

그 친절한 배려가 몹시도 고마워서 그녀는 숲속에서 발견한 사실을 거의 용서했다. 그녀가 폴 다음으로 가장 사랑하는 두 사람을 어서 빨리 다시 보고 싶은 강렬한 욕구가 갑자기 엄습했다. 그녀는 부모님에게 어서 오라고 재촉하는 편지를 쓰며 저녁 시간을 보냈다.

그들은 5월 20일에 돌아오겠다고 알려왔다. 그때가 5월 7일이었다.

그녀는 점점 더 조바심을 내며 그들을 기다렸다. 딸로서 가진 애정 말고도, 자신의 마음을 정직한 마음과 접촉하고 싶은 새로운 욕구를 느끼는 듯했다. 어떤 비열함도 알지 못하는 순수한 사람들과, 삶도, 행동도, 생각도, 욕구도 언제나 곧았던 사람들과 마음을 열고 얘기할 필요를 절감하는 듯했다.

이제 그녀는 자신의 양심이 그 모든 꺼져 가는 양심들에 둘러싸인 채 고립되어 있다고 느꼈다. 그녀가 갑자기 속마음을 감추는 법을 터득해서, 백작 부인에게 손을 내밀고 미소 지으며 맞이해도, 인간에 대한 경멸과 공허감이 점점 커져서 자신을 뒤덮는 것을 느꼈다. 매일 들려오는 그 고장의 자잘한 소식들은 그녀의 마음에 커져 가는 혐오감을, 인간에 대한 지독한 경멸감을 불러일으켰다.

쿠이아르 집의 딸이 이제 막 아이를 낳았고, 곧 결혼식이 있을 예정이었다. 마르탱 집의 하녀인 고아 여자도 임신했다. 열다섯 살인 이웃의 어린 소녀도 임신했다. 너무 불결해 보여서 사람들이 '똥'이라고 부르는 과부, 그 지저분한 절름발이 여자까지 임신했다.

새로운 임신 소식이나 어떤 처녀의, 결혼한 시골 아낙이나 자식을 둔 어머니의, 혹은 존경받는 어느 부자 농부의 탈선 소식이 수시로 들려왔다.

이 뜨거운 봄은 식물들뿐만 아니라 인간들의 수액도 흔들어 놓는 것 같았다.

감각이 꺼져 버린 잔느는 더 이상 동요하지 않았고, 상처 입은 그녀의 마음, 감상적인 영혼만이 따뜻하고 풍요로운 봄바람에 흔들리는 듯했다. 욕정 없이 들뜨고, 꿈에는 열정적이지만 육체적 욕구에는 죽어 버린 그녀의 마음은 증오심 어린 혐오감에 가득 차서 그 추잡한 동물성에 질겁했다.

생명체의 교접은 자연에 반하는 일이라도 되는 양 그녀를 분노에 빠뜨렸다. 그녀가 질베르트를 원망하는 건 그녀가 자신의 남편을 취해서가 아니라 그 보편적인 진창에 빠졌다는 사실 때문이었다.

그 여자는 저급한 본능이 지배하는 천박한 족속에 속하지 않았다. 그런데 어떻게 그 천박한 무리들과 똑같은 식으로 자신을 내던질 수 있었을까?

잔느의 부모가 도착하기로 되어 있던 바로 그날, 쥘리앵이 전날 빵집 주인 남자가 화덕에서 무슨 소리를 듣고 빵 굽는 날이 아닌지라 길고양이가 들어왔나 하고 화덕을 열었다가 자기 아내를 발견했는데, 그 아내가 '빵을 화덕에 넣고 있는 게 아니더라'는 얘기를 아주 자연스럽고 우스운 일인 양 유쾌하게 떠드는 바람에 그녀의 혐오감에 다시 불이 붙었다.

그는 덧붙였다. "빵집 남자가 화덕 입구를 막아 버렸다더군. 두 남녀는 그 안에서 질식해 죽을 뻔했다지. 빵집 여자의 어린 아들이 이웃들에게 알렸다는군. 그 애는 자기 엄마가 대장장이와 같이 화덕에 들어가는 걸 봤던 거지."

쥘리앵은 웃으며 거듭 말했다. "이 웃기는 사람들이 우리에게 사랑의 빵을 먹이려는가 보오. 이거야말로 진짜 라퐁텐 우화잖소."

잔느는 그 후로 빵에 손을 댈 수가 없었다.

역마차가 현관 앞에 멈춰 서고 남작의 행복한 얼굴이 창유리에 비쳤을 때 잔느의 가슴과 영혼에 벅찬 감정이, 한 번도 느껴보지 못한 격렬한 애정의 충동이 차올랐다.

그런데 그녀는 어머니를 보고서 거의 쓰러질 듯 충격받고 꼼짝하지 못했다. 남작 부인은 겨울 6개월을 보내면서 10년은 더 늙어 있었다. 힘없이 축 처진 볼살은 피가 고여 부푼 듯 불그죽죽했다. 눈은 광채를 잃었다. 이제는 두 팔에 의지하지 않고는 일어서지도 못했다. 가쁜 호흡에서는 휘파람 소리가 났고, 너무 힘겹게 숨을 쉬는 바람에 그녀 곁에 있으면 고통스러운 거북함이 느껴졌다.

매일 그녀를 보아 온 남작은 그 쇠락을 알아차리지 못했다. 아내가 계속 숨이 막히고 자꾸 몸이 무거워진다고 불평하면 그는 이렇게 대답했다. "아니에요, 여보. 내가 아는 한 당신은 늘 그랬어요."

잔느는 두 사람을 방으로 안내하고는 자기 방으로 물러나와 망연자실해서 격렬하게 울었다. 그러고는 아버지를 찾아가 눈물 고인 채 품에 안기며 말했다. "어머니가 많이 변하셨어요! 무슨 일이에요? 말씀해 주세요. 엄마가 왜 저렇죠?" 아버지는 크게 놀라며 대답했다. "무슨 소리냐? 아무 일 없어. 내가 늘 곁을 지켰는데. 내가 보기엔 나쁘지 않아. 늘 그대로인걸."

그날 저녁, 쥘리앵이 아내에게 말했다. "당신 어머니는 상태가 점점 나빠지고 있어요. 이젠 다 되신 것 같소." 잔느가 울음을 터뜨리자 그는 짜증을 내며 말했다. "왜 그러는 거요, 가망 없다고 말한 것도 아닌데. 당신은 늘 너무 극단적이오. 장모님이 변했다는 것뿐이잖소. 그럴 나이잖아요."

일주일이 지나자 그녀는 어머니의 변한 모습에 익숙해져 더는 그런 생각을 하지 않았다. 우리가 이기적인 본능에 의해, 영혼의 평온을 갈구하는 자연적 욕구에 의해, 위협적인 근심과 두려움을 억압하고 거부하듯이 어쩌면 잔느도 자신의 두려움을 억압했는지 모른다.

걷는 것이 불가능해진 남작 부인은 이제 매일 반 시간밖에 외출하지 않았다. 딱 한 번 "자신의" 산책 코스를 완주했을 때 그녀는 더 이상 옴짝달싹할 수조차 없어서 "자신의" 벤치에 앉혀 달라고 요청했다. 산책을 끝까지 할 수 없다고 느끼면 그녀는 말했다. "그만합시다. 오늘은 나의 비대증 때문에 다리가 끊어지는 것 같아요."

그녀는 이젠 거의 웃지 않았는데, 지난해에 온몸이 흔들릴 정도로 웃었던 일들에도 그저 미소만 지었다. 그러나 시력은 여전히 좋아서 라마르틴의 『명상시집』이나 『코린』을 다시 읽으며 하루를 보냈다. 그러고 나면 그녀는 '추억' 서랍을 가져다 달라고 청했다. 그러곤 감미로운 옛 편지들을 무릎에 쏟아 놓고 서랍을 옆 의자에 올려놓은 뒤, 자신의 유물을 하나씩 천천히 다시 읽고는 서랍에 담았다. 혼자 있을 때는 사랑했던 고인의 머리카락에 남몰래 입 맞추듯이 몇몇 편지에 입을 맞추기도 했다.

이따금 잔느는 불쑥 어머니 방에 들어갔다가 울고 있는, 슬프게 눈물을 흘리고 있는 어머니를 보곤 했다. 그녀는 외쳤다. "어머니, 왜 그러세요?" 그러면 남작 부인은 긴 한숨을 내쉬고 대답했다. "내 유물이 날 이렇게 만드는구나. 이제는 끝나 버린, 참으로 좋았던 일들이 떠올라! 게다가 거의 생각하지 못하다가 갑자기 떠오르는 사람들도 있지. 그 사람들이 눈앞에 보이고 소리가 들리는 것 같아. 그러면 마음이 정말 아프구나. 너도 나중에 알게 될 거야."

그렇게 우수에 젖은 순간에 들이닥친 남작은 이렇게 중얼거렸다. "잔느, 내 딸아, 내 말 들어. 네가 가진 편지들을 모두 태워 버리거라. 네 어머니 편지든 내 편지든 몽땅. 늙어서 자신의 젊은 시절에 코를 박고 지내는 것보다 더 끔찍한 일이 없어." 그러나 잔느도 자기 편지를 간직했고, 자신만의 '유물함'을 준비해 뒀다. 그녀는 어머니와 모든 점에서 달랐지만, 몽상적인 감상만은 유전적 본능이라 따를 수밖에 없었던 것이다.

며칠 뒤, 남작은 집을 비울 일이 생겨 떠났다.

멋진 계절이었다. 별이 총총한 온화한 밤이 고요한 저녁의 뒤를 이었고, 평온한 저녁은 눈부신 낮의 뒤를 이었으며, 눈부신 낮은 빛나는 여명의 뒤를 이었다. 어머니는 곧 건강이 좋아졌다. 잔느는 쥘리앵의 사랑과 질베르트의 배신을 잊고서 거의 완전한 행복감을 느꼈다. 온 들판에 꽃이 만발하고 향기가 감돌았다. 늘 평온한 바다는 아침부터 저녁까지 태양 아래 눈부시게 빛났다.

어느 오후, 잔느는 폴을 품에 안고 들판으로 나갔다. 그녀는 길을 따라가며 때로는 아들을 바라보고, 때로는 꽃이 지천으로 널린 풀밭을 바라보며 무한한 행복을 느끼고 감동했다. 이따금 그녀는 아이에게 입 맞추고 열정적으로 끌어안았다. 그러다 들판의 어떤 향긋한 향기가 스치면 무한한 평온 속에 정신을 잃을 듯이 아득해지는 느낌이 들었다. 그녀는 아들을 위한 미래를 꿈꿨다. 아이는 무엇이 될까? 아이가 저명하고 권세 있는 위대한 사람이 되었으면 싶기도 했고, 때로는 그저 헌신적이고 다정해서 엄마를 향해 언제나 두 팔을 벌리는 평범한 사람이 되어 그녀 곁에 머물렀으면 싶었다. 어머니의 이기적인 마음으로 아들을 사랑할 때는 그 아이가 그저 자기 아들이기만을 바랐다. 그러나 열정적인 이성으로 아이를 사랑할 때는 아들이 세계적으로 저명한 인물이 되었으면 하는 야심을 품었다.

그녀는 도랑가에 앉아서 아이를 바라보았다. 마치 지금껏 아이를 본 적이 없었던 것만 같았다. 저 조그만 존재가 자랄 테고, 굳은 걸음으로 걸을 테고, 뺨에 수염이 나고 우렁찬 목소리로 말을 하게 되리라는 생각을 하자 불현듯 놀라웠다.

저 멀리서 누군가 그녀를 불렀다. 그녀는 고개를 들었다. 마리우스가 달려오고 있었다. 손님이 와서 기다리는 모양이라고 생각하고 그녀는 방해받는 것에 못마땅해하며 일어섰다. 그런데 마리우스는 있는 힘껏 달려오고 있었고, 상당히 가까이 오자 외쳤다. "마님, 남작 부인께서 많이 편찮으세요."

그녀는 차가운 물방울이 등줄기를 타고 흘러내리는 느낌이 들어 허둥지둥 빠른 걸음으로 돌아갔다.

멀리 플라타너스 아래 사람들이 모여 있는 것이 보였다. 그녀가 달려가자 사람들이 길을 텄다. 어머니가 베개 두 개에 머리를 받치고 바닥에 누워 있는 것이 보였다. 얼굴은 시커멓고, 눈은 감겨져 있었으며, 20년째 헐떡이던 가슴은 움직이지 않았다. 유모가 잔느의 품에서 아이를 받아들고 데려갔다.

잔느는 넋 나간 얼굴로 물었다. "무슨 일이에요? 어떻게 넘어지신 거죠? 의사를 데려오세요." 뒤를 돌아보자 어떻게 소식을 듣고 왔는지 신부가 보였다. 신부는 서둘러 법의 소매를 걷고 조치를 취했다. 그러나 식초도, 오드콜로뉴도,* 마찰도 효과 없었다. "옷을 벗기고 눕혀 드려야겠습니다." 사제가 말했다.

농부 조셉 쿠이아르가 시몽 영감과 뤼디빈과 함께 그 자리에 와 있었다. 그들은 피코 신부의 도움을 받아 남작 부인을 옮기려 했다. 그런데 그들이 부인을 들어 올리자 부인의 고개가 뒤로 넘어가면서 그들이 붙잡은 드레스가 찢어졌다. 그만큼 비

* 식초나 오드콜로뉴 같은 냄새 강한 액체를 의식 잃은 환자의 코앞에 대어 깨우는 민간요법이 있다.

대한 부인이 무거워서 옮기기가 어려웠다. 그러자 잔느가 공포에 질려 비명을 질렀다. 그들은 축 처지는 거대한 몸을 바닥에 내려놓았다.

거실 안락의자를 가져와야 했다. 그 의자에 부인을 앉히고서야 들어 올릴 수 있었다. 그들은 한 발 한 발 층계와 층계참을 올라갔다. 방에 이르자 침대에 그녀를 눕혔다.

요리사가 부인의 옷을 끝없이 벗기고 있을 때 과부 당튀가 때마침 나타났다. 하인들의 말로는 신부처럼 '죽음의 냄새'를 맡고 온 것이다.

자크 쿠이아르는 의사에게 알리려고 전속력으로 말을 달렸다. 신부가 성유를 가지러 가려는데, 과부가 그의 귀에 대고 속삭였다. "그러실 필요 없어요, 신부님. 제가 잘 아는데, 이미 돌아가셨어요."

잔느는 얼이 빠져 뭘 해야 할지 모른 채 무슨 처치라도 해달라고 애원했다. 신부는 만일을 생각해서 죄의 사면을 선언했다.

두 시간 동안 그들은 생기 없이 보라색으로 변한 시신 옆에서 기다렸다. 이제 무릎 꿇고 앉은 잔느는 불안과 고통에 사로잡혀 흐느끼고 있었다.

문이 열리고 의사가 나타났을 때 잔느에겐 구원이, 위로가, 희망이 들어오는 것처럼 보였다. 그녀는 의사에게 달려가 사고에 대해 자신이 아는 전부를 더듬거리며 얘기했다. "어머니가 매일 산책을 하셨는데… 괜찮으셨는데… 아주 괜찮으셨는데… 점심에 수프와 계란 두 개를 드셨고… 갑자기 쓰러지셨어요… 보시다시피 지금은 검게 변하셨어요… 이젠 움직이지 않으세요… 깨워 보려고 온갖 방법을 시도해 보았어요… 모든 걸……." 잔느는 산파가 끝났다는, 확실히 끝났다는 의미의 몸짓을 슬쩍 의사에게 하는 걸 보고는 충격받고 입을 다물었다. 그럼에도 그 의미를 애써 부인하며 걱정스레 거듭 물었다. "심각한가요? 심각하다고 생각하세요?"

의사가 마침내 말했다. "죄송합니다만… 운명하셨습니다. 용기를 내세요. 용기를 내셔야 합니다."

잔느는 두 팔을 벌리고 어머니에게 몸을 던졌다.

쥘리앵이 돌아왔다. 그는 눈에 띄게 난감해하며 고통이나 절망의 외침 없이 멍하니 서 있었다. 너무 갑자기 당한 일이라 대번에 시의적절한 표정과 몸가짐을 취하지 못했던 것이다. 그가 중얼거렸다. "이럴 줄 알았어. 끝이라고 느끼고 있었어." 그러더니 손수건을 꺼내 눈가를 닦고는 무릎을 꿇고 성호를 그으며 뭔가를 웅얼거렸다. 그리고 다시 일어나 자기 아내도 일으켜 세우려 했다. 그러나 그녀는 시신을 두 팔로 안고 거의 시신 위에 누워 입을 맞추었다. 그녀를 시신에서 억지로 떼어 놓아야만 했다. 꼭 정신이 나가 버린 것 같았다.

한 시간 뒤 잔느를 다시 고인 곁에 돌아오게 했다. 아무 희망도 남아 있지 않았다. 이제 방은 빈소로 꾸며져 있었다. 쥘리앵과 신부는 창가에서 나지막이 얘기를 나누고 있었다. 과부 당튀르는 고인 곁에서 밤새는 일에 익숙해 죽음이 찾아온 집을 제 집처럼 여기는 여자답게 안락의자에 편안히 앉아 벌써 졸고 있는 것 같았다.

밤이 내렸다. 신부가 잔느에게 다가가 두 손을 잡고 위로할 길 없는 그 마음에 다정한 위로의 말을 건네며 용기를 북돋았다. 그는 고인에 대해 말하며 성직자의 언어로 고인을 칭송했고, 시신을 은혜롭게 여기는 사제의 의례적인 슬픔을 보이며 시신 곁에서 기도하며 밤을 지내겠다고 했다.

그러나 잔느는 왈칵 왈칵 쏟아지는 눈물 너머로 거절했다. 그녀는 이 이별의 밤에 홀로, 오직 홀로 있고 싶었다. 쥘리앵이 나섰다. "그건 안 돼요. 나랑 같이 있어요." 그녀는 더는 말을 할 수가 없어 고갯짓으로 아니라고 표현했다. "제 어머니입니다. 혼자서 지켜드리고 싶어요." 의사가 중얼거렸다. "부인 뜻대로 하시게 해주세요. 간병인이 옆방에 있으면 되지요."

사제와 쥘리앵은 각기 자기 침대를 떠올리며 동의했다. 얼마 후 피코 사제는 무릎을 꿇고 기도하더니 다시 일어나 나가면서 말했다. "고인께서는 성녀셨습니다." '주께서 함께하시길'을 말할 때와 같은 어조였다.

자작은 평소와 같은 목소리로 물었다. "당신 뭘 좀 먹겠어요?" 잔느는 자기에게 하는 말인 줄 모르고 대답하지 않았다. 그가 다시 말했다. "당신 버티려면 뭘 좀 먹는 게 좋을 텐데." 그녀는 멍한 얼굴로 대답했다. "아빠를 모셔오도록 당장 사람을 보내세요." 그러자 그는 사람을 루앙으로 보내려고 밖으로 나갔다.

그녀는 마치 물결처럼 밀려 올라오는 절망적인 회한에 몸을 맡기기 위해 마지막 대면의 시간을 기다리기라도 한 것처럼 부동의 고통 속에 침잠해 머물렀다.

그림자들이 방을 덮쳐 어둠으로 고인을 가렸다. 당튀 과부는 간병인답게 소리 없이 가벼운 걸음으로 배회하며 눈에 띄지 않는 물건들을 찾아 배열했다. 그러곤 초 두 자루에 불을 붙이고는 흰 냅킨을 덮어 침대 머리맡에 놓아둔 탁자 위에 조심스레 올려놓았다.

잔느는 아무것도 보지 못하고, 아무것도 느끼지 못하고, 아무것도 이해하지 못하는 것 같았다. 그녀는 혼자가 되기만 기다렸다. 쥘리앵이 돌아왔다. 그는 그새 저녁을 먹었다. 다시 그가 물었다. "당신 아무것도 안 먹을 거요?" 아내가 고갯짓으로 아니라고 했다.

그는 슬프다기보다는 체념한 표정으로 앉아, 말없이 머물렀다.

세 사람은 서로 떨어져 앉은 채 의자에서 꼼짝하지 않았다.

이따금 간병인이 졸다가 코를 살짝 골았고, 그러다 갑자기 깨어나곤 했다.

마침내 쥘리앵이 일어나서 잔느에게 다가가더니 물었다. "이제 혼자 있고 싶어요?" 그녀가 무의식적으로 그의 손을 잡고 말했다. "오! 네, 혼자 있게 해주세요."

그는 아내의 이마에 입 맞추며 중얼거렸다. "이따금 당신을 보러 오겠소." 그러곤 과부 당튀와 함께 나갔다. 과부는 옆방으로 의자를 밀고 갔다.

잔느는 문을 닫고 창문 두 개를 활짝 열었다. 풀 베는 계절의 포근한 저녁 바람이 얼굴 가득 불어왔다. 전날 벤 잔디밭의 건초 다발들이 달빛 아래 누워 있었다.

그 감미로운 느낌에도 아이러니하게 마음이 아프고 슬퍼졌다.

그녀는 침대 옆으로 돌아와서 어머니의 축 늘어진 차가운 손을 잡고, 어머니를 물끄러미 응시했다.

어머니는 쓰러지던 순간보다 부기가 빠져 있었다. 이제는 그 어느 때보다 평온하게 잠든 것처럼 보였다. 촛불의 창백한 불꽃이 바람에 흔들려 그녀 얼굴 위에 드리운 그림자가 자꾸 일렁이는 바람에 꼭 그녀가 살아서 움직이는 것만 같았다.

잔느는 탐욕스레 어머니를 바라보았다. 어린 시절의 머나먼 시간의 바닥에서 기억이 무더기로 달려 나왔다.

그녀는 수녀원의 면회실로 찾아온 어머니의 방문을 떠올렸다. 케이크가 가득 든 종이 가방을 내밀던 모습, 수많은 사소한 사실과 자질구레한 일들, 소박한 애정 표현, 말, 억양, 친근한 몸짓, 웃을 때 생기던 눈가 주름, 자리에 앉으면서 크게 내쉬던 숨찬 한숨 등을 떠올렸다.

그녀는 망연자실 응시하며 거듭 말했다. "엄마가 돌아가셨어." 그 말이 주는 공포가 고스란히 다가왔다.

저기 누워 있는 사람, 엄마, 아델라이드 부인이 정말 죽었던 말인가? 어머니는 더 이상 움직이지도 못하고, 말도 못하고, 웃지도 못하고, 아버지와 마주 앉아 저녁식사도 못할 것이다. 앞으로는 '안녕, 자네트'라는 말도 하지 못할 것이다. 엄마는 돌아가셨다!

사람들이 어머니를 관에 가두고 땅에 묻을 테고, 그러면 완전히 끝일 것이다. 더는 어머니를 보지 못할 것이다. 이게 있을 수 있는 일인가? 어떻게? 그녀에겐 이제 엄마가 없다? 눈만 뜨면 보였던 그 친근하고 사랑스러운 얼굴, 팔만 벌리면 사랑해 주었던 그 큰 애정의 배출구, 하나뿐인 존재, 모든 존재를 합친 것보다 더 중요한 존재인 어머니가 사라졌다니. 어머니의 얼굴을, 움직임도 생각도 없는 저 얼굴을 바라볼 시간도 이제 몇 시간밖에 없었다. 그러고 나면 추억 하나밖에 남지 않을 것이다.

끔찍한 절망이 엄습해 와 그녀는 무릎을 꿇고 쓰러졌다. 두 손으로 시트를 움켜쥐고 비틀었으며, 입을 침대에 댄 채 찢어지는 목소리를 시트와 이불로 틀어막으며 외쳤다. "오! 엄마, 가련한 엄마, 엄마!"

눈밭으로 달아났던 그날 밤처럼 미칠 것 같은 느낌이 들자 그녀는 벌떡 일어나 찬바람을 쐬기 위해 창가로 갔고, 그 침상의 공기, 죽은 이의 공기가 아닌 신선한 공기를 들이마셨다.

깎인 잔디, 나무, 황야, 저 아래 바다가 매혹적인 달빛을 받으며 잠든 듯 고요한 평화 속에 쉬고 있었다. 위안을 주는 그 감미로움이 마음에 스며들자 그녀는 가만히 울기 시작했다.

얼마 후, 그녀는 침대 곁으로 돌아와 마치 환자 곁을 지키는 사람처럼 어머니의 손을 쥐고 앉았다.

큰 곤충 한 마리가 촛불에 이끌려 들어왔다. 녀석은 방을 이리저리 날아다니며 공처럼 이 벽 저 벽에 부딪쳤다. 잔느는 그 시끄러운 비행에 정신이 산만해져 눈을 들었다. 그러나 하얀 천장을 배회하는 그림자밖에 보이지 않았다.

얼마 후엔 곤충의 소리도 들리지 않았다. 그러자 추시계의 가벼운 똑딱 소리가 들렸고, 아주 작은 다른 소리, 거의 지각하기 어려운 속삭임 같은 것이 들렸다. 여전히 작동하는 어머니의 손목시계였다. 침대 발치 의자 위에 던져둔 옷 속에 넣어 두고 잊어버린 시계였다. 그때 문득, 죽은 어머니와 멈춰 서지 않은 그 기계장치가 머릿속에서 막연히 비교되면서 잔느의 심장에 날카로운 고통이 되살아났다.

그녀는 시간을 확인했다. 이제 겨우 10시 반이었다. 그러자 그곳에서 보내야 할 긴 밤이 두려워졌다.

다른 기억들도 떠올랐다. 로잘리, 질베르트 등, 씁쓸한 환멸을 안겨 준 그녀 삶의 기억들이었다. 모든 것이 비참이고, 슬픔이며, 불행이고, 죽음일 뿐이었다. 모든 것이 배신하고, 속이고, 고통과 눈물을 안겼다. 어디서 조금이나마 안식과 기쁨을 찾을 수 있을까? 아마도 다른 생에서나 가능할 것이다. 지상의 시련에서 영혼이 해방될 때나 가능할 것이다. 영혼이라! 그녀는 그 헤아릴 길 없는 신비에 관해 몽상했고, 별안간 시적 믿음에 빠져들었는데, 그것만큼이나 모호한 다른 가설들이 즉각 뒤엎어 버릴 믿음이었다. 이제 어머니의 영혼은 어디 있을까? 저 꼼짝없이 식어 버린 몸의 영혼은? 어쩌면 아주 멀리 있을지 모른다. 우주 어딘가에? 대체 어디에? 우리에게서 달아나 눈에 보이지 않는 새처럼 증발해 버린 걸까?

신에게 불려갔을까? 아니면 막 움트는 씨앗에 뒤섞여 우연에 따라 새로운 피조물이 되어 흩어졌을까?

어쩌면 아직 아주 가까이 있는지도? 이 방 안에, 버리고 떠난 이 생명 없는 육신 주변에! 불현듯 잔느는 어떤 혼령이 닿는 것처럼 숨결 같은 것이 스치는 듯 느껴졌다. 그래서 무서웠다. 너무도 끔찍이 무서워서 감히 움직일 엄두도 못 내고, 숨 쉬지도 못하고, 고개 돌려 뒤쪽을 보지도 못했다. 극심한 공포 속에서 그녀의 심장이 세차게 고동쳤다.

갑자기, 눈에 보이지 않는 곤충이 다시 비행을 시작하더니 맴돌며 벽에 부딪쳤다. 그녀는 머리부터 발끝까지 떨다가 곧 그 소리가 날개 달린 곤충이 부르릉거리는 소리임을 깨닫고는 이내 안심했고, 일어서서 뒤를 돌아보았다. 그녀의 눈길은 스핑크스의 머리가 달린 책상, 유품을 넣어 둔 가구에 꽂혔다.

기이하면서도 애정 어린 생각이 한 가지 떠올랐다. 이 마지막 밤에 성스러운 책을 읽듯이 고인의 소중한 옛 편지들을 읽어 보려는 생각이었다. 그녀에겐 그것이 섬세하고 성스러운 의무를, 저세상으로 떠난 어머니를 기쁘게 해줄, 진정한 자식의 도리를 다하는 일처럼 보였다.

잔느가 한 번도 본 적 없는 할아버지와 할머니가 쓴 옛 편지들이 있었다. 잔느는 어머니의 시신 너머로 팔을 뻗어 할아버지와 할머니에게 닿고 싶었다. 그들 역시 아파했을 이 애도의 밤에 그들 가까이 다가가 오래전에 돌아가신 그들과 이제 막 사라진 어머니, 그리고 아직 지상에 남아 있는 자기 자신 사이에 신비스러운 애정의 연결고리를 만들고 싶었다.

그녀는 일어나서 책상 뚜껑을 열고 아래쪽 서랍에서 순서대로 나란히 정리되어 있는, 노랗게 바랜 종이 뭉치 십여 개를 꺼냈다.

그녀는 감정 정화 의식이라도 치르듯 그 뭉치들을 모두 침대 위, 남작 부인의 두 팔 사이에 올려놓고 읽기 시작했다.

그것은 집안의 오래된 책상 속에서 발견하게 되는 낡은 편지, 지난 세기의 냄새를 풍기는 편지들이었다.

첫 번째 편지는 "사랑하는 딸"로 시작되었다. 또 다른 편지는 "나의 어여쁜 어린 딸", 그리고 "예쁜 내 딸", "우리 예쁜이", "사랑하는 내 딸", "사랑하는 내 새끼", "사랑하는 아델라이드", "내가 사랑하는 딸"로 이어졌다. 편지를 받는 상대가 어린 딸인지, 다 큰 처녀인지, 혹은 더 시간이 흘러 젊은 부인인지에 따라 달랐다.

그 모든 편지에는 열정적이면서 유치한 애정이 넘쳐났다. 온갖 사소하고 내밀한 일들, 관계없는 사람들에게는 너무도 하찮아 보일, 크고 작은 가정사들이 가득했다. "아버지가 독감에 걸리셨어, 하녀 오르탕스가 손가락을 데었어, 고양이 크로크라가 죽었어, 울타리 오른쪽의 전나무를 베어 버렸단다. 어머니가 성당에서 돌아오는 길에 미사책을 잃어버렸는데, 누가 훔쳐 갔다고 생각하는구나."

잔느가 알지 못하지만 어린 시절에 이름은 들어 본 것으로 기억되는 사람들의 얘기도 있었다.

그녀는 그런 자질구레한 사실들에 감동했고, 그런 일들이 그녀에겐 새로운 발견처럼 보였다. 마치 그녀가 불현듯 어머니의 마음속 삶, 비밀스러운 과거의 삶 속으로 뛰어든 것만 같았다. 그녀는 누워 있는 시신을 바라보았다. 그러다 갑자기 큰 목소리로, 죽은 이를 위해, 죽은 어머니를 달래고 위로하기 위해 큰 소리로 읽기 시작했다.

그러자 꼼짝 않는 시신도 행복해하는 것처럼 보였다.

그녀는 편지를 하나씩 침대 발치에 던지면서 관에 꽃을 넣듯이 그 모든 편지를 관에 넣어야겠다고 생각했다.

그러곤 다른 편지 뭉치를 풀었다. 새로운 글씨체였다. 그녀는 읽기 시작했다. "당신의 어루만짐 없이는 이제 살 수가 없어요. 미치도록 당신을 사랑합니다."

이 말뿐, 이름조차 없었다.

그녀는 어리둥절해서 종이를 뒤집어 보았다. 주소엔 분명히 "르 페르튀 데 보 남작 부인 귀하"라고 쓰여 있었다.

그래서 다음 편지를 펼쳤다. "오늘 저녁, 그 사람이 나가자마자 오세요. 한 시간쯤 함께 있을 수 있어요. 당신을 사랑해요."

다른 편지에는 "당신을 헛되이 갈구하며 정신착란 같은 밤을 보냈어요. 당신의 몸은 내 품에, 당신의 입술은 내 입술 아래, 당신의 눈은 내 눈 아래 있었죠. 그리고 이 시간에 당신이 그의 곁에서 잠을 자고 있을 테고, 그 사람은 원하는 대로 당신을 소유하리라는 생각이 들어 창문으로 뛰어내리고 싶은 분노를 느꼈어요……"

잔느는 이해 못한 채 어안이 벙벙했다.

이게 다 뭐지? 이런 사랑의 말을 누가 누구에게 보낸 거지?

계속 읽으니 매번 열렬한 고백과 조심하라는 권고와 함께 만날 약속이 있었고, 그리고 언제나 말미에는 이런 네 마디가 덧붙어 있었다. "이 편지는 꼭 태우세요."

마지막으로 그녀가 펼친 편지는 저녁식사 초대를 수락한다는 내용이 담긴 평범한 쪽지였는데, 같은 글씨체로 "폴 덴마르"라고 이름이 적혀 있었다. 남작이 "가련한 친구 폴"이라고 부르던 사람이었는데, 그의 아내는 남작 부인의 절친한 친구였다.

별안간 의심이 잔느의 머리를 스치더니 이내 확신으로 변했다. 어머니는 그를 연인으로 두고 있었던 것이다.

갑자기, 머리가 혼미해진 그녀는 마치 몸 위로 기어오른 독충이라도 털어 버리려는 것처럼 발작하듯 그 불결한 종이들을 집어던졌다. 그러곤 창가로 달려가서 저도 모르게 목이 찢어져라 큰 소리로 울부짖기 시작했다. 그녀는 온몸이 부서지기라도 한 듯 벽 아래 털썩 주저앉았고, 사람들이 자신의 탄식을 듣지 못하도록 얼굴을 가린 채 깊이를 헤아릴 수 없는 절망에 빠져 흐느꼈다.

어쩌면 그렇게 밤을 지새웠을지 모른다. 그런데 옆방에서 발자국 소리가 나자 그녀는 벌떡 일어났다. 아버지가 아닐까? 모든 편지가 침대 위와 마룻바닥에 나뒹굴고 있었다! 아버지가 하나라도 열어 보면 알게 될 것이다! 아버지가 이 사실을 알면? 아버지가!

그녀는 달려가서 노랗게 변한 낡은 편지들을 그러모았다. 할아버지와 할머니의 편지와 연인의 편지, 아직 펼쳐 보지 못한 편지들, 책상 서랍 속에 아직 묶여 있는 편지들까지 모두 벽난로에 던져 넣어 버렸다. 그러곤 탁자 위에서 타고 있던 촛불 중 하나를 들고 편지 뭉치에 불을 붙였다. 큰 불길이 솟구치며 활활 타오르는 빛으로 방과 침대와 시신을 밝혔고, 침대 뒤 흰 커튼 위에 굳은 얼굴의 흔들리는 형상과 시트 아래 놓인 거대한 시신의 형체를 검게 그렸다.

난로 속에 잿더미만 남자 그녀는 죽은 어머니 곁에 머물 용기가 차마 나지 않아 열린 창가로 가서 앉았다. 그러곤 얼굴을 두 손에 묻고 울음을 터뜨렸고, 애처로운 어조로, 탄식하는 어조로 신음처럼 내뱉었다. "오, 가련한 엄마, 오! 나의 가련한 엄마!"

끔찍한 생각이 떠올랐다. 혹시 어머니가 죽지 않았다면, 그저 혼수상태로 잠든 것뿐이라면, 그래서 벌떡 일어나서 말을 하면 어쩌지? 추악한 비밀을 알게 된 것 때문에 자식으로서 사랑이 축소되지는 않을까? 예전과 똑같이 경건한 입술로 엄마에게 입 맞추게 될까? 똑같이 성스러운 애정으로 사랑하게 될까? 아니다. 그건 불가능했다! 이런 생각이 그녀의 마음을 찢어 놓았다.

밤이 떠나가고 있었다. 별빛이 창백해졌다. 동이 트기 직전의 선선한 시간이었다. 기울어진 달은 해수면을 진줏빛으로 물들이고 곧 바다로 뛰어들 참이었다.

푀플에 도착하던 날 창가에서 보낸 그날 밤의 기억이 떠올랐다. 얼마나 아득한 일인지. 모든 것이 얼마나 달라졌으며, 그때 미래는 얼마나 달라 보였던가!

이제 하늘은 분홍빛으로, 사랑스럽고 매혹적이며 유쾌한 분홍빛으로 변했다. 그녀는 어떤 기이한 현상이라도 목도하듯 하루의 그 눈부신 시작을 놀란 눈으로 바라보았고, 이런 여명이 터오는 이 땅에 기쁨도 행복도 없다는 게 가능한 일일까 생각했다.

문소리가 나서 그녀는 소스라치게 놀랐다. 쥘리앵이었다. 그가 물었다. "괜찮소? 너무 피곤하지 않아요?"

그녀가 더듬거리며 말했다. "아뇨." 이젠 혼자가 아니라는 사실이 기뻤다. "이제 가서 좀 쉬어요." 그가 말했다. 그녀는 천천히 어머니에게 느리고, 고통스럽고, 유감스러운 입맞춤을 하고, 자기 방으로 갔다.

죽음이 요구하는 온갖 슬픈 일들을 처리하느라 하루가 흘러갔다. 남작은 저녁에 도착했다. 그는 펑펑 울었다.

매장은 다음 날 거행되었다.

잔느는 마지막으로 어머니의 차가운 이마에 입 맞추었고, 마지막 몸단장을 하고 관에 시신을 안치하고 못질하는 것을 본 다음 물러나왔다. 조문객들이 도착할 시간이었다.

질베르트가 가장 먼저 와서 친구의 품에 안겨 흐느꼈다.

마차들이 울타리를 돌아 달려오는 것이 창문에서 보였다. 중앙 현관에서 사람들의 목소리가 울렸다. 상복을 입은 여자들이 방으로 들어섰다. 잔느가 전혀 알지 못하는 여자들이었다. 쿠틀리에 후작 부인, 브리즈빌 자작 부인이 잔느를 끌어안았다.

그녀는 리종 이모가 슬그머니 그녀 뒤로 서는 걸 보았다. 잔느가 다정하게 이모를 포옹하자 노처녀는 거의 기절할 지경이었다.

쥘리앵이 검은 상복을 멋지게 차려입고, 몰려든 조문객들을 보며 흡족한 얼굴로 들어섰다. 그가 한 가지 조언을 구하려고 나지막이 아내에게 말했다. 그러곤 비밀 얘기라도 하듯이 덧붙였다. "귀족들이 모두 왔소. 아주 좋은 일이오." 그러곤 귀부인들에게 근엄하게 인사하며 다시 나갔다.

장례의식이 거행되는 동안 리종 이모와 질베르트 백작 부인만이 잔느 곁에 머물렀다. 백작 부인은 그녀를 끌어안으며 끊임없이 거듭 말했다. "가련한 친구, 나의 가련한 친구!"

푸르빌 백작이 자기 아내를 데리러 돌아왔을 때 그는 마치 친어머니를 잃은 듯 울었다.

10

몹시 슬픈 나날들이 이어졌다. 영원히 사라진 친근한 존재의 부재로 텅 빈 듯해 보이는 집 안에 울적한 날들이 흘러갔다. 고인이 항상 사용하던 물건을 접할 때마다 고통이 되살아나는 날들이었다. 순간순간 기억이 떠올라 마음이 아팠다. 고인이 사용하던 안락의자가 여기 있고, 현관엔 양산이 남아 있고, 하녀가 치우지 않은 유리컵이 있다! 방마다 굴러다니는 물건들이 있다. 가위, 장갑 한 짝, 고인의 둔한 손가락에 종이가 닳은 책, 사소한 일들을 상기하기 때문에 고통스러운 의미를 띠는 온갖 하찮은 물건들.

게다가 고인의 목소리도 따라다닌다. 소리가 들리는 것만 같다. 어디로든 달아나고 싶고, 이 집의 강박에서 벗어나고 싶다. 그러나 남아서 고통받는 다른 가족이 있기에 남아야만 한다.

더구나 잔느는 얼마 전에 알게 된 사실에 대한 기억에 짓눌려 있었다. 그 생각이 무겁게 그녀를 압박했다. 상처 입은 마음은 아물지 않았다. 그 흉측한 비밀로 고독은 더 깊어졌다. 그녀의 마지막 확신마저 마지막 믿음과 함께 땅에 떨어졌다.

얼마 후, 아버지는 점점 더 암담한 슬픔에 빠져들게 되자 움직이고 바람을 쐴 필요를 느끼고 떠났다.

그렇게 종종 주인들 중 한 사람이 사라지는 걸 보아 온 큰 집은 조용하고 규칙적인 일상을 되찾았다.

그러다 폴이 아팠다. 잔느는 혼이 빠져 12일 동안이나 잠도 자지 않고, 거의 먹지도 않았다.

아이는 나았다. 그러나 그녀는 아이가 죽을 수도 있다는 생각에 여전히 질겁해 있었다. 그렇게 되면 그녀는 뭘 해야 할까? 어떻게 될까? 아이를 하나 더 가져야겠다는 막연한 욕구가 슬며시 그녀 마음에 싹텄다. 그러더니 이내 자기 곁에서 아들과 딸, 두 아이가 뛰노는 걸 보고 싶다는 오래된 욕구에 사로잡혀 꿈을 꿨다. 그리고 그것은 강박증이 되었다.

그러나 로잘리 사건 이후로 그녀는 쥘리앵과 떨어져 지냈다. 지금 그들이 처한 상황에서 그와 가까워지기란 불가능해 보였다. 게다가 쥘리앵은 다른 사람을 사랑하고 있었다. 그녀는 그 사실을 잘 알았다. 다시금 그의 애무를 견딜 생각만 해도 혐오감에 치가 떨렸다.

그래도 그럴 기회만 있다면 참고 받아들였을 것이다. 그만큼 다시 어머니가 되고 싶은 욕망은 강렬했다. 그러나 그녀는 어떻게 정사를 다시 시작할 수 있을까 고심했다. 자기 의도를 알아차리게 하느니 차라리 수치심에 죽는 편을 택할 것이다. 그는 더 이상 그녀 생각을 하지 않는 것 같았다.

그녀는 포기할 생각이었다. 그런데 매일 밤 딸을 가진 꿈을 꾸었다. 딸이 플라타너스 아래에서 폴과 노는 모습을 보았다. 이따금 그녀는 밤에 일어나서 아무 말 없이 남편의 방으로 가고 싶은 충동을 느꼈다. 심지어 두 번이나 남편의 방문 앞까지 갔다. 그러곤 수치심에 쿵쾅쿵쾅 뛰는 가슴을 안고 황급히 돌아왔다.

남작은 떠나고 없었고, 어머니는 돌아가셨다. 이제 잔느에겐 마음속 비밀을 털어놓고 의논할 수 있는 사람이 아무도 없었다.

그래서 피코 신부를 찾아가서 고해의 형식을 빌려 자신이 품은 어려운 계획을 얘기해 보기로 결심했다.

그녀가 도착했을 때 신부는 과실수가 심어져 있는 작은 정원에서 성무일과서를 읽고 있었다.

몇 분간 이런저런 얘기를 나눈 뒤 그녀가 얼굴을 붉히며 우물쭈물 말했다. "신부님, 고해성사를 하고 싶어요."

그는 어리둥절해서 안경을 치켜들고 잔느를 물끄러미 응시
했다. 그러다 웃음을 터뜨렸다. "부인께서 양심에 걸리는 큰 죄
를 지었을 리 없을 텐데요." 그녀가 몹시 당황하며 다시 말했다.
"그런 건 아니지만 신부님께 조언을… 조언을 구하고 싶어요…
이렇게 말씀 드리기는… 정말 힘든… 조언이라서요."

그는 즉시 호인의 모습을 버리고 성직자의 태도를 취했다.
"그렇다면 고해실에서 듣겠습니다. 갑시다."

그러나 그녀는 갑자기 그런 부끄러운 이야기를 아무도 없는
경건한 성당에서 말한다는 게 마음에 걸려 머뭇거리며 신부를
붙들었다.

"아니면, 신부님… 제가……. 신부님만 괜찮으시다면 무슨
일로 제가 찾아왔는지 여기서 말씀드릴게요. 저기, 저 아래 정
자 아래 앉으실까요."

그들은 천천히 걸어 그곳으로 갔다. 그녀는 어떻게 표현할지,
어떻게 말을 꺼낼지 고심했다. 두 사람은 앉았다.

그녀는 마치 고해라도 하듯이 말을 시작했다. "신부님……."
그러더니 머뭇거리다가 다시 반복했다. "신부님……." 그러곤 몹
시 난감해하며 입을 다물었다.

신부는 배 위에 두 손을 얹고 깍지 긴 채 앉아 기다렸다. 그

녀가 난처해하는 걸 보고서 그는 용기를 북돋웠다. "용기가 안 나시나 보군요. 자, 용기를 내세요."

그녀는 위험에 뛰어드는 겁쟁이처럼 결심했다. "신부님, 저는 아이를 하나 더 갖고 싶어요." 신부는 말뜻을 이해하지 못하고 아무 대답도 하지 않았다. 그녀는 어떻게 말해야 할지 당황해서 설명했다.

"이제 저는 혼자예요. 아버지와 남편은 거의 사이가 좋지 않고, 어머니는 돌아가셨어요. 그리고… 그리고……." 그녀는 몸을 떨며 아주 나지막이 말했다. "지난번에 하마터면 아들을 잃을 뻔했어요! 그 아이를 잃었다면 제가 어떻게 되었을까요?"

그러곤 입을 다물었다. 신부가 갈피를 잡지 못하고 그녀를 바라보았다.

"자, 본론을 말씀하시지요."

그녀가 거듭 말했다. "저는 아이를 하나 더 갖고 싶어요."

그러자 촌부들이 거리낌 없는 던지는 걸쭉한 농담에 길든 신부가 짓궂게 고개를 끄덕이며 대답했다.

"그렇다면 오직 부인께 달린 일인 것 같은데요."

그녀는 천진한 눈을 그를 향해 들고는 당황해서 말을 더듬었다. "그런데… 그런데… 그 하녀에 대해 신부님이 잘 아시다시피… 제 남편과 저는……. 완전히… 떨어져서 살고 있어요."

시골의 난잡한 생활과 품위 없는 풍속에 익숙해 있던 신부는 그 폭로에 깜짝 놀랐다. 그는 불현듯 젊은 부인의 진짜 욕망을 알아차렸다고 생각했다. 그래서 그녀의 번뇌에 대해 호의와 연민을 가득 품고 곁눈질로 그녀를 바라보며 말했다. "네, 무슨 말씀인지 잘 알겠습니다. 부인께서 독수공방을 힘들어하신다는 걸 알겠습니다. 부인은 건강하고 젊습니다. 그건 지극히 자연스러운 일입니다."

그는 시골 사제의 노골적인 기질을 드러내며 다시 미소 지었다. 그러곤 잔느의 손을 가만히 두드렸다. "그건 허락된 일입니다. 계율로도 분명히 허락된 일입니다. ―육신의 일은 오직 결혼생활 안에서만 욕망할지다.― 부인께서는 결혼하셨잖습니까? 순무를 훔치는 일이 아니잖습니까."

이번에는 잔느가 신부의 암시를 이해하지 못했다. 그런데 곧 그 의미를 파악하고 그녀는 당황해서 얼굴이 새빨개졌고, 눈에 눈물까지 맺혔다.

"오! 신부님, 무슨 말씀을 하시는 거죠? 무슨 생각을 하시는 거예요? 제 말은… 제 말은……" 흐느낌이 쏟아져 그녀의 말문을 막았다.

신부는 깜짝 놀라 그녀를 달랬다. "부인을 힘들게 할 생각은 없었습니다. 농담을 조금 했을 뿐입니다. 정직한 사람이라면 이런 농담을 못할 게 없지요. 그렇지만 저를 믿으세요. 저를 믿으셔도 좋습니다. 제가 쥘리앵 씨를 만나 보겠어요."

그녀는 더 이상 무슨 말을 할지 알지 못했다. 그녀는 신부의 개입이 서툴고 위험할 것 같아서 거부하고 싶었지만 감히 말을 하지 못했다. 그래서 "고맙습니다, 신부님." 하고 더듬거리며 말한 뒤 도망치듯 자리를 떴다.

일주일이 흘렀다. 그녀는 걱정 어린 불안에 휩싸여 지내고 있었다.

어느 날, 저녁식사 후 쥘리앵이 입가에 웃음기 섞인 주름을 지으며 야릇하게 그녀를 바라보았다. 그가 빈정거릴 때 짓는 표정임을 그녀는 알고 있었다. 심지어 그는 지각하기 힘들 만큼 미미하게 조롱기 어린 정중한 태도마저 보였다. 두 사람이 어머니가 걷던 산책로를 거닐 때 그가 잔느의 귀에 대고 아주 나지막이 말했다. "이제 우리 사이가 좋아졌나 보오."

그녀는 아무 대답도 하지 않았다. 바닥에 풀이 돋아나 이제는 거의 눈에 보이지 않는 직선을 응시하고 있었다. 남작 부인의 발이 남긴 자국이었는데, 기억이 지워지듯 지워지고 있었다. 잔느는 슬픔이 엄습해 심장을 죄어 오는 것 같았다. 모든 사람과 멀리 떨어져 인생에서 홀로 길을 잃고 헤매는 느낌이었다.

쥘리앵이 다시 말했다. "나야 더 이상 바랄 게 없지. 당신이 싫어하는 줄 알았는데."

해가 지고 있었고, 대기는 포근했다. 울고 싶은 욕구가 잔느를 짓눌렀다. 친구에게 마음을 털어놓고 싶은 욕구, 자신의 고통을 얘기하고 부둥켜안고 싶은 욕구였다. 흐느낌이 목구멍까지 차올랐다. 그녀는 두 팔을 벌리고 쥘리앵의 가슴에 무너졌다.

그리고 울었다. 놀란 그는 자신의 가슴에 묻은 얼굴을 볼 수 없어 그녀의 머리카락만 바라보았다. 그는 그녀가 여전히 자신을 사랑한다고 생각했고, 그녀의 올림머리에 입을 맞추었다.

그리고 두 사람은 아무 말 없이 집으로 돌아갔다. 그는 그녀를 따라 침실로 갔고, 그녀와 함께 밤을 보냈다.

예전 같은 관계가 다시 시작되었다. 그는 의무처럼 행했지만 싫지는 않은 모양이었다. 그녀는 다시 임신하는 순간 영원히 그 관계를 끊으리라 마음먹고, 혐오스럽고 괴롭지만 불가피한 일처럼 감내했다.

그러나 그녀는 남편의 애무가 전과 달라 보인다는 걸 곧 알아차렸다. 전보다 세련된 것 같지만 덜 완전했다. 그는 평온한 남편으로서가 아니라 신중한 애인으로서 잔느를 대했다.

그녀는 놀라서 관찰했고, 곧 그의 정사 행위가 수정이 이루어지기 직전에 멈춘다는 사실을 알아차렸다.

그래서 어느 날 밤, 입을 맞추면서 그녀가 중얼거렸다. "왜 당신은 예전처럼 내게 당신을 온전히 내주지 않는 거죠?"

그가 히죽거리며 말했다. "당신을 임신시키지 않으려는 거요."

그녀는 소스라쳤다. "당신은 왜 아이를 더 원치 않아요?"

그는 놀라서 마비된 것 같았다. "뭐라고? 당신 미쳤소? 아이를 더 갖겠다고? 아! 절대 안 될 일이지! 빽빽거리며 울고, 모든 사람을 정신없게 만들고, 돈도 드는데, 하나로도 많아. 아이를 하나 더 갖겠다고! 안 되지!"

그녀는 그를 끌어안고, 입 맞추고, 사랑으로 감싸며 속삭였다. "오! 제발, 한 번만 더 엄마가 되게 해줘요."

그러나 그는 그녀가 자신에게 상처라도 입힌 것처럼 화를 냈다. "정말이지 당신은 정신이 나갔군. 제발 어리석은 짓 말아요."

그녀는 입을 닫고 계략을 써서 그녀가 꿈꾸는 행복을 얻어내고 말리라 작심했다.

그래서 광적인 열정을 연기하고, 흥분한 척 두 팔로 그를 끌어안으며 정사 시간을 늘리려고 애썼다. 온갖 술책을 동원했다. 그러나 그는 자제했다. 단 한 번도 자제심을 잃지 않았다.

그러자 점점 더 집요한 욕망에 사로잡혀 극단까지 내몰린 그녀는 뭐든지 무릅쓰고 무엇이건 할 태세가 되어 피코 신부를 다시 찾아갔다.

신부는 점심식사를 끝내는 참이었다. 식사 후에는 늘 심장 박동이 빨라져 그는 얼굴이 몹시 빨개졌다. 잔느가 들어서는 걸 보자 그가 외쳤다. "어떻게 되셨습니까?" 자신의 중재 결과를 알고 싶었던 것이다.

이제는 수줍음도 잊고 확고한 결심이 선 그녀가 즉각 대답했다. "제 남편은 더 이상 아이를 원치 않아요." 흥미가 동한 신부는 고해실을 즐겁게 만드는 침실의 비밀을 파헤칠 태세로 호기심을 보이며 그녀를 향해 고개를 돌렸다. 그가 물었다. "어째서 그렇지요?" 그녀는 단호하게 마음을 먹었지만 막상 설명을 하려니 당황했다. "그러니까… 그이는 저를 어머니로 만들길 거부해요."

신부는 이해했다. 그런 일을 잘 알았던 것이다. 그래서 굶은 사람이 식탐을 드러내듯 자세하고 꼼꼼한 세부 사실을 물었다.

얼마 후 신부는 잠시 곰곰이 생각하다가 평온한 목소리로 마치 잘된 수확에 대해 이야기하듯이 그녀에게 모든 문제를 해결해 줄 교묘한 행동지침을 일러주었다. "부인에게는 한 가지 방법밖에 없습니다. 부인이 임신했다고 믿게 하는 겁니다. 그러면 더 이상 조심하지 않을 겁니다. 그러면 정말 임신하게 되실

263

거고요."

그녀는 눈까지 빨개질 정도로 얼굴을 붉혔다. 그러나 단단히 결심했기에 집요하게 물었다. "그런데… 그 사람이 믿지 않으면 어떡하죠?"

신부는 남자들을 이끌고 휘어잡는 방법도 잘 알고 있었다. "모든 사람에게 임신 사실을 알리세요. 가는 곳마다 얘기하세요. 결국 남편분도 믿게 될 겁니다."

그러더니 이 계략에 대한 죄를 사하려는 듯 덧붙였다. "이건 어디까지나 부인의 권리입니다. 교회는 남녀 사이의 관계를 오직 생산을 목적으로 했을 때만 허용하니까요."

그녀는 그 꾀바른 조언을 따랐고, 보름 뒤 쥘리앵에게 임신한 것 같다고 알렸다. 그가 펄쩍 뛰었다. "있을 수 없는 일이야! 그럴 리가 없어."

그녀는 그런 의심이 드는 이유를 말했다. 그러나 그는 애써 걱정을 떨치며 말했다. "조금 기다려 봅시다. 알게 되겠지."

그 후 그는 매일 아침 물었다. "어때요?" 그러면 언제나 그녀는 대답했다. "아니, 아직요. 임신한 게 아니라면 내가 잘못 생각한 거겠죠."

그는 이제 놀라다 못해 화를 내고 침통해했다. 그래서 거듭 말했다. "도무지 이해할 수가 없소. 어떻게 그런 일이 일어났는지 알 수만 있다면 내 목이라도 매겠어."

한 달 뒤 그녀는 사방에 소식을 알렸다. 복잡하고 미묘한 수치심 때문에 질베르트 백작 부인에게만 알리지 않았다.

첫 불안을 느낀 뒤로 쥘리앵은 더 이상 그녀를 가까이하지 않았다. 얼마 지나자 그는 화를 내면서 체념하고 선언했다. "바라지도 않은 아이가 하나 생겨 버렸군." 그러곤 다시 아내의 침실을 드나들었다.

사제가 예견했던 일이 실제로 이루어졌다. 그녀는 임신했다.

그러자 그녀는 미칠 듯 기뻐하며 매일 저녁 방문을 잠그고, 경외하는 막연한 신을 향해 감사의 마음을 품고 영원한 정절을 맹세했다.

이제 그녀는 다시 행복하다고 느꼈고, 어머니의 죽음이 남긴 고통이 빠르게 가라앉는 것에 놀랐다. 위로받을 길 없는 슬픔이라고 생각했는데 그 생생한 상처가 겨우 두 달 만에 아물고 있었다. 이제 그녀에게 남은 건 그녀의 인생에 슬픔의 장막처럼 드리운 아련한 우수뿐이었다. 앞으로는 어떤 사건도 그녀에게 일어나지 않을 것 같았다. 아이들은 자랄 테고, 그녀를 사랑할 것이다. 그녀는 남편에게 신경 쓰지 않고 조용히 기쁜 마음으로 늙어갈 것이다.

9월 말쯤, 피코 신부가 아직 일주일 치 얼룩밖에 없는 새 법의를 입고 의례적인 방문을 했다. 그는 후임자인 톨비악 신부를 소개했다. 마르고, 키가 아주 작고, 과장해서 말하는, 매우 젊은 사제였는데, 눈그늘이 지고 움푹 팬 두 눈에서 과격한 기질이 드러났다.

늙은 신부는 고데르빌의 주임사제로 임명되었다.

잔느는 그가 떠난다는 사실에 정말 슬펐다. 그 호인은 그녀의 모든 추억과 이어져 있었다. 그가 그녀의 결혼식을 집전했고, 폴에게 세례를 해주었으며, 남작 부인의 장례도 맡아 주었다. 농가 마당을 따라 지나가는 피코 신부의 뚱뚱한 배가 빠진 에투방은 상상할 수가 없었다. 그녀는 신부가 유쾌하고 자연스러워 좋아했다.

그는 승진을 했는데도 즐거워 보이지 않았다. 그는 말했다. "백작 부인, 마음이 아픕니다. 제가 이곳에서 지낸 세월이 18년입니다. 오! 이 마을은 소득도 별로 없고, 큰 가치도 없습니다. 남자들은 필요한 신앙심 이상을 갖고 있지 않고, 여자들은, 아시다시피, 행실이 그리 바르지 못합니다. 처녀들은 배가 부르고 나서야 결혼을 하러 성당을 찾습니다. 순결과 결혼을 상징하는 오렌지꽃이 이 고장에서는 그리 가치가 높지 않습니다. 그래도 할 수 없지요. 저는 이 마을을 사랑했습니다."

새 신부는 조급한 몸짓을 보였고, 얼굴이 붉어졌다. 그가 퉁명하게 말했다. "제가 있는 한 그 모든 게 달라져야 할 겁니다."
이미 낡았지만 깨끗한 법의를 걸친 그는 연약하고 깡말라서 꼭
성미 급한 아이 같아 보였다.

피코 신부는 곁눈질로 그를 바라보며, 기분 좋을 때 늘 하던
대로 말했다. "보세요, 신부님, 그런 걸 못하게 하려면 신도들을
묶어 둬야 할 겁니다. 아마 그래도 소용없을 겁니다만."

젊은 신부는 뻣뻣한 말투로 대답했다. "두고 보십시오." 그러
자 늙은 신부는 코담배를 들이마시며 미소 지었다. "나이가 들
면 차분해지실 겁니다, 신부님. 경험도 필요할 거고요. 잘못하
면 마지막 남은 신도들마저 성당에서 멀어지게 만들 뿐일 겁니
다. 이런 고장 사람들은 신도이긴 해도 개처럼 언제 돌변해서
물지 모르니 조심하세요. 몸이 좀 불어 보이는 처녀가 주일 강
론에 들어오는 걸 보면 나는 생각합니다. '저 처녀가 내게 교구
민을 한 사람 더 데려오는구나.' 그리고 그 처녀를 결혼시키려
고 애씁니다. 이곳 사람들이 잘못을 범하는 걸 막지는 못하실
겁니다. 그러나 남자를 찾아서 아이 엄마를 버리지 못하게 막
을 수는 있지요. 신부님, 그들을 결혼시키세요. 그 밖의 일은
신경 쓰지 마시고요."

새 신부는 퉁명스레 대답했다. "신부님과 저는 생각이 다릅
니다. 자꾸 얘기해 봐야 소용없겠습니다." 피코 신부는 자기 마

을을, 사제관 창문으로 바라보던 바다를, 성무일과서를 암송하러 들르던 깔때기 모양의 작은 계곡을 떠나는 걸 아쉬워했다.

두 사제는 작별 인사를 했다. 늙은 사제가 잔느를 끌어안자 잔느는 울음을 터뜨릴 뻔했다.

일주일 뒤, 톨비악 신부가 다시 찾아왔다. 그는 왕국을 차지하게 된 군주가 할 법한 식으로 자신이 수행할 개혁에 대해 말했다. 그러더니 자작 부인에게 주일 미사에 절대 빠지지 말고 모든 축일에 영성체를 하도록 당부했다. "부인과 저 같은 사람이 이 고장의 머리입니다. 우리가 이곳을 다스리고 귀감이 될 모범을 보여야 합니다. 우리가 하나가 되어야 힘도 얻고 존경도 받습니다. 교회와 성城이 손을 잡으면 초가는 우리를 두려워하고 우리에게 복종할 겁니다."

잔느의 종교는 대단히 감정적이었다. 여자들이 대개 품는 몽상적인 믿음이었다. 그녀가 종교적 의무를 행한다면 그건 무엇보다 수녀원에서 들인 습관 때문이었다. 남작의 비판적인 철학이 이미 오래전에 그녀의 종교적 신념을 무너뜨렸던 것이다.

피코 신부는 그녀가 그에게 줄 수 있는 적은 것에 만족했고, 그녀에게 훈계를 늘어놓는 법이 없었다. 그러나 그의 후임자는 지난 일요일 미사에서 그녀가 보이지 않자 불안하고 준엄한 얼굴로 달려온 것이다.

그녀는 사제관과 등지는 걸 바라지 않아서 첫 몇 주 동안이라도 성의 있게 근면한 모습을 보일 작정이었다.

그러나 차츰 성당에 습관이 들었고, 허약하면서 강직하고 위압적인 그 사제에게 영향을 받았다. 그 광신적인 신부의 열성과 열의가 그녀는 마음에 들었다. 그는 모든 여자들의 영혼에 깃든 종교적 시정詩情의 현을 그녀 내면에서 울리게 했다. 그의 완고한 엄격함, 세속과 육체적 쾌락에 대한 경멸, 인간적 관심사에 대한 혐오, 하느님을 향한 사랑, 거칠고 젊은 미숙함, 딱딱한 말투, 완고한 의지가 잔느에게는 순교자가 마땅히 갖춰야 할 면모라는 인상을 안겼다. 이미 환멸을 맛보고 고통받고 있던 그녀는 하늘의 대리자인 이 어린 신부의 강직한 광신에 매혹되었다.

그는 종교의 경건한 기쁨이 어떻게 그녀의 모든 고통을 가라앉히는지 보여 주면서 그녀를 위로자 그리스도 곁으로 인도했다. 그녀는 고해소에서 열다섯 살밖에 되지 않아 보이는 이 신부 앞에 겸허하게 무릎 꿇고서 스스로 작고 나약한 존재라고 느꼈다.

그러나 신부는 곧 시골 사람 모두가 싫어하는 인물이 되었다.

자기 자신에게도 엄격함을 굽히지 않는 그는 다른 사람들에게도 냉혹한 불관용의 태도를 보였다. 특히 한 가지 일에 그는 격노하고 부아가 치밀어 올랐는데, 바로 사랑이었다. 그는 강론할 때 성직자의 관행에 따라 노골적인 표현을 써서 사랑에 대해 말하며 격분했다. 시골 청중에게 쩌렁쩌렁한 목소리로 육욕을 단죄했다. 그는 화가 나서 말할 때 그 이미지들이 머릿속에 떠올라 분노로 몸을 떨었고, 발까지 굴렀다.

다 큰 사내애들과 여자애들은 성당에서 은밀한 눈길을 주고받았다. 이런 일에 대해 농담하길 좋아하는 늙은 농부들은 미사를 끝내고 파란 작업복 차림의 아들과 검은 외투를 걸친 아내와 함께 농가로 돌아가면서 그 작은 신부의 편협함을 좋게 말하지 않았다. 그래서 온 고장이 술렁였다.

사람들은 고해소에서 신부가 보이는 엄격한 태도에 대해, 그리고 그가 부과하는 혹독한 고행에 대해 목소리 낮춰 수군댔다. 그가 순결을 훼손한 여자애들에게 사면을 고집스레 거부하자 조롱마저 끼어들었다. 축일의 대미사 때 젊은 사람들이 다른 사람들처럼 앞으로 나가서 성체 배령을 하지 않고 그냥 자리에 남아 있는 걸 보고 모두들 대미사를 비웃었다.

곧 그는 마치 밀렵꾼들을 추격하는 감시인처럼 사랑하는 연인들의 만남을 가로막기 위해 염탐했다. 그리고 달밤에 도랑 주변에서, 헛간 뒤에서, 해안가 작은 언덕의 골풀 덤불 속에서 연인들을 내몰았다.

한번은 자기 앞에서도 떨어지지 않는 두 연인을 발견했다. 그들은 서로 허리를 끌어안고, 자갈 가득한 협곡에서 키스를 나누며 걷고 있었다.

신부가 외쳤다. "상스러운 것들 같으니, 그만두지 못해!"

그러자 남자가 돌아보며 대답했다. "신부님, 신경 끄세요. 신부님과 상관없는 일이잖아요."

신부는 돌멩이를 주워 개들에게 하듯 그들에게 던졌다.

두 남녀는 웃으며 달아났다. 다음 일요일에 그는 신자들 앞에서 두 사람의 이름을 밝혔다.

이 고장의 모든 청년들이 미사에 가는 걸 그만두었다.

신부는 매주 목요일마다 성에서 저녁식사를 했고, 평일에도 자신의 고해자와 얘기하려고 자주 들렀다. 잔느도 신부처럼 흥분해서 비물질적인 것들에 대해 토론하며 복잡한 종교적 논쟁의 오래된 온갖 쟁점들을 다루었다.

두 사람은 그리스도와 사도들에 대해, 성모와 교회 교부들에 대해 마치 잘 아는 사람들에 대해 말하듯 얘기하며 남작 부인의 산책로를 따라 함께 거닐었다. 이따금 멈춰 서서 심오한 문제들을 제기하고 불가사의한 말을 횡설수설 주고받았다. 그녀는 불꽃처럼 하늘로 솟구치는 시적 추론에 빠져 길을 잃었고, 조금 더 명확한 신부는 원의 구적을 수학적으로 증명하려는 편집광처럼 논증을 늘어놓았다.

쥘리앵은 존경심을 갖고 새 신부를 대하며 거듭 말했다. "저 신부는 타협을 하지 않아서 마음에 들어." 그리고 자주 고해도 했고, 기꺼이 성체 배령을 해 모범을 보였다.

이제 그는 거의 매일 푸르빌 댁으로 갔고, 그 없이는 지내지 못하게 된 그 집 남편과 사냥을 했으며, 백작 부인과 함께 비가 오거나 날씨가 궂어도 말을 탔다. 백작은 말했다. "두 사람은 말에 미쳤어요. 그렇지만 아내가 좋아하니."

11월 중순쯤에 남작이 돌아왔다. 그는 변해 있었다. 늙고, 생기를 잃었으며, 정신까지 잠식한 듯한 암울한 슬픔에 젖어 있었다. 몇 달 동안의 고독이 애정과 신뢰와 자애의 욕구를 키웠는지 딸을 향한 사랑은 더 깊어진 것 같아 보였다.

잔느는 자신의 새로운 생각과 톨비악 신부와의 친밀한 관계, 종교적 열정을 아버지에게 털어놓지 않았다. 그러나 남작은 신부를 처음 보자마자 격렬한 반감을 느꼈다.

그날 저녁 잔느가 "신부님에 대해 어떻게 생각하세요?" 하고 묻자 남작은 대답했다. "그 사람은 꼭 종교재판관 같더구나! 아주 위험한 인물일 거야."

그 후 친한 농부들을 통해 젊은 신부의 엄격함과 난폭함에 대해, 타고난 본능과 자연법칙에 그가 가하는 박해에 대해 알게 되었을 때 남작은 신부를 향한 증오심이 깨어나는 걸 느꼈다.

남작은 자연을 예찬하는 옛 철학자들과 같은 부류의 사람이어서 동물 두 마리가 교접하는 걸 봐도 감동했고, 범신론적 신 앞에서는 무릎을 꿇어도 부르주아적 성향에 위선적인 분노와 폭군 같은 복수 기질을 띤 가톨릭 개념의 신 앞에서는 발끈했다. 그가 보기에 가톨릭의 신은 그가 막연히 생각한 창조를, 운명적이며 무한하고 전능한 창조를, 생명과 빛, 땅, 생각, 식물, 바위, 인간, 공기, 짐승, 별, 신, 곤충, 피조물인 동시에 창조물인 창조를 깎아내리는 존재였다. 의지보다 강하고, 추론보다 방대하며, 우연의 필연성에 따라, 세상을 덥히는 여러 태양의 근접 정도에 따라 목적도 없이, 이유도 없이, 무한한 공간 속에서 모든 방향과 모든 형태에서 한계 없이 산출하는 창조 말이다.

창조는 모든 싹을 내포하고 있기에 생각과 생명이 그 안에서 나무의 꽃과 열매처럼 자란다.

따라서 그에게는 번식이 보편적인 위대한 법칙이요, 보편적 존재의 한결같은 난해한 의지를 실현하기에 존중받아 마땅한, 신성하고 성스러운 행위였다. 그래서 그는 이 농가 저 농가를 다니면서 생명을 박해하고 관용을 모르는 신부에 반대하는 행동을 개시했다.

잔느는 그 상황을 애석해하며 주님께 기도하고, 아버지에게 애원했다. 그러나 그는 언제나 이렇게 대답했다. "저런 사람과는 싸워야 해. 이건 우리의 권리이고 의무야. 저런 사람들은 인간이 아니야." 그는 긴 백발을 흔들며 거듭 말했다. "저들은 인간이 아니야. 아무것도 이해 못해. 아무것도. 저들은 파멸의 꿈에 빠져 행동하고 있어. 반反물리적인 사람들이지." 그는 저주라도 퍼붓듯 큰 소리로 외쳤다. "반물리적인 자들이야!"

신부는 남작이 적임을 잘 간파했지만, 반드시 성城과 젊은 부인의 지배자로 남고 싶었기에 최종 승리를 확신하고 기회만 엿보았다.

한 가지 강박적인 생각이 그를 떠나지 않았다. 그는 쥘리앵과 질베르트의 연애를 우연히 알게 되었는데, 무슨 수를 써서라도 그 관계를 끊어 놓고 싶었던 것이다.

어느 날 그는 잔느를 찾아와서 광신적인 면담을 길게 나눈 뒤 그녀에게 그와 합세해서 그 집안에 닥친 악을 무찌르고 위험에 빠진 두 영혼을 구하자고 청했다.

그녀는 그 말을 알아듣지 못하고 무슨 뜻인지 알고 싶어 했다. 신부가 대답했다. "아직 때가 되지 않았습니다. 곧 다시 뵈러 오겠습니다." 그러곤 불쑥 떠났다.

겨울이 끝나 가고 있었다. 축축하고 미적지근한 겨울, 밭일

하는 사람들의 말로는 썩은 겨울이었다.

신부는 며칠 뒤에 다시 찾아와서 모범을 보여야 할 사람들 사이의 부적절한 관계에 대해 모호한 말로 얘기했다. 모든 수단을 동원해 그 관계를 중단시키는 것이 그 사실을 아는 사람들의 의무라고 그는 말했다. 그러곤 고상하고 엄숙한 말을 늘어놓더니 잔느의 손을 잡고는 눈을 뜨고 사태를 깨닫고 자기를 도와 달라고 청했다.

이번에는 잔느도 이해했지만, 조용한 집안에 발생할지 모를 괴로운 일들을 생각하고는 질겁해서 입을 다물었고, 신부가 무슨 말을 하는지 알아듣지 못한 척했다. 그러자 신부는 더 이상 머뭇거리지 않고 확실하게 말했다.

"백작 부인,* 제가 수행하려는 건 괴로운 의무입니다. 하지만 달리 어쩔 도리가 없습니다. 제가 맡은 직무가 부인께서 막을 수 있는 일을 모르도록 내버려 두지 말라고 명령하니까요. 부인의 남편께서 푸르빌 부인과 죄가 되는 관계를 맺고 계시다는 사실을 아셔야 합니다."

그녀는 체념하고 힘없이 고개를 숙였다.

신부가 다시 말했다. "어떻게 하시렵니까, 이제?"

* '백작 부인'은 원문 그대로임.

그러자 그녀가 더듬거리며 말했다. "신부님, 제가 어떻게 하길 바라세요?"

그가 맹렬히 대답했다. "그 죄진 열정을 막는 일에 뛰어드십시오."

그녀는 울음을 터뜨렸고, 비통한 목소리로 말했다. "그렇지만 그 사람은 이미 저를 속이고 하녀와도 바람을 피운 적이 있어요. 그는 제 말도 듣지 않고, 더 이상 저를 사랑하지도 않습니다. 제가 마음에 들지 않는 말을 하면 바로 제게 난폭하게 굽니다. 그러니 제가 뭘 할 수 있겠어요?"

신부는 단도직입적으로 대답하지 않고 외쳤다. "그렇다면 굴복하시는 겁니다! 체념하시는 거예요! 승낙하는 거라고요! 간통이 부인의 지붕 아래에서 벌어지고 있어요. 그런데 그걸 묵인하다니요! 범죄가 부인 눈앞에서 벌어지는데 외면하시는 겁니까? 부인은 아내가 맞습니까? 기독교인이 맞습니까? 어머니가 맞아요?"

그녀는 흐느꼈다. "제가 어떻게 하면 좋겠습니까?"

그가 응수했다. "이런 치욕을 허용하지 말고 뭐든지 하세요. 뭐든지. 그 사람과 헤어지세요. 이 더러운 집에서 달아나세요."

그녀가 말했다. "그렇지만 신부님, 제겐 돈도 없어요. 이젠 용기도 없고요. 게다가 증거도 없이 어떻게 떠나죠? 제겐 그럴 권리조차 없어요."

사제가 몸을 부르르 떨며 일어섰다. "부인께서는 비겁함을 따르고 있어요. 부인께서는 다른 줄 알았습니다. 부인도 하느님의 자비를 받을 자격이 없군요."

그녀는 무릎을 꿇고 쓰러졌다. "오, 제발, 저를 버리지 마시고 조언을 해주세요."

그가 퉁명한 목소리로 말했다. "푸르빌 씨의 눈을 뜨게 하세요. 이 관계를 깨는 건 그 사람이 할 일입니다."

그 생각에 그녀는 공포에 사로잡혔다. "그랬다간 그가 두 사람을 죽일 겁니다, 신부님! 저는 밀고를 하게 되고요! 오! 그건 절대 안 됩니다!"

그러자 신부는 격분해서 그녀에게 저주라도 내리려는 듯이 한 손을 들어 올렸다. "그렇다면 수치와 죄악 가운데 머물러 계세요. 부인은 그들보다 더 죄인이 되는 겁니다. 참으로 관대한 아내이시군요! 더는 제가 여기서 할 일이 없네요."

그러더니 그는 너무 격분해서 온몸을 부르르 떨며 떠났다.

그녀는 양보할 작정으로, 약속하겠노라고 말하려고 정신없이 신부를 따라갔다. 그러나 신부는 여전히 분노로 치를 떨며 거의 자기 키만 한 긴 파란색 우산을 흔들며 성큼성큼 걸어갔다.

그는 쥘리앵이 가지치기 작업을 지시하며 울타리 옆에 서 있는 걸 보았다. 그러자 왼쪽으로 꺾어 쿠이아르 농장을 가로질렀다. 그가 거듭 말했다. "부인, 날 내버려 두세요. 더는 부인께 드릴 말이 없어요."

신부가 지나는 길 마당 한가운데 쿠이아르 집안 아이들과 이웃집 아이들이 암캐 미르자의 우리 주변에 모여 말없이 집중해서 뭔가를 신기하게 바라보고 있었다. 아이들 가운데 남작이 뒷짐을 지고 서서 역시나 호기심을 보이며 바라보고 있었다. 마치 학교 선생 같았다. 그런데 멀리서 사제를 보고 남작은 그와 인사하고 말 섞는 걸 피하려고 그 자리를 떴다.

잔느가 애원하며 말했다. "신부님, 며칠만 주세요. 성으로 돌아오세요. 제가 할 수 있는 일과 준비할 것을 말씀드릴게요. 함께 상의해요."

두 사람은 아이들이 모여 있는 근처에 이르렀다. 신부는 그렇게 아이들의 관심을 끄는 것이 무엇인지 보려고 다가갔다. 개가 새끼를 낳고 있었다. 우리 앞에는 이미 다섯 마리의 새끼가 어미 주위에서 오글거리고 있었다. 어미는 힘없이 모로 누워 다정하게 새끼를 핥고 있었다. 신부가 몸을 숙여 바라보던 순간, 경련하던 개가 몸을 길게 뻗었고, 여섯 번째 새끼가 보였다. 그러자 아이들은 모두 기뻐서 손뼉을 치며 소리 지르기 시작했다. "또 한 마리가 나왔어. 또 한 마리야!" 아이들에게 그것은 놀이였다. 어떤 불순함도 끼어들지 않은 자연스러운 놀이였다. 아이들은 사과가 떨어지는 걸 바라보듯이 그 탄생을 응시했다.

톨비악 신부는 처음엔 어리둥절한 채 서 있다가 참을 수 없는 분노에 사로잡혀 커다란 우산을 들어 올리더니 모여 있는 꼬마들의 머리통을 있는 힘껏 후려쳤다. 놀란 아이들은 걸음아 날 살려라 하고 달아났다. 신부는 분만 중인 개와 마주하게 되었다. 개는 일어서려고 애쓰고 있었다. 신부는 어미 개가 다리를 딛고 설 여유조차 주지 않고 미친 듯이 팔을 휘둘러 개를 두들겨 패기 시작했다. 묶인 개는 달아나지도 못하고 맞고는 버둥거리며 끔찍한 신음 소리를 냈다. 우산이 부러졌다. 그러자 빈손이 된 신부는 개 몸에 올라가 미친 듯이 밟고 뭉개고 짓이겼다. 그 압박에 마지막 새끼가 세상 밖으로 튀어 나왔다. 눈도 뜨지 못하고 깨갱거리며 젖꼭지를 찾고 있는 갓난 새끼들 틈에서 피투성이가 된 채 아직 꿈틀거리는 어미 개를 신부는 뒤축으로 광포하게 밟아 죽였다.

잔느는 달아났다. 사제는 갑자기 목덜미가 잡히는가 싶더니 따귀를 얻어맞았고, 그의 삼각모가 날아갔다. 격노한 남작이 그를 울타리까지 끌고 가 길바닥에 내동댕이쳤다.

르 페르튀 씨가 돌아오니 자기 딸이 무릎을 꿇고 갓 태어난 강아지들 틈에 앉아 흐느끼며 강아지들을 치마폭에 담고 있었다. 그는 성큼성큼 딸 곁으로 돌아와 손짓을 하며 외쳤다. "봤지, 사제복을 입은 저 인간을! 이제 봤어?"

농부들이 달려왔고, 모두가 배가 터진 짐승을 쳐다보았다. 쿠이아르 어멈이 외쳤다. "어떻게 저렇게 잔인할 수 있지!"

잔느는 강아지 일곱 마리를 데리고 와서 자신이 기르겠다고 했다.

강아지들에게는 우유를 먹이려고 시도해 보았다. 세 마리가 다음 날 죽었다. 그러자 시몽 영감이 젖 먹일 개를 찾으려고 온 동네를 돌아다녔다. 개는 찾지 못했지만, 암코양이 한 마리를 데려와서 고양이가 할 수 있을 거라고 했다. 강아지 세 마리가 더 죽어서 마지막 남은 강아지를 유모 고양이에게 맡겼다. 고양이는 새끼를 이내 받아들이고, 모로 누워 젖꼭지를 물렸다.

강아지를 먹이느라 양어미가 기진맥진하지 않도록 보름 뒤에는 젖을 뗐고, 잔느가 젖병으로 직접 먹였다. 그녀는 강아지의 이름을 토토라고 지었다. 남작이 독단적으로 이름을 바꿔, 강아지를 '학살'을 뜻하는 '마사크르'로 불렀다.

신부는 다시 오진 않았지만, 다음 일요일 강론에서 성을 향해 저주와 주술과 협박을 퍼부었고, 상처는 인두로 지져야 한다고 말하며 남작을 맹렬히 비난했는데, 남작은 비웃을 뿐이었다. 신부는 쥘리앵의 새 연애에 대해서는 아직은 어렴풋이 암시만 했다. 자작은 격분했지만 추문을 겁내 화를 삭였다.

신부는 강론을 할 때마다 복수를 예고했고, 하느님의 시간이 다가오고 있으니 그의 적들은 모두 호되게 당할 것이라고 예언했다.

쥘리앵은 주교에게 정중하면서 단호한 편지를 썼다. 톨비악 신부는 불명예를 당할 위기에 처했다. 그러자 입을 다물었다.

이제는 신부가 홀로 상기된 표정으로 성큼성큼 걸으며 오래도록 산책하는 것이 눈에 띄었다. 질베르트와 쥘리앵은 승마 산책을 하면서 자주 그를 보았다. 때로는 멀리 들판 끝이나 절벽 가장자리에 검은 점처럼 자리한 그를, 때로는 협곡에 들어서다가 성무일과서를 읽고 있는 그를 보곤 했다. 그러면 두 사람은 그의 곁을 지나가지 않으려고 고삐를 돌리곤 했다.

봄이 왔고, 그들의 사랑도 되살아나서 두 사람은 때로는 여기서, 때로는 저기서, 산책이 이끄는 모든 피신처 아래에서 매일같이 서로의 품에 안겼다.

나뭇잎들이 아직 여리고 풀이 축축해서 한여름처럼 숲속 잡목림 깊이 들어갈 수가 없었기에 대개 그들은 자신들의 포옹을 숨기기 위해 지난가을부터 보코트 언덕 꼭대기에 방치되어 있는 목동의 이동식 오두막을 이용했다.

그 바퀴 달린 오두막은 절벽에서 5백 미터 떨어진 곳, 계곡의 가파른 내리막이 막 시작되는 지점에 덩그러니 남아 있었다. 그곳에서는 들판을 내려다볼 수 있었기에 갑자기 들킬 일이 없었다. 말들은 끌채에 매인 채 그들이 정사에 지칠 때까지 기다렸다.

그러던 어느 날, 그들이 막 그 피신처를 떠나려던 순간, 언덕의 골풀 숲에 거의 숨어서 앉아 있는 톨비악 신부를 보았다. "말을 협곡에 두어야겠어요. 말 때문에 멀리서도 우리가 어디 있는지 알겠어요." 그 후로 그들은 말을 가시덤불이 우거진 골짜기 한쪽 구석에 매어 두는 습관이 들었다.

어느 날 저녁, 두 사람은 백작과 함께 저녁식사를 하기로 되어 있는 브리예트로 돌아오다가 성에서 나오는 에투방의 신부와 마주쳤다. 그는 한쪽 옆으로 비켜 두 사람이 지나가게 했고, 그들이 그의 눈을 보지 못하게 고개 숙여 인사했다.

순간, 그들 마음에 불안감이 엄습했지만 이내 사라졌다.

그러던 어느 날 오후, 바람이 심하게 불어(5월 초순이었다) 불가에서 책을 읽고 있던 잔느는 푸르빌 백작이 몹시도 바삐 걸어오고 있는 걸 보고 불행이 닥쳤음을 직감했다.

그녀는 그를 맞이하려고 서둘러 내려갔다. 그와 마주하고 그녀는 혹시 그가 미친 게 아닐까 생각했다. 그는 집에서만 쓰는 커다란 털모자에 사냥 차림을 하고 있었는데, 얼굴이 너무 창백해서 평소에는 붉은 혈색 때문에 눈에 띄지 않던 불그스름한 콧수염이 마치 불꽃처럼 보였다. 그는 험상궂은 눈을 정신없이 사방으로 굴렸다.

그가 더듬거리며 말했다. "제 아내가 여기 있죠?" 잔느는 당황해서 대답했다. "아뇨. 오늘은 전혀 보지 못했어요."

그러자 그는 마치 다리가 부러진 것처럼 털썩 주저앉더니 모자를 벗고 손수건으로 이마를 거듭 닦았다. 그러다 벌떡 일어나 잔느를 향해 두 손을 내밀고 뭔가 말하려는 듯, 어떤 끔찍한 고통을 그녀에게 털어놓으려는 듯 입을 벌린 채 다가왔다. 그러더니 멈춰 서서 그녀를 뚫어져라 쳐다보며 헛소리처럼 내뱉었다. "부인의 남편이… 부인도……." 그러곤 바다 쪽으로 달려갔다.

잔느는 그를 멈춰 세우기 위해 겁에 질린 채 그의 이름을 부르며 애원했고, 달려가면서 생각했다. '그가 전부 알았어! 어쩌려는 걸까? 오! 제발 두 사람을 찾지 못해야 할 텐데!'

그러나 그녀는 그를 따라잡지 못했고, 그는 그녀의 말을 듣지 못했다. 그는 목표를 확신하고는 머뭇거리지 않고 앞으로 달려 나갔다. 도랑을 건너고 거인의 걸음으로 골풀 밭을 지나 절벽으로 갔다.

잔느는 나무가 심어진 비탈에 선 채 오래도록 눈으로 그를 좇았다. 그러다 그가 시야에서 벗어나자 불안에 떨며 집으로 돌아갔다.

그는 오른쪽으로 돌았고, 달리기 시작했다. 일렁이는 바다에서 파도가 몰아쳤다. 시커먼 먹구름이 미친 듯한 속도로 몰려왔다가 지나갔고, 또 다른 구름이 몰려왔다. 구름이 올 때마다 언덕에 소나기가 쏟아졌다. 바람은 휘파람 소리를 내며 구슬프게 신음했고, 풀을 뽑았고, 어린 수확물을 쓰러뜨렸으며, 크고 흰 새들을 마치 거품인 양 멀리 실어가 땅에 내동댕이쳤다.

우박 섞인 소나기가 백작의 얼굴을 후려쳤고, 뺨과 콧수염을 흠뻑 적셨으며, 요란한 소리로 귓속을 채워 심장을 펄떡이게 했다.

저 아래, 그의 앞에, 보코트 골짜기가 깊은 협곡을 드러냈다. 거기까지는 양 없는 목초지에 목동의 오두막 하나 외엔 아무것도 보이지 않았다. 말 두 마리가 바퀴 달린 이동식 오두막의 뜰채에 매어져 있었다. ……이런 날씨에 그들이 무얼 겁냈겠는가?

말을 보자 백작은 땅에 엎드렸다. 그러곤 두 손과 무릎으로 기어갔는데, 진흙투성이가 된 거구가 짐승 털이 달린 모자까지 썼으니, 그야말로 괴물 같았다. 그는 외딴 오두막까지 기어가서 나무판자 틈새로 발각되지 않으려고 오두막 밑에 숨었다.

말들이 그를 보고 동요했다. 그는 손에 빼들고 있던 칼로 말의 고삐를 천천히 잘랐다. 그때 돌풍이 불어와 목재 오두막의 기울어진 지붕을 때려 바퀴 달린 오두막을 흔들자 말들은 질겁해서 달아났다.

그러자 백작은 일어나서 눈을 문 밑에 갖다 대고 안을 살폈다.

그러곤 더는 움직이지 않았다. 기다리는 것 같았다. 꽤 긴 시간이 흘렀다. 머리부터 발끝까지 진흙투성이가 된 그가 갑자기 일어섰다. 그는 미친 사람처럼 밖에서 빗장을 질렀고, 끌채를 쥐고 오두막을 흔들기 시작했다. 그 집을 산산조각 내고 싶어 하는 것처럼 보였다. 그러다 별안간 끌채를 둘러메고 큰 키를 굽히더니 혼신의 힘을 다해 헐떡이며 소처럼 오두막을 끌었다. 그는 이동식 오두막과 그 안에 든 사람들을 가파른 비탈 쪽으로 끌었다.

오두막 안 사람들은 무슨 일이 일어난 건지 영문을 모른 채 주먹으로 벽을 치며 소리를 질렀다.

비탈 꼭대기에 이르자 그는 그 가벼운 오두막을 내려놓았고, 오두막은 가파른 비탈로 굴러 내려가기 시작했다.

오두막은 미친 듯이 속도가 붙어 점점 더 빨리 떨어지면서 끌채로 바닥을 치고 짐승처럼 솟구쳤다가 비틀거리며 굴러갔다.

도랑에 웅크리고 있던 웬 늙은 걸인이 그것이 자기 머리 위로 쏜살같이 지나가는 걸 보았다. 나무 오두막 속에서 내지른 끔찍한 비명 소리도 들었다.

갑자기 충격으로 바퀴 하나가 떨어져 나가자 오두막은 옆으로 쓰러지더니 다시 공처럼 굴러 내려갔다. 마치 집 한 채가 뿌리 뽑혀 산꼭대기에서 굴러떨어지는 것 같았다. 오두막은 마지막 협곡 끄트머리에 이르러 곡선을 그리며 튀어 오르더니 바닥에 떨어지면서 계란처럼 터졌다.

오두막이 돌바닥에 부딪쳐 부서지자 그것이 지나가는 걸 본 걸인이 덤불을 헤치고 잰걸음으로 내려왔다. 그는 촌부다운 조심성을 보이며 배가 갈라진 오두막 가까이 다가가지도 못하고 사고 소식을 전하러 이웃 농가로 달려갔다.

사람들이 달려왔다. 그들은 잔해를 들어 올리고 시신 두 구를 발견했다. 시신은 온통 다치고, 부서지고, 피투성이였다. 남자는 이마가 쪼개지고, 얼굴 전체가 으깨져 있었다. 여자는 턱뼈가 떨어져 덜렁거리고 있었다. 부러진 사지는 살 아래 뼈가 없는 것처럼 흐물거렸다.

그럼에도 두 사람을 알아볼 수는 있었다. 사람들은 그 불행의 원인을 오래도록 추론했다.

"오두막에서 이 양반들이 뭘 하고 있었을까?" 웬 여자가 말했다. 그러자 늙은 걸인이 돌풍을 피하려고 저 안에 피신한 모양인데, 성난 바람이 오두막을 뒤엎고 굴러떨어뜨렸을 거라고 이야기했다. 그리고 자신도 거기로 피신할까 했는데, 끌채에 말이 매어 있는 걸 보고서 누가 있나 보다 생각했다고 말했다.

그가 흡족한 얼굴로 덧붙였다. "안 그랬으면 내가 저 꼴이 되었겠지." 웬 목소리가 말했다. "그러는 편이 낫지 않았을까?" 그러자 남자는 버럭 화를 냈다. "어째서 그게 나아? 나는 가난하고, 저 사람들은 부자라서 그런 거야! 지금 저 사람들 꼴을 봐……." 남자는 누더기 차림에 푹 눌러쓴 모자에서 흘러내리는 긴 머리카락과 수염이 뒤엉키고 물이 뚝뚝 떨어지는 불결한 몰골로 벌벌 떨며 꼬부라진 지팡이 끝으로 두 시신을 가리키며 말했다. "죽음 앞에서는 우리 모두가 평등한 거야."

다른 농부들도 왔다. 그들은 불안하고, 음험하고, 놀라고, 이기적이고 비겁한 눈길로 곁눈질했다. 그러더니 어떻게 할지 의논했다. 보상을 생각하고 시신을 성으로 가져가기로 결정이 났다. 따라서 마차 두 대가 준비되었다. 그러나 또 다른 어려움이 발생했다. 몇몇은 마차 바닥에 짚만 깔자고 했고, 몇몇은 예의상 매트리스를 깔자는 의견이었다.

조금 전에 말한 여자가 외쳤다. "그러면 매트리스에 피가 잔뜩 묻을 텐데 양잿물로 다시 빨아야 할 거예요."

그러자 유쾌한 표정의 뚱뚱한 농부가 말했다. "그 값도 치를 텐데 뭐. 필요한 게 많을수록 값을 비싸게 치르게 될 거잖나." 이 논거가 결정적이었다.

용수철 없는 바퀴에 높게 매단 마차 두 대가 하나는 오른쪽으로, 하나는 왼쪽으로 떠났다. 마차가 바퀴 자국의 요철을 만날 때마다 한동안 부둥켜안았지만 이제 다시는 만나지 못하게 된 두 사람의 유해가 흔들리고 덜컹거렸다.

백작은 오두막이 가파른 비탈로 굴러떨어지는 걸 보자마자 비바람을 맞으며 있는 힘껏 달려서 달아났다. 도로를 가로지르고, 잡목림을 뛰어넘고, 울타리를 통과하며 몇 시간 동안 달렸다. 그렇게 어떻게 왔는지 모른 채 해질 무렵 집으로 돌아왔다.

겁에 질린 하인들이 그를 기다리고 있다가 두 마리 말이 주인 없이 막 돌아왔다고 알렸다. 쥘리앵의 말이 백작 부인의 말을 따라온 것이다.

그러자 푸르빌 씨는 비틀거렸다. 더듬거리는 목소리로 그가 말했다. "이런 험악한 날씨에 무슨 사고가 난 모양이네. 모두 나서서 두 사람을 찾아보게."

그도 다시 떠났다. 그러나 사람들의 시야에서 벗어나자마자 그는 가시덤불 아래 숨어서 죽었거나 죽어가거나 아니면 불구가 되었거나 영원히 얼굴을 알아보지 못하게 되었을, 그가 지독한 열정으로 아직도 사랑하고 있는 아내가 돌아올 도로를 염탐했다.

곧 마차 한 대가 무언가 이상한 것을 싣고서 그의 앞을 지나갔다.

마차는 성 앞에 멈춰 서더니 들어갔다. 그것이었다. 아니 그녀였다. 그러나 무시무시한 불안이 그를 그 자리에서 꼼짝 못하게 못 박았다. 알게 될 것이 끔찍하게 두렵고, 진실이 공포스러웠다. 그는 산토끼처럼 웅크린 채 옴짝달싹 못 하고 조그만 소리에도 소스라치게 놀랐다.

그렇게 한 시간, 어쩌면 두 시간을 기다렸다. 마차는 나오지 않았다. 그는 자기 아내가 죽어가고 있다고 생각했다. 그녀를 보고, 그녀의 눈길을 마주칠 생각만 해도 공포가 엄습해 왔지만, 숨어 있다가 발각될 것이 불현듯 겁이 나서 집으로 돌아가 그 임종을 지켜보아야 한다고 생각은 했지만, 정작 숲 한가운데까지 또 달아났다. 그러다 문득, 어쩌면 아내에게 도움이 필요할지도 모르며, 누구도 그녀를 도울 수 없을지 모른다는 생각이 들었다. 그래서 미친 듯이 달려서 돌아왔다.

그는 돌아가다가 정원사를 만나자 그에게 외쳤다. "어떻게 됐나?" 정원사는 차마 대답하지 못했다. 그러자 푸르빌 씨는 거의 울부짖다시피 했다. "죽었나?" 하인이 우물쭈물 말했다. "네, 백작님."

그는 무한한 안도감을 느꼈다. 갑작스레 평온이 핏속과 펄떡이는 근육 속으로 스며들었다. 그는 단호한 걸음으로 현관 계단을 올라갔다.

다른 마차는 푀플에 도착했다. 잔느는 멀리서 얼핏 보니 매트리스가 깔려 있어 그 위에 시신이 누워 있겠다고 짐작했고, 모든 걸 알아차렸다. 그러곤 감정이 격해져서 의식을 잃고 쓰러졌다.

그녀가 정신을 차렸을 때 아버지가 그녀의 머리를 받치고 식초로 관자놀이를 적시고 있었다. 그가 머뭇거리며 물었다. "너 아니?……." 그녀가 웅얼거렸다. "네, 아빠." 그녀는 몸을 일으키려 했으나 너무 힘들어서 그러지 못했다.

그날 저녁 그녀는 사산했다. 딸이었다.

그녀는 쥘리앵의 장례식은 전혀 보지 못했다. 아무것도 알지 못했다. 하루 이틀 지나서 리종 이모가 와 있다는 사실만 알아차렸다. 열에 들뜬 악몽에 시달리면서 그녀는 노처녀 이모가 언제, 어느 시기, 어떤 상황에서 푀플을 떠났었는지 기억해 내려 고집스레 애썼다. 그러나 정신이 명료할 때조차도 그건 기억해 내지 못했다. 어머니의 죽음 직후에 이모를 보았다는 것만 확신했다.

11

그녀는 석 달 동안 방에만 머물렀다. 너무 허약하고 창백해져서 사람들은 이제 그녀가 가망이 없다고 생각했고, 그렇게들 말했다. 그런데 그녀는 차츰 생기를 되찾았다. 아버지와 리종 이모가 쾨플 성에 자리 잡고 그녀 곁을 떠나지 않았다. 이번 충격으로 그녀는 신경병을 얻었다. 조그만 소리에도 정신을 잃었고, 알 수 없는 원인으로 오래도록 가사 상태에 빠졌다.

그녀는 쥘리앵의 죽음에 관해 자세한 얘기를 결코 묻지 않았다. 뭐가 중요하겠는가? 충분히 알지 않는가? 모두가 사고라고 믿었지만 그녀는 속지 않았다. 그녀는 그 비밀을 마음에 묻어 두었고, 그것 때문에 괴로워했다. 백작이 불륜 사실을 알고 무섭게 화가 나서 갑자기 찾아왔고, 그날 참사가 일어났다.

이제 그녀의 마음엔 남편이 오래전에 안겨 준 짧은 사랑의 기쁨, 다정하고 감미롭고 우수에 찬 기억들만 스며들었다. 그녀는 예기치 않게 남편에 대한 기억이 깨어나 순간순간 소스라치며 놀랐다. 남편은 다시 약혼 시절의 모습으로, 그리고 코르시카의 뜨거운 태양 아래 깨어난 열정의 시기, 그녀에겐 유일했던 열정의 시기에 사랑했던 모습으로 떠올랐다. 모든 결점은 축소되었고, 거친 모습은 사라졌으며, 닫힌 무덤이 차츰 멀어지면서 부정행위들도 이제는 희미해졌다. 그녀를 품에 안았던 이남자가 죽고 나서야 그에 대해 막연하게 고마운 마음을 갖게된 잔느는 행복한 순간만 생각하기 위해 겪었던 고통은 용서했다. 게다가 시간이 계속 흐르면서 한 달 한 달 쌓여 가는 세월은 켜켜이 쌓이는 먼지처럼 그녀의 모든 기억과 고통을 망각의 먼지로 덮었다. 그녀는 아들에만 온전히 몰두했다.

아들은 그를 에워싼 세 사람의 우상이며 유일한 관심사가되었다. 그는 전제군주처럼 군림했다. 그가 거느린 세 노예 사이에 일종의 질투심마저 생겨났다. 잔느는 남작이 아들을 무릎위에 얹어 말을 태워 주고 나서 아들의 입맞춤을 듬뿍 받는 걸신경질적으로 바라보았다. 리종 이모는 모든 사람에게 늘 무시당해 왔듯이 아이에게도 무시당했고, 아직 말도 잘 못하는 그지배자에게 종종 하녀 취급을 받고는 자기 방으로 가서 자신이 구걸해서 얻은 보잘것없는 어루만짐과 아이의 어머니와 할

아버지가 받는 포옹을 비교하며 울었다.

아이에게 변함없는 관심이 쏟아지는 가운데 아무 사건도 없는 평온한 2년이 흘러갔다. 세 번째 겨울이 시작되자 그들은 봄까지 루앙에 가서 지내기로 결정했다. 온 가족이 옮겨 갔다. 그런데 비워 두었던 눅눅한 옛날 집에 도착하면서 폴이 기관지염에 걸렸고, 병세가 심각해서 늑막염으로 악화될까 걱정이었다. 아연실색한 세 사람은 아이가 푀플의 공기 없이는 지낼 수 없다고 판단했다. 그래서 병이 낫자마자 다시 아이를 푀플로 데려왔다.

그 후론 단조롭고 평온한 세월이 이어졌다.

아이 주변에 항상 모여, 때로는 아이의 방에서, 때로는 거실에서, 때로는 정원에서 세 사람은 아이의 더듬거리는 말에, 괴상한 표현에, 몸짓에 감탄했다.

어머니는 아이를 폴레라는 애칭으로 불렀는데, 아이는 그 말을 잘 발음하지 못해서 풀레*라고 발음해 그칠 줄 모르는 웃음을 자아냈다. 풀레라는 애칭이 남아서 이젠 모두가 다른 이름으로는 부르지 않았다.

아이가 빨리 자랐기에 남작이 '세 어머니'라고 부르는 세 가

---

* 닭(poulet)을 의미한다.

족의 열성적인 일거리 중 하나는 아이의 키를 재는 일이었다.

그들은 거실 문의 대리석판에 칼로 매달 아이의 성장을 표시하는 작은 눈금을 그었다. '폴레의 눈금'이라고 이름 붙인 이 눈금은 모두의 삶에서 중요한 자리를 차지했다.

얼마 후 새로운 존재가 집안에서 중요한 역할을 하게 되었는데, 잔느가 오직 아들에 전념하느라 소홀히 해온 개 마사크르였다. 개는 뤼디빈이 주는 먹이를 먹고, 마구간 앞 낡은 통에서 잠을 자며 늘 줄에 묶인 채 외롭게 지내 왔다.

어느 날 아침, 폴이 개를 보더니 가서 안아 보겠다고 외쳤다. 어른들은 몹시 겁을 내며 아이를 개 곁으로 데려갔다. 개는 아이를 반겼고, 둘을 떼어 놓으려 하자 아이가 울부짖었다. 그래서 마사크르는 줄에서 풀려나 집 안에서 지내게 되었다.

개는 폴과 떼어 놓을 수 없는 사이가 되고, 항상 붙어 지내는 친구가 되었다. 둘은 함께 뒹굴고, 양탄자 위에 나란히 누워 잤다. 그러다 곧 마사크르는 절대 안 떨어지려는 친구의 침대에서 잤다. 잔느는 이따금 벼룩 때문에 난감해했다. 리종 이모는 아이의 애정을 그렇게 큰 몫으로 차지하게 된 개를 원망했고, 자신이 그토록 바란 애정을 짐승에게 도둑맞은 것처럼 느꼈다.

브리즈빌 가문이나 쿠틀리에 가문과 서로 방문하는 일은 드물어졌다. 면장과 의사만 정기적으로 찾아와 낡은 성의 고독을 깼다. 잔느는 어미 개를 죽인 일과 백작 부인과 쥘리앵의 끔찍한 죽음이 신부 때문일 것이라는 의심을 품게 된 뒤로 그런 대리자를 곁에 둘 수 있는 신에 화가 나서 더는 성당에 가지 않았다.

톨비악 사제는 때때로 악령이, 영원한 반항의 혼령이, 오류와 거짓의 혼령, 죄악의 혼령, 부패와 불순의 혼령이 성에 살고 있다고 직접적으로 암시하며 맹렬히 비난했다. 남작을 그런 식으로 지칭한 것이다.

이제 그의 성당은 거의 비었다. 그가 들판을 지나가도 농부들은 쟁기질하던 손길을 멈추고 그에게 말을 걸지도 않았고, 돌아보고 인사를 하지도 않았다. 게다가 그는 주술사로 알려졌는데, 그가 귀신 들린 여자에게서 악령을 쫓아냈기 때문이었다. 사람들의 말로는 그가 저주를 피하는 신비스러운 말을 알고 있으며, 그의 말에 따르면 저주는 사탄의 장난에 불과하다는 것이었다. 그가 암소에 손을 대면 파란 젖이 나오거나 소의 꼬리가 동그랗게 말리고, 그가 알 수 없는 말 몇 마디만 해도 잃어버린 물건을 찾게 되었다.

편협하고 광신적인 그는 악마의 출현, 악마가 가진 힘의 다양한 발현, 악마의 불가사의하고 다양한 영향력, 악마가 가진 능력, 악마가 부리는 통상적인 술수 등의 이야기가 실린 종교

서적들을 연구하는 데 열정적으로 몰두했다. 그 불가사의하고 치명적인 힘과 맞서 싸우도록 자신이 특별히 부름받았다고 믿었기에 그는 성직자들의 교본에 적힌 구마의식 주문을 모조리 외웠다.

그는 어둠 속을 배회하는 악령을 끊임없이 느꼈다. 라틴어 문구가 매순간 그의 입술에 떠올랐다. "여러분의 원수인 마귀가 울부짖는 사자처럼 삼킬 자를 찾아 돌아다니고 있습니다."*

그러다 보니 그의 숨은 능력에 대한 두려움과 공포가 퍼졌다. 시골의 무지한 사제들인 그의 동료들은 바알세불을 신조로 삼고, 이 악의 힘이 발현될 때 거행하는 의식儀式의 세세한 처방에 갈피를 잡지 못하고 종교와 주술을 혼동하는 바람에 톨비악 신부를 어느 정도는 주술사처럼 간주했다. 그들은 톨비악 신부가 가졌다고 가정하는 어두운 힘과 그의 흠 잡을 데 없는 엄격한 삶에 대해 존경심마저 품었다.

그는 잔느와 마주쳐도 인사하지 않았다.

이 상황에 리종 이모는 불안해하고 애석해했는데, 노처녀의 심약한 마음으로는 가족들이 왜 성당에 가지 않는지 이해하지 못했던 것이다. 물론 그녀는 신심이 깊어서 고해도 했고, 영성

---

* 「베드로전서」 5장 8절.

체도 했다. 그러나 누구도 그 사실을 알지 못했고, 알려고도 하지 않았다.

그녀는 혼자 있을 때나 폴과 단둘이 있을 때 나지막하게 하느님에 대해 말했다. 아이는 그녀가 태초의 기적에 대해 얘기하면 어느 정도 귀 기울여 들었다. 그러나 하느님을 많이, 아주 많이 사랑해야 한다고 말하면 이따금 이렇게 대답했다. "하느님이 어디 있는데요, 할머니?" 그러면 그녀는 손가락으로 하늘을 가리켰다. "풀레야, 저 위에 계시지. 그렇지만 이런 말은 하면 안 된다." 남작이 두려웠던 것이다.

그런데 어느 날 풀레가 그녀에게 말했다. "하느님은 어디에나 있대요. 성당에 있는 게 아니래요." 아이는 리종 이모에게 들은 신기한 이야기를 할아버지에게 이미 말했던 것이다.

아이는 열 살이 되었다. 아이의 어머니는 마흔은 된 것 같아 보였다. 아이는 튼튼하고, 소란스럽고, 나무에 오를 만큼 대담했지만, 아는 건 별로 없었다. 공부를 지겨워해서 조금 하다가 말곤 했다. 남작이 아이를 조금 오랫동안 책 앞에 붙들어 두려할 때마다 잔느가 와서 말했다. "이제 그만 놀게 해주세요. 아직 어린데 지치게 하면 안 되죠." 그녀에게 아이는 언제나 6개월이나 한 살쯤 된 아기였다. 그녀는 아이가 걷고, 달리고, 작은 어른처럼 말한다는 것을 잘 알아차리지 못하는 것 같았다.

그래서 아이가 넘어지지 않을까, 춥지 않을까, 움직이느라 덥지 않을까, 너무 먹어서 위에 탈이 나는 건 아닐까, 혹은 너무 적게 먹어서 제대로 자라지 못하는 건 아닐까 끊임없이 걱정하며 살았다.

아이가 열두 살이 되었을 때 큰 문제가 발생했다. 첫 영성체 문제였다.

어느 날 아침, 리즈가 잔느를 찾아와서 아이에게 종교 교육을 시키지 않고 첫 종교적 의무도 수행하지 않고 더 오래 놔둘 수는 없지 않느냐고 말했다. 그녀는 온갖 수단을 동원하고, 갖가지 이유를 대고, 무엇보다 자주 만나는 사람들의 의견을 내세워 설득했다. 아이 어머니는 당황해서 마음을 정하지 못하고 머뭇거리며 아직 좀더 기다릴 수 있을 거라고 말했다.

그런데 한 달 뒤, 브리즈빌 자작 부인을 만나러 갔을 때 자작 부인이 어쩌다 그녀에게 물었다. "아마도 올해 폴이 첫 영성체를 하겠군요." 불시에 질문을 받은 잔느가 대답했다. "네, 부인." 이 간단한 말이 결심하게 만들어 그녀는 아버지에게는 아무 말 하지 않고 리즈 이모에게 아이를 교리문답 교육에 데려가 달라고 했다.

한 달 동안은 모든 게 잘 흘러갔다. 그런데 어느 날 저녁, 폴레가 목이 쉬어서 돌아왔다. 이튿날에는 기침을 했다. 놀란 어머니가 아이에게 물어보니 신부가 아이의 태도가 잘못되었다는 이유로 문답 교육이 끝날 때까지 아이를 바람 부는 성당 문 앞에 세워 두었다는 것이다.

그러자 잔느는 아이를 집에 붙들어 두고 직접 종교의 기본교리를 가르쳤다. 그런데 톨비악 신부는 리종이 애원해 보았지만 아이가 충분히 교육받지 않았다며 성체 배령자들 틈에 받아들이기를 거부했다.

다음 해도 마찬가지였다. 그러자 화가 난 남작은 그따위 어리석은 짓거리를, 화체化體 같은 유치한 상징을 믿지 않아도 아이는 충분히 신사가 될 수 있다고 단언했다. 아이가 기독교인으로는 길러지겠지만 성당에 충실한 가톨릭 신도가 되지는 않을 것이며, 성인이 되면 스스로 되고 싶은 사람이 될 것이라고 결정했다.

얼마 후 잔느는 브리즈빌 댁을 방문했지만 답방을 받지는 못했다. 그녀는 이웃이 예절을 세심히 지킨다는 걸 잘 알기에 놀랐다. 하지만 쿠틀리에 후작 부인은 그 결례의 이유를 거만하게 밝혔다.

남편의 지위, 혈통이 확실한 작위, 막대한 재산 덕에 스스로를 노르망디 귀족의 여왕처럼 여기는 후작 부인은 진짜 여왕처럼 군림했고, 자유롭게 말했으며, 경우에 따라 상냥하거나 퉁명스러운 태도를 보였고, 기회가 날 때마다 질책도 하고, 꾸짖기도 하고, 칭찬도 했다. 잔느가 그 집을 방문했을 때 이 귀부인은 몇 마디 냉랭한 인사말을 건넨 다음 퉁명한 어조로 말했다. "사회는 두 계급으로 나뉩니다. 하느님을 믿는 사람과 믿지 않는 사람이지요. 믿는 사람은 아무리 비천한 사람들일지라도 우리의 친구이고 동등한 사람이죠. 믿지 않는 사람은 우리에겐 아무 존재도 아닙니다."

잔느는 공격당했다고 느끼고 응수했다. "그렇지만 성당에 다니지 않고도 하느님을 믿을 수 있지 않나요?"

후작 부인이 대답했다. "아뇨, 부인. 신도들은 하느님께 기도를 올리기 위해 성당을 찾지요. 사람을 만나려면 그 사람의 집으로 찾아가듯이 말입니다."

잔느가 기분이 상해서 말했다. "하느님은 어디에나 계세요, 부인. 마음 깊이 하느님의 선한 의지를 믿는 저는 어떤 사제들이 하느님과 저 사이에 끼어들 때 더는 하느님의 존재를 느끼지 못합니다."

후작 부인이 일어서며 말했다. "사제는 교회의 깃발을 드는 기수입니다, 부인. 깃발을 따르지 않는 자는 사제와 맞서는 자요, 우리와 맞서는 자입니다."

잔느도 몸을 떨며 일어섰다. "부인께서는 한 파벌의 신을 믿으시는군요. 저는 정직한 사람들의 신을 믿습니다."

그녀는 인사하고 나왔다.

농부들도 저들끼리 있을 때는 폴레에게 첫 영성체를 받게 하지 않은 걸 두고 잔느를 비난했다. 그들 역시 미사에 참석하지 않았고, 성체도 받지 않았으며, 교회의 형식적 규정에 따라 부활절에만 성사를 받았다. 하지만 아이들에 관해서는 달랐다. 이 공통된 법 밖에서 아이를 기르는 대담함을 보고 모두가 뒷걸음질을 쳤다. 종교는 종교이기 때문이었다.

그녀는 그 지탄을 잘 느꼈고, 마음속으로 그 모든 타협에, 양심의 절충에, 모든 걸 겁내는 그 보편적 두려움에, 모든 사람의 마음속 깊이 잠자고 있다가 드러날 때는 온갖 근사한 가면으로 치장하는 크디큰 비겁함에 분개했다.

남작이 폴의 공부를 맡아서 라틴어를 가르쳤다. 어머니는 오직 한 가지 권고밖에 하지 않았다. "절대로 아이를 지치게 하지 마세요." 그녀가 수시로 "발 안 시리니, 폴레야?", "머리 안 아프니, 폴레야?"라고 묻거나, 선생에게 "말을 너무 많이 시키지 마세요. 아이가 목 아프겠어요."라며 공부를 중단시키는 바람에 남작이 딸의 출입을 금지해서 그녀는 공부방 근처를 불안하게 배회했다.

아이는 자유로워지면 바로 내려가 엄마와 리종 할머니와 함께 정원을 가꿨다. 그들은 이제 땅을 경작하는 일을 아주 좋아했다. 세 사람은 봄이면 묘목을 심고 씨를 뿌렸으며, 싹이 돋아나고 자라도록 열성을 다했고, 가지치기도 하고 꽃을 꺾어 꽃다발을 만들곤 했다.

아이의 가장 큰 관심은 채소 재배였다. 밭 네 고랑을 맡아서 상추, 로메인, 치커리, 꽃상추, 루아얄 등, 먹을 수 있는 온갖 종류의 잎채소를 지극한 정성으로 길렀다. 아이는 두 어머니를 날품팔이 일꾼처럼 부려 가며 땅을 일구고, 물을 주고, 김을 매고, 모종을 옮겨 심었다. 두 여자가 텃밭에 무릎을 꿇고 옷을 더럽혀 가며 손가락을 땅에 꽂아 구멍을 판 뒤 모종 뿌리를 심느라 몇 시간씩 일하는 모습이 자주 눈에 띄었다.

풀레는 자라서 열다섯 살이 되었다. 거실의 눈금은 158센티미터를 가리켰다. 그러나 그는 두 여자의 치마폭과 시대에 뒤떨어진 노인 사이에서 억눌려 자라서 무지하고 미련했으며, 정신적으로는 여전히 어린아이였다.

어느 날 저녁 마침내 남작이 학교 얘기를 꺼냈다. 잔느는 이내 흐느끼기 시작했다. 리종 이모는 질겁해서 어두운 구석에 틀어박혔다.

어머니가 대답했다. "저 애가 많은 걸 알 필요가 뭐 있어요. 저 애를 시골 사람으로, 시골 신사로 키워요. 다른 많은 귀족들처럼 자기 땅을 가꾸고 살면 되죠. 우리가 지금껏 살아왔고 죽게 될 이 집에서 살면서 행복하게 늙으면 되지요. 그 이상 바랄 게 뭐 있어요?"

그러나 남작은 고개를 저었다. "저 아이가 스물다섯 살이 되어 네게 이렇게 말하면 뭐라고 대답할 거냐? 저는 어머니의 잘못으로, 어머니의 이기적인 모성애 때문에 아무것도 못 되었고, 아무것도 알지 못해요. 일할 능력도 없고, 중요한 인물이 될 수도 없어요. 제가 어둡고 비천하고 죽도록 슬픈 삶을 살도록 태어난 건 아니잖아요. 앞을 내다보지 못하는 어머니의 애정이 내게 이런 삶을 살게 만든 겁니다."

그녀는 아들에게 애원하며 계속 울었다. "풀레, 말해 보렴, 내가 너를 너무 사랑했다고 원망하지 않을 거지?"

그러면 다 큰 아이는 놀란 얼굴로 약속했다. "안 그래요, 엄마."

"맹세하지?"

"그럼요, 엄마."

"너는 집에 그대로 있고 싶지?"

"그럼요, 엄마."

그러면 남작은 큰 소리로 단호하게 말했다. "잔느, 아이의 인생을 네 마음대로 처분할 권리가 네겐 없어. 지금 네가 하고 있는 건 범죄나 다름없는 비겁한 짓이야. 그건 네 아이를 네 개인의 행복에 희생시키는 거라고."

그녀는 두 손에 얼굴을 묻고 오열하며 눈물 사이로 더듬더듬 말했다. "저는 너무도 불행했어요… 참으로 불행했어요! 이제 저 아이와 평온하게 지낼 만한데 아이를 빼앗아 가면… 저는 어떻게 되겠어요… 혼자서… 이제 어떻게?……"

아버지는 일어나서 다가와 곁에 앉더니 딸을 끌어안았다. "나는 어쩌고?" 그녀는 와락 아버지의 목을 붙들고 격렬하게 끌어안으며 목멘 소리로 말했다. "맞아요. 아빠 말이 맞아요… 제가 정신이 나갔어요. 그동안 너무 힘들어서 그래요. 저도 폴이 학교에 가길 원해요."

자기를 어떻게 하려는지 알지 못한 채 이번에는 풀레가 훌쩍이기 시작했다.

그러자 세 어머니가 아이를 얼싸안고 달래며 용기를 북돋웠다. 잠자러 방으로 올라간 그들은 모두 심장이 죄어 와 침대 속에서 울었다. 참고 있던 남작조차도.

개학 때 아이를 르아브르 중학교에 보내기로 결정되었다. 여름 내내 아이는 그 어느 때보다 애지중지 사랑을 받았다.

어머니는 아이와 떨어질 생각에 자주 탄식했다. 10년쯤 여행을 보내기라도 하는 것처럼 아이의 가방을 꾸렸다. 10월의 어느 아침, 불면의 밤을 보낸 두 여자와 남작이 아이와 함께 사륜 마차에 올랐고, 마차는 두 마리 말이 달리는 속도로 떠났다.

그들은 이미 한번 여행하면서 기숙사와 교실에 아이가 쓸 자리까지 골라 두었다. 잔느는 리종 이모의 도움을 받아 온종 일 작은 서랍장에 옷을 정리했다. 가져간 옷의 4분의 1도 장 에 들어가지 않자 그녀는 장을 하나 더 얻으려고 교장을 찾아 갔다. 경리 담당이 불려 왔다. 경리는 그 많은 속옷과 옷가지는 한 번도 쓰이지 않고 걸리적거리기만 할 것이라고 말했다. 그러 면서 규정을 내세워 다른 옷장을 내주길 거절했다. 어머니는 애석해하며 근처 작은 호텔에 방 하나를 빌리기로 결정하고, 호텔 주인에게 풀레가 요청하면 그에게 필요한 모든 걸 직접 가 져다주라고 당부했다.

그러고 나서 그들은 부두를 한 바퀴 돌며 배가 떠나고 들어 오는 걸 바라보았다.

침울한 저녁이 내리고 도시에 차츰 불이 밝혀지기 시작했다. 그들은 저녁식사를 하려고 어느 식당에 들어갔다. 누구 한 사 람도 배가 고프지 않았다. 음식 접시들이 그들 앞에 놓였다가 거의 손대지 않은 채 다시 나가는 동안 그들은 젖은 눈으로 서 로를 바라보았다.

얼마 후 그들은 천천히 학교를 향해 걸었다. 크고 작은 아이들이 가족이나 하인을 대동하고 사방에서 도착했다. 많은 아이들이 울었다. 희미하게 밝혀진 넓은 운동장에서는 눈물 훌쩍이는 소리가 들렸다.

잔느와 풀레는 오래도록 포옹했다. 리종 이모는 얼굴을 손수건에 묻고 완전히 잊힌 채 뒷전에 남아 있었다. 마음이 약해진 남작이 작별 인사를 서둘러 끝내고 딸을 잡아끌었다. 마차는 문 앞에서 기다리고 있었다. 세 사람은 마차에 올랐고, 밤중에 푀플로 돌아왔다.

다음 날 잔느는 저녁까지 울었다. 그다음 날엔 가벼운 무개마차에 말을 매게 하더니 르아브르로 떠났다. 풀레는 이미 이별을 받아들인 것 같아 보였다. 아이는 평생 처음으로 친구를 갖게 되었다. 면회실 의자에 앉아서도 아이는 놀고 싶어 몸을 들썩였다.

잔느는 그렇게 이틀마다 학교를 찾았고, 일요일에는 아이를 데리고 외출했다. 쉬는 시간 사이사이 수업이 있는 동안에는 달리 할 것도 없고 학교에서 멀어질 기운도 용기도 없어 그녀는 그냥 면회실에 앉아 있었다. 교장이 그녀를 교장실로 불러 너무 자주 오지 말아 달라고 부탁했다. 그녀는 그 당부를 개의치 않았다.

그러자 교장은 그녀가 계속해서 아들이 쉬는 시간 동안 아들이 놀지 못하게 가로막고, 공부도 못하게 방해하면 아이를 집으로 돌려보낼 수밖에 없다고 경고했다. 따라서 그녀는 죄수처럼 감시당하며 뢰플에 남아야 했다.

그녀는 아이보다 더 애타게 방학을 기다렸다.

점점 커져 가는 불안이 그녀의 마음을 뒤흔들었다. 그녀는 공허감에 빠져 몽상하며 개 마사크르만 데리고 홀로 며칠 동안 주변을 배회하고 다녔다. 때때로 오후 내내 절벽 꼭대기에 앉아 바다를 바라보기도 했다. 때로는 숲을 가로질러 이포르까지 내려가서 추억을 좇아 옛 산책을 다시 하곤 했다. 처녀 시절 꿈에 취해 그곳을 거닐던 때가 참으로 까마득히 멀게 느껴졌다.

그녀는 아들을 다시 볼 때마다 마치 10년 동안 아들과 헤어져 있었던 것처럼 여겨졌다. 아들은 나날이 어른이 되어 갔다. 그녀는 나날이 늙어 갔다. 아버지는 그녀의 오빠 같았고, 리종 이모는 스물다섯 살에 시든 그대로 더 이상 늙지 않아서 그녀의 언니처럼 보였다.

풀레는 거의 공부를 하지 않았다. 4학년을 유급했다. 3학년은 그럭저럭 통과했지만, 2학년은 다시 시작해야 했다. 스무 살이 되어서야 1학년에 해당하는 수사학급에 올라갈 수 있었다.

이제 그는 키 큰 금발 청년이 되었다. 벌써 구레나룻도 무성하고, 콧수염도 나기 시작했다. 이제는 그가 일요일마다 푀플로 왔다. 오래전부터 승마 수업을 받았기에 말을 빌려서 두 시간을 달려왔다.

아침부터 잔느는 이모와 남작과 함께 아들을 마중하러 나갔다. 남작은 점점 더 구부정해져서 앞으로 넘어지지 않으려는 듯 등짐을 지고 노인처럼 걸었다.

그들은 도로를 따라 천천히 나아갔고, 이따금 도랑에 앉기도 하며 말을 탄 사람이 아직 보이지 않는지 확인하려고 멀리 바라보곤 했다. 풀레가 흰 지평선에 검은 점처럼 보이면 세 사람은 손수건을 흔들었다. 그는 말을 질주해 태풍처럼 도착했다. 그럴 때마다 잔느와 리종은 겁에 질려 심장이 두근거렸고, 할아버지는 몸이 불편한 노인의 열정을 드러내며 "브라보"라고 외치고 열광했다.

폴이 어머니보다 머리 하나가 컸지만 잔느는 여전히 어린애 취급을 해서 이렇게 물었다. "풀레야, 발 시리지 않니?" 점심식사 후 그가 담배를 피우며 현관 앞을 거닐면 어머니는 창문을 열고 외쳤다. "제발, 모자 안 쓰곤 나가지 마라. 코감기 걸리겠어."

아들이 밤에 말을 타고 떠나면 그녀는 불안해서 몸을 떨었다. "애야, 절대로 너무 빨리 달리지 마라. 조심해. 너한테 무슨 일이라도 생기면 절망할 가련한 어미를 생각하렴."

그러던 어느 토요일 아침, 그녀는 폴의 편지를 한 통 받았다. 친구들이 파티에 초대해서 다음 날 집에 오지 않을 것이라고 알리는 편지였다.

그녀는 혹시 불행이 닥칠까 일요일 온종일 불안에 시달렸고, 목요일에는 더는 견디지 못하고 르아브르로 떠났다.

잔느가 보기에 아들은 어딘지 모르게 변한 것 같았다. 활기차 보였고, 훨씬 남자다운 목소리로 말했다. 아들은 아주 당연한 일인 양 불쑥 어머니에게 말했다. "엄마, 엄마가 오늘 오셨으니까 다음 일요일에는 뙤플로 가지 않을게요. 또 파티를 할 거예요."

그녀는 그가 신대륙으로 떠난다고 알리기라도 한 것처럼 충격받고 숨이 막혔다. 마침내 말문이 트이자 그녀가 말했다. "오! 얘야, 무슨 일이냐? 나한테 얘기해 봐. 무슨 일이야?" 아들은 웃으며 엄마를 끌어안았다. "아무것도 아니에요, 엄마. 친구들과 좀 즐길 거예요. 그럴 나이잖아요."

그녀는 대답할 말을 찾지 못했다. 마차에 올라 혼자 있게 되자 이상한 생각이 마구 몰려왔다. 그녀는 아들 폴레를, 옛날의 어린 폴레를 이제 알아보지 못했다. 처음으로 그녀는 아들이 다 컸으며, 이젠 그녀의 소유가 아니고, 노인들을 신경 쓰지 않고 자기 삶을 살아가리라는 사실을 깨달았다. 그녀 눈에는 아들이 하루아침에 변한 것처럼 보였다. 어떻게! 자기 의지를 주장하는 저 수염 난 건장한 청년이 자신의 아들이라니, 옛날에 상추를 함께 심던 그 꼬마 아이라니!

석 달 동안 폴은 가끔 가족을 보러 왔고, 그럴 때마다 늘 어서 빨리 떠나서 저녁시간을 한 시간이라도 벌려는 마음이 역력했다. "내버려 두렴. 저 아인 이제 스무 살이야."

그런데 어느 날 아침, 허름한 차림의 웬 노인이 독일인 억양의 프랑스어로 "자작 푸인"을 만나고 싶어 했다. 의례적인 인사를 한참 늘어놓고 나더니 노인은 주머니에서 더러운 지갑을 하나 꺼내며 말했다. "푸인께 보여드릴 서류가 있습니다." 그러곤 기름때가 묻은 종이쪽지를 펼쳐 보였다. 잔느는 그걸 읽고 또 읽었고, 그 유대인을 쳐다보다가 다시 읽고는 물었다. "이게 무슨 뜻입니까?"

남자가 굽신거리며 설명했다. "체가 말씀드리지요. 푸인의 아드님이 돈이 필요했는데, 푸인께서 좋은 어머니시라는 걸 알았기에 체가 아드님께 필요한 돈을 좀 빌려드렸지요."

그녀는 몸이 떨렸다. "그런데 그 애가 왜 나한테 달라고 하지 않았을까요?" 유대인은 그것이 노름빚이어서 다음 날 정오 전까지 지불해야 했는데, 폴이 아직 성년이 아니어서 아무도 그에게 돈을 빌려주려 하지 않았기에 그가 청년에게 "호의 어린 패려"를 하지 않았더라면 청년의 "명예가 휘태로워졌을 것"이라고 길게 설명했다.

잔느는 남작을 부르려 했지만 충격에 몸이 마비되어 일어설 수가 없었다. 마침내 그녀가 고리대금업자에게 말했다. "초인종을 좀 눌러 주시겠습니까?"

그는 무슨 계략이 있나 겁을 내어 망설였다. 그가 우물쭈물 말했다. "팡해가 되신다면 체가 나충에 다시 오겠습니다." 그녀는 아니라는 의사로 고개를 저었다. 그녀가 초인종을 눌렀다. 두 사람은 마주 앉아 말없이 기다렸다.

남작은 오자마자 즉각 상황을 이해했다. 금액은 천5백 프랑이었다. 그는 천 프랑을 주고 남자를 뚫어져라 쳐다보며 말했다. "절대 다시 오지 말게나." 상대는 고맙다고 인사하고 사라졌다.

할아버지와 어머니는 당장 르아브르로 떠났다. 그러나 학교에 도착해 보니 폴이 학교에 오지 않은 지가 한 달째였다. 교장은 잔느의 서명이 된 편지 네 통을 이미 받았는데, 학생이 몸이 아프다는 사실과 소식을 전하는 편지였다. 편지마다 의사의 진단서가 첨부되어 있었다. 물론 모두가 가짜였다. 그들은 망연자실한 채 앉아 서로 얼굴만 쳐다보았다.

난감해진 교장은 그들을 경찰서로 안내했다. 두 사람은 호텔에서 잤다.

이튿날 그들은 도시의 어느 창녀 집에서 아들을 만났다. 할아버지와 어머니는 그를 푀플로 데려왔고, 오는 길에 한마디도 나누지 않았다. 잔느는 얼굴을 손수건에 묻고 울었다. 폴은 무심한 표정으로 들판만 바라보았다.

일주일 뒤 그들은 지난 석 달 동안 폴이 1만5천 프랑의 빚을 졌다는 사실을 알게 되었다. 채권자들은 그가 곧 성년이 된다는 사실을 알고서 처음엔 나타나지 않았다.

어떤 해명도 없었다. 그들은 다정하게 대해서 아이의 마음을 되돌리고 싶었다. 그래서 맛있는 음식을 먹이고, 애지중지 극진히 대했다. 봄이었다. 잔느는 겁을 냈지만, 이포르에서 배까지 한 척 빌려 아이가 마음대로 뱃놀이를 할 수 있게 해주었다.

그가 르아브르로 갈까 두려워 말은 내주지 않았다.

그는 할 일 없이 빈둥거렸고, 자주 화를 냈으며, 때로는 난폭하게 굴었다. 남작은 아이가 학업을 끝내지 않은 걸 걱정했다. 잔느는 헤어질 생각을 하면 미칠 것 같았지만, 그래도 앞으로 아들을 어떻게 해야 할지 고민했다.

어느 날 저녁, 아들은 돌아오지 않았다. 그들은 그가 선원 둘과 함께 배를 타고 나갔다는 사실을 알게 되었다. 어머니는 아연실색해서 그 밤에 모자도 쓰지 않고 이포르까지 내려갔다.

남자 몇이 해변에서 배가 돌아오길 기다리고 있었다.

먼바다에 작은 불이 보였다. 불이 흔들거리며 다가왔다. 폴은 타고 있지 않았다. 르아브르로 가버린 것이다.

경찰이 그를 수소문했지만 찾지 못했다. 처음에 그를 숨겨 주었던 여자도 가구까지 팔고 집세를 치른 뒤 흔적 없이 사라졌다. 퐈폴 성의 폴 방에서 그를 미칠 듯이 사랑하는 것처럼 보이는 그 여자의 편지 두 통이 발견되었다. 여자는 필요한 돈을 마련했으니 영국 여행을 하자고 얘기하고 있었다.

성의 세 주민은 정신적 고통의 암울한 지옥 속에서 말없이 침울하게 지냈다. 이미 희끗희끗하던 잔느의 머리카락은 백발이 되었다. 그녀는 운명이 왜 이리도 자신에게 가혹할까 천진하게 자문했다.

톨비악 신부의 편지가 한 통 왔다. "부인, 하느님의 손길이 당신을 무겁게 짓누르고 있군요. 부인은 하느님께 당신의 아들을 거절하셨지요. 이제 그분이 당신에게서 아들을 빼앗아 매춘부에게 던져 주었습니다. 하늘의 이 가르침에도 눈을 뜨지 않으십니까? 주님의 자비는 무한합니다. 부인께서 돌아와서 하느님 앞에 무릎 꿇는다면 아마 용서하실 겁니다. 당신이 와서 문을 두드린다면 주님의 미천한 종인 제가 그분이 거하시는 집의 문을 열어 드리지요."

313

그녀는 그 편지를 무릎 위에 얹고 오래도록 앉아 있었다. 어쩌면 이 신부가 하는 말이 사실인지도 몰랐다. 온갖 종교적 의심이 그녀의 의식을 찢어 놓았다. 하느님이 인간들처럼 복수심과 질투심을 품을 수 있을까? 하지만 하느님이 질투심을 보이지 않는다면 누구도 하느님을 두려워하지 않을 테고, 아무도 그를 숭배하지 않을 것이다. 아마도 하느님은 우리에게 당신의 존재를 더 잘 알리기 위해 인간의 감정으로 인간에게 모습을 드러내는 게 아닐까. 우유부단한 이들, 불안한 이들을 교회로 내모는 비겁한 의혹이 그녀 마음에 파고들어 어느 날 저녁 해 질 무렵, 그녀는 남몰래 사제관으로 달려갔고, 깡마른 사제 발 아래 무릎을 꿇고 사면을 청했다.

그는 그녀에게 절반만 사면하겠다고 약속했다. 남작 같은 사람이 사는 지붕에 하느님께서 은총을 온전히 베풀 수는 없다는 것이다. 그가 말했다. "부인께서는 곧 하느님이 베푸시는 관용의 결과를 느끼게 되실 겁니다."

실제로 그녀는 이틀 뒤 아들의 편지를 한 통 받았고, 고통에 허덕이던 그녀는 그것을 사제가 약속한 안도의 시작으로 여겼다.

사랑하는 엄마, 걱정 마세요. 저는 몸 건강히 런던에 있어요. 그런데 돈이 꼭 필요해요. 우린 한 푼도 없어서 매일 먹지 못합니다. 저랑 같이 있고, 제가 온 마음을 다해 사랑하는 여자는 저와 헤어지지 않으려고 가진 돈을 모두 썼어요. 5천 프랑이에요. 우선 그 금액을 갚아 주는 데 제 명예가 걸렸다는 사실을 이해해 주세요. 저도 곧 성년이 되니 아빠의 유산에서 만5천 프랑을 좀 미리 당겨 주시면 좋겠습니다. 그러면 제가 큰 곤경에서 벗어날 수 있을 겁니다.

사랑하는 엄마, 안녕히 계세요. 온 마음을 담아 키스를 보냅니다. 할아버지와 리종 할머니께도요. 곧 엄마를 볼 수 있기를 기대합니다.

아들

폴 드 라마르 자작.

아들이 편지를 썼다! 엄마를 잊지 않았던 것이다. 그녀는 아들이 돈을 요구한다는 사실은 생각하지 않았다. 돈이 없다니 돈을 보내 줄 것이다. 돈 같은 건 중요하지 않았다! 그가 엄마에게 편지를 썼지 않나!

그녀는 울면서 그 편지를 남작에게 가져갔다. 리종 이모도 불려 왔다. 그들은 그에 대해 말해 주는 그 편지를 한 자 한 자 다시 읽었다. 그리고 단어 하나하나를 두고 의견을 나눴다.

완전한 절망 상태에서 희망의 도취 상태로 건너뛴 잔느는 폴을 옹호했다.

"편지를 썼으니 돌아올 겁니다. 곧 돌아올 거예요."

조금 더 침착한 남작이 말했다. "마찬가지야. 그 애는 그 여자를 위해 우리 곁을 떠났어. 그러니 우리보다 그 여자를 더 좋아하는 거야. 망설이지도 않았으니까."

극심한 통증이 갑자기 잔느의 심장을 관통했다. 아들을 훔쳐 간 그 여자에 대한 증오심이 그녀 마음속에서 즉각 타올랐다. 가라앉힐 길 없는 야만적인 증오, 질투하는 어머니의 증오였다. 그때까지 그녀의 모든 생각은 폴을 향했다. 웬 뻔뻔한 여자가 아들이 일탈한 원인이었다는 생각은 거의 해보지 않았다. 그런데 갑자기 남작의 생각이 그 경쟁자를 환기했고, 그 여자의 치명적인 힘을 드러내 주었다. 그녀는 그 여자와 자신 사이에 거센 싸움이 시작되었으며, 아들을 다른 여자와 공유하느니 차라리 아들을 잃는 편이 낫겠다고 느꼈다.

그들은 만5천 프랑을 보냈고, 다섯 달 동안 아무 소식도 듣지 못했다.

그 후 쥘리앵이 남긴 유산 상속의 상세한 내역을 처리하겠다며 웬 대리인이 나타났다. 잔느와 남작은 어머니의 권리인 용익권마저 포기하고 군소리 없이 청산해 주었다. 파리로 돌아온 폴은 12만 프랑을 받았다. 그즈음 그는 여섯 달 동안 네 통의 편지를 써서 간결한 문체로 소식을 전하고 차가운 애정 표현으로 끝맺었다. "저는 일을 합니다. 증권거래소에 자리를 얻었습니다. 사랑하는 가족을 만나러 조만간 푀플에 들르길 희망하고 있어요."

그는 연인에 대해서는 한 마디도 하지 않았다. 그 침묵은 마치 그가 네 페이지에 걸쳐 그 여자 얘기를 한 것 이상의 의미를 띠었다. 잔느는 그 차가운 편지 속에 무자비한 여자가, 어머니들의 영원한 적인 젊은 여자가 매복해 있는 걸 느꼈다.

고독한 세 사람은 폴을 구하기 위해 무엇을 할 수 있을지 의논했다. 아무 방법도 찾아내지 못했다. 파리로 가볼까? 그게 무슨 소용일까?

남작이 말했다. "그 애의 열정이 식게 내버려 둬야 해. 혼자가 되면 우리에게 돌아올 거야."

그 후 그들의 삶은 애처로웠다.

잔느와 리종은 남작 몰래 함께 성당에 다녔다.

소식 없이 꽤 오랜 시간이 흘렀다. 그러던 어느 날 절망에 찬 편지 한 통이 그들을 경악하게 만들었다.

가엾은 엄마, 저는 끝장났어요. 어머니가 도와주시지 않으면 이제 제 머리에 총을 쏘는 길밖에 없어요. 성공이 확실해 보이던 투자가 실패했습니다. 8만5천 프랑의 빚을 졌어요. 그걸 갚지 않으면 불명예에다 파산까지 하게 되어 앞으로 아무것도 할 수가 없게 됩니다. 저는 끝장났어요. 거듭 말하지만 이런 수치를 겪고 살아남느니 차라리 머리에 총을 쏘고 말겠어요. 제가 한 번도 말한 적 없지만 제 구세주인 한 여자의 격려가 없었다면 이미 그랬을지도 모르겠어요.

진심으로 키스를 보냅니다. 사랑하는 엄마. 어쩌면 마지막일지 모르겠어요. 안녕히 계세요.

폴.

이 편지에 동봉된 서류 뭉치에는 파탄에 관한 자세한 설명이 실려 있었다.

남작은 생각해 보겠다고 바로 답장을 보냈다. 그리고 자세히 알아보기 위해 르아브르로 떠났고, 땅을 저당 잡혀서 돈을 마련해 폴에게 보냈다.

청년은 열렬한 애정과 열광적인 고마움을 담은 편지 세 통을 보냈고, 사랑하는 가족을 보러 곧 오겠다고 말했다.

그는 오지 않았다.

1년이 흘러갔다.

잔느와 남작이 폴을 찾기 위해 마지막 노력을 기울여 보려고 파리로 떠나려던 참에 그가 다시 런던에서 '폴 들라마르 상사'라는 상호로 증기선 회사를 차렸다는 소식이 왔다. 그는 이렇게 썼다. "제게는 확실한 행운의 기회입니다. 아마 부자가 될 겁니다. 위험할 게 없어요. 앞으로 혜택을 누리시게 될 겁니다. 다시 뵙게 될 때는 제가 이 세상에 멋지게 자리 잡고 있을 겁니다. 오늘 제가 처한 곤경에서 벗어나는 길은 사업밖에 없습니다."

석 달 뒤, 증기선 회사는 파산했고, 사장은 회계장부상의 부정행위로 기소되었다. 잔느는 신경발작을 일으켰고, 발작은 몇 시간 동안이나 이어졌다. 그리고 그녀는 몸져누웠다.

남작은 다시 르아브르로 가서 정보를 알아보고, 변호사, 사업가, 소송대리인, 집행관 들을 만났고, 들라마르 회사의 적자가 23만 5천 프랑이라는 사실을 확인했다. 푀플 성과 농장 두 개가 큰 액수로 저당 잡혔다.

어느 날 저녁, 남작은 한 사업가의 사무실에서 마지막 절차를 해결하던 중 뇌졸중으로 마룻바닥에 쓰러졌다.

말을 타고 달려온 사람이 잔느에게 이 소식을 알렸다. 그녀가 도착했을 때는 이미 남작이 숨을 거둔 뒤였다.

그녀는 시신을 푀플로 모셔 왔는데, 지칠 대로 지친 그녀에게 고통은 절망이라기보다는 무감각에 가까웠다.

두 여자의 절망적인 애원에도 불구하고 톨비악 신부는 시신이 성당에 들어오는 걸 거부했다. 남작은 어둑해질 무렵에 장례 절차도 없이 묻혔다.

폴은 파산 청산인 중 한 사람을 통해 이 사실을 알게 되었다. 그는 여전히 영국에 숨어 있었다. 너무 늦게 불행을 알게 되어 오지 못했다며 사과 편지를 보내왔다. "이제 엄마가 저를 궁지에서 꺼내 주셨으니 프랑스로 돌아갑니다. 곧 찾아뵐게요."

잔느는 정신이 극도로 쇠약해져서 이젠 아무것도 이해하지 못하는 것 같았다.

겨울이 끝나 갈 무렵, 예순여덟 살이 된 리종 이모가 기관지염에 걸리더니 곧 폐렴으로 악화되었다. "가련한 잔느, 하느님께 너를 불쌍히 여기시라고 청할게." 이 말을 웅얼거리고 그녀는 조용히 숨을 거두었다.

잔느는 묘지까지 따라가서 관 위로 흙이 덮이는 걸 지켜보았다. 이대로 죽어서 더는 고통받지 않고, 아무 생각도 하고 싶지 않다고 느끼며 주저앉은 그녀를 웬 힘센 촌부가 어린아이처럼 품에 안고 데려갔다.

성으로 돌아온 잔느는 노처녀의 임종을 지키느라 닷새나 보낸 뒤라 그 낯선 시골 여자가 부드러우면서도 단호하게 이끄는 대로 저항 없이 침대에 누웠다. 그리고 피로와 고통에 짓눌려 노곤한 잠에 빠져들었다.

그녀는 한밤중에 깼다. 벽난로 위에서 야등이 타고 있었다. 웬 여자가 안락의자에서 자고 있었다. 저 여자가 누구지? 그녀는 그 여자를 알아보지 못해서 유리잔에 떠 있는 심지의 흔들리는 불빛에 여자의 생김새를 잘 비춰 보려고 침대 밖으로 몸을 기울였다.

본 적이 있는 얼굴인 것 같았다. 그런데 언제? 어디서? 여자는 모자를 바닥에 떨어뜨린 채 어깨에 머리를 기대고 평화롭게 자고 있었다. 마흔에서 마흔다섯 살 정도 되어 보였다. 체격 좋고, 혈색 좋고, 어깨가 떡 벌어진 강인한 여자였다. 큼지막한 손은 의자 양쪽으로 늘어져 있었다. 머리카락은 희끗희끗했다. 잔느는 큰 불행을 겪은 뒤 열에 들뜬 잠을 자고 막 깨어나 아직 정신이 혼미한 상태로 집요하게 여자를 바라보았다.

분명히 저 얼굴을 본 적이 있었다! 옛날에 보았을까? 최근이었을까? 아무것도 알 수가 없었는데, 이 강박적인 생각이 그녀를 뒤흔들고 짜증나게 했다. 그녀는 잠자는 여자를 더 가까이에서 바라보려고 가만히 일어나서 발끝으로 다가갔다. 묘지에서 그녀를 일으켜 세웠고 침대에 눕혀 준 여자였다. 그건 어렴풋이 기억났다.

그런데 다른 곳에서, 다른 시기에 이 여자를 만난 적이 있었던가? 아니면 단지 어제의 어렴풋한 기억 속에서 알아보았다고 생각한 걸까? 그런데 왜 저 여자가 내 방에 와 있을까? 왜?

여자가 눈을 뜨더니 잔느를 보고 벌떡 일어났다. 두 여자는 가슴이 닿을 정도로 가까이 마주 섰다. 낯선 여자가 웅얼거렸다. "아니! 왜 일어나 계세요! 이 시간에 안 주무시면 병나시겠어요. 얼른 다시 누우세요!"

잔느가 물었다. "누구세요?"

여자는 두 팔을 벌려 남자 같은 힘으로 그녀를 안아 들고 다시 침대에 눕혔다. 잔느를 조심스레 시트 위에 눕히면서 거의 잔느 위에 눕다시피 몸을 굽힌 채 여자는 그녀의 뺨에, 머리카락에, 눈에 입을 맞추면서 울음을 터뜨려 눈물로 그녀의 얼굴을 적셨다. 그리고 더듬거리며 말했다. "가엾은 마님, 잔느 아가씨, 가여운 마님, 저를 못 알아보시겠어요?"

그러자 잔느가 외쳤다. "로잘리, 너구나." 잔느는 두 팔을 벌려 로잘리의 목에 매달리며 얼싸안고 입을 맞췄다. 두 여자 모두 얼싸안고 눈물을 뒤섞으며 흐느꼈고, 팔을 풀지 못했다.

로잘리가 먼저 진정했다. "자, 진정하셔야 해요. 감기 걸리지 말아야죠." 그녀는 이불을 끌어서 침대 가장자리를 정돈하고, 베개를 옛 여주인의 머리 아래 넣어 주었다. 여주인은 옛 기억들이 떠올라 몸을 떨며 연신 질식할 듯이 흐느꼈다.

그녀가 마침내 물었다. "가엾은 로잘리, 어떻게 돌아온 거야?"

로잘리가 대답했다. "마님을 이렇게 홀로 지내시게 할 수는 없지요!"

잔느가 다시 말했다. "촛불을 켜 봐, 네 얼굴을 좀 보게." 침대 옆 탁자로 불을 가져오자 두 여자는 아무 말 없이 오래도록 서로를 바라보았다. 얼마 후 잔느가 손을 옛 하녀에게 내밀며 웅얼거렸다. "너를 도저히 못 알아봤을 거야. 많이 변했어. 그렇지만 나만큼 변한 건 아냐."

그러자 로잘리는 자신이 떠날 때만 해도 젊고 아름답고 생생했는데 이제 깡마르고 시들어 버린 백발의 여자를 물끄러미 바라보며 대답했다. "잔느 마님, 정말 많이 변하셨어요. 너무 많이 변하셨어요. 그렇지만 우리가 서로 못 본 지가 24년이라는 걸 생각해 보세요."

두 여자는 입을 다물고 다시 생각에 잠겼다. 잔느가 마침내 말문을 열었다. "적어도 넌 행복했겠지?"

로잘리는 너무 고통스러운 기억을 떠올리게 될까 두려워 머뭇거리며 말을 더듬었다. "네… 네… 마님. 크게 불평할 정도는 아닙니다. 마님보다 행복했던 건… 확실해요. 제 마음을 늘 괴롭힌 게 한 가지 있는데, 그건 이곳에 남아 있지 못했다는 거지요……." 이 말을 하고 그녀는 불쑥 입을 다물었다. 미처 생각 없이 그 일을 건드렸다 싶어 흠칫했던 것이다. 그러나 잔느는 다정하게 말했다. "어쩌겠니, 애야. 우리가 하고 싶은 대로 늘 하고 사는 건 아니잖니. 너도 혼자가 된 거지?" 그러곤 문득 불안감에 사로잡혀 떨리는 목소리로 그녀가 말을 이었다. "혹시 다른 아이도… 있어?"

"아뇨, 마님."

"그럼, 그 아이……. 네 아들은 어떻게 되었어? 그 애를 대견하게 생각해?"

"네, 마님. 열심히 일하는 착한 아이예요. 6개월 전에 결혼했는데, 제가 이렇게 마님 곁에 돌아왔으니 농장은 그 애가 맡을 겁니다."

잔느는 감격해서 몸을 떨며 중얼거렸다. "그러면 넌 이제 내 곁을 떠나지 않을 거야?"

로잘리가 무뚝뚝한 어조로 말했다. "물론입니다, 마님. 그러기 위해 필요한 걸 다 정리해 두었어요."

두 여자는 얼마간 말이 없었다.

잔느는 자신도 모르게 둘의 삶을 비교해 보았으나, 이제는 운명의 불공평한 잔인함에 체념한 터라 쓸쓸한 마음은 없었다. 그녀가 말했다. "네 남편은 너한테 어땠어?"

"오! 착한 사람이었어요. 마님. 게으르지도 않고요. 재산을 모을 줄 알았죠. 폐병으로 죽었습니다."

그러나 잔느는 더 알고 싶은 욕구가 일어 침대에서 일어나 앉으며 말했다. "자, 다 얘기해 보렴. 네 삶을 전부. 이젠 내게 위안이 될 거야."

로잘리는 의자를 당겨 앉더니 자신에 대해, 자기 집에 대해, 자기 세계에 대해 말하기 시작했는데, 시골 사람들이 좋아하는 자세한 세부 사실까지 들어가서 마당을 묘사하고, 때로는 흘러간 좋은 시절을 떠올리는 옛날 일들을 말하며 웃고, 지시하는 데 길든 촌부로서 점차 목소리를 높였다. 마지막으로 그녀가 말했다. "오, 이젠 땅도 좀 가지고 있어요. 아무 걱정이 없어요." 그러더니 다시 조금 난처해하며 목소리를 낮춰 말했다. "그렇지만 이 모든 게 마님 덕이지요. 그래서 저는 보수를 바라지 않는다는 걸 알아주세요. 아! 절대 아니죠. 절대 아니고말고요. 행여 마님께서 원치 않으신다면 저는 가겠습니다."

잔느가 다시 말했다. "아무 대가 없이 나를 도와주겠다는 거냐?"

"아, 그럼요, 마님. 돈이라뇨! 마님께서 제게 돈을 주시다니요! 제게도 마님만큼 돈은 있습니다. 저당 잡힌 것이며 빌린 것들, 이자를 지불하지 않아서 기한이 될 때마다 불어나는 것까지 빼면 마님께 얼마나 남는지는 아세요? 아세요? 모르시지요? 아마 마님께는 연간 수입이 1만 리브르밖에 안 남았을 겁니다. 1만 리브르도 채 안 될 겁니다. 그렇지만 제가 그 모든 걸 해결해 드리겠습니다. 얼른 처리해 드릴게요."

그녀는 다시 목소리를 높여 이자를 갚지 않아 파산 위기에 내몰린 데 대해 화를 냈다. 애처로운 미소가 여주인의 얼굴에 어렴풋이 스치자 그녀는 격분해서 외쳤다.

"웃을 일이 아닙니다. 마님. 돈이 없으면 천한 평민이 되는 거예요."

잔느가 로잘리의 두 손을 잡더니 꼭 쥐었다. 그러곤 자신을 강박적으로 사로잡고 있던 생각에 여전히 쫓기며 천천히 말했다. "오! 나는 운이 나빴어. 모든 불행이 내게 쏟아졌지. 운명이 평생 악착스레 나를 따라다녔어."

그러나 로잘리는 고개를 저었다. "그런 말씀 마세요, 마님. 그렇게 말해선 안 되죠. 결혼을 잘못 하신 겁니다. 그뿐이에요. 그런 식으로, 약혼자를 제대로 알지 못한 채 결혼하면 안 되지요."

두 여자는 오래된 친구처럼 신세타령을 이어갔다.

동이 텄을 때도 두 여자는 여전히 얘기하고 있었다.

12

로잘리는 일주일 만에 푀플 성 사람과 집안일에 대한 전권을 쥐었다. 잔느는 체념하고 수동적으로 따랐다. 쇠약해진 그녀는 예전에 그녀의 어머니가 그랬던 것처럼 다리를 끌며 하녀의 부축을 받고서 밖으로 나와 느린 걸음으로 산책했고, 로잘리는 그녀를 병든 아이처럼 다루며 투박하지만 다정한 말로 잔소리도 하고 격려도 했다.

두 사람은 언제나 옛날 얘기를 했다. 잔느는 눈물이 맺혀 목이 메었고, 로잘리는 무심한 시골 사람들의 태연한 말투로 얘기했다. 늙은 하녀는 해결되지 않은 이자 문제에 대해 여러 차례 얘기하면서 이런 일에 무지한 잔느가 아들에 대한 수치심 때문에 감추고 있는 서류를 내놓으라고 요구했다.

그러곤 로잘리는 일주일 동안 매일 페캉에 가서 자신이 잘 아는 공증인에게 일 처리에 대한 설명을 들었다.

어느 날 저녁, 여주인을 침대에 들게 한 뒤 그녀는 머리맡에 앉아서 불쑥 말했다. "이제 자리에 누우셨으니, 마님, 얘기 좀 하시지요."

그러곤 상황을 설명했다.

모든 걸 해결하고 나면 연간 수입이 대략 7천에서 8천 프랑 가량 남을 것이다. 그것뿐이었다.

잔느가 대답했다. "어쩌겠니? 난 오래 살 것 같지 않구나. 그 정도면 충분할 거야."

그러자 로잘리가 화를 냈다. "마님껜 그럴지도 모르지요. 그렇지만 폴 도련님에게는 아무것도 안 남기실 겁니까?"

잔느가 소스라치며 말했다. "제발 그 아이 얘기는 하지 말아 줘. 그 생각만 하면 너무 괴로워."

"오히려 그 얘기를 해야겠어요. 잔느 마님은 정직하지 않으세요. 도련님은 허튼짓을 합니다. 그렇지만 항상 그러진 않을 겁니다. 게다가 결혼도 할 테고, 아이도 낳겠지요. 아이들을 기르려면 돈이 필요할 겁니다. 제 말 잘 들어 보세요. 푀플 성을 파시면!……."

잔느는 벌떡 일어나 침대에 앉았다. "푀플을 팔라고! 그런 생각을 해? 오! 그건 절대 안 돼!"

그러나 로잘리는 흔들리지 않았다. "그래야 하기 때문에 팔라고 말씀 드리는 겁니다."

그러곤 자신의 계산과 계획과 이유를 설명했다.

그녀가 찾아낸 구매자에게 일단 퓌플 성과 성에 딸린 농장 두 개를 팔고 나면 생-레오나르에 있는 농장 네 개는 지킬 수 있을 테고, 그 농장들이 저당에서 풀리면 8천3백 프랑의 수입이 될 것이라는 얘기였다. 1년에 천3백 프랑은 재산의 수리와 유지를 위해 따로 떼어 놓을 테고. 그러면 7천 프랑이 남을 텐데, 그중 5천으로 한 해의 지출을 충당할 것이다. 그리고 2천은 앞날을 대비해 저축할 것이다.

그녀가 덧붙였다. "나머지는 모두 먹혀 버려 끝났어요. 열쇠는 제가 가지고 있겠어요. 아시겠지요? 폴 도련님에게는 아무것도 드리지 않을 겁니다. 그렇지 않으면 마지막 한 푼까지 다 가져갈 겁니다."

조용히 울고 있던 잔느가 중얼거렸다.

"그런데 그 아이가 먹을 게 없다면 어떡하지?"

"배가 고프면 이 집에 와서 먹으면 될 겁니다. 여기엔 언제나 도련님을 위한 침대와 음식이 있을 테니까요. 마님께서 처음부터 한 푼도 주지 않았더라면 그 모든 어리석은 짓을 저지르지 않았을 거라고 생각하지 않으세요?"

"그렇지만 그 아인 빚을 졌고, 불명예스러운 꼴을 당할 뻔했어."

"마님께 더 이상 한 푼도 없다면 도련님이 더는 빚을 지지 않을까요? 마님께서 지불해 주신 건 잘하셨어요. 그렇지만 더 이상은 안 됩니다. 분명히 말씀드립니다. 이제, 주무세요, 마님."

그녀는 나갔다.

잔느는 쾨플을 팔고, 자신의 온 삶이 결부되어 있는 이 집을 떠나 어딘가로 간다는 생각에 마음이 뒤숭숭해서 잠을 이루지 못했다.

이튿날 로잘리가 방으로 들어서는 걸 보고 잔느가 말했다. "얘야, 나는 여기서 멀어진다는 결심을 할 수가 없구나."

그러나 하녀는 화를 냈다. "그렇지만 그래야만 해요, 마님. 공증인이 곧 성을 사고 싶어 하는 사람과 함께 올 겁니다. 그러지 않으면 4년 후에는 순무 한 뿌리도 남지 않게 될 거예요."

잔느는 기운 없이 같은 말만 반복했다. "난 못해. 절대 못해."

한 시간 뒤, 우편배달부가 폴의 편지를 한 통 가져왔다. 또 1만 프랑을 요구하는 편지였다. 어떻게 하지? 넋이 나간 잔느가 로잘리와 의논했다. 로잘리는 두 팔을 쳐들고 말했다. "제가 뭐라고 했어요, 마님? 아! 제가 돌아오지 않았다면 두 분 모두 벌써 빈털터리가 되셨겠어요!" 잔느는 하녀의 의지에 굴복해서 아들에게 답장을 썼다.

사랑하는 아들아, 나는 이제 너를 위해 아무것도 할 수가 없구
나. 너는 나를 파산으로 내몰았어. 이젠 쾨플까지 팔 수밖에 없
는 지경이 되었어. 그렇지만 네가 참으로 고통을 안겨 준 늙은
어미 곁으로 피신하고 싶다면 언제라도 내가 네 안식처를 마련
해 둘 거라는 건 잊지 말렴.

잔느.

공증인이 제당업자였던 조프랭 씨와 함께 왔을 때 잔느는
직접 그들을 맞이해 성을 세세히 둘러보게 안내했다.

한 달 뒤, 그녀는 매매계약서에 서명을 했고, 동시에 고데르
빌 근처, 바트빌이라는 마을의 몽티빌리에 도로에 위치한 작은
평민 집을 한 채 샀다.

그리고 저녁까지 그녀는 비탄에 잠긴 채 비통한 마음으로
혼자서 어머니의 산책로를 거닐었다. 지평선에, 나무들에, 플라
타너스 아래 놓인 벌레 먹은 벤치에, 너무도 잘 알아서 그녀의
눈과 마음속에 들어와 있는 것 같은 그 모든 사물에, 숲에, 그
녀가 참으로 자주 앉았던, 그리고 쥘리앵이 죽던 그 끔찍한 날
푸르빌 백작이 바다를 향해 달려가는 걸 본 황야 앞 잡목림에,

자주 기대고 앉았던 늙은 느릅나무 둥치에, 그 친근한 정원에 울먹이며 절망에 찬 작별 인사를 했다.

로잘리가 와서 그녀의 팔을 부축해 억지로 집 안으로 데려 갔다.

스물다섯 살의 키 큰 농부가 문 앞에서 기다리고 있었다. 그는 마치 오래전부터 아는 듯이 친근한 말투로 그녀에게 인사를 했다. "안녕하세요, 잔느 마님, 건강은 어떠세요? 어머니가 절더러 이사를 도우러 오라고 하셨어요. 가져가실 것을 알고 싶어요. 농사일에 방해가 되지 않게 틈틈이 옮겨 가겠습니다."

그는 로잘리의 아들, 쥘리앵의 아들, 폴의 형제였다.

그녀는 심장이 멎는 것만 같았다. 그러면서도 그 청년을 끌어안고 싶은 마음이었다.

그녀는 청년을 바라보며 자기 남편을 닮았는지, 아들을 닮았는지 살폈다. 그는 얼굴이 붉고 건장했으며, 엄마를 닮아 파란 눈에 금발이었다. 그렇지만 쥘리앵을 닮기도 했다. 무엇이 닮은 걸까? 어떤 것이? 딱히 알 수는 없었지만 전체적인 용모에 닮은 데가 있었다.

청년이 다시 말했다. "당장 일러주시면 고맙겠습니다."

그러나 새집이 아주 작아서 그녀는 아직 무엇을 가져가야 할지 결정하지 못했다. 그래서 주말에 다시 와달라고 부탁했다.

그 후 그녀는 이사에 몰두했는데, 그 일은 기대할 것도 없는 울적한 그녀의 삶에 슬픈 기분 전환거리가 되었다.

그녀는 이 방 저 방 다니면서 특별한 사건을 떠올리는 가구들을 찾았다. 어려서부터 알아서 기쁨이나 슬픔의 기억이, 우리 역사의 날짜들이 결부된 가구들, 달콤했거나 어두웠던 우리의 시간을 함께해 온 말없는 동료들, 우리 삶의 일부가, 아니 거의 우리 존재의 일부가 되어 버린 친구 같은 가구들, 우리 곁에서 낡고 늙어서 군데군데 구멍 나고 안감이 뜯기고 이음새가 흔들거리고 색깔이 바랜 친구 같은 가구들을 찾았다.

그녀는 중대한 결정을 내릴 때처럼 마음이 흔들려 자주 망설였고, 종종 결정을 번복했으며, 안락의자 둘과 오래된 책상과 낡은 작업대를 비교해 가며 가구를 하나씩 골랐다.

서랍을 열어 보고, 기억을 떠올리려고 애쓰기도 했다. 그러다가 "그래, 이걸로 할래." 하고 결정하면 그 물건을 식당으로 내려 보냈다.

그녀는 자기 침실의 모든 집기를 간직하고 싶었다. 침대, 양탄자, 추시계 할 것 없이 전부.

거실의 의자 몇 개도 골랐는데, 여우와 황새, 여우와 까마귀, 매미와 개미, 슬픈 왜가리 등 그녀가 어린 시절부터 좋아한 그림이 그려져 있는 의자들이었다.

그녀는 버리고 떠날 그 집 구석구석을 돌아보다가 하루는 다락에 올라갔다.

그러곤 깜짝 놀라서 그 자리에 멈춰 섰다. 그곳엔 온갖 종류의 물건이 뒤죽박죽 가득했다. 부서진 물건들, 그저 더럽혀진 물건들, 왜 올라와 있는지 모를 물건들, 싫증이 났거나 다른 물건으로 대체되어 올라온 물건들이었다. 옛날엔 알았는데 갑자기 사라져 생각지 못했던 자질구레한 물건들이 보였다. 그녀의 손때가 묻은 하찮은 물건들, 그녀 곁에서 15년 동안이나 굴러다녔던 낡고 사소한 물건들, 그녀가 매일 보면서도 의식하지 못했던 물건들, 처음 도착했을 때 놓였던 자리를 완벽하게 기억하고 있는, 더 오래된 다른 물건들 옆에서 문득 발견한 그 물건들은 잊었던 증인처럼, 다시 만난 친구처럼 별안간 중요한 의미를 띠었다. 그 물건들은 오랜 세월 만났어도 서로를 드러내지 않다가 갑자기 어느 날 저녁 사소한 얘기를 하다가 끝없는 수다를 늘어놓게 되고, 생각지도 않게 마음을 털어놓게 된 그런 사람들처럼 느껴졌다.

그녀는 두근거리는 마음으로 이 물건 저 물건으로 옮겨 다니며 혼잣말을 했다. "맞아, 결혼식 며칠 전 어느 날 저녁에, 내가 저 중국 찻잔을 떨어뜨려 금이 갔지. 아! 여기 어머니의 작은 초롱도 있고, 아버지가 빗물에 불은 나무 울타리를 열려다가 깨뜨린 지팡이도 있네."

그곳엔 그녀가 알지 못해서 아무 기억도 떠오르지 않는 물건도 많았다. 조부모님이나 증조부모님으로부터 내려온, 제 시대가 아닌 다른 시대로 유배된 것 같은 먼지투성이의 물건들, 버려져서 슬퍼 보이는, 누구도 그 물건들의 역사와 모험을 알지 못하는, 누가 그 물건들을 골랐고 구매해서 소유하고 사랑했는지 아무도 보지 못한, 그 물건들을 친근하게 다룬 손을, 기쁘게 그 물건들을 바라본 눈을 아무도 알지 못하는 물건들이었다.

잔느는 그 물건들을 만져 보고 뒤집어 보며 쌓인 먼지에 손가락 자국을 남겼다. 그녀는 그렇게 지붕에 끼워진 몇 개의 작은 유리창으로 들어오는 생기 없는 햇빛을 받으며 그 물건들 틈에 머물렀다.

발이 세 개뿐인 의자들을 세심하게 살펴보며 떠오르는 게 없는지 찾았고, 본 적 있는 것 같은 놋대야, 우그러진 발난로, 쓸모없어진 부엌 도구들을 꼼꼼히 살폈다.

그러곤 가져갈 것을 한 무더기 골라 놓고 다시 내려와서 로잘리에게 그걸 가져오라고 보냈다. 로잘리는 화를 내며 "그 잡동사니들"을 갖고 내려오길 거부했다. 그러나 전과 달리 아무런 의지도 보이지 않던 잔느가 이번만큼은 고집을 부렸다. 로잘리는 따라야만 했다.

어느 날 아침, 쥘리앵의 아들인 청년 농부 드니 르코크가 수레를 가지고 와서 첫 번째 이삿짐을 날랐다. 내린 가구를 놓여야 할 제자리에 놓는지 지켜보기 위해 로잘리가 따라갔다.

혼자 남은 잔느는 발작하듯 지독한 절망에 사로잡혀 성의 이 방 저 방을 배회하며 양탄자의 크고 흰 새들, 낡은 촛대들이며 가져갈 수 없는 모든 것을, 마주치는 모든 것을 격앙된 사랑의 충동으로 끌어안았다. 그렇게 눈물을 펑펑 흘리며 미친 듯이 이 방 저 방을 돌아다니다가 바다에 '작별 인사'를 하려고 밖으로 나갔다.

9월 말 무렵이어서 낮게 드리운 잿빛 하늘이 세상을 무겁게 짓누르는 것처럼 보였다. 누르스름한 슬픈 물결이 끝없이 펼쳐졌다. 그녀는 괴로운 생각을 떠올리며 절벽 위에 오래도록 서 있었다. 그러다가 어둑해지자 그동안 살면서 겪은 더없이 큰 슬픔들을 그날 하루에 다 겪고 집으로 돌아왔다.

로잘리는 이미 돌아와 기다리고 있었다. 그녀는 도로와 접해 있지 않은 이 큰 성보다 새집이 훨씬 더 유쾌하다며 좋아했다.

잔느는 저녁 내내 울었다.

성이 팔렸다는 사실을 안 뒤로 소작인들은 그녀에게 꼭 필요한 존중만 보였고, 저들끼리는 딱히 이유는 알지 못한 채 잔느를 '미친 여자'라고 불렀다. 아마도 촌부들 특유의 본능으로 점점 커져 가는 그녀의 병적인 감상, 지나친 몽상, 불행에 휘둘린 가련한 영혼의 혼란을 감지했기 때문일 것이다.

새집으로 떠나기 전날, 그녀는 우연히 마구간에 들어갔다. 으르렁거리는 소리를 듣고 소스라치게 놀랐다. 몇 달째 거의 생각하지 못했던 마사크르였다. 동물의 수명을 넘긴 나이가 되어 앞도 못 보고 몸까지 마비된 녀석은 뤼디빈이 잊지 않고 돌봐줘서 짚더미에서 살고 있었다. 그녀는 녀석을 품에 안고 집으로 데려갔다. 큰 술통만큼이나 몸집이 큰 녀석은 뻣뻣한 다리를 벌린 채 질질 끌며 겨우 걸었고, 나무로 만든 장난감 개처럼 짖었다.

마지막 날이 밝았다. 잔느는 자기 침실의 가구를 몽땅 치웠기에 예전에 쥘리앵이 썼던 방에서 잤다.

그녀는 마치 장거리달리기라도 한 사람처럼 지친 몸으로 숨을 헐떡이며 침대에서 빠져나왔다. 가방과 나머지 집기들을 실은 마차가 이미 마당에 준비되어 있었다. 여주인과 하녀를 실어 갈 이륜 포장마차가 뒤에 매어져 있었다.

시몽 영감과 뤼디빈만이 새 주인이 올 때까지 남아 있을 것이다. 그러고 나면 그들은 잔느가 챙겨 준 연금을 가지고 친척 집으로 갈 것이다. 그들에겐 따로 모아 둔 돈도 있었다. 이제는 쓸모없이 수다스럽기만 한 아주 늙은 하인들이었다. 아내를 얻은 마리우스는 오래전에 집을 떠나고 없었다.

8시쯤, 비가 내리기 시작했는데, 바닷바람을 내쫓는 차가운 보슬비였다. 짐마차 위에 포장을 씌워야 했다. 나무에서 벌써 낙엽이 떨어져 날고 있었다.

부엌 식탁 위에 놓인 카페오레 잔에서 김이 나고 있었다. 잔느는 자기 잔 앞에 앉아 홀짝홀짝 마시기 시작했다. 그러다 일어서더니 말했다. "가자!"

그녀는 모자를 쓰고 숄을 걸쳤고, 로잘리가 고무장화를 신겨 주는 동안 목멘 소리로 말했다. "생각나지. 우리가 여기 오려고 루앙을 떠날 때도 비가 내렸지……."

그녀는 경련이 일어나서 두 손을 가슴에 얹더니 쓰러져 의식을 잃었다.

그리고 한 시간 넘도록 죽은 듯이 누워 있었다. 얼마 후 눈을 다시 뜬 그녀는 발작하듯 몸을 들썩이며 눈물을 쏟았다.

마침내 조금 진정되었을 때는 너무 기운이 빠져 일어설 수조차 없었다. 출발을 늦췄다가 또다시 발작이 일어날까 겁이 난 로잘리가 아들을 데리러 갔다. 둘이서 잔느를 붙들고 들어 올려 마차에 태우고 밀랍 입힌 가죽을 씌운 나무 의자에 앉혔다. 그리고 늙은 하녀는 잔느 옆에 타서 잔느의 다리를 덮어 주고 큰 외투로 어깨도 덮어 주었다. 그러곤 머리 위로 우산을 펼쳐

들고 외쳤다. "드니, 얼른 가자."

청년은 어머니 곁에 올라탔으나 자리가 없어서 엉덩이를 반만 걸친 채 말을 빨리 몰았다. 말의 불규칙한 속보에 두 여자의 몸이 펄쩍 튀어 오르곤 했다.

마을 모퉁이를 돌자 도로를 이리저리 걷고 있는 사람이 보였다. 톨비악 신부였는데, 이들이 떠나는 걸 지켜보고 있었던 모양이었다.

그는 걸음을 멈추고 마차가 지나가게 비켜섰다. 물이 옷에 튈까 봐 한 손으로 사제복을 들고 있어 검은색 양말을 신은 깡마른 두 다리와 진흙투성이의 커다란 구두가 드러났다.

잔느는 그와 눈길을 마주치지 않으려고 눈을 내리깔았다. 모르는 게 없는 로잘리는 버럭 화를 내며 중얼거렸다. "흉악한 놈, 흉악한 놈!" 그러더니 아들의 손을 잡고 말했다. "채찍으로 한 대 후려쳐 버려!"

아들은 사제 옆을 지나갈 때 전속력을 달리고 있던 마차의 바퀴를 바퀴 자국 안에 갑자기 떨어지게 해서 진흙탕을 사제의 머리부터 발끝까지 뒤집어씌웠다.

로잘리가 흡족한 얼굴로 뒤를 돌아보며 그에게 주먹질을 해보였고, 그러는 동안 신부는 큰 손수건으로 몸을 닦았다.

5분쯤 달렸을 때 잔느가 갑자기 외쳤다. "마사크르를 잊었어!"

멈춰 서야만 했다. 드니가 내려 개를 찾으려 달려갔고, 그동안 로잘리가 고삐를 잡았다.

청년은 털이 빠져 흉한 몰골의 큰 짐승을 품에 안고 다시 나타나서 두 여자의 치마폭 사이에 개를 내려놓았다.

13

마차는 두 시간 뒤, 방추형으로 가지가 잘린 배나무 과수원 한가운데 대로변에 자리한 작은 벽돌집 앞에 멈춰 섰다.

인동덩굴과 참으아리가 덮인 격자형 정자 네 개가 정원의 네 모서리를 이루고 있었고, 과실수가 가장자리를 두른 좁은 길이 작은 텃밭 사이로 나 있었다.

아주 높은 생울타리가 그 소유지를 사방에서 에워싸고 있었고, 이웃 농가와의 사이에 밭 하나가 있었다. 도로변에서 백 보 정도 앞쪽에는 대장간이 있었다. 가까운 다른 집들은 1킬로미터 정도 떨어져 있었다.

주변 전망은 코 지방의 들판으로 펼쳐져 있었고, 드문드문 농가들이 보였으며, 두 줄로 늘어선 키 큰 나무들이 사과나무가 심어진 뜰을 사방에서 에워싸고 있었다.

잔느는 도착하자마자 쉬고 싶었지만 다시 몽상에 빠질까 겁낸 로잘리가 그러도록 내버려 두지 않았다.

고데르빌의 목수가 설비 작업을 하려고 와 있었다. 그들은 마지막 마차가 오기를 기다리며 먼저 가져온 가구들을 옮기기 시작했다.

오래 생각하고 많이 고심해 봐야 하는 엄청난 작업이었다.

한 시간 뒤, 마차가 울타리 앞에 도착해 비를 맞으며 짐을 내려야 했다.

밤이 되었을 때도 집 안엔 여기저기 물건들이 쌓여 있어 완전히 엉망이었다. 잔느는 기진맥진해서 눕자마자 잠이 들었다.

이어지는 며칠 동안 그녀는 일에 짓눌려 감상에 젖을 시간이 없었다. 아들이 그곳으로 돌아오리라는 생각이 떠나질 않아 새집을 예쁘게 꾸미는 데서 어느 정도 즐거움을 느끼기도 했다. 예전 침실에 걸렸던 융단들은 식당 겸 거실에 걸렸다. 그녀는 2층의 방 두 개 가운데 하나를 특별히 신경 써서 꾸몄다. 마음속으로 그 방에 '폴레의 방'이라는 이름을 붙였다.

잔느는 두 번째 방을 썼고, 로잘리는 위층의 다락 옆방에서 지내기로 했다.

정성껏 꾸민 작은 집은 예쁘장했고, 잔느는 처음엔 그 집이 마음에 들었다. 뭔가 부족한 것 같긴 했지만 그게 무엇인지는 깨닫지 못했다.

어느 날 아침, 페캉의 공증인이 잔느에게 3천6백 프랑을 가져왔다. 푀플에 남겨 둔 가구를 가구상이 쳐준 값이었다. 그 돈을 받으면서 그녀는 기쁨의 전율을 느꼈다. 남자가 떠나자마자 그녀는 서둘러 모자를 쓰고 그 뜻하지 않은 금액을 폴에게 보내려고 고데르빌로 가려 했다.

그런데 도로에서 서두르다가 시장에서 돌아오는 로잘리를 만났다. 하녀는 뭔가 의심을 품었지만 바로 알아차리지는 못했다. 잔느가 그녀에겐 아무것도 감출 줄 몰랐기에 곧 그 사실을 알게 된 하녀는 바구니를 바닥에 내려놓고 있는 대로 화를 냈다.

그녀는 두 주먹을 허리춤에 얹고 소리쳤다. 그리고 오른팔로 여주인을 붙들고, 왼팔엔 바구니를 끼고서 여전히 화가 난 채 집을 향해 걸었다.

집으로 돌아오자마자 하녀는 돈을 내놓으라고 요구했다. 잔느는 6백 프랑을 남기고 주었다. 그러나 하녀가 그녀의 술수를 금세 꿰뚫어 보는 바람에 결국 돈을 전부 내놓아야만 했다.

그렇지만 로잘리는 그 돈을 청년에게 보내는 데는 동의했다.

며칠 뒤 아들이 감사 편지를 보내왔다. "사랑하는 엄마, 저희가 몹시도 궁핍한 처지였는데 제게 큰 도움을 주셨어요."

잔느는 바트빌에는 익숙해지지 않았다. 예전처럼 숨을 쉴 수 없는 것 같았고, 더 외롭고, 더 버림받고, 더 몰락한 것처럼 느껴졌다. 그녀는 주변을 한 바퀴 돌아보러 나가서 베르뇌유 마을까지 갔다가 트루아-마르를 거쳐 돌아왔고, 일단 집에 돌아오면 마치 가봐야 할 곳이나 산책하고 싶은 곳에 들르는 걸 잊기라도 한 것처럼 나가고 싶은 욕구에 사로잡혀 다시 일어서곤 했다.

이런 일이 매일같이 되풀이되었다. 그 기이한 욕구의 이유를 그녀는 알지 못했다. 그러던 어느 날 저녁, 무심코 떠오른 한 문장이 그 불안의 비밀을 드러내 주었다. 저녁식사를 하려고 앉으면서 그녀는 이렇게 말했다. "오, 바다가 얼마나 보고 싶은지 몰라!"

그녀가 그토록 간절히 그리워한 건 바다였다. 25년 동안이나 가까이 지냈던 바다와 그 짠내 품은 공기와 성난 파도, 으르렁거리는 파도 소리, 세찬 바람이었다. 매일 아침 그녀가 푀플의 창문 너머로 바라보던 바다, 밤낮으로 호흡했던 바다, 가까이에서 느껴 온 바다, 의식하지 못한 채 사람처럼 사랑했던 바다가 그리웠던 것이다.

마사크르 역시 극도로 불안한 상태로 지냈다. 도착한 날 저녁부터 녀석은 부엌 찬장 아래 자리 잡고는 떠날 줄 몰랐다. 녀석은 온종일 그곳에서 이따금 희미하게 으르렁거리며 돌아누울 뿐 거의 꼼짝하지 않았다.

그러나 밤이 되면 일어나서 정원 문을 향해 벽에 부딪쳐 가며 몸을 끌고 갔다. 그러곤 밖에서 몇 분간 있다가 돌아와서 아직 따뜻한 화덕 앞에 엉덩이를 깔고 앉았고, 두 여주인이 자러 가면 울부짖기 시작했다.

녀석은 그렇게 밤새도록 구슬프고 애처로운 목소리로 울었고, 이따금 한 시간쯤 멈췄다가 더 비통한 소리로 다시 울기 시작했다. 녀석을 묶어서 집 앞에 둔 큰 통에서 지내게 했다. 그러자 녀석은 창문 아래에서 울부짖었다. 몸도 불편한 데다 죽을 날도 멀지 않은 녀석을 다시 부엌으로 들였다.

늙은 개가 자기 집이 아니라는 걸 깨닫고 새집이 어디인지 알려고 애쓰며 울부짖고 끊임없이 긁어 대는 소리를 듣느라 잔느는 잠을 잘 수가 없었다.

무엇으로도 녀석을 진정시킬 수가 없었다. 보이지 않는 눈과 신체장애에 대한 의식이 움직이는 걸 가로막기라도 하는지, 녀석은 모든 생명체가 살아서 움직이는 낮 동안에는 내내 졸다가 모든 생명체를 장님으로 만드는 어둠 속에서만 살아 움직일 용기가 나는지, 저녁만 되면 쉬지 않고 배회했다.

어느 날 아침, 개는 죽어 있었다. 모두들 크게 안도했다.

겨울이 다가왔다. 잔느는 주체할 길 없는 절망이 엄습해 오는 걸 느꼈다. 예리한 고통이 아니라 구슬프고 음산한 슬픔이 마음을 비틀었다.

어떤 기분 전환도 그녀를 깨우지 못했다. 아무도 그녀에게 신경 쓰지 않았다. 문 앞의 대로는 오른쪽과 왼쪽으로 뻗어 있지만 거의 언제나 비어 있었다. 이따금 얼굴이 붉은 남자가 모는 이륜 경마차 한 대가 빠르게 지나갔는데, 바람에 부푼 작업복이 파란 공처럼 보였다. 때로는 느린 수레가 지나갔고, 멀리서 농부 두 사람이 다가오는 것이 보이기도 했다. 남자와 여자였는데, 지평선에서는 아주 작았다가 점점 커지더니 집을 지나가면 다시 작아져서 저 아래, 바닥의 완만한 기복에 따라 오르락내리락 끝없이 뻗어 있는 하얀 선 끝에서는 두 마리의 곤충 크기가 되었다.

풀이 다시 돋아나기 시작하자 짧은 치마 차림의 꼬마 여자애가 매일 아침 말라빠진 암소 두 마리를 끌고 울타리 앞을 지나갔다. 암소는 길의 도랑을 따라가며 풀을 뜯었다. 아이는 저녁에 똑같이 졸린 얼굴로 가축들 뒤에서 10분에 한 걸음씩 걸으며 돌아왔다.

잔느는 매일 밤 아직 푀플에 살고 있는 꿈을 꾸었다.

그녀는 옛날처럼 아버지와 어머니와 함께 그곳에 있었고, 때로는 리종 이모도 함께 있었다. 그녀는 이미 끝나서 잊고 있던 일들을 다시 했고, 아델라이드 부인을 부축하고 산책로를 걷는 걸 상상했다. 그래서 잠에서 깰 때마다 눈물이 났다.

그녀는 항상 폴을 생각하며 궁금해했다. '그 아이는 뭘 할까? 지금 어떻게 지낼까? 이따금 내 생각은 할까?' 농가 사이로 난 길을 천천히 거닐면 온갖 상념이 머릿속에 떠올라 마음을 어지럽혔다. 하지만 그녀는 무엇보다 아들을 빼앗아 간 그 모르는 여자에 대한, 억누를 길 없는 질투심에 괴로워했다. 오직 이 증오가 그녀를 붙들어 행동하지 못하게, 아들을 찾아가서 집에 들이닥치지 못하게 가로막았다. 문 앞에 그 여자가 서서 이렇게 묻는 모습이 눈에 선했던 것이다. "여긴 무슨 일로 오셨어요, 부인?" 이런 만남의 가능성을 떠올리자 어머니의 자존심이 폭발했던 것이다. 어떤 과실도 오점도 없이 언제나 순결을 지켜 온 여자의 고고한 자부심이 그녀를 화나게 했는데, 마음까지 비겁하게 만드는 육체적 사랑의 불결한 교제에 굴복한 인간의 그 모든 비겁함에 점점 더 격분했던 것이다. 그 모든 더러운 성적 비밀들, 품위를 떨어뜨리는 애무들, 떼어 놓을 수 없는 짝짓기에서 짐작되는 그 모든 비밀들을 생각하니 그녀에겐 인류가 추잡해 보였다.

봄과 여름이 다시 흘러갔다.

길어지는 비와 흐린 하늘, 먹구름을 동반한 가을이 돌아왔을 때 삶에 대한 지독한 권태가 엄습해서 그녀는 풀레를 되찾기 위한 노력을 제대로 기울여 보기로 결심했다.

청년의 열정도 지금쯤 식었을 터였다.

그녀는 아들에게 눈물에 젖은 편지를 썼다.

사랑하는 아들아, 내 곁으로 돌아오길 애원한다. 생각해 보렴.
나는 늙고 병든 채 1년 내내 하녀와 단둘이서 외롭게 지내고 있
단다. 이제는 길가의 작은 집에서 살고 있어. 아주 쓸쓸하단다.
그렇지만 네가 온다면 모든 게 달라질 거야. 내겐 이 세상에 너
뿐이야. 너를 못 본 지 벌써 7년이나 되었구나! 내가 얼마나 불행
했고, 마음을 얼마나 네게 의지했는지 넌 모를 거야. 너는 내 삶
이고 내 꿈이었어. 나의 유일한 희망이고 유일한 사랑이었어. 난
네가 이렇게 그리운데, 넌 나를 버렸구나.
오, 사랑하는 아들아, 돌아오렴. 돌아와서 나를 안아다오. 절망
에 빠진 두 팔을 네게 내미는 이 늙은 어미 곁으로 돌아오너라.

잔느.

며칠 뒤 아들이 답장을 보내왔다.

사랑하는 엄마, 저도 엄마를 보러 가고 싶은 마음이 간절하지만
돈이 한 푼도 없어요. 제게 돈을 조금 보내 주시면 가겠습니다.

더구나 저도 가서 엄마를 만나고, 엄마가 제게 바라는 것을 실현하게 해줄 계획에 대해 얘기하고 싶었어요.

제가 겪고 있는 힘든 시기에 함께해 준 제 동반자가 제게 쏟는 사심 없는 애정은 여전히 한계를 모릅니다. 이렇게 충실한 이 여인의 사랑과 헌신을 공개적으로 인정하지 않고는 더 이상 지낼 수가 없습니다. 게다가 예절 바른 여자이니 어머니도 좋아하실 겁니다. 그리고 교육도 잘 받았고, 책도 많이 읽습니다. 이 사람이 제게 어떤 존재였는지 어머니는 짐작도 못하실 겁니다. 제가 감사의 마음을 이 사람에게 보이지 않는다면 저는 짐승 같은 인간이 될 겁니다. 그러니 이 여자와의 결혼을 허락해 주시기를 청합니다. 제 일탈을 용서해 주세요. 그리고 어머니의 새집에서 모두 함께 살게 되길 바랍니다.

엄마가 이 사람을 안다면 당장 허락해 주실 겁니다. 저는 이 사람이 완벽하고 아주 품위 있는 여자라고 확신합니다. 엄마도 사랑하게 되실 거라고 확신합니다. 저는 이 사람 없이는 살지 못할 겁니다.

엄마의 답장을 애타게 기다리며. 사랑하는 엄마, 제 온 마음을 담은 입맞춤을 보냅니다.

아들

폴 드 라마르 자작

잔느는 망연자실했다. 편지를 무릎에 얹은 채 꼼짝 못하고 아들을 끊임없이 붙잡아 두고, 늙고 절망한 여자가 아들을 품에 안고 싶은 마음에 더는 버티지 못하고 마음이 약해져서 모든 걸 허락해 줄 시간만 기다리며 단 한 번도 아들이 오게 놔두지 않는 그 여자의 계략을 짐작했다.

그 여자에 대한 폴의 끈질긴 애정이 초래한 극심한 고통이 그녀의 마음을 갈기갈기 찢어 놓았다. 그녀는 거듭 말했다. "그 앤 나를 사랑하지 않아. 그 앤 나를 사랑하지 않아."

로잘리가 들어왔다. 잔느가 우물쭈물 말했다. "그 애가 이젠 그 여자랑 결혼하겠대."

하녀가 펄쩍 뛰며 말했다. "오! 마님, 그건 허락하지 않으실 거죠. 폴 도련님이 그런 길거리 여자를 거둘 건 아니죠."

낙심해 있던 잔느가 버럭 화를 내며 대답했다.

"그건 절대 안 될 일이지. 그 애가 안 오겠다면 내가 가서 만나겠어. 우리 둘 중 누가 이길지 볼 거야."

그녀는 당장 폴에게 편지를 써서 자신이 가겠다고, 그리고 그 매춘부가 사는 집이 아닌 다른 곳에서 그를 만나겠다고 알렸다.

그러곤 답장을 기다리며 짐을 꾸렸다. 로잘리는 낡은 여행 가방에 여주인의 속옷과 의복을 채우기 시작했다. 그런데 오래된 시골 드레스를 개다가 그녀가 외쳤다. "마님, 걸치실 게 하나도 없네요. 이런 모습으로 가시게 할 수는 없지요. 모두가 흉보겠어요. 파리 귀부인들이 마님을 하녀처럼 쳐다볼 겁니다."

잔느는 하녀가 하는 대로 따랐다. 두 여자는 함께 고데르빌로 가서 초록색 체크무늬 천을 골랐고, 마을 양장점에 맡겼다. 그런 다음 정보를 얻기 위해 매년 보름씩 파리로 여행하는 공증인 루셀 씨를 찾아갔다. 잔느가 파리에 가본 지가 28년이나 되었기 때문이다.

그는 마차를 피하는 법에 대해 많은 조언을 했고, 돈을 옷 안주머니에 넣어 꿰매고 꼭 필요한 정도만 주머니에 가지고 있으라고 말했다. 그리고 값이 비싸지 않은 식당에 대해서도 오래도록 얘기했고, 그중 여자들이 많이 드나드는 두세 군데를 지목해 주었다. 그도 묵곤 하는, 기차역 근처의 노르망디 호텔도 일러주었다. 자신이 소개해서 왔다고 해도 좋다고 말했다.

어디서나 화젯거리가 되고 있는 그 철로는 6년 전부터 파리와 르아브르 구간을 운행하고 있었다. 그러나 슬픔에 사로잡혀 있던 잔느는 나라 전체를 발칵 뒤집은 그 증기기관차를 아직한 번도 보지 못했다.

그런데 폴은 답장을 보내지 않았다.

그녀는 매일 아침 우편배달부를 마중하러 길로 나가 일주일을, 보름을 기다렸다. 배달부가 오면 다가가서 떨리는 목소리로 물었다. "말랑댕 영감님, 저한테 온 건 없나요?" 그러면 남자는 언제나 악천후 때문에 쉰 목소리로 대답했다. "이번에도 없네요, 부인."

그 여자가 폴이 답장을 쓰지 못하게 막는 게 틀림없었다!

그래서 잔느는 당장 떠나기로 마음먹었다. 로잘리를 데려가고 싶었지만, 하녀는 여행 비용을 아끼려고 따라가길 거부했다.

게다가 그녀는 여주인이 3백 프랑 이상 가져가는 걸 허용하지 않았다. "더 필요하시면 저한테 편지를 쓰세요. 그럼 공증인에게 가서 마님께 돈이 가도록 조치하겠습니다. 제가 마님께 돈을 더 드리면 폴 도련님이 앗아 갈 겁니다."

12월의 어느 날 아침, 로잘리가 역까지 여주인을 배웅하기로 하고, 두 여자는 역으로 태워 주려고 온 드니 르코크의 마차에 올랐다.

그들은 먼저 기차표 가격을 알아보았고, 모든 걸 지불하고 짐 가방을 등록한 뒤, 기차라는 기계가 어떻게 작동하는지 이해하려고 애쓰며 철로 앞에서 기다렸다. 두 여자는 그 신기한 일에 정신이 팔린 나머지 더는 여행의 슬픈 이유를 생각하지 못했다.

마침내 멀리서 기적 소리가 들려 고개를 돌려 보니 시커먼 기계가 점점 다가오면서 커지는 것이 보였다. 기계는 무시무시한 소리를 내며 도착했고, 바퀴 달린 작은 집들을 길게 달고 두 여자 앞을 지나갔다. 역무원이 문을 열었고, 잔느는 울면서 로잘리를 끌어안고는 그 열차칸 중 하나에 올랐다.

로잘리가 다급히 외쳤다.

"다녀오세요, 마님, 여행 잘 하시고 곧 뵐게요!"

"잘 있어, 로잘리!"

기적 소리가 다시 울렸고, 줄줄이 이어진 차량은 처음엔 천천히 달리기 시작하더니 점차 빨라졌고, 이내 무서운 속도로 달렸다.

잔느가 탄 열차칸에는 신사 두 명이 양쪽 구석에 등을 기대고 앉아 자고 있었다.

그녀는 기차의 속도에 질겁한 채 들판이, 나무가, 농가가, 마을이 지나가는 걸 바라보며 새로운 삶에 휩쓸린 채, 평온했던 젊은 시절과 단조로운 삶의 세상이 아니라 새로운 세상에 실려가는 느낌을 받았다.

어둠이 내릴 무렵, 기차는 파리로 들어섰다.

한 짐꾼이 잔느의 가방을 들었다. 혼잡한 군중 속을 지나는데 능숙치 못한 그녀는 사람들에게 떠밀려 짐꾼을 놓칠까 겁이 나서 남자 뒤에서 거의 달리다시피 했다.

호텔로 들어선 그녀는 서둘러 말했다.

"루셀 씨의 추천으로 왔어요."

근엄한 표정의 육중한 여주인이 책상에 앉은 채 물었다.

"루셀 씨가 누구죠?"

잔느는 당황해서 다시 말했다. "매년 이곳에 묵는 고데르빌의 공증인이에요."

뚱뚱한 여자가 말했다.

"그런가 보죠. 저는 그분을 모릅니다. 방을 원하세요?"

"네, 그렇습니다."

호텔 짐꾼이 그녀의 짐을 들고 앞장서서 계단을 올랐다.

그녀는 심장이 조여 오는 느낌이었다. 작은 탁자에 앉아서 닭날개 하나와 수프를 올려 달라고 청했다. 새벽부터 아무것도 먹지 못했던 것이다.

그녀는 희미한 촛불 아래에서 쓸쓸하게 먹었다. 온갖 상념에 잠겨 신혼여행에서 돌아오면서 이 도시에 들렀던 일, 파리에 체류하는 동안 쥘리앵이 처음 난폭한 성격을 드러냈던 일을 떠올렸다. 그때만 해도 그녀는 젊었고, 자신감이 넘쳤으며, 용감했다. 이제는 늙고, 부자유스럽고, 겁까지 많아서 아무것도 아닌 일에 주눅 들고 당황했다. 식사를 끝낸 그녀는 창가로 가서 사람들이 가득한 거리를 바라보았다. 밖으로 나가고 싶었지만 용기가 나지 않았다. 분명히 길을 잃을 거라는 생각이 들었다. 그녀는 자리에 누워 불을 껐다.

그런데 소음과 낯선 도시가 주는 이질감과 여행으로 인한 동요 때문에 잠이 오지 않았다. 시간이 흘러갔다. 바깥의 소음은 차츰 잦아들었지만 대도시의 불완전한 휴식 상태 때문에 신경이 들떠서 여전히 잠을 이루지 못했다. 그녀는 인간, 짐승, 식물, 할 것 없이 모든 걸 마비시켜 버리는 전원의 고요하고 깊은 잠에 길들어 있었다. 지금은 주변에서 알 수 없는 소요가 느껴졌다. 거의 지각할 수 없는 목소리들이 마치 호텔 벽 속으로 스며든 것처럼 그녀에게 전해졌다. 이따금 마룻바닥이 삐걱거리는 소리, 문이 닫히는 소리, 딸랑거리는 벨소리가 들렸다.

새벽 2시쯤, 그녀가 막 잠이 들려는 순간에 별안간 옆방에서 웬 여자가 비명을 질렀다. 잔느는 벌떡 일어나 침대에 앉았다. 남자의 웃음소리도 들리는 것 같았다.

날이 밝아올수록 폴에 대한 생각이 엄습해 왔다. 그녀는 동이 트자마자 옷을 입었다.

폴은 시테섬의 소바주길街에 살고 있었다. 절약하라는 로잘리의 권고를 따르기 위해 그녀는 걸어서 가기로 했다. 날씨는 화창했다. 차가운 공기가 살을 파고들었다. 바쁜 사람들이 인도 위에서 달리다시피 걷고 있었다. 그녀는 가능한 한 빨리 걸었다. 누군가 일러준 길 하나를 따라가다가 길 끝에서 오른쪽으로 꺾었고, 다시 왼쪽으로 꺾었다. 그리고 광장에 이르면 다시 물어봐야 했다. 그런데 광장이 나오지 않아서 웬 빵집 주인에게 물었는데, 빵집 주인은 다른 길을 가르쳐 주었다. 그녀는 다시 출발했고, 길을 잃고 헤매다가 또 다른 안내를 따라갔는데, 완전히 길을 잃고 말았다.

이제 그녀는 정신없이 거의 발길 닿는 대로 걸었다. 마차꾼을 불러야겠다고 마음먹는데 센강이 보였다. 그래서 강변을 따라 걸었다.

한 시간가량 걷고 나서 그녀는 소바주길로 접어들었다. 어두컴컴한 좁은 골목이었다. 그녀는 폴이 사는 집 문 앞에 멈춰 섰는데, 가슴이 벅차서 한 발짝도 더 내딛지 못했다.

풀레가 저 집에 살고 있다.

무릎과 손이 떨려 왔다. 마침내 그녀는 건물로 들어서서 복도를 따라갔고, 수위실이 보이자 돈을 한 푼 내밀며 물었다.

"폴 드 라마르 씨에게 어머니의 친구인 노부인이 밑에서 기다린다고 얘기 좀 해주시겠어요?"

수위가 대답했다.

"그분은 이제 여기 살지 않습니다, 부인."

극심한 오한이 온몸을 훑고 지났다. 그녀는 더듬더듬 물었다.

"아! 그럼… 지금은 어디에 살죠?"

"저야 모르지요."

그녀는 망연자실해서 쓰러질 것만 같아 아무 말도 못 하고 한동안 가만히 있었다.

마침내 안간힘을 써서 정신을 차리고 물었다.

"언제 떠났습니까?"

남자는 많은 것을 알려주었다. "보름쯤 됐습니다. 그 사람들은 어느 날 저녁 훌쩍 떠나더니 돌아오지 않았어요. 이 동네 사방에 빚을 졌어요. 그러니 주소를 남기지 않은 걸 이해하시겠지요."

잔느는 누군가 그녀에게 총이라도 쏜 것처럼 눈앞에서 번쩍이는 섬광을, 큰 불꽃을 보았다. 한 가지 집요한 생각이 그녀를 지탱해서 겉으로는 태연한 척 서 있게 해주었다. 그녀는 폴레에 대해 알고 싶었고, 아들을 되찾고 싶었다.

"가면서 아무 말도 안 하던가요?

"오! 전혀 안 했죠. 그 사람들은 돈을 지불하지 않으려고 도망친 겁니다."

"그렇지만 누구를 시켜 편지라도 찾으러 보내겠지요."

"제가 편지를 내줄 리 없지요. 더구나 그 사람들에게 오는 편지라야 1년에 열 통도 되지 않아요. 떠나기 이틀 전에 내가 한 통 올려다 주었지요."

분명히 그녀의 편지였을 것이다. 그녀가 황급히 말했다. "실은 제가 그 아이의 어미입니다. 그 아이를 찾으러 왔어요. 여기 10프랑을 드릴 테니 혹시 무슨 소식이나 그에 대해 알게 되시면 르아브르길에 있는 노르망디호텔로 제게 좀 가져다주세요. 후사하겠습니다."

그러곤 도망치듯 그 자리를 떠났다.

그녀는 어디로 갈지 생각지도 않고 다시 걸었다. 중요한 일로 바쁜 사람처럼 걸음을 재촉했다. 벽을 따라가다가 짐을 든 사람들과 부딪치기도 하고, 마차가 오는 걸 보지 않고 길을 건너다가 마부들에게 욕설을 듣기도 했다. 주의하지 않아 인도의 계단에 걸려 비틀거리기도 했다. 그녀는 정신없이 앞으로 내달렸다.

정신을 차려 보니 그녀는 어느 공원에 와 있었는데, 너무 피곤해서 벤치에 앉았다. 보아하니 그녀는 자기도 모르는 사이에 울면서 꽤 오랫동안 그곳에 머무른 모양이었다. 행인들이 멈춰서서 그녀를 쳐다보곤 했다. 그러다 몹시 추운 느낌이 들었다. 그래서 일어나서 다시 떠났다. 너무 지치고 기운이 없어 다리가 가까스로 몸을 지탱했다.

수프라도 먹으러 식당에 들어가고 싶었지만 자신의 슬픔이 드러날 것만 같아 부끄럽고 두렵고 창피해서 들어갈 용기가 나지 않았다. 다시 한번 식당 문 앞에 멈춰 서서 안을 들여다보고 식탁에 앉은 사람들이 먹는 걸 보다가 주눅 들어서 도망치며 생각했다. "다음 식당에 들어갈 거야." 그러나 다음 식당에도 들어가지 못했다.

결국 그녀는 빵집에서 달 모양의 작은 빵 하나를 사서 걸으며 먹기 시작했다. 목이 몹시 말랐지만 어디서 물을 마실 수 있는지 알지 못해서 그냥 참았다.

궁륭 통로를 지나자 아치로 둘러싸인 또 다른 공원이 나왔다. 그제야 그녀는 팔레 루아얄을 알아보았다.

햇살 아래 걷다 보니 몸이 좀 더워져서 그녀는 다시 한두 시간 앉아 있었다.

한 무리의 사람들이 들어왔다. 이야기하며 웃고 인사를 나누는 우아한 사람들, 여자들은 아름답고 남자들은 부유한, 오직 치장과 기쁨을 위해 사는 행복한 사람들이었다.

잔느는 그 빛나는 무리 틈에 끼어 있다는 데 질겁해서 달아나려고 일어섰다. 그런데 이런 장소에서 폴을 만날지도 모르겠다는 생각이 불쑥 들었다. 그래서 공손하고 빠른 걸음으로 공원 이쪽 끝에서 저쪽 끝으로 오가며 얼굴들을 살폈다.

사람들이 고개를 돌려 그녀를 바라보았고, 웃으며 그녀에게 손가락질을 하는 사람들도 있었다. 그녀는 그걸 알아차리고 달아났다. 로잘리가 천을 고르고 고데르빌 양장점에서 자신의 지시대로 맞춘 초록색 체크무늬 드레스와 자신의 행색을 비웃는다는 생각이 들었던 것이다.

이젠 행인들에게 길을 물을 용기조차 나지 않았다. 닥치는 대로 걷다가 마침내 호텔을 찾아냈다.

나머지 시간은 침대 발치에 놓인 의자에 앉아 꼼짝 않고 보냈다. 그리고 전날처럼 수프와 약간의 고기로 저녁식사를 했다. 그러곤 습관에 따라 모든 동작을 기계적으로 행하고 잠자리에 들었다.

이튿날 그녀는 경찰서로 가서 아들을 찾아 달라고 했다. 그들은 아무것도 약속할 순 없지만 알아보겠다고 했다.

그래서 그녀는 아들을 만날 희망을 품고 거리를 쏘다녔다. 인적 없는 들판 한가운데보다 그 바쁜 군중 속에서 더 외롭고, 더 절망적이며, 더 비참한 느낌이 들었다.

저녁에 호텔로 돌아왔을 때 웬 남자가 와서 폴 씨 대신 그녀를 찾았으며, 다음 날 다시 오기로 했다는 말을 들었다. 심장에서 피가 솟구치는 바람에 그녀는 밤새 눈을 붙이지 못했다. 그 애였을까? 호텔 사람이 말해 준 생김새로는 그 애 같진 않았지만, 그래도 틀림없이 아들일 것만 같았다.

아침 9시쯤, 누군가 그녀의 방문을 두드렸다. 그녀는 두 팔 벌리고 달려갈 태세로 외쳤다. "들어오세요!" 웬 낯선 남자가 들어섰다. 남자가 방해해서 미안하다며 사과하고, 용건을 설명하고, 폴이 진 빚을 받으러 왔다고 설명하는 동안 그녀는 눈물이 쏟아질 것 같았지만 상대에게 드러내고 싶지 않아 눈가로 흘러내리는 눈물을 손가락 끝으로 훔쳤다.

그 사람은 소바주길의 수위를 통해 그녀가 온 걸 알았다. 청년을 만날 수 없었기에 어머니에게 호소하러 온 것이다. 그가 종이쪽지 하나를 내밀었고, 그녀는 아무 생각 없이 그걸 받았다. 90프랑이라는 숫자를 읽고, 그 돈을 지불했다.

이날 그녀는 외출하지 않았다.

다음 날엔 다른 빚쟁이들이 나타났다. 그녀는 20프랑만 남기고 가진 돈을 몽땅 주었다. 그리고 로잘리에게 편지를 써서 자신이 처한 상황을 알렸다.

그녀는 하녀의 답장을 기다리며 뭘 할지도 모르고, 끝없는 시간을, 울적한 시간을 어디서 보내야 할지도 모르고, 다정한 말 한마디 나눌 사람도 없고, 자신의 비참한 처지를 아는 사람도 없어 그저 며칠을 헤매고 다녔다. 이제는 어서 이 도시를 떠나 고적한 도로변에 자리한 자신의 작은 집으로 돌아가고 싶은 욕구에 사로잡힌 채 닥치는 대로 걸었다.

며칠 전만 해도 슬픔에 짓눌려 그곳에서 살지 못할 것 같았는데, 이제는 오히려 자신의 울적한 습관이 뿌리를 내린 그곳이 아니고는 어디에서도 살 수 없을 것처럼 느껴졌다.

마침내 어느 날 저녁, 그녀는 편지 한 통과 2백 프랑을 받았다. 로잘리는 이렇게 썼다.

잔느 마님, 어서 돌아오세요. 더 이상은 아무것도 보내 드릴 수가 없어요. 폴 도련님은 소식이 오면 제가 찾으러 가겠습니다.

마님의 하녀가 인사 올립니다.

로잘리.

눈이 내리고 몹시 추운 어느 날 아침, 잔느는 바트빌로 다시 떠났다.

14

그 후로 그녀는 더는 바깥출입도 하지 않고, 움직이지도 않았다. 매일 아침 같은 시간에 일어나 창밖의 날씨를 보았고, 아래층으로 내려와 거실 불 앞에 앉았다.

그녀는 온종일 그 자리에서 꼼짝 않고 불만 응시한 채 비통한 상념에 빠져 줄지어 떠오르는 근심을 따라갔다. 조금씩 어둠이 방을 잠식해도 그녀는 불에 장작을 넣을 때 말고는 움직이지 않았다. 그럴 때면 로잘리가 등잔을 가져와서 외쳤다. "자, 잔느 마님, 움직이셔야 해요. 그러지 않으면 오늘 저녁에도 시장하지 않으실 겁니다."

그녀는 머리를 떠나지 않는 강박적인 생각들에 자주 쫓겼고, 하찮은 일들이지만 그녀의 병든 머릿속에서는 극도로 중요성을 띠는 사소한 걱정거리에 시달렸다.

그녀는 과거 속에, 아주 오래된 과거 속에 파묻혀 살았는데, 특히 어린 시절과 코르시카로 떠난 신혼여행 시절에 사로잡혀 지냈다. 오래전에 잊힌 그 섬의 풍경들이 문득 그녀 눈앞, 벽난로의 불꽃 속에 떠올랐다. 온갖 세세한 사실들, 자질구레한 일들, 그곳에서 만난 모든 얼굴들이 떠올랐다. 안내인 장 라볼리의 얼굴이 그녀를 따라다녔다. 때로는 그의 목소리가 들리는 듯했다.

그리고 폴이 어렸던 달콤한 시절도 생각했는데, 아들이 상추 모종을 옮겨 심게 해서 리종 이모와 둘이서 기름진 땅에 무릎을 꿇고 앉아 아이의 마음에 들기 위해 누가 더 솜씨 좋게 모종을 뿌리 내리게 해서 잘 자라게 하나 경쟁하며 정성을 다하던 시절을 생각했다.

그럴 때 그녀의 입술은 마치 아들에게 말하듯 나지막이 중얼거렸다. "폴레, 나의 폴레." 그러면 몽상은 그 말에 머물고, 그녀는 때로 몇 시간이나 손가락을 뻗어 허공에 대고 그 이름을 이루는 글자를 쓰려고 애썼다. 그녀는 난롯불 앞에서 천천히 그 글자를 그렸고, 마치 눈에 보이는지 잘못 썼다고 생각하고 피로로 떨리는 팔을 뻗어 P자를 다시 썼고, 이름을 끝까지 쓰려고 애썼다. 그렇게 이름을 다 쓰고 나면 다시 시작했다.

결국 더 이상 할 수 없는 지경이 되면, 모든 걸 뒤섞고 미칠 듯이 화를 내며 다른 말들을 만들어 냈다.

그녀는 고독한 사람들이 겪는 온갖 강박증에 시달렸다. 아무리 사소한 것이라도 자리가 바뀌면 버럭 화를 냈다.

로잘리는 자주 그녀를 도로로 데리고 나가 걷게 했다. 하지만 20분만 걷고 나면 그녀는 선언했다. "더는 못 걷겠어." 그러곤 도랑가에 앉아 버렸다.

곧 어떤 움직임도 지겨워져서 그녀는 가능한 한 늦게까지 침대에 머물렀다.

어린 시절부터 그녀에게 변함없이 끈질기게 남아 있는 습관이 하나 있었는데, 카페오레를 마시고 나면 곧장 자리에서 일어나는 습관이었다. 게다가 그녀는 이 음료에 지나칠 정도로 집착했다. 그래서 카페오레를 못 마시는 것이 그녀에겐 그 어떤 결핍보다 괴로운 일일 터였다. 그녀는 매일 아침 거의 육감적인 조바심을 보이며 로잘리가 오기를 기다렸다. 카페오레가 가득 찬 잔이 침대 옆 탁자에 놓이자마자 그녀는 일어나 앉아 조금 탐욕스럽다 싶을 정도로 빨리 잔을 비웠다. 그러곤 시트를 걷어치우고 옷을 입기 시작했다.

그런데 이제는 점점 잔을 내려놓고도 얼마간 몽상하는 버릇이 들더니 다시 침대에 눕곤 했다. 그러곤 점점 더 그 게으름을 연장해서 급기야 로잘리가 다시 와서 화를 내며 거의 강제로 옷을 입혀 줄 지경이 되었다.

그녀는 이제 의지라곤 없어 보였다. 하녀가 조언을 구하거나 질문을 던지고 의견을 물을 때마다 그녀는 대답했다. "네가 하고 싶은 대로 하렴."

그녀는 불운이 악착스레 자신을 쫓아다닌다고 생각해서 동양인처럼 운명론자가 되었다. 자신의 꿈이 사라지고 희망이 무너지는 걸 보는 데 익숙해져 더 이상 아무것도 시도할 용기를 내지 못하게 되었고, 언제나 나쁜 길로 접어들 테고 일이 나쁘게 돌아가리라 믿고서 가장 단순한 일을 하려 해도 며칠씩이나 망설였다.

그녀는 수시로 되뇌었다. "살면서 나는 운이 없었어." 그러면 로잘리는 외쳤다. "마님께서 빵을 얻기 위해 일을 하셔야 했다면, 날품팔이를 하러 가기 위해 매일 아침 6시에 일어나셔야 했다면 무슨 소리를 하실 겁니까? 그렇게 살아야 하는 사람들이 많아요. 그런 사람들은 너무 늙어 일을 못하게 되면 비참하게 죽어간다고요."

잔느가 대답했다. "나는 혼자인데, 아들마저 나를 버렸다는 걸 생각해 봐." 그러면 로잘리는 격렬하게 화를 냈다. "그게 무슨 문제랍니까! 군대에 가는 자식들도 있어요! 미국으로 가서 사는 자식들도 있고요."

로잘리에게 미국은 사람들이 돈을 벌러 가서 다시는 돌아오지 않는, 그런 막연한 나라를 의미했다.

로잘리가 계속 말했다. "언제나 헤어져야 할 때가 있는 법이죠. 늙은 사람들과 젊은 사람들이 계속 함께 살 수는 없어요." 그녀는 사나운 말투로 결론지었다. "행여 아드님이 죽기라도 하면 뭐라 하실 겁니까?"

잔느는 더는 아무 말도 하지 못했다.

초봄이 되어 대기가 누그러지자 그녀는 원기를 조금 회복했다. 그러나 그녀는 회복된 기력을 점점 더 어두운 생각에 몰두하는 데 썼다.

어느 날 아침, 뭔가를 찾으려고 다락에 올라간 그녀는 우연히 옛날 달력이 가득 담긴 상자를 열었다. 시골 사람들의 흔한 습관대로 간직해 둔 것이었다.

그녀는 자신의 과거 세월 자체를 되찾은 것처럼 보였다. 그래서 그 네모난 종이 더미 앞에서 혼란스럽고 묘한 감격에 젖었다.

잔느는 그것을 들고 아래층 거실로 가져왔다. 거기엔 크고 작은 온갖 크기의 달력이 있었다. 그녀는 그것을 탁자 위에 연도별로 배열하기 시작했다. 그러다가 푀플로 가져온 첫 번째 달력을 발견했다.

그녀는 수녀원에서 나온 다음 날 아침, 루앙에서 출발하면서 자신이 날짜들을 지운 흔적이 있는 그 달력을 오래도록 응시했다. 그러곤 울었다. 느릿느릿 서글픈 눈물을, 눈앞 탁자 위에 펼쳐진 자신의 가련한 삶을 마주한 늙은 여자의 가련한 눈물을 흘렸다.

한 가지 생각이 그녀의 머릿속에 떠오르더니 무섭도록 지속적이고 집요한 강박관념으로 변했다. 그녀는 과거에 자신이 해온 일을 거의 하루하루 되찾고 싶었다.

그래서 벽에, 장식 융단 위에, 그 누렇게 변한 달력을 하나씩 걸었고, 이 달력 혹은 저 달력 앞에서 이런 생각을 하며 몇 시간씩 보냈다. "이 달엔 내게 무슨 일이 일어났지?"

그녀는 자기 삶에서 기억할 만한 날짜들에 줄을 그어 두었는데, 그래서 중요한 사건에 앞서거나 뒤이은 모든 자질구레한 사실들을 하나씩 재구성하고, 한데 모으고 서로 결부시켜, 때로는 한 달 전체를 온전히 되살리기도 했다.

집요한 관심을 기울여 기억하려고 노력하고 의지를 집중해서 푀플에서 산 첫 두 해는 거의 고스란히 복원해 냈다. 그녀 삶의 먼 기억들은 이상하리만큼 쉽게 부각되어 떠올랐다.

그러나 그다음 해들은 안개 속에서 길을 잃고, 뒤섞이고, 포개지는 것 같았다. 그녀는 종종 달력을 향해 머리를 기울이고 정신을 옛날에 집중한 채 무한히 머물렀지만, 떠올리려는 기억을 그 달력에서 되찾을 수 있는 건지조차 기억해 내지 못했다.

그녀는 십자가의 길을 그린 판화처럼 이미 끝난 날들이 실린 달력 그림들에 둘러싸인 거실에서 이 그림 저 그림 사이를 오갔다. 그러다 갑자기 한 그림 앞에 의자를 갖다 놓고 기억을 찾느라 몰두한 채 그걸 바라보며 밤이 내릴 때까지 꼼짝 않고 머물렀다.

그러던 중 돌연, 태양의 열기에 온갖 수액이 깨어나고, 밭에 수확물이 자라기 시작하고, 나무가 푸르러지고, 마당의 사과나무들이 분홍빛 공처럼 꽃을 피워 들판이 향기로워지자 잔느의 마음에도 큰 술렁임이 일었다.

그녀는 더 이상 한 자리에 있지 못했다. 왔다 갔다 서성였고, 하루에 스무 번도 더 밖으로 나갔다 들어왔으며, 때로는 그리움의 열기에 들떠서 농가를 따라가며 멀리까지 배회했다.

풀숲에 웅크린 데이지, 나뭇잎 사이로 스며드는 햇살, 수레바퀴 자국이 만든 웅덩이에 비친 푸른 하늘을 보면 젊은 시절 들판에서 꿈을 꿀 때 느꼈던 감동의 메아리처럼 아득한 감정이 되살아나면서 마음이 설레고 뭉클해지고 동요했다.

미래를 기다리던 시절, 그녀는 이런 포근한 날들의 혼곤한 취기와 감미로움을 음미했고, 똑같은 동요에 전율했었다. 미래가 닫혀 버린 지금에 와서 그녀는 그 모든 것을 되찾았고, 마음속으로 다시 만끽했다. 그러나 동시에 그 때문에 괴로웠다. 깨어난 세상의 영원한 기쁨이 그녀의 메마른 살갗 속에, 식어 버린 피 속에, 짓눌린 영혼 속에 스며들면서 이제는 미약하고 고통스러운 매혹밖에 안기지 못하는 것 같았기 때문이다.

그녀 주변의 곳곳이 어딘지 조금씩 변한 것처럼 보이기도 했다. 그녀의 청춘기 때보다 태양은 조금 덜 뜨겁고, 하늘은 조금 덜 파랗고, 풀은 덜 푸르며, 꽃은 훨씬 창백하고 덜 향기로워서 예전처럼 완전한 취기를 안기지 못했다.

그래도 어떤 날에는 삶의 행복이 마음속에 파고들어 그녀는 다시 몽상하고, 희망하고, 기대하기 시작했다. 운명이 제아무리 가혹해도 화창한 날에는 언제나 희망을 품어 볼 수 있는 것 아닌가?

달뜬 영혼이 채찍질이라도 하는지 그녀는 몇 시간이고 앞으로 걸어갔다. 이따금 갑자기 멈춰 서서 길가에 앉아 슬픈 생각에 잠기기도 했다. 왜 나는 다른 사람들처럼 사랑받지 못했을까? 왜 평온한 삶의 단순한 행복조차 누리지 못했을까?

때로는 자신이 늙었으며, 앞으로 음산하고 고독한 몇 년의 세월 외에 기대할 것이 아무것도 없으며, 자신의 길을 모두 걸었다는 사실을 잠깐 잊곤 했다. 그럴 때면 그녀는 그 옛날, 열여섯 살 때처럼 마음에 드는 달콤한 계획을 세웠다. 매혹적인 미래의 조각들을 맞춰 보았다. 그러다 냉혹한 현실감각이 덮쳐 오면, 마치 무거운 물건이 떨어져 허리라도 부러진 듯 욱신거리는 몸으로 일어섰다. 그럴 땐 집으로 돌아가는 길을 더 천천히 걸으며 중얼거렸다. "오! 미친 늙은이! 미친 늙은이!"

로잘리는 수시로 그녀에게 말했다. "제발 가만히 계세요, 마님. 왜 그렇게 돌아다니세요?"

그러면 잔느는 슬프게 대답했다. "어쩌겠니. 내가 꼭 죽기 전의 마사크르 꼴인걸."

어느 날 아침, 하녀는 평소보다 조금 일찍 그녀의 방에 들어가서 탁자에 카페오레 잔을 내려놓으며 말했다. "얼른 드세요. 드니가 문 앞에 와서 마님을 기다리고 있어요. 볼일이 있어 푀플에 갈 거예요."

잔느는 너무 들떠서 기절할 것만 같았다. 사랑하는 집을 다시 볼 생각에 겁도 나고 아득해져서 몸을 떨며 옷을 입었다.

눈부신 하늘이 세상 위로 펼쳐졌다. 조랑말도 신이 나서 이따금 속도 내어 달렸다. 에투방 마을로 들어서자 잔느는 가슴이 너무 두근거려 숨 쉬기가 힘들 정도였다. 울타리의 벽돌 기둥이 보이자 마음을 발칵 뒤집는 무언가를 대한 듯 자신도 모르게 나지막이 두세 번 내뱉었다. "오! 오! 오!"

그들은 마차를 쿠이아르 집에 세웠다. 로잘리와 아들이 볼일을 보는 동안 농부들이 잔느에게 성을 둘러보게 해주었는데, 주인들이 없었기에 열쇠를 내준 것이다.

그녀는 혼자 가서 바다 쪽의 오래된 저택 앞에 이르자 멈춰 서서 바라보았다. 외관은 변한 게 없었다. 이날 드넓은 회색 건물은 빛바랜 담장에 태양의 미소를 드리우고 있었다. 덧창은 모두 닫혀 있었다.

죽은 가지 하나가 떨어져 옷을 스치자 그녀는 눈을 들었다. 플라타너스에서 떨어진 가지였다. 그녀는 껍질이 희고 매끈한 그 거목에 다가가서 짐승에게 하듯 손으로 쓰다듬었다. 풀밭에서 썩은 나뭇조각 하나가 발에 걸렸다. 그녀가 가족들과 함께 그토록 자주 앉았던 벤치, 쥘리앵이 처음 그곳을 방문한 날 놓았던 벤치에서 남은 마지막 조각이었다.

잔느는 이중으로 된 현관문으로 다가갔고, 문을 여는 데 애를 먹었다. 무겁고 녹슨 열쇠가 잘 돌아가지 않았다. 마침내 용수철이 삐걱거리는 소리를 내더니 자물쇠가 돌아갔다. 문짝도 말을 듣지 않아 세게 밀어야 열렸다.

잔느는 곧장, 거의 달리다시피, 자기 침실로 올라갔다. 밝은색 벽지가 발라져 알아보기 힘들었다. 그러나 창문을 열고 자신이 그토록 사랑했던 수평선과 숲, 느릅나무와 황야, 저 멀리 꼼짝 않는 것처럼 보이는 거뭇한 돛단배들이 떠 있는 바다를 보며 그녀는 뼛속들이 감동에 젖어 그대로 머물렀다.

얼마 후 그녀는 빈 저택을 돌아보았다. 담장에서 익숙한 얼룩들을 보았다. 그리고 작은 구멍 앞에 멈춰 섰다. 남작이 그곳을 지날 때마다 젊은 시절을 추억하며 벽에 대고 지팡이로 검술 연습을 하느라 뚫린 구멍이었다.

어머니의 방에서는 문 뒤쪽, 침대 근처 어두컴컴한 구석에 꽂혀 있는 가느다란 황금 머리핀 하나를 발견했다. 그녀가 오래전에 꽂아 둔 것인데(이제야 기억났다), 그 후 몇 년 동안 찾았었다. 아무도 그걸 발견하지 못했던 것이다. 그녀는 값을 매길 수 없이 소중한 유물로 여기고 그것에 입 맞추었다.

잔느는 사방을 돌아다니며 벽지를 바꾸지 않은 방에서 거의 눈에 보이지 않는 흔적들을 찾고 알아보았으며, 천과 대리석의 무늬에서, 세월로 더럽혀진 천장의 얼룩에서 상상력에 빌미를 제공하는 이상한 형상들을 다시 보았다.

그녀는 정적에 잠긴 거대한 성을 묘지를 돌아보듯이 홀로 숨죽인 걸음으로 걸어 다녔다. 자신의 온 삶이 거기 잠들어 있었다.

거실로 내려갔다. 덧문들이 닫혀 있어 어두워서 한참 지나서야 사물을 식별할 수 있었다. 눈이 어둠에 익숙해지자 그녀는 새들이 노니는 키 큰 장식 융단을 차츰 알아보았다. 안락의자 두 개도 방금 누가 앉았다 떠난 것처럼 그대로 벽난로 앞에 남아 있었다. 모든 존재가 고유의 냄새를 지녔듯이 그 방의 냄새, 그 방이 늘 간직해 온 냄새, 낡은 거처의 모호하고 감미로운 냄새, 흐릿하지만 분명히 알아볼 수 있는 냄새가 잔느에게 스며들어 추억들로 감싸고 그녀의 기억을 취기에 빠뜨렸다. 그녀는 두 의자를 뚫어져라 응시하며 그 과거의 숨결을 들이마시고 숨을 헐떡였다. 그러다 갑자기, 강박적인 생각이 불러일으킨 갑작스러운 환각 속에서 그녀는 예전에 자주 보았듯이 아버지와 어머니가 불가에서 발을 쬐고 있는 모습을 본 것만 같았다. 아니 보았다.

그녀는 질겁해서 뒷걸음질을 치다가 문 모서리에 등을 부딪쳤는데, 넘어지지 않으려고 문에 기댄 채 눈은 여전히 안락의자를 바라보았다.

환영은 사라지고 없었다.

그녀는 얼마간 넋이 나간 채 머물렀다. 얼마 지나서 서서히 정신이 들자 자신이 미쳐 가는 건지 겁이 나서 달아나려 했다. 그러다 그녀의 눈길이 우연히 몸을 기대고 있던 장식 널에 닿았다. 그리고 풀레의 눈금을 보았다.

희미한 눈금 자국이 불규칙한 간격으로 무늬 위를 기어오르고 있었다. 칼로 새긴 숫자는 아들의 나이와 달, 키를 가리키고 있었다. 때로는 조금 더 큰 남작의 글씨였고, 때로는 좀더 작은 그녀의 글씨였으며, 때로는 살짝 흔들린, 리종 이모의 글씨였다. 마치 옛날의 아들이 키를 재도록 금발을 찰랑이며 작은 이마를 벽에 대고 눈앞에 서 있는 것만 같았다.

남작은 외치곤 했다. "잔느, 6주 만에 1센티미터나 컸어."

그녀는 사랑의 충동에 사로잡혀 장식 널에 입맞춤을 퍼부었다.

밖에서 그녀를 부르는 소리가 났다. 로잘리의 목소리였다. "잔느 마님, 잔느 마님, 점심식사를 하려고 마님을 기다리고 있어요." 그녀는 정신없이 밖으로 나갔다. 그러곤 사람들이 하는 말을 하나도 알아듣지 못했다. 주는 음식을 먹었고, 무슨 말인지 모른 채 사람들의 말을 들었으며, 그녀의 건강을 묻는 농부들과 아마 이야기도 나눈 것 같았고, 입 맞추도록 뺨을 내밀었으며, 내미는 뺨에 그녀도 입 맞추었고, 다시 마차에 올랐다.

나무 사이로 보이던 성의 높은 지붕이 시야에서 사라지자 그녀는 가슴이 찢어지는 듯한 통증을 느꼈다. 자기 집에 영원히 작별을 고했다는 느낌이 들었다.

그들은 바트빌로 돌아왔다.

그녀가 새집으로 들어서려던 순간, 문 밑에 뭔가 하얀 것이 보였다. 집을 비운 사이 우편배달부가 밀어 넣고 간 편지였다.

폴이 보낸 편지라는 걸 즉각 알아보고 그녀는 불안에 떨며 편지를 펼쳤다. 아들은 이렇게 썼다.

사랑하는 엄마. 제가 더 일찍 편지를 쓰지 못한 건 엄마가 파리로 괜한 여행을 하시게 하고 싶지 않아서였습니다. 제가 바로 엄마를 보러 갈 생각이었으니까요. 지금 저는 큰 불행과 엄청난 어려움을 겪고 있어요. 제 아내가 3일 전에 어린 딸을 낳고 죽어가고 있습니다. 제겐 돈이 한 푼도 없어요. 아이를 어떻게 해야 할지 모르겠어요. 수위 아주머니가 우선은 젖병으로 키우고 있지만 아이를 잃게 될까 두려워요. 어머니가 맡아 주실 수 없을까요? 저는 정말이지 어떻게 해야 할지도 모르겠고, 아이를 유모에게 맡길 돈도 없어요. 바로 답장 주세요.

엄마를 사랑하는 아들,
폴.

잔느는 의자에 털썩 주저앉았다. 로잘리를 부를 힘조차 없었다. 로잘리가 오자 두 여자는 함께 편지를 다시 읽었고, 오랫동안 마주 보고 말없이 앉아 있었다.

마침내 로잘리가 말했다. "제가 가서 아이를 데려오겠어요, 마님. 아이를 그렇게 내버려 둘 순 없죠."

잔느는 대답했다. "어서 가거라."

두 여자는 다시 입을 다물었고, 잠시 후 하녀가 다시 말했다. "얼른 모자를 쓰세요, 마님. 그리고 고데르빌의 공증인에게 갑시다. 그 여자가 죽는다면 폴 도련님이 그 여자와 결혼해야 해요. 나중에 아이를 위해서요."

잔느는 한마디 대답도 못하고 모자를 썼다. 뭐라 말할 수 없는 깊은 기쁨이 그녀 마음에 넘쳐흘렀다. 무슨 수를 써서라도 감추고 싶은 사악한 기쁨, 얼굴을 붉게 만드는 가증스러운 기쁨이었지만 마음속으로 은밀히 향유하게 되는 기쁨이었다. 아들의 정부가 죽어가고 있다니.

공증인은 하녀에게 자세한 지시 사항을 일러주었고, 그녀는 여러 차례 반복해서 숙지했다. 실수를 범하지 않겠다고 확신한 그녀가 선언하듯 말했다. "아무 걱정 마세요. 이제 제가 알아서 하겠습니다."

로잘리는 그날 밤 당장 파리로 떠났다.

잔느는 아무것도 깊이 생각할 수 없는 혼미한 상태로 이틀을 보냈다. 셋째 날 아침, 그날 저녁 기차로 돌아온다고 알리는 로잘리의 쪽지가 왔다. 그뿐이었다.

3시쯤, 그녀는 이웃의 마차를 준비하게 해서 하녀를 마중하러 뵈즈빌역으로 갔다.

그녀는 길게 달아나다가 지평선 끝에서 가까워지는 곧은 철로를 응시하며 플랫폼에 서 있었다. 이따금 시계를 보았다. 10분만 더. 5분만 더. 2분만 더. 드디어 시간이 되었다. 먼 철로에는 아무것도 보이지 않았다. 그러다 갑자기 하얀 점이, 연기가 보였고, 그 아래로 검은 점 하나가 점점 커지며 전속력으로 달려오고 있었다. 거대한 기계는 마침내 걸음을 늦추면서 코를 골며 잔느 앞을 지나갔다. 잔느는 탐욕스레 승강구를 살폈다. 승강구 여러 개가 열렸다. 사람들이 내렸다. 작업복 차림의 농부들, 바구니를 든 촌부들, 늘어진 모자를 쓴 소시민들. 드디어 로잘리가 보였다. 천 보따리 같은 걸 품에 안고 있었다.

그녀는 로잘리를 향해 가고 싶었지만 다리에 힘이 빠져 넘어질까 겁났다. 로잘리가 그녀를 보고 평소처럼 침착한 얼굴로 다가왔다. 그리고 말했다. "안녕하세요, 마님. 제가 이렇게 돌아왔어요. 쉽지는 않았어요."

잔느가 더듬거리며 물었다. "어떻게 되었어?"

로잘리가 대답했다. "그 여자는 어젯밤에 죽었어요. 두 사람은 결혼했고요. 여기 아기를 데려왔어요." 그녀가 천에 싸여 보이지 않는 아이를 내밀었다.

잔느는 무심코 아이를 받았고, 두 여자는 역에서 나와 마차에 올랐다.

로잘리가 다시 말했다. "폴 도련님은 장례식이 끝나는 대로 올 겁니다. 내일 같은 시간에요. 믿어 봐야죠."

잔느는 중얼거렸다. "폴이……." 그러곤 아무 말도 덧붙이지 않았다.

해가 지평선으로 기울며 군데군데 유채꽃의 황금빛과 개양귀비의 핏빛으로 물든 푸른 들판을 환하게 비추고 있었다. 생기가 움트고 있는 고요한 대지 위에 무한한 평온이 깃들었다. 농부가 혀를 끌끌 차며 말을 재촉하자 마차는 빠르게 나아갔다.

잔느는 앞쪽 허공을 바라보았다. 로켓처럼 아치를 그리며 날고 있는 제비들의 비상이 하늘을 가르고 있었다. 문득 감미로운 온기가, 생명의 열기가 옷 속으로 파고들어 다리에 닿더니 살 속까지 파고들었다. 그녀의 무릎 위에서 자고 있는 어린 생명의 온기였다.

그러자 무한한 감동이 밀려왔다. 그녀는 별안간 포대기를 열고 아직 보지 못한 아이의 얼굴을 보았다. 그녀 아들의 딸이었다. 어린 생명체가 밝은 빛에 놀라 파란 눈을 뜨고 입술을 오물거리자 잔느는 광적으로 아이를 끌어안았고, 품에 안고 들어올려 마구 입맞춤을 쏟았다.

로잘리가 기뻐하면서도 퉁명스레 그녀를 말렸다. "자, 자, 잔느 마님, 그만하세요. 그러다 아기가 울겠어요."

그러곤 아마도 자기 생각에 대답하려는 듯 덧붙였다. "보시다시피 인생은 우리가 믿는 것처럼 결코 그리 좋지도 그리 나쁘지도 않답니다."

〈끝〉

기 드 모파상 연보

1850년 8월 5일 프랑스 노르망디 지방 디에프 근처 소도시 투르빌쉬르아르크
　　Tourville-sur-Arques의 미로메닐 성에서 앙리 르네 알베르 기 드 모파상
　　Henry René Albert Guy de Maupassant 출생.

1856년(6세) 남동생 에르베Hervé 출생.

1859년(9세) 가족이 파리로 이사. 나폴레옹 중고등학교(지금의 앙리 4세 중고등
　　학교)에 입학.

1860년(10세) 가정불화로 부모가 별거하면서 어머니, 남동생과 함께 에트르타
　　Etretat로 이사.

1861년(11세) 에트르타의 오부르 신부에게 문법, 산술, 라틴어, 교리 교육을 받음.

1863년(13세) 부모의 이혼. 이브토Yvetot의 신학교에 기숙학생으로 입학, 시를 쓰
　　기 시작.

1866년(16세) 기숙 생활을 견디지 못한다는 이유로 한동안 휴학. 여름방학 때 물
　　에 빠진 영국 시인 찰스 스윈번을 구하고, 그의 초대를 받아 빌라를 방문함.
　　그곳에서 존 포웰을 알게 됨. 이 일화가 훗날 그의 단편에 등장.

1868년(18세) 이브토 신학교에서 외설적인 시를 썼다는 이유로 퇴학당함. 루앙
　　중고등학교lycée de Rouen에 기숙 학생으로 입학. 시인 루이 부이에Louis
　　Bouilhet와 소설가 귀스타브 플로베르로부터 문학 지도를 받음.

1869년(19세) 대학입학자격시험에 합격. 에트르타 해변에서 화가 쿠르베Courbet
　　를 만남. 파리 법과대학 1학년에 등록하고, 아버지와 같은 건물에 방을 얻음.

1870년(20세) 보불전쟁이 발발하자 자원입대하여 학업을 중단함. 전쟁 경험은 이
　　후 「비곗덩어리Boule de Suif」, 「미친 여자La Folle」, 「두 친구Deux Amis」, 「발터
　　슈나프스의 모험L'aventure de Walter Schnaffs」 등 많은 작품의 모티브가 됨.

1871년(21세) 대리복무자를 구해 제대함.

1872년(22세) 아버지의 소개로 해양식민성에 무보수 임시 직원으로 취직. 파리

법과대학 2학년에 등록.

1873년(23세) 보수를 받고 일하기 시작. 보트 놀이와 펜싱, 사격 등의 스포츠를 즐김. 콩트를 써서 플로베르에게 본격적으로 문학 지도를 받음.

1874년(24세) 해양식민성 4등 서기로 임명됨.

1875년(25세) 플로베르의 집에서 에드몽 드 공쿠르Edmond de Goncourt를 만남. 2월, 첫 단편「박제된 손La Main d'écorché」을 조제프 프뤼니에Joseph Prunier라는 필명으로 《알마나크 로랭 드 퐁타무송》에 발표함. 4월, 시인 스테판 말라르메를 알게 되어 '화요회'에 참석함. 10월, 단편「의사 에라클리우스 글로스Le Docteur Héraclius Gloss」와 희곡「연습Une Répétition」집필 시작.

1876년(26세) 3월, 《르 뷜르탱 프랑세》에 단편「뱃놀이En canot」, 《라 레퓌블리크 데 레트르》에 시「물가에서Au Bord de l'eau」를 기 드 발몽Guy de Valmont이라는 필명으로 발표. 심장 발작으로 의사 진찰을 받음. 11월, 에밀 졸라, 위스망스 등 파리의 여러 문인들과 어울림.

1877년(27세) 1월, 매독 진단 받음. 8월, 스위스 로에슈레뱅으로 온천 요양을 떠남. 11월 《모자이크》에 단편「성수를 뿌리는 사람Le Donneur d'eau bénite」을 필명 기 드 발몽으로 발표함. 장편소설「어느 인생Une Vie」구상.

1878년(28세) 1월, 역사극「륀 백작 부인의 배반La Trahison de la Comtesse de Rhune」을 집필하지만 상연할 곳을 찾지 못함. 2월, 「어느 인생」집필 시작. 5월, 단편「라레 중위의 결혼Le Mariage du Lieutenant Laré」을 《모자이크》에 발표. 10월, 병든 어머니를 위해 에트르타에서 체류. 개작한 희곡「옛날 이야기Histoire du Vieux Temps」와 「어느 인생」초고를 플로베르에게 보여 줌. 해양식민성에서 문부성으로 직장을 옮김.

1879년(29세) 2월, 희곡「옛날 이야기」상연, 3월 출간. 9월, 단편「코코넛, 코코넛, 신선한 코코넛 있어요!Coco, coco, coco frais!」가 《모자이크》에 실림. 11월, 시「소녀Une Fille」를 《라 르뷔 모데른 에 나튀랄리스트》에 발표. 12월, 단편「시몽의 아빠Le Papa de Simon」를 《라 레포름》에 발표. 「비곗덩어리」집필.

1880년(30세) 1월, 시「소녀」때문에 풍기문란으로 법정 출두. 플로베르가 《르 골루아》에 게재한 공개서한 덕에 무혐의 판결. 2월, 「벽Le Mur」《라 르뷔 모데른》에 발표. 3월, 탈모 증세와 심장 발작, 오른쪽 눈 이상 등의 건강 문제로 여러 의사를 만남. 4월, 에밀 졸라의 주도로 간행된 「메당의 저녁Les Soirées de Médan』에 수록된「비곗덩어리」가 극찬을 받음. 5월, 플로베르의 죽음에 크게 충격 받음.《르 골루아》에 정기적으로 기고 시작. 치료차 휴직. 9~10월, 어머니와 코르시카 여행. 극심한 두통 호소. 단편「텔리에 집La Maison Tellier」집필.

1881년(31세) 1월, 두통과 시력 이상 증세. 투르게네프의 소개로 러시아에까지 명성이 전해짐. 5월, 첫 단편집『텔리에 집』출간. 첫 소설「어느 인생」집필 재개. 7~8월,《르 골루아》에 르포르타주를 쓰기 위해 두 달간 알제리 여행. 10월, 모프리뇌즈Maufigneuse라는 이름으로《질 블라스》에 기고 시작.

1882년(32세) 5월, 두 번째 단편집『피피 양Mademoiselle Fifi』출간. 7월, 브르타뉴 지방 여행. 7월 문무성 사직.

1883년(33세) 1월, 시력장애와 극심한 척추 통증 호소. 2월, 첫 장편소설『어느 인생Une Vie』《질 블라스》에 연재 발표. 4월, 단행본으로 출간. 8개월 동안 2만 5천 부가 판매됨. 6월, 단편집『멧도요새 이야기Contes de la Bécasse』출간. 투르게네프의 사망 소식 들음. 11월『달빛Clair de Lune』출간.

1884년(34세) 1월, 여행기『양지에서Au Soleil』출간. 에트르타에 집을 짓기로 계약. 남프랑스 칸느에 자주 체류함. 단편집『미스 해리엇Miss Harriet』,『롱돌리 자매Les Sœurs Rondoli』,『이베트Yvette』출간.『벨아미Bel-Ami』집필.

1885년(35세) 시력장애 악화. 3월, 단편집『낮과 밤 이야기Contes du Jour et de la Nuit』출간. 4~7월, 이탈리아와 시칠리아 섬 여행. 4월, 두 번째 장편소설『벨아미』《질 블라스》에 연재, 11월에 단행본으로 출간, 넉 달 동안 37쇄를 찍음. 세 번째 장편소설『오리올 산Mont-Oriol』집필. 12월, 단편집『파랑 씨Monsieur Parent』출간. 파리 상류층과 교유, 청년 프루스트와 조우.

1886년(36세) 1월, 단편집『투안Toine』출간. 다시 시력장애 악화. 칸느와 앙티브에서『오리올 산』집필. 5월, 단편집『소녀 로크La Peite Roque』출간. 여름에 오베르뉴, 런던, 옥스퍼드 등지 여행. 10월, 앙티브에 체류. 12월,《질 블라스》에『오리올 산』연재.

1887년(37세) 1월,『오리올 산』단행본 출간. 에펠탑 건설 반대 청원서에 서명함. 5월, 단편집『오를라Horla』출간. 12월, 네 번째 장편소설『피에르와 장Pierre et Jean』을《라 누벨 르뷔》에 연재. 북아프리카 여행기 집필 시작.

1888년(38세) 1월,『피에르와 장』출간. 여행기『물 위에서Sur l'eau』집필. 남프랑스 여행 중 마르세유에서 요트를 사서 '벨아미'라 이름 지음. 2월, 『물 위에서』(레 레트르 에 레 자르)에 연재. 남동생 에르베의 병세 악화. 3월, 다섯 번째 장편 『죽음처럼 강한Fort Comme la Mort』 집필. 요트 '벨아미'를 타고 칸느, 툴롱, 마르세유 등지 여행. 6월, 『물 위에서』 출간. 9월, 극심한 편두통으로 엑스레벵에서 요양. 10월, 단편집 『위송 부인의 장미나무Le Rosier de Madame Husson』 출간. 11~12월, 알제리와 튀니지 여행.

1889년(39세) 1월, 알제리에서 돌아와 프로방스 체류. 2월, 단편집 『왼손La Main Gauche』 출간. 5월, 다섯 번째 장편 『죽음처럼 강한』 출간. 여섯 번째 장편 『우리의 마음Notre Cœur』 집필. 11월, 동생 에르베 사망.

1890년(40세) 3월, 여행기 『유랑생활La Vie Errante』 출간. 4월, 단편집 『쓸모없는 아름다움L'Inutile Beauté』 출간. 5월, 《라 르뷔 데 되몽드》에 『우리의 마음』 연재, 6월 단행본 출간. 병세 악화, 일시적으로 병세가 호전되자 집필 재개. 새 장편소설 『삼종기도L'Angélus』 집필 구상. 루앙의 플로베르 기념비 제막식에 참석.

1891년(41세) 1월, 매독의 새로운 증세(탈모, 기억상실) 발현으로 여러 의사들에게 편지를 보냄. 2월, 자크 노르망Jacques Normand과 공동 집필한 희곡 「뮈조트Musotte」가 상연되어 호평 받음. 전신마비 증세가 시작됨. 집필 불가능해짐. 12월, 유언장 작성.

1892년(42세) 1월 1일에서 2일로 넘어가는 밤, 니스에서 권총으로 자살을 기도하나 실패, 면도기로 목을 벰. 칸느에서 파리로 이송. 1월 8일, 파리 교외에 있는 에밀 블랑슈 박사가 운영하는 정신병원에 수용됨.

1893년(43세) 3월, 희곡 「가정의 평화La Paix du Ménage」 코메디 프랑세즈에서 상연. 《르 피가로》에 미발표 단편 「행상인Le Colporteur」 게재. 간질성 발작. 혼수상태에 빠짐. 7월 6일 오후 3시 무렵, 파시 병원에서 숨을 거둠. 7월 8일, 사요의 생피에르 성당에서 장례미사 후, 파리의 몽파르나스 묘지에 안장.

1894년 11월, 미완 장편소설 『낯선 영혼L'Âme étrangère』이 《라 르뷔 드 파리》에 실림.

1895년 4월, 미완 장편소설 『삼종기도L'Angélus』가 《라 르뷔 드 파리》에 실림.

1899년 단편집 『밀롱 신부Le Père Milon』 출간.

1900년 단편집 『행상인Le Colporteur』 출간.